hommes &
montagnes

Dans la même collection « Hommes et Montagnes » :

Bernard Amy, *Le Meilleur Grimpeur du monde*
Conrad Anker et David Roberts, *Mallory et Irvine, à la recherche des fantômes de l'Everest*
Jean-Michel Asselin, *L'Irrésistible Ascension de Sonam Sherpa*
Jean-Michel Asselin, *Les Parois du destin*
Jean-Michel Asselin, *Nil, sauve-toi !*
Jean-Michel Asselin, *Patrick Berhault : un homme des cimes*
Cyril Azouvi, *Une année en haut*
Yves Ballu, *La Conjuration du Namche Barwa*
Yves Ballu, *Les Alpinistes*
Yves Ballu, *L'Impossible Sauvetage de Guy Labour*
Yves Ballu, *Mourir à Chamonix*
Yves Ballu, *Naufrage au mont Blanc*
Patrick Berhault, *Encordé mais libre*
Toni Bernos, *Les Prisonniers de l'inutile*
Roger Canac, *Des cristaux et des hommes*
Roger Canac, *Réganel ou la montagne à vaches*
Emmanuel Cauchy, *Docteur Vertical*
Emmanuel Cauchy, *Médecin d'expé*
Gilles Chappaz, *En solo*
Stefan Cieslar, *Au bout de la corde, la vie, la mort*
Collectif, *Dictionnaire thématique des Alpes*
André Demaison, *Les Diables des volcans - Maurice et Katia Krafft*
Cathy Feray, *Cristallier*
Alain Ghersen, *Risque et alpinisme*
Alessandro Gogna et Alessandra Raggio, *Cordées célèbres*
Gérard Guerrier, *Alpini*
Sir Edmund Hillary, *Un regard depuis le sommet*
Serge Kœnig, *J'entends battre le cœur de la Chine*
Jean-Claude Legros, *Hunza*
Jean-Claude Legros, *La Montagne à mots choisis*
Jean-Claude Legros, *Shimshal, par-delà les montagnes*
Jean-Yves Le Meur, *Faux pas*
Djalla-Maria Longa, *Mon enfance sauvage*
Djalla-Maria Longa, *Terre courage*
Reinhold Messner, *Le Sur-Vivant*
Reinhold Messner, *Yeti, du mythe à la réalité*
Gilles Modica, *Himalayistes*
Emmanuel Ostian, *Le Pourri*
Marcel Pérès, *Lionel Terray, l'inoubliable conquérant*
Rainer Rettner, *Triomphe et tragédies à l'Eiger*
Françoise Rey, *Crashs au Mont-Blanc*
Anne Sauvy, *Nadir*
Isabelle Scheibli, *Le Roman de Gaspard de la Meije*
Roberto Serafin, *Walter Bonatti, de l'homme au mythe*
Joe Simpson, *Aventures en paroi*
Joe Simpson, *Encordé avec des ombres*
Joe Simpson, *La Dernière Course*
Joe Simpson, *La Mort suspendue*
Joe Simpson, *Le Bruit de la chute*
Joe Simpson, *Les Éclats du silence*
Mirella Tenderini, *K2*
Beck Weathers, *Laissé pour mort à l'Everest*

Et si tout s'arrêtait là ?

Photo de couverture : © Christian Pondella

Couvent Sainte-Cécile
37, rue Servan – 38000 Grenoble
www.glenatlivres.com

ISBN : 978-2-344-02061-6
Dépôt légal : février 2017

Mélanie Valier

—

Et si tout s'arrêtait là ?

Glénat

Dans le bus qui me conduit de Genève à Chamonix, je regarde le paysage défiler. Je pense à tout ce que j'ai laissé derrière moi et au champ des possibles qui s'ouvre… Peu à peu, les montagnes se soulèvent.

– « Celui qui gravit les plus hautes montagnes, celui-là se rit de toutes les tragédies, qu'elles soient réelles ou jouées. » Alors, une idée ?

Je me tourne vers mon voisin qui vient de me tirer de ma rêverie avec sa citation et tente, sans trop y croire :

– Je ne sais pas… Kant peut-être ?

– Et non, c'est Nietzsche ! À votre accent, je dirais que vous êtes américaine ; je me trompe ?

– Non…

Le type, un Français, se présente – il s'appelle Samuel Elbaz – et, avec un accent anglais nullissime, commence à me raconter qu'il a vécu quelques mois à New York où il a écumé les clubs de jazz, qu'il est musicien, et que, quand il n'est pas en tournée, il vit à Cham – ici on dit Cham.

Après plus de quinze heures de trajet en solitaire, je suis contente de parler enfin à quelqu'un… Il doit avoir une quarantaine d'années, il a le teint mat et légèrement hâlé et sa coupe de cheveux, un peu longue, lui donne un faux air d'artiste. Son sourire, sa dégaine, le fait qu'il porte une alliance me rassurent.

Après avoir longuement parlé de lui, il finit par s'intéresser à moi et me demande si je viens ici pour les vacances.

– Non, je m'y installe au moins un an, pour mes études de sociologie.

– Rassurez-moi, vous êtes au courant qu'il n'y a pas de faculté à Chamonix ?

– Je sais bien ! Mais Chamonix est le terrain d'observation idéal pour ma thèse.

– Et qu'allez-vous étudier ?

– « La prise de risques en montagne : population, comportements et facteurs déclencheurs », c'est le titre provisoire de ma thèse.

– Vaste programme…

Après une heure passée à discuter – tantôt en français, tantôt en anglais –, notre arrivée semble imminente.

– Regardez ce panorama ; magnifique, n'est-ce pas ?

Je savais que j'arrivais dans une ville mythique, mais ce que je vois me coupe le souffle : sous un soleil éblouissant, les montagnes encerclent la vallée ; les glaciers tombent en cascade ; l'aiguille du Midi se dresse vers le ciel, et l'on devine au loin, sur les sommets, la neige balayée par le vent.

Un peu plus loin, la circulation devient difficile. Samuel m'explique qu'aujourd'hui, comme chaque dernier week-end d'août, la ville est en ébullition pour l'Ultra-Trail du Mont-Blanc, sorte de méga randonnée de cent soixante-dix kilomètres avec des côtes interminables, en courant bien entendu…

– Depuis quelques années, l'ultra-endurance est la nouvelle folie, me précise Samuel, un sport en pleine croissance avec chaque jour de nouveaux pratiquants.

– Je connais l'UTMB, c'est une course très renommée. Le trail est également en vogue aux États-Unis.

– Imaginez, ces types courent pendant quarante heures non-stop la distance de quatre marathons, le tout avec une dénivelée monstrueuse ! Un effort que le commun des mortels ne peut même pas soupçonner. Ces gens-là sont des mutants, moi, ils me sidèrent !

Le bus nous dépose devant une petite gare. Samuel m'encourage à laisser mes valises à la consigne et à aller assister avec lui à l'arrivée du trail : un événement incontournable, drainant des coureurs de tous pays.

Des milliers de personnes se massent derrière des barrières pour accueillir les *finishers*. Je peux voir sur le visage des concurrents un mélange impressionnant d'expressions : du bonheur à l'état brut, des larmes de joie, mais aussi de la douleur, de l'épuisement, et de la fierté ; ils ont couru tant d'heures…

Soudain c'est l'hystérie au micro, le commentateur s'époumone :

– On m'annonce que l'équipe en tête de la PTL approche, préparez-vous à les accueillir, ils entrent dans la ville ! Mieux que l'UTMB, ils ont terminé l'épreuve ultime : la Petite Trotte à Léon ! ! Ils courent depuis quasiment quatre jours, ils ont à peine dormi ! Après trois cents kilomètres et vingt-quatre mille mètres de dénivelée positive, vous pouvez les féliciter ; ils le méritent ! !

Trois cents kilomètres de montagnes russes, c'est inhumain ! Voilà les deux premiers coureurs, le speaker crie de plus belle :

– Un triomphe pour le Néo-Zélandais James Betford et le Français Matthieu Charraz !! James Betford, le Chamoniard d'adoption, James, l'homme à suivre, qui progresse à chaque course ! Et Matthieu Charraz que l'on ne présente plus, Matthieu le Chamoniard, Matthieu l'enfant du pays, Matthieu le champion des champions !!

Je reconnais Matthieu Charraz, j'avais vu sa photo dans un magazine. C'est un grand brun ténébreux à la large carrure. Étonnamment frais et alerte, il semble terminer son footing. À l'inverse, James Betford – un blond très sec au regard perçant – paraît à bout de forces, traits tirés, mâchoire crispée ; je me demande s'il savoure sa victoire.

Lorsqu'ils s'avancent, la foule est en délire. Ils passent la ligne d'arrivée puis, à l'invitation des speakers, se tournent vers le public qui les acclame, sacrant leur victoire commune. La musique de Vangelis diffusée à fond donne à l'événement une dimension presque mystique.

Samuel et moi nous frayons un passage au premier rang. Quand je pense qu'ils ont démarré la course il y a quatre jours ! J'étais à Evanston, de l'autre côté de l'Atlantique, et je n'avais même pas encore bouclé mes valises ni dit au revoir à mes amis…

Matthieu, le Français, s'approche des barrières de sécurité, prend le temps de serrer la main de ses fans, de poser avec eux et de signer des autographes. Il dégage quelque chose de très fort : un mélange d'assurance et de prestance, avec une aura indéniable.

Quand il arrive à notre niveau, Matthieu serre la main tendue par Samuel. Je reste un instant interdite, je l'observe, puis nos regards se croisent. Là, il me dévisage quelques longues secondes ; puis il me sourit. Un frisson court le long de mon échine… Confuse, je ne pense même pas à lui rendre son sourire. Enfin, il s'éloigne.

Samuel me tutoie déjà – j'apprécie, cela me donne le sentiment que je n'aurai pas de mal à m'intégrer ici – et me dresse le topo :

– Tu vois, James Betford est néo-zélandais mais vit ici les trois quarts de l'année. C'est un malade : en plus des ultra-trails, il pratique le base-jump et la wingsuit ; idéal pour ton étude sur les sports extrêmes.

– Et… Matthieu Charraz ?

– Ah, Matthieu Charraz, c'est un autre niveau… Tu touches les dieux de l'Olympe avec lui ! Il a l'agilité d'un chamois et monte au mont Blanc comme tu ferais ton footing du dimanche…

D'après Samuel, Matthieu Charraz, connu – pour ne pas dire idolâtré – par les traileurs du monde entier, a déjà tout gagné. L'UTMB étant devenu trop facile pour lui, il a opté cette année pour la Petite Trotte à Léon, une épreuve par équipes encore plus longue et plus difficile. Pour s'amuser, car à la PTL il n'y a pas de classement officiel.

Je regarde le fameux Matthieu s'en aller tout en me disant qu'il faudra effectivement que je contacte James Betford pour qu'il me parle de ses activités.

Plombée par le décalage horaire, je songe enfin à aller découvrir mon appartement et remercie Samuel pour son accueil.

– J'étais ravi de faire ta connaissance, Emmanuelle.

– Non, c'est Emma, juste Emma !

– Pardon, Emma… Viens me voir quand tu veux au Django, le club de jazz de Chamonix ; souvent on y programme des petits concerts avec d'autres jazzmen.

J'appelle Vincent, mon futur colocataire, qui propose de passer me prendre à la gare. Quelques minutes plus tard, un homme d'une trentaine d'années, bronzé, tenue décontractée et lunettes de soleil sur la tête, descend d'un break et se dirige vers moi en souriant.

Vincent m'embrasse sur les joues – on m'avait avertie qu'en France je n'y couperais pas.

– Ravi de te rencontrer après ces nombreux échanges de mails, Emma, me dit-il dans un anglais impeccable, j'espère que tu as fait bon voyage.

Il me conduit aux Praz, un quartier cossu un peu en retrait de la ville, où de grands bouleaux et sapins entourent d'énormes chalets. Les seuls immeubles sont ceux de notre résidence, très discrets, trois étages maximum, crépis de blanc ; avec leur bardage de bois, ils se fondent dans le paysage.

Arrivés à l'appartement, une jolie rousse nous accueille avec un grand sourire. Vincent me présente Jane, sa copine, une Anglaise. Une petite trentaine d'années, le corps musclé, athlétique mais gracieux, elle est vraiment belle avec ses taches de rousseur, ses grands yeux verts et ses traits délicats.

Je ne m'étais pas trompée en choisissant cette colocation : l'appartement, un duplex en mezzanine, est encore plus chaleureux que sur les photos. Dans le séjour, les canapés en toile beige sont tournés vers la cheminée et à côté trône une grande table en bois ; un mobilier simple mais de belle facture. Une carte en relief du massif recouvre un pan de mur. La cuisine équipée, rouge et acier, apporte une touche de modernité. Elle s'ouvre sur la pièce, délimitée par un bar devant lequel s'alignent de grands tabourets. Jane me désigne l'un d'eux :

– Assieds-toi, je te sers un verre avant de te faire visiter.

J'embrasse la pièce du regard : partout du matériel de montagne, surtout près de l'entrée.

– Désolée pour ce bazar, on est tous très sportifs ici. L'hiver je suis monitrice dans une école de ski internationale, et l'été j'accompagne des groupes en moyenne montagne. En parallèle, je cours de plus en plus de trails. Et Vincent est toujours en vadrouille à faire des photos ou des vidéos pour lui ou ses clients. Donc on accumule le matériel…

– Que filmes-tu, Vincent ?

– Tout type d'événement en lien avec la montagne ; y compris des publicités, pour du matériel par exemple. Et j'accompagne des sportifs pour immortaliser leurs exploits.

Tandis que nous parlons, la porte s'ouvre sur un grand brun, l'œil rigolard : Alessandro – dit Sandro –, mon troisième et dernier colocataire.

Sandro est italien, de Rome, qu'il me présente sans hésitation comme la plus belle ville au monde. À l'instar de Vincent, il parle parfaitement anglais. Il m'explique qu'il est passionné d'escalade et que, barman en ville, il pourra m'informer de tous les bons plans.

– Tu verras, ici on est un peu comme une famille, on prend soin les uns des autres tout en respectant l'espace de chacun, conclut-il.

Jane me montre le reste de l'appartement. La visite débute par les pièces attenantes au salon : le bureau, la chambre de

Vincent et elle, leur salle de bains. Puis Sandro saisit mon sac à dos, une de mes valises, et s'engage dans l'escalier.

– Je ne sais pas avec quoi tu les as lestés mais c'est lourd !

– Je sais, j'ai dû payer un supplément pour mes bagages à Chicago…

– Oh, tu viens de Chicago ?

– Je viens d'Evanston, à une vingtaine de kilomètres. Mais j'ai fait mes études à l'université de Chicago, jusqu'au master de psychosociologie.

Sandro émet un sifflement d'admiration.

– Vincent, tu nous as trouvé une colocataire qui va nous tirer vers le haut !

À l'étage, Jane me montre la chambre de Sandro, notre salle de bains commune, puis ma chambre. Le mobilier est sobre, en bois clair ; au mur, deux grandes photos de sommets chamoniards – sûrement des photos de Vincent. Le balcon donne sur un petit étang entouré d'arbres, avec, bien sûr, la vue sur les montagnes, majestueuses ; les Drus, me précise Jane. Je prends une grande inspiration et contemple.

– Je te laisse souffler, rejoins-nous pour l'apéro.

Jane referme la porte derrière elle. Je considère ma chambre : je la trouve sécurisante, à l'image de l'appartement et de ses occupants. On est loin des angoisses que pouvaient nourrir mes parents, jugeant un peu suspect de vivre à plusieurs passé un certain âge. Moi, j'ai toujours rêvé de vivre à plusieurs…

Le soleil décline et l'air fraîchit, j'attrape un pull et retrouve mes colocataires sur la terrasse.

De longs bacs plantés d'arbustes et d'herbes aromatiques encadrent les meubles de jardin. Sandro me sert un verre et me demande pourquoi je ne fais pas ma thèse dans mon pays.

– Vingt-quatre ans, c'est le bon âge pour partir à l'étranger, non ? Surtout que je voulais m'éloigner un peu de mes parents…

– Tu vivais encore chez eux ? Tu ne pouvais pas prendre un logement étudiant ? demande Vincent en attrapant une poignée de cacahuètes.

– J'aurais bien aimé, mais mes parents n'y tenaient pas vraiment, d'autant que les frais de scolarité étaient déjà très élevés… Heureusement, mon directeur de recherches m'a soutenue dans mon projet d'étude de terrain à Chamonix.

– Je suis sûre que tu y trouveras ce que tu es venue chercher, me dit gentiment Jane.

Une fois le soleil complètement disparu derrière les montagnes, il fait nettement plus froid ; nous rentrons avec nos verres. Sandro nous cuisine des « *pasta con speck e gorgonzola* », un délice.

Après le dîner, épuisée, je monte me coucher et fais le bilan de la journée : le voyage ; la rencontre avec Samuel le jazzman ; l'arrivée de la course ; l'appartement et mes colocataires qui m'ont conquise ; et le visage de ce Matthieu Charraz qui me revient en permanence à l'esprit… Mais je sombre rapidement.

Quand je descends le lendemain matin, Vincent travaille dans le bureau devant deux immenses écrans. Il s'interrompt aussitôt pour m'accueillir.

– On t'a laissé tout ce qu'il faut sur la table pour le petit déjeuner, sers-toi. Ensuite je te montrerai les choses à connaître dans l'appartement ; et voilà ton trousseau de clefs.

En fin d'après-midi, Vincent frappe à ma porte pour me proposer de sortir en ville.

Nous partons à pied par un petit chemin qui longe en partie l'Arve, la rivière qui sillonne toute la vallée de Chamonix. Un peu plus loin, je remarque un ensemble de bâtiments de béton armé.

– Ces immeubles sont l'œuvre de l'architecte Le Corbusier. Ils abritent notamment une bibliothèque ainsi que l'École nationale de ski et d'alpinisme, l'ENSA.

– Ah, très bien ! J'ai déjà des contacts à l'ENSA, j'ai prévu de travailler avec des guides-instructeurs.

Alors que nous arrivons dans le vieux centre, bâti de petits immeubles à l'architecture plus traditionnelle, un van ralentit à notre hauteur.

– Attends, Emma, je vois un pote, me dit Vincent.

Il l'interpelle :

– Eh ! Matth, félicitations pour ta victoire hier, c'est incroyable ce que vous avez fait avec James ! Tu dois être claqué, non ?

– Ça va, ça va !

Le « pote » tourne les yeux vers moi. Je frémis : c'est Matthieu Charraz, le champion, en personne.

– Matth, je te présente Emma Lindley, ma nouvelle colocataire ; une brillante sociologue qui nous vient des États-Unis pour sa thèse. Emma, voici Matthieu, un ami.

Il plante ses yeux dans les miens. Malgré son sourire, je ressens une certaine distance ; Matthieu Charraz en impose.

– Et sur quoi travaillez-vous, mademoiselle ?

– La prise de risques en montagne, dis-je, mal à l'aise.

– Ah oui ?

Il marque une pause et me dévisage.

– Dans ce cas, nous serons amenés à nous revoir. Soyez la bienvenue à Chamonix, et à très bientôt j'espère...

Il me décoche un sourire à tomber qui me laisse muette. Puis se tourne vers Vincent :

– Je t'appelle bientôt pour finaliser la vidéo du couloir Cordier.

– Il serait temps, ça traîne depuis des semaines !

Le van redémarre, je le regarde disparaître et demande à Vincent :

– Tu connais Matthieu Charraz ? Enfin, je veux dire, tu le connais bien ?

– Tu sais, ici tout le monde connaît tout le monde. Déjà, la vallée ne compte que peu d'habitants à l'année. Et le milieu des professionnels de la montagne est un petit milieu. Matthieu, je l'accompagne souvent pour réaliser les vidéos de ses records. C'est un sportif hors du commun, tant en trail qu'en alpinisme ou en snowboard.

– Il est vraiment impressionnant !

– En fait, quand on le connaît, c'est quelqu'un de très simple. Mais, attention ! C'est un célibataire endurci, et il ne dit jamais non à une admiratrice motivée ; et il y en a beaucoup, crois-moi ! Bon, allez, Jane nous attend au Django, le bar où travaille Sandro.

– Justement, hier, dans le bus, j'ai rencontré un musicien qui m'a parlé de cet endroit, il s'appelle Samuel.

– Samuel Elbaz ? Il est très connu dans le milieu du jazz ; c'est marrant que tu sois tombée sur lui…

Dans les ruelles chamoniardes, les montagnes s'imposent dès que nous levons les yeux. Vincent m'apprend à distinguer le mont Blanc, légèrement en retrait. Les petites places bordées de terrasses de café correspondent bien à l'image d'Épinal que je me faisais de la France ; et en ce premier jour de septembre, les gens profitent du temps clément. Je remarque, dans une longue rue, une boutique Chanel.

– Et oui, me dit Vincent d'un air entendu, Chamonix est devenue une station de luxe... Avec ses bons et ses mauvais côtés. Par exemple, il est presque impossible pour les jeunes d'ici de se loger dans la vallée.

Les magasins d'articles de sport pullulent et débordent de chaussures de trail, de vestes de montagne hypersophistiquées, et de tout ce dont on peut avoir besoin pour profiter de ce formidable terrain de jeu, ou simplement s'afficher en terrasse...

Au Django, Sandro s'active derrière le comptoir et Samuel discute avec des clients.

– Ah! Emmanuelle! Pardon, Emma... c'est sympa d'être venue! Asseyez-vous, je vous en prie.

– Samuel, je te présente Vincent, mon colocataire. Et je vois que tu connais déjà Sandro, mon autre colocataire.

– Pas possible, tu vis avec cet énergumène! J'aurais dû m'en douter quand tu m'as parlé d'un Italien! Tu ne vas pas t'ennuyer avec lui...

Jane nous rejoint à la table de Samuel. Autour d'une bière, ils me parlent de leur ville. Une ville où l'on peut croiser des légendes vivantes: écrivains, grimpeurs, alpinistes, coureurs, skieurs de pentes raides... Et même des politiques ou quelques stars du show-biz.

– Heureusement, ce n'est pas une station trop bling-bling, précise Vincent, même si la frime est très présente.

– Exact, mais plus que de frime, je parlerais d'un certain snobisme, voire élitisme, nuance Samuel. D'autre part, tu constateras que Chamonix est cosmopolite, une vraie tour de Babel, avec des Suédois, des Finlandais, des Anglais...

– C'est vrai, on entend davantage parler anglais que français, et j'adore ça! plaisante Jane.

– D'ici un mois, on devrait souffler un peu et se retrouver entre puristes, ajoute Samuel. Tu verras, Emma, hors saison c'est une tout autre ambiance, tellement plus agréable...

Après avoir bu nos bières, Jane, Vincent et moi partons non loin de là acheter des « Bélouga » qui, selon eux, valent un excellent hamburger américain. Je ne suis pas déçue. Nous mangeons sur un banc ; la nuit est déjà tombée.

Jane m'interroge sur ma façon de travailler.

– Je dois contacter des sportifs que je verrai en entretien et qui deviendront mes sujets d'observation. S'ils me le permettent, je les suivrai dans leur pratique, dans la mesure des possibilités techniques.

– Les montagnards sont souvent un peu sauvages : à toi de les amadouer ; mais en te présentant nos copains, tu gagneras du temps, me dit Vincent. Compte sur moi pour te donner pas mal de contacts de fous furieux en montagne. Et je t'indiquerai lesquels suivre sur les réseaux sociaux.

La température a bien chuté quand nous prenons le chemin du retour. Après dix minutes de marche, durant lesquelles j'essaie tant bien que mal de me maintenir à leur rythme, nous arrivons. Je me prépare une tisane et monte aussitôt me coucher, le sourire aux lèvres et le cœur plein de promesses.

Je passe les jours suivants à prendre des contacts pour ma thèse : j'obtiens plusieurs rendez-vous et rencontre des chercheurs d'universités proches, comme celle de Chambéry avec laquelle j'ai signé une convention d'accueil.

En parallèle, je sélectionne un panel de sportifs et de guides. La plupart d'entre eux sont très actifs sur les réseaux sociaux, où ils partagent leur programme d'entraînement, leurs sorties, leurs performances, leur humeur du jour.

J'inspecte le profil de Matthieu Charraz. Incroyable : seulement trois jours après sa course de malade, il courait déjà vers un nouvel exploit ! Moi qui pensais qu'après un tel effort, il fallait au moins une à deux semaines de récupération… Je découvre qu'il voyage tout le temps, sur tous les continents. Le matin à gravir un sommet ou à participer à une compétition, l'après-midi à donner une conférence ou à rencontrer ses sponsors pour la conception de matériel de pointe… Mais comment fait-il ? Il vit trois journées quand j'en vis une !

Il a un nombre de *followers* phénoménal, et dans le monde entier. Tel le gourou d'une secte ou une sorte de pop star alpine, s'il poste un simple bonjour le matin, au moins cinq mille mordus de course et de montagne lui répondent dans la foulée. Je ne résiste pas à l'envie de glisser quelques commentaires sur ses publications et photos.

Le soir, de retour derrière mon PC, je constate qu'il a «*aimé*» tous mes commentaires, y compris les plus débiles, alors qu'il ne le fait pas systématiquement pour les autres, loin de là. Peut-être m'a-t-il reconnue et m'envoie-t-il un signe ? À cette idée, je m'excite comme une gamine de quatorze ans, une honte…

Je consulte également les sites de paralpinisme : une discipline qui associe alpinisme et chute libre et où même la montée – une course d'alpi dans des couloirs hyperraides, ou dans des voies d'escalade vertigineuses – n'est pas exempte de risques… J'y apprends qu'une réunion est organisée le 5 septembre à Chamonix avec la projection d'un petit film à l'adresse de quelques initiés. Il s'agit du récit d'une poignée de pratiquants, dont James Betford, qui sont allés sauter en Suisse quelques semaines plus tôt. Je décide de m'y rendre pour nouer des contacts.

Ce que je vois à la projection est proprement hallucinant : du haut de sommets ou de falaises grandioses, les types se jettent littéralement dans le vide. Au moment où on a l'impression qu'ils vont percuter le sol, ils ouvrent leur voile… Ou bien ils se transforment en hommes-oiseaux, presque en fusées, grâce à une wingsuit qui leur permet de voler encore plus longtemps en rasant les flancs de montagne, lancés à deux cents kilomètres heure… Après la projection, on a droit à une leçon de pédagogie sur ce sport, un sport qui s'adresse avant tout à des parachutistes confirmés qui peuvent attester de plusieurs centaines de sauts, ainsi que d'une pratique aguerrie des sports de montagne. Car les blessures et accidents mortels se produisent régulièrement, y compris chez les plus expérimentés.

Quand peu à peu le public se retire, je me résous à aborder James Betford.

Je me présente et lui expose que tout ce qu'il vient de montrer là m'intéresse grandement pour ma thèse. Devant son air fermé, je rajoute bêtement :

– Je serais presque tentée de dire que vous êtes mon client idéal !

– Merci, mais je ne sais pas comment je dois le prendre…

Aïe, j'y suis allée un peu fort. Je me rattrape par la flatterie en le félicitant pour sa fantastique performance lors de la course du week-end dernier.

– À la Petite Trotte à Léon ? Merci… Donc, vous étudiez les sports à risques ? Effectivement, le paralpinisme n'en est pas dépourvu…

James Betford est finalement d'accord pour intégrer mon panel et me tend sa carte avant de répondre à d'autres sollicitations.

Quelques jours plus tard, au dîner, je parle de James Betford avec Jane et Vincent.

– Je le connais, James, j'ai déjà filmé quelques-uns de ses sauts, me dit Vincent qui décidément connaît tout le monde. Il est aussi vaguement journaliste sportif : il écrit dans des revues de trail et de parachutisme.

– Oui, il m'en a parlé. Et m'a également dit que pour comprendre le risque, il fallait le toucher du bout des doigts… Donc, il m'a proposé d'aller grimper en montagne, pour faire la voie *Père Sévère*, à l'aiguille de la Persévérance.

– Il t'emmène faire une grande voie ? Direct, comme ça,

pour démarrer en escalade ? Mais il est malade, ce mec ! Pourquoi pas dans la face nord des Grandes Jorasses tant qu'il y est ?

Vincent s'énerve ; je tente de le calmer.

– J'ai déjà fait un peu d'escalade et il m'a dit que je n'avais rien à craindre, qu'au pire il me redescendrait en moulinette… De toute façon, je ne peux plus reculer, il passe me prendre demain à sept heures ; d'ailleurs je ferais bien de monter me coucher. Allez, bonne nuit !

– Bonne nuit, Emma, mais fais attention demain !

Ça y est, nous y voilà ! La vue est sensationnelle, le site époustouflant.

Après une marche d'approche de trois heures, on domine toute la vallée. Je me tartine de crème solaire pour protéger ma peau de blonde et j'enfile mon baudrier. James s'approche de moi pour en vérifier le serrage et m'encorder ; il pourrait être un peu plus discret quand il regarde mes seins…

Nous démarrons l'ascension : il ouvre la voie. Je le suis mais je ne me sens pas très à l'aise. Les cours sur le mur d'escalade de l'université semblent bien loin, et les sensations ne sont pas du tout les mêmes en extérieur. Nous progressons néanmoins.

Après quelques longueurs de corde, et avec l'altitude et le petit déjeuner déjà lointain, j'ai comme un creux qui s'installe dans l'estomac. Plus je grimpe, et plus je suis tendue, vaguement nauséeuse, la gorge nouée et les jambes cotonneuses.

Arrivant sur un pas délicat, je ne trouve plus de prise pour mes mains… Mon corps se raidit, je me fige. Mon rythme cardiaque s'accélère et j'entends mon sang pulser dans mes tempes.

James m'attend une trentaine de mètres plus haut dans la paroi. Je hurle :

– James, je ne peux plus bouger !

Les muscles crispés, mes jambes se mettent à trembler de manière incontrôlable, je tétanise.

– Ça va, Emma ?

– Non ! !

La panique m'envahit. Je regarde sous mes pieds… et le regrette immédiatement. Je vois le vide : cent, cent cinquante mètres depuis que nous avons commencé à monter… Implacablement, le vertige s'empare de moi ; je crois que je vais vomir. Je ne peux plus rien faire, je suis terrorisée. Des larmes coulent doucement le long de mes joues.

– Je vais essayer de revenir vers toi ! me hurle James.

Soudain, j'entends quelqu'un siffler à notre droite. Je tourne la tête.

– Vous avez besoin d'aide peut-être ?

Matthieu Charraz ! En contrebas, quelques mètres au-dessous de moi. Mais qu'est-ce qu'il fait là ?

– Oui, j'ai besoin d'aide !

C'est un cri du cœur que je ne peux retenir. Il sort de sa voie et se déporte vers moi. Je ne l'avais pas vu venir, il grimpe tellement vite, en solo en plus !

– Respire. Reprends ton souffle, calme-toi. Tout va bien.

Matthieu Charraz vient se placer à côté de moi. James est toujours trente mètres au-dessus de nous.

– On va désescalader un peu et installer un rappel sur cette petite plate-forme pour te redescendre. James, donne du mou, mademoiselle va faire demi-tour ! crie Matthieu.

Il guide chacun de mes mouvements, me trouve des prises pour les pieds et les mains. Nous arrivons à la plate-forme pour faire un relais. Il passe une main rassurante autour de ma taille, j'en ai le souffle coupé.

– Tiens, reprends des forces, m'ordonne-t-il en me tendant une barre énergétique.

Sa voix est grave, enveloppante. Je le regarde avec de grands yeux exprimant un mélange d'effroi, de reconnaissance et d'admiration.

– Ne t'inquiète pas, ça va aller, on va redescendre tranquillement; on a tout notre temps.

Devant son sourire ravageur, je fonds littéralement et les larmes se remettent à couler. James engage également sa descente.

Après une bonne demi-heure d'efforts, je suis tirée d'affaire. Nous rejoignons le chemin puis le parking au col des Montets.

Matthieu se baisse et récupère quelque chose derrière la roue de son 4x4. Je le regarde d'un air interrogateur.

– C'est ma clef de voiture, m'explique-t-il, je n'aime pas m'encombrer quand je pars en montagne, surtout en escalade.

– Matthieu est un obsédé de la légèreté, grince James.

– James, je vais déposer Emma chez elle si tu permets. Je devais justement voir Vincent, son colocataire.

James serre la mâchoire et répond, amer.

– Comme tu voudras, Superman.

La tension entre eux est perceptible; ils viennent pourtant de courir ensemble pendant près de quatre jours...

Je monte donc dans le 4x4 gris de Superman... Il conduit comme une bombe, je m'agrippe à ma ceinture de sécurité. Percevant mon malaise, il décélère; je me détends et engage la conversation. Avec Matthieu, parfaitement bilingue, l'anglais s'impose définitivement.

– D'après ce qu'on m'a dit, il semblerait qu'en ultra-trail tu domines la discipline avec une facilité déconcertante.

– Ce n'est pas si simple… Certes, j'ai des prédispositions physiques, mais franchement, c'est un travail acharné, avec une concurrence redoutable. Quelqu'un comme James, par exemple, ne doit surtout pas être sous-estimé. Ni les anciens, expérimentés, ni la nouvelle génération qui monte…

– Et le dopage ?

– Pour l'instant, je m'efforce de croire notre sport épargné par tout cela. Il y a moins d'argent en jeu que dans d'autres milieux. Nous sommes très peu de professionnels à en vivre et nous ne sommes pas présents aux J.O., ce qui donne un état d'esprit et une organisation plus cools. Bien sûr, nous voulons tous gagner, mais cela n'empêche pas une forte solidarité entre coureurs, tous confrontés aux limites que nous fixe la montagne.

– Et à vos propres limites : il est presque contre-nature de courir si longtemps, non ?

– C'est ce que l'on pourrait penser au premier abord, mais l'endurance est davantage dans la nature humaine que le sprint par exemple. Si les animaux nous surpassent en vitesse, nous avons une supériorité indéniable en matière d'endurance. L'*Homo erectus* pratiquait la chasse à l'épuisement pour venir à bout de ses proies.

– Toi, qu'est-ce qui te fait courir ?

– La course et la montagne sont un besoin viscéral, elles font partie de moi depuis toujours. Quand je cours, je me sens exister, c'est mon langage. Même si je suis un compétiteur acharné, gagner n'est que secondaire. D'ailleurs j'ai fait mienne cette phrase de Platon : « La victoire sur soi est la plus grande des victoires. »

– Ce n'est pas faux… Il t'arrive de courir des marathons ?

– Des marathons en montagne, oui, avec du relief, une forte dénivellation. Mais des trucs en ville, sur le bitume, non merci !

Je ne suis pas un coureur de plat, cela m'épuise et me lasse, en plus d'être traumatisant pour les articulations.

Je regarde la route qui défile, Matthieu reprend :

– Et toi, comment comptes-tu écrire ta fameuse thèse sur le risque ?

– En identifiant les codes propres à cette communauté de sportifs qui s'exposent en montagne. Je veux comprendre le mécanisme, trouver ce qu'ils ont en commun ; ce qui, dans leur environnement, les a poussés.

– Tu vas nous étudier comme des souris de laboratoire ?

– Non ! plutôt comme une tribu… C'est de la sociologie qualitative : je vais mener une étude en profondeur ; par opposition à la socio quantitative, plus proche des statistiques. L'université de Chicago est historiquement connue pour cette approche. Cela pourrait s'apparenter à de l'ethnologie si tu préfères.

– Moi qui pensais qu'une thèse se faisait cloîtré dans une bibliothèque pendant des années…

– Heureusement non ! Sinon je ne l'aurais pas fait.

Nous arrivons à l'appartement, où Vincent nous accueille.

– Tiens, salut Matthieu ! Tu tombes bien, je voulais te parler du générique de notre vidéo. C'est marrant que vous arriviez ensemble tous les deux ; Emma, tu n'étais pas avec James Betford ?

– James l'a laissée en perdition dans une voie, réplique Matthieu.

– Matthieu, il ne m'a pas abandonnée, c'est moi qui me suis bloquée !

– Qu'est-ce que je t'avais dit, Emma ! s'emporte Vincent. Ce gars est taré !

– Écoute, tout s'est bien terminé. Enfin… disons que Matthieu est arrivé à point nommé.

– Matthieu, je ne sais pas comment tu as pu supporter de faire équipe avec ce type pendant quatre jours.

– Je ne te cache pas qu'à la fin de la course, je me le demandais…

– Pourquoi, ça s'est mal passé à la PTL ?

– Je t'en parlerai plus tard si tu veux bien, lui répond Matthieu.

C'est le moment de m'éclipser, je les laisse travailler et vais me remettre de mes émotions, non sans avoir remercié Matthieu pour le sauvetage.

– Tout le plaisir était pour moi, Emma… Crois-moi, pour découvrir la haute montagne, choisis mieux ton initiateur la prochaine fois.

Il note son numéro de portable sur un bout de papier qu'il me tend.

– Tiens, appelle-moi, me dit-il avec un regard appuyé, je te ferai un programme d'initiation adapté.

Sentant mes joues s'empourprer, je m'empresse de regagner ma chambre où, songeuse, je me repasse le film de la journée, allongée sur mon lit. Ce Matthieu, quel charmeur…

Les jours qui suivent cette mésaventure sont assez studieux. Je potasse mon français et progresse rapidement. Le reste du temps je lis, analyse et synthétise des ouvrages et articles qui mettront en perspective les données recueillies sur le terrain. Je prépare également les grilles d'entretien qui me serviront de fil directeur lors des entrevues individuelles.

Je commence par un entretien avec des membres du PGHM – le Peloton de gendarmerie de haute montagne – de Chamonix, qui ont accepté de me parler de leur métier. Responsables des secours et de la prévention, ils connaissent bien les mécanismes en jeu dans les sports extrêmes sur leur secteur, et parfois les dérives.

– Je vous mène au major, me dit un gendarme. Il a commencé ici il y a presque trente ans. Il est parti, revenu, il connaît tout.

Parmi les récits que me fait le major, un accident m'interpelle plus que les autres : son premier sauvetage, dans les années quatre-vingt, qui concernait quatre alpinistes – deux guides et deux clients – au pilier du Frêney, et qui semble l'avoir marqué au fer rouge. Deux des alpinistes pendaient, arrimés à leurs cordes, les pieds encore collés à la paroi, comme prêts à démarrer un rappel… Sauf que… sauf qu'ils étaient immobiles, blanchis par le givre, légèrement recouverts de la neige qui n'avait pas encore été chassée par le vent, ondulant doucement au gré des rafales.

– Une apparition fantomatique que je n'oublierai jamais. Après trois jours de tempête, quand l'hélico a pu décoller, on n'a rien pu faire pour eux à part descendre les corps. Il y avait un guide d'un village voisin et une jeune fille d'ici, très prometteuse : espoir du club de montagne, hypertalentueuse ; stoppée là, contre ce mur où elle a fini par lâcher prise… Et plus bas, au pied de la paroi, avec les sauveteurs italiens, on a retrouvé le troisième alpiniste, dans un état lamentable, avec des gelures irréversibles.

– Et le quatrième ?

– C'était le deuxième guide. Il s'en est sorti indemne, lui. Il a quitté la vallée peu après, et il a bien fait… Mais… ces deux alpinistes pétrifiés, c'est une image gravée à jamais… Ce connard de Charraz…

Je manque m'étouffer :

– Matthieu Charraz ?

– Mais non ! Il était enfant. Mais oubliez ça, cela vaut mieux. Bien, mademoiselle Lindley, je suis contraint de vous laisser, le devoir m'appelle. J'espère vous avoir apporté quelques éléments utiles, bonne chance pour vos travaux.

Le major saisit son énorme sac à dos et me raccompagne vers la sortie d'un mouvement suffisamment autoritaire pour que je n'ose pas moufeter. Dommage, j'aurais bien aimé en savoir plus sur cette histoire de Charraz qui n'est pas Matthieu…

Je me retrouve propulsée hors du bâtiment, imprégnée des images de ce Pompéi alpin. Je revois les deux corps, figés dans l'action. Si ça se trouve, la fille avait mon âge ou était même plus jeune. Qui étaient-ils ? Qu'ont-ils laissé derrière eux ? Ont-ils imaginé une seule seconde ne pas rentrer de cette voie ? Pourquoi cette fois-ci et pas une autre ?

Perdue dans mes pensées, je récupère ma voiture – un petit modèle sans prétention, que j'ai acheté même si je ne compte pas beaucoup l'utiliser, un bon plan que les saisonniers venus de loin se refilent en quittant la vallée. Je dois surveiller mes dépenses, malgré ma bourse de doctorat et l'argent mis de côté en donnant des cours.

Pour profiter pleinement de Chamonix, et ne pas passer à côté de l'esprit de la ville, je décide de me mettre au sport plus intensément. Je n'ai pas le choix, happée par la dynamique du lieu. Je me mets à courir plus régulièrement, m'éloignant du jogging du dimanche pour aller vers quelque chose de plus sérieux, m'appuyant sur trois modestes années d'athlétisme au collège. Passées les quinze premières minutes parfois un peu difficiles, je cours de manière automatique et le plaisir s'installe. Mais quand il faut grimper les côtes, j'ai l'impression de manquer d'oxygène. Comment font-ils sur les trails pour monter et descendre pendant des heures et des heures ? Bien sûr, certains ralentissent et se mettent à marcher, mais d'autres le font vraiment en courant, c'est à peine croyable !

Jane m'accompagne et me conseille de temps en temps, quand elle n'est pas en montagne avec un groupe. Elle m'enseigne la technique pour gérer mon rythme, ma respiration, me dit comment monter en puissance dans mon entraînement tout en laissant à mon corps le temps de s'adapter à ces nouveaux efforts. Elle m'apprend également « le fractionné » : alterner phases rapides et phases plus lentes afin de gagner en vitesse et en résistance. Je progresse et allonge la durée à chaque sortie, c'est très gratifiant. Quand nous courons ensemble, nous en profitons souvent pour papoter.

Un matin où nous démarrons doucement sur un petit chemin près de la maison, je lui demande pourquoi Vincent et elle vivent toujours en colocation.

– Parce qu'on s'est connus comme ça ! Quand je l'ai rencontré, il était célibataire et venait d'acheter ce grand appartement grâce à un héritage, en se disant qu'il prendrait des colocataires ; il a toujours aimé la vie à plusieurs, et ça lui permet de rembourser le reste du crédit. Au départ, nous étions trois : Vincent, Sandro et moi. Nous avions chacun notre chambre ; puis Vincent et moi sommes tombés amoureux, alors j'ai partagé la sienne et une place s'est libérée, occupée par une Québécoise avant toi.

Jane poursuit et me raconte la genèse de leur relation.

– Dès le début, Vincent m'a plu mais je n'osais rien dire pour ne pas compromettre l'ambiance ; d'autant que de son côté, rien ne transparaissait. Puis les semaines passaient, et j'ai fini par ramener un petit copain à l'appart. Vincent n'a pas supporté, il a fait irruption dans ma chambre pour le mettre dehors ; alors on a compris… Cela fait deux ans maintenant, et nous sommes bien ainsi. Et comme on ne pouvait plus se passer des cocktails de Sandro, on l'a gardé…

Tandis que nous attaquons une montée sur ce qui, l'hiver, doit être une piste de ski, une fusée passe à toute allure non loin de nous. Jane siffle entre ses doigts, la fusée s'arrête et se retourne : c'est Matthieu Charraz… Il court hors des sentiers dans les herbes hautes, comme une bête sauvage, torse nu avec des chaussures et un short. Il bifurque vers nous à grande vitesse.

– Salut Jane !

– Salut Matthieu ! Tu te souviens d'Emma, je crois que vous vous êtes déjà croisés ?

– Comment l'oublier, la belle Américaine en perdition dans sa voie d'escalade !

– Où vas-tu ?

– Oh pas si loin, je vais faire un petit tour dans les Aiguilles-Rouges.

– Tu parles d'un petit tour… Allez, on ne te retarde pas plus.

– Bonne balade les filles !

Il reprend son ascension à pas de géant, et moi je le regarde disparaître, conquise.

– On y retourne ?

– Oui, Jane, je te suis. Enfin je vais essayer…

S'ensuit une discussion à propos de Matthieu.

– Je le croise souvent, nous avons les mêmes itinéraires d'entraînement. Sauf que lui va plus vite, plus haut, plus loin. Mais parfois il reste courir un peu avec moi ; il est d'une gentillesse…

– Cette fois-ci, il n'est pas resté, il a dû me trouver bien trop lente.

– Non, il doit être focalisé sur la préparation d'un trail. Quand il a un objectif, rien ni personne ne peut le faire changer de cap. C'est quelqu'un qui calcule tout : le moindre mètre de dénivelée, la moindre minute d'effort physique, la moindre calorie ingurgitée ; tout est consigné, répertorié. Il connaît son planning des mois, voire des années à l'avance.

– On ne dirait pas quand on le voit…

– Effectivement, c'est avant tout un compétiteur, mais il sera toujours ouvert aux autres, toujours réceptif au milieu qui l'entoure. Un peu à la manière de Vincent, je vois Matthieu comme un esthète de la montagne. Il faudrait que tu le voies surfer cet hiver ! Il a un style inimitable, à mille lieues du cliché de l'éternel adolescent snowboardeur…

– Je vois… et quel âge a-t-il ?

– Exactement comme Vincent, il vient d'avoir trente et un ans.

Plus j'en apprends sur Matthieu Charraz, plus son cas m'intéresse.

Au bout d'un moment, à bout de souffle, je laisse Jane continuer seule et amorce ma descente vers notre appartement.

Le lendemain matin, je croise Vincent au petit déjeuner. J'émerge à peine, le nez dans mon café, alors qu'il est déjà équipé et prêt à partir je ne sais où en montagne.

– Sais-tu que jeudi, Jane court la première édition du trail du Gran Paradiso ? J'y serai pour l'encourager et réaliser des vidéos pour l'un des sponsors de l'événement. Si tu viens avec moi, Emma, on suivra la course de ravito en ravito.

– Ravito ?

– Les points de ravitaillement, où les coureurs marquent une pause pour boire, se nourrir… Cela sert également à les pointer et vérifier qu'ils font bien tout le parcours, sans couper par des itinéraires plus directs. Le tracé contourne le mont Rose et le Cervin ; la course fait cent trente kilomètres, avec neuf mille mètres de dénivelée positive.

– Jane va courir cent trente bornes et gravir plus d'un Everest ? Elle m'a bien dit qu'elle préparait quelque chose, mais je ne m'imaginais pas un truc si énorme !

– Oui, je sais, elle est discrète. Elle n'a jamais fait aussi long auparavant mais il faut une première à tout… Et tu pourrais assister aux ravitaillements nocturnes : l'ambiance de la nuit est la meilleure, ils ont besoin d'encouragements.

Je confirme aussitôt à Vincent que je suis partante.

Je me rends ensuite à un rendez-vous avec un ancien de la Compagnie des guides. Une sorte de Grand Sachem dont le visage strié de rides semble raconter l'histoire de la vallée. Il me reçoit avec bienveillance dans son vieux chalet de bois patiné par les ans et me narre ses pérégrinations en montagne.

Avant de le quitter, je l'interroge sur quelque chose qui me trotte dans la tête depuis ma visite au PGHM. Vu son âge, il a forcément entendu parler du drame évoqué par le major l'autre jour.

– Pouvez-vous m'en dire plus sur l'accident qui a eu lieu au pilier du Frêney ?

Une étincelle s'allume instantanément dans ses yeux :

– Ah, Mazeaud et Bonatti ! Quelle histoire ! C'était en juillet 1961, et…

– Non, non, pas celui-là ; l'autre, plus tard, dans les années quatre-vingt, les deux guides et leurs clients.

– Oh oui, oui, je vois… fait-il, plus laconique. Ils ont été cueillis par le mauvais temps dans la voie. Pareil, une tempête épouvantable…

– J'ai entendu parler d'un dénommé Charraz qui aurait été impliqué ; je souhaitais savoir quel rôle il a joué dans cette course fatale.

Le guide se raidit, il pince les lèvres et me fixe longuement avant de m'asséner sèchement :

– Jeune fille, moins vous vous mêlerez de cela, mieux vous

vous porterez. La montagne a ses secrets, elle doit savoir les garder.

Rarement dans ma vie, je me suis fait clouer le bec ainsi. Très impressionnée – et non moins vexée –, je le remercie poliment et ne m'attarde pas. Je n'en saurai pas plus cette fois-ci...

Le jeudi 19 septembre, nous sommes au rendez-vous en Italie pour soutenir Jane. Il est dix-sept heures, huit cents coureurs sont massés devant la ligne, prêts à en découdre. Une émotion particulière se dégage, chacun d'entre eux est en train de vivre une grande aventure. En nous plaçant sur le côté pour les prises de vue, j'aperçois Matthieu Charraz ; il est au départ et nous adresse un signe de la main. Vincent me fait remarquer que James Betford est là aussi.

– On va assister à un beau duel, prédit-il.

Enfin, le signal retentit et tous bondissent. Certains attaquent bille en tête, d'autres trottinent afin de se ménager.

Cela fait maintenant plus de trois heures et demie que la course a débuté ; le soleil s'est couché. Vincent et moi sommes positionnés au premier point de ravitaillement, où règne une ambiance incroyable. James et Matthieu Charraz sont au coude à coude et repartent ensemble. Quand Jane arrive, nous l'applaudissons à tout rompre ! Elle est pour l'instant classée dans les cinq premières féminines. Souriante, la concentration et l'effort se lisent pourtant sur son visage. Elle grignote un peu, remplit ses bidons de boisson énergétique et se relance.

Bientôt, des centaines de coureurs et de coureuses, lampe frontale vissée sur la tête, montent vers nous dans la nuit en un long faisceau lumineux, mouvant, fantastique. Leurs familles et les habitants des vallées voisines sont venus les encourager. Les traileurs fraternisent, se motivent mutuellement, s'entraident alors qu'ils ne se connaissaient pas l'instant d'avant. Sur une course longue, on passe par une multitude d'émotions contradictoires, me dit Vincent. Je ressens avec une pointe d'envie l'intensité des moments qu'ils sont en train de vivre...

Une fois la majorité des participants passée à l'étape, le couperet de la barrière horaire tombe. Tous les coureurs ayant mis plus de cinq heures à arriver jusqu'ici sont éliminés. On ne peut que constater leur amertume et leur déception de devoir quitter cette course que certains préparaient depuis des mois.

– Là, c'est la première barrière horaire, mais imagine les réactions quand ils sont arrêtés à la dernière d'un parcours démesuré réalisé à quatre-vingts pour cent... Dans un état second du fait de la fatigue, certains coureurs deviennent ingérables, voire carrément violents, me dit Vincent.

Vincent et moi reprenons la voiture et allons boire un café au chaud dans un refuge, non sans une pensée pour ces pauvres hères courant dans le froid et l'obscurité, qui vont s'espacer et se retrouver seuls face à eux-mêmes, avec la faune qu'ils vont entendre ou croiser à la lueur de leur frontale.

– Nous allons nous reposer ici quelques heures puis nous nous placerons au dernier ravitaillement pour que je puisse filmer le passage des premiers.

Les premiers ? Je sais très bien sur qui on va tomber... Mon cœur se serre à cette perspective. Nous partons nous coucher pour une nuit qui s'annonce très brève.

En effet, à cinq heures du matin, le réveil est cruel.

Nous allons nous poster au stand, à attendre dans la nuit froide et humide. Soudain, les bénévoles et les spectateurs encore – ou déjà – debout à cette heure-ci applaudissent. Le voilà, voilà Matthieu Charraz ! En tête, comme je l'avais imaginé, et seul cette fois-ci.

Il s'arrête quelques instants au ravitaillement, le dernier avant la ligne d'arrivée. Le temps d'engloutir une boisson et une barre énergétiques et il s'engage pour repartir, faisant un signe à la cantonade.

Lorsqu'il passe devant moi, il m'attrape par le coude et me force à lui emboîter le pas en courant.

– Suis-moi.

Je m'exécute et nous reprenons le parcours balisé, nous fondant dans la nuit. J'essaye de suivre son rythme – un véritable sprint pour moi...

Soudain, il quitte le chemin, me tire sur le côté et me plaque contre un arbre. Et là, il se colle à moi, pose sa bouche sur la mienne, et m'embrasse. Dites-moi que je rêve ! Il a un goût salé. Mes jambes ne me portent plus...

Le baiser se prolonge quelques secondes, puis ses lèvres se détachent des miennes. Il me regarde un instant, et reprend sa course, parti pour gagner, une nouvelle fois.

Il me laisse abasourdie... Je reste immobile une minute, le temps de comprendre ce qui vient de m'arriver. Et je reviens vers le stand en marchant, hébétée. Enfin, l'euphorie me gagne, mon cœur fait des bonds dans ma poitrine. Ce qui vient de se passer est tout simplement stupéfiant !

Mais aussitôt je me raisonne : il court dans la nuit glaciale depuis douze heures, il est fatigué, il ne sait plus ce qu'il fait ; c'est juste une pulsion. Ce doit être l'euphorie de la compétition, la fierté d'être en tête et d'avoir semé James, les fameuses endorphines de l'effort, ou encore l'effet de la pleine lune. Cela ne veut absolument rien dire, je ne dois pas m'emballer ; il aurait très bien pu faire cela avec une autre, une admiratrice ou une coureuse. D'ailleurs, il ne sait rien de moi, on ne s'est vus que quelques fois…

Il nous faudra attendre de longues minutes avant de voir arriver James, un peu à la peine, puis les suivants. Avec Vincent, nous restons encore un moment puis filons à l'arrivée.

Et voilà, à huit heures le soleil est levé depuis longtemps et Matthieu Charraz a gagné après quinze heures d'efforts. Une demi-heure plus tard, James arrive, puis les suivants, au compte-gouttes, et enfin afflue le gros des coureurs, du moins ceux qui n'ont pas abandonné. Matthieu, douché et changé, retourne sur le chemin pour les encourager, grand prince.

Les arrivants reprennent des forces et avalent un repas chaud. J'écoute les conversations, essaye de saisir le vocabulaire, les émotions. Le trail n'est pas un sport extrême – encore qu'il puisse y avoir des passages hyperengagés sur certaines courses de skyrunning – mais cela m'intéresse malgré tout. Et je tente de réconforter Jane qui a dû abandonner à cause d'une douleur insupportable au genou.

Enfin, on installe le podium. Matthieu, admirable comme toujours, monte logiquement sur la plus haute marche. Il semble vraiment heureux de sa victoire. Puis vient le tour de James, qui, lui, fait un peu la tête, et celui d'un Espagnol au torse gonflé de fierté. Les flashs crépitent. Arrive le podium féminin ; la première a mis quatre heures de plus que Matthieu. J'admire et j'envie ces femmes (assez peu nombreuses, je dois dire) qui ont réussi pareil exploit. Complices, Matthieu et la gagnante plaisantent. Elle le dévore des yeux, ce que je peux comprendre puisque je fais pareil. Toujours est-il que j'ai le ventre noué tellement ma jalousie est forte ; d'autant plus que je n'ai pas pu approcher Matthieu depuis son baiser inattendu, quelques heures plus tôt. J'en frissonne encore rien que d'y penser… Un attroupement se forme autour de lui, comme si chacun voulait une partie du champion : un mot, une photo, une accolade, une anecdote à raconter aux amis ou à poster sur les réseaux sociaux ; un morceau de lui-même. Matthieu symbolise un idéal de dépassement, Matthieu c'est eux en mieux.

Au bout d'un moment, j'en ai assez vu. Je me dirige vers Jane qui s'acharne à enfiler un strap sur son genou.

– Je te raccompagne ?

– Oh oui, je suis à bout de forces… Et je pense que Vincent va rester filmer et attendre les derniers. Je ressens un froid immense, j'ai envie de prendre un bain brûlant en arrivant à Cham. Et des anti-inflammatoires aussi…

– Malgré tout, tu as fait une course remarquable ; rends-toi compte, Jane : quatre-vingt-dix kilomètres, c'est déjà un exploit ! Je ne pense pas qu'il y ait plus d'un coureur sur deux qui passe la ligne d'arrivée…

Nous laissons Matthieu à ses groupies italiennes, Vincent à ses vidéos et je ramène Jane à la maison.

La vie dans la vallée, c'est une chose, mais à Chamonix, c'est en haut que ça se passe. À voir les gens redescendre en ville avec un sourire béat après une sortie en haute montagne, je me dis que je ne peux pas passer à côté d'une séance d'initiation, qui plus est avec une star en la matière. Je décide donc d'appeler Matthieu Charraz – après tout, s'il m'a laissé son numéro…

Il décroche rapidement.

– Bonjour Matthieu, c'est Emma Lindley.

– Ah, Emma, quelle bonne surprise !

Une surprise ? Le mufle ! Pas plus tard que la semaine dernière, ce type m'a embrassée comme rarement ! Mais il se rattrape :

– Tu tombes bien. Demain, je vais m'entraîner sur la mer de Glace ; je pense passer la nuit là-haut, au refuge du Requin. Si tu veux je t'emmène avec moi, c'est l'un des plus beaux endroits au monde…

J'accepte aussitôt, sans trop savoir à quoi je m'expose. Quand je raccroche, j'ai l'impression que mon cœur va exploser. J'ai un sourire idiot et l'envie de descendre hurler à mes colocataires que je vais passer une journée et une nuit en montagne avec Matthieu Charraz ! Mais je me contente de préparer mon sac et d'aller emprunter des crampons.

Le lendemain à midi, je suis au rendez-vous qu'il m'a fixé. J'attends Matthieu à la gare du Montenvers, au pied de la mer de Glace, à 1 900 mètres d'altitude, le terminus d'un pittoresque train à crémaillère. La journée s'annonce radieuse. En cette fin septembre, nous vivons un bel été indien comme Chamonix sait en offrir, dixit Vincent ce matin. Je suis époustouflée par le site, majestueux cirque de montagnes, de glace et de roche à perte de vue. Tout en admirant le paysage, je me demande comment je dois dire bonjour à Matthieu ? La dernière fois, le contact était plutôt intime...

Soudain il surgit et répond à mes interrogations en m'embrassant sur les deux joues, comme on dit bonjour à une amie. Comme je l'avais pressenti, son baiser n'était qu'un coup de folie passager, donné dans l'euphorie de la course. Je suis en colère contre moi-même ; mais qu'est-ce que tu croyais, ma pauvre ? Dommage, il est tellement beau avec ses lunettes de soleil, sa barbe naissante et son irrésistible sourire...

Après une longue descente par des échelles, nous nous engageons sur le glacier. Des centaines de crevasses recouvertes d'amas de neige un peu noircie et d'éboulis de pierres forment une sorte de houle. Des petits ruisseaux drainent l'eau vers la vallée. Je n'ai jamais rien vu de pareil, je suis ébahie. Matthieu, lui, semble dans son élément.

– On va s'encorder pour que tu t'habitues. Évoluer sur un glacier n'a rien de difficile, il suffit de passer au bon endroit.

Quel euphémisme... Il suffit de slalomer entre les crevasses et leur gueule béante. Je ne vois même pas le fond pour certaines d'entre elles...

– Attends-moi là, je vais repérer un passage.

Matthieu se détache et se met à courir, bondissant comme un cabri au-dessus des crevasses. En dépit de sa grande taille et de sa carrure, il maîtrise totalement son corps et ne fait qu'un avec le terrain. Il effectue des allers-retours comme un chien de berger, s'avançant entre les blocs et revenant vers moi pour me guider. C'est un vrai labyrinthe, entre murs de glace et trous abyssaux.

– Tu fais ça en baskets !

– Oui, mais pas n'importe lesquelles. Ne t'inquiète pas, j'ai des sortes de crampons aussi !

Il me montre ses semelles, constellées de petits pics métalliques. OK, si tu le dis... Sans parler du fait qu'il ne porte qu'un short et un tee-shirt manches longues ; visiblement, il n'est pas frileux. Matthieu arbore également une énorme montre qui doit remplir des centaines de fonctions. Il s'arrête pour goûter l'eau qui circule sur le glacier. Tout cela paraît d'une facilité déconcertante pour lui...

Après la marche glaciaire, nous rejoignons le refuge du Requin grâce à une série d'échelles fixées dans la roche. Bâti sur un éperon rocheux à 2 500 mètres d'altitude, le refuge domine la mer de Glace et offre une vue grandiose sur ce cirque de montagnes où ont été ouvertes quelques-unes des voies mythiques de l'histoire de l'alpinisme.

– Le refuge n'est pas gardé en cette saison, me précise-t-il.

– Il n'est pas chauffé non plus ! ajouté-je en entrant.

Il fait un froid polaire dans l'unique pièce accessible. Nous posons nos sacs et ouvrons les volets : la partie hivernale du refuge, vide en cette saison creuse, comprend un coin pour cuisiner, des tables, des bancs et une immense couche commune surélevée équipée d'une échelle de bois. Très rapidement Matthieu m'abandonne.

– Emma, je n'ai pas eu ma dose d'efforts pour aujourd'hui, je dois me défouler encore un peu. Ça ne t'ennuie pas j'espère ?

Tu pourras admirer la vue – on ne s'en lasse pas –, faire quelques photos et lire le livre d'or du refuge.

Je sors du bâtiment pour voir Matthieu partir plus haut dans la montagne à une vitesse hallucinante dans un terrain qui pourtant s'y prête peu. Je repense à ce que me disait Samuel en parlant de lui – « agile comme un chamois » –, et trouve l'image particulièrement bien choisie. Je vais ensuite admirer le panorama depuis la terrasse du refuge. Une vue saisissante sur le glacier du Géant, accumulation de monstrueux blocs de glace encastrés les uns dans les autres dans un indescriptible chaos. Les séracs laissent entrevoir des reflets bleu turquoise, un bleu inquiétant, presque surnaturel. On perçoit des craquements extraordinaires, on voit des blocs tomber de temps à autre : le glacier vit, bouge, avance, et fond aussi. Un peu trop vite d'ailleurs, depuis quelques années.

Peu à peu, le soleil disparaît. Les montagnes, immenses masses de granit, se découpent sur l'horizon. Toute la chaîne se colore de rose avant de prendre une teinte métallique. Et d'un coup, la nuit est là. Je frissonne et rentre dans le refuge.

Je trompe l'ennui depuis un certain temps déjà quand enfin la porte s'ouvre. Je me retourne en souriant, prête à accueillir Matthieu, mais mon sourire retombe aussitôt : une cordée de trois solides gaillards, lampes sur le casque tels des mineurs, vient vraisemblablement passer la nuit au Requin. Adieu soirée en tête à tête avec mon champion, il va falloir cohabiter…

Ils me saluent dans un anglais mâtiné d'un fort accent d'Europe centrale, s'installent bruyamment, puis sortent leur repas, et surtout leur apéritif.

– Vous partagerez bien notre vodka ?

Après tout pourquoi pas ? Cela fait un moment que Matthieu est parti et je ne vais pas me morfondre en attendant un homme courant d'air. Les Polonais m'expliquent qu'ils dorment ici avant de tenter la dent du Requin par l'arête sud-est. C'est la deuxième fois qu'ils viennent dans la vallée, la première fois ils y ont réussi l'ascension du mont Blanc.

Je comprends rapidement pourquoi on dit « se saouler comme des Polonais ». Comment vont-ils faire pour grimper demain ? L'atmosphère se réchauffe, un peu trop peut-être. L'un des hommes colle sa chaise à la mienne et me baratine avant de me demander si je suis célibataire... Je bafouille que oui, et regrette aussitôt de ne pas avoir menti : il devient de plus en plus entreprenant. Je commence à me sentir mal à l'aise, d'autant qu'à cette altitude l'alcool me monte à la tête d'une manière redoutable. Quand il passe son bras autour de mes épaules, je reste paralysée.

À ce moment-là, la porte du refuge s'ouvre brusquement.

– Ça alors, Matthieu Charraz, en vrai !

On dirait que l'aura sportive de Matthieu porte jusqu'en Pologne. Matthieu qui, moins enjoué, nous toise.

– Messieurs, je vois que vous avez fait connaissance avec mon amie.

Le Polonais, gêné, retire sa main de mon épaule. Matthieu semble un peu contrarié et m'entraîne à l'autre bout de la salle à manger.

– Mais tu sens l'alcool, Emma ! me lance-t-il.

Je bredouille, confuse, que la nuit étant tombée depuis longtemps, je pensais qu'il avait changé d'avis et était redescendu sans moi...

– Qu'est-ce que tu t'imagines ? Entraînement à toute heure, quelle que soit la météo, la saison, le terrain, me dit-il sèchement. Et je n'abandonne jamais un équipier en montagne. Bien, nous allons dîner. À moins que tu ne l'aies déjà fait avec ces messieurs ?

– Non, on a juste pris l'apéritif.

– Ça, je l'avais remarqué.

Matthieu fait chauffer de l'eau sur la vieille gazinière du refuge sans dire un mot. Finalement, il me tend une tasse de soupe.

– En entrée, velouté de tomates.

Il engage la conversation et semble peu à peu se détendre en me racontant ses activités hivernales.

– Je participe aux compétitions de freeride en snowboard ; et en parallèle, je crée mon propre programme, en tentant des records ou des premières en alpi-snowboard.

– C'est-à-dire ?

– J'ai un prototype de snowboard ultraléger, conçu avec le fabricant. Je monte – vite – avec ma planche accrochée dans le dos. J'allie rapidité et technique, en autonomie bien sûr. Puis je redescends, souvent dans des couloirs hyperengagés, très étroits et très raides, où j'enchaîne les microvirages, parfois sur de la glace vive.

– Comment choisis-tu tes voies ?

– Je fais la répétition d'itinéraires déjà ouverts par des grands noms du ski ou du snowboard extrême comme Marco Siffredi, mais en essayant d'améliorer les temps, ou en les enchaînant. Ou bien je tente des premières dans certaines voies jamais descendues en snow.

Je me réchauffe en buvant ma soupe, et j'essaye d'imaginer ce que me décrit Matthieu : l'insensé. Je lui demande comment il fait pour supporter les conditions : l'altitude, le froid, le vertige, la peur… Il m'explique qu'ayant grandi au Népal, son corps s'est adapté et sa capacité pulmonaire avoisine celle des sherpas. Et son enfance était un peu spéciale, souvent dehors à jouer avec les enfants des villages ; aussi n'a-t-il jamais été sensible au froid.

– Pourquoi vivais-tu là-bas ?

– La famille de mon père habite Chamonix depuis des générations. Mais après leur mariage, mes parents ont décidé d'ouvrir une agence de trek au Népal. C'était le tout début des expéditions commerciales. Cela fonctionnait très bien. J'ai vu des centaines d'alpinistes partir à la conquête des sommets himalayens. Plus tard, à l'adolescence, mon père m'a autorisé à me joindre à certains groupes. Tout petit déjà, pour Noël, j'avais du matériel de montagne en cadeau.

– La montagne était ton aire de jeu…

– Exactement, et c'est resté mon élément. En ville, je suis malheureux ; j'aime bien visiter une belle capitale de temps en temps mais je me sens vite oppressé.

– C'est là-bas que tu as appris l'anglais ? Tu le parles très bien !

– Oui, j'ai côtoyé tellement d'alpinistes de nationalités différentes que je parle ou comprends pas mal de langues.

Matthieu verse de l'eau chaude dans deux sachets en aluminium, laisse reposer, puis m'en tend un.

– Lapin chasseur et sa sauce forestière aux morilles, sur lit de tagliatelles…

– Je ne savais pas que l'on pouvait profiter de la cuisine française à cette altitude. Ça m'a l'air… délicieux…

Il y a un décalage certain entre l'appétissante photo figurant sur l'emballage et le résultat final, légèrement décevant. Malgré tout, nous savourons nos plats lyophilisés comme s'il s'agissait d'un dîner gastronomique, alors que ce repas m'aurait rebuté dans la vallée. J'aimerais bien l'interroger sur le drame du Frêney, mais je n'ai pas envie de rompre le charme du moment.

– Tu me fais parler, Emma, mais je ne sais presque rien de toi.

– Disons qu'en comparaison, j'ai eu une enfance beaucoup plus classique... J'appartiens à une famille un peu rigide. J'ai reçu une éducation très pieuse, dans un cadre plutôt strict : loisirs contrôlés, sorties limitées... J'étais donc une petite fille modèle, avec, bien sûr, les résultats scolaires qui vont avec.

– J'ai tout de suite su que tu étais une intello.

– Voilà, c'est exactement l'étiquette que l'on m'a collée pendant toute ma scolarité. Je commençais à étouffer. J'ai eu besoin de changement et de liberté, c'est ce que je suis venue chercher ici.

– Changement et liberté, intéressant... Et sur le plan sentimental ? Tiens, es-tu célibataire ?

– Tu ne m'as pas posé la question l'autre soir en Italie avant de m'embrasser !

– Oh, c'était toi la fille en Italie ? me demande-il d'un air candide. La nuit était si sombre...

Nous rions tous les deux, le courant repasse.

Après ça, Matthieu et moi nous installons pour dormir à une extrémité de la longue couche commune, les Polonais étant déjà à l'autre. Mais impossible pour moi de trouver le sommeil à cette altitude. Et puis, la proximité de Matthieu me perturbe. J'écoute son souffle, irrégulier : il ne dort pas non plus. Je n'ose plus respirer. Tout à coup, je sens qu'il se rapproche.

– Tu as froid ?

Effectivement, le froid me saisit malgré les couvertures du refuge.

– Un peu… beaucoup…

– Laisse-moi te réchauffer.

Il colle son corps contre le mien, vient s'emboîter dans mon dos ; je retiens mon souffle. Ses mains me caressent pour me réchauffer. Peu à peu, je sens qu'elles remontent vers ma poitrine. Puis il m'attire à lui et m'embrasse. Mon cœur bat à tout rompre, je suis à la fois folle de joie et terriblement impressionnée.

D'un coup, il est sur moi et me plaque de tout son poids. Il cherche à me déshabiller en même temps qu'il se frotte à moi, m'embrassant de plus belle. Ça y est, je suis seins nus… J'ai envie, mais j'ai peur aussi : je ne sais pas ce que Matthieu ressent pour moi, et je n'arrive pas à le suivre. De plus, je crains que nos voisins ne nous entendent…

– Arrête, Matthieu, je ne peux pas.

– Pourquoi ? me demande-t-il brutalement.

Sa réaction me conforte aussitôt dans mon refus.

– Les Polonais vont nous entendre et puis… je ne veux pas.

Il se remet sur le côté sans un mot, soupirant ostensiblement. Son exaspération me glace. J'ai tout gâché… mais il m'est impossible d'aller plus loin. Pas là, pas si tôt, pas en public…

Heureusement, la fatigue m'évite de gamberger plus longtemps et je m'endors rapidement.

À mon réveil, le couchage à côté de moi est vide. Je m'habille et descends du grand lit. Les Polonais achèvent de boucler leurs sacs. Je dois avoir l'air dépité car ils ont un rire moqueur en me voyant.

– Les champions sont insaisissables, me fait l'un d'eux.

– Insaisissables, c'est le mot…

Les voilà partis pour une ascension assez technique ; quand je pense à tout l'alcool qu'ils doivent avoir encore dans le sang…

Matthieu m'a laissé de quoi prendre mon petit déjeuner ainsi qu'un mot. Bien entendu il est parti s'entraîner et reviendra me chercher à neuf heures précises. Parfait, j'ai une heure devant moi. J'imagine que j'ai intérêt à être fin prête quand il arrivera. C'est ça ou je retraverse seule le glacier, ce qui ne me tente pas vraiment.

À neuf heures moins cinq, je suis au garde-à-vous et le vois s'avancer, que dis-je, foncer vers le refuge.

– Salut. Prête pour la descente ? me demande-t-il froidement.

– Oui, c'est bon. Tu ne prends pas ton sac ?

– Je vais le cacher, je repasserai le prendre plus tard dans la journée ; j'ai encore à faire par ici.

Nous empruntons en sens inverse les longues et vertigineuses échelles pour descendre du refuge ; Matthieu reste en dessous de moi. Enfin, nous arrivons au niveau du glacier aux crevasses impressionnantes. Matthieu ne m'a pas dit un mot depuis trente minutes ; j'en pleurerais.

Comme à l'aller, il s'avance sur le glacier pour repérer le chemin. Sauf qu'il ne revient plus systématiquement vers moi pour me guider aux endroits stratégiques. J'essaye de le suivre, mais le passage entre deux crevasses fait parfois moins de cinquante centimètres de large. Soudain, alors que j'essaie de rester dans ses traces, je constate que Matthieu a fait un bond gigantesque. Un bond que je me sens totalement incapable de faire. Je m'engage, peu rassurée… Tout à coup, presque sous mes pieds, une plaque de neige se dérobe et finit dix mètres plus bas ! Mon hurlement strident résonne contre les parois. En quelques secondes, Matthieu est revenu vers moi. Il m'agrippe par le poignet. Heureusement, la partie sur laquelle j'étais a tenu bon.

Matthieu me tire à lui d'un coup sec. Je me cogne contre son torse, il m'y maintient quelques instants.

– Je suis désolé, Emma, je n'aurais pas dû te laisser seule, s'excuse-t-il, encore plus choqué que moi.

– Ça va, Matthieu, ne t'en fais pas. Mais je constate que finalement tu ne vaux pas mieux que James comme initiateur !

– C'est vrai… C'était ce que l'on appelle un pont de neige. Parfois la neige porte, parfois elle ne porte plus assez et s'écroule sous ton poids, t'entraînant dans sa chute. Tu as eu de la chance… Nous allons finir la descente ensemble.

Il me saisit fermement par le baudrier pour m'encorder à lui, son visage à quelques centimètres du mien…

Nous reprenons notre itinéraire jusqu'à la petite gare du Montenvers. À cette heure-ci, les touristes sont bien plus nombreux à monter de Chamonix qu'à y redescendre comme je m'apprête à le faire. Mais niveau montagne et émotions, j'ai eu ma dose ces dernières vingt-quatre heures et ne suis pas mécontente de rentrer chez moi.

Radouci, Matthieu m'embrasse dans le cou et repart courir en haute montagne.

En ce début d'automne, je me mets à courir de plus belle. Je tente de respecter la règle des trois fois trois : trois quarts d'heure, trois fois par semaine, pendant trois mois ; mais je suis rapidement tentée d'augmenter la fréquence et la durée de mes sorties. Mon souffle devient plus régulier, mon corps se transforme, se muscle : cuisses galbées, fesses rehaussées, raffermies, ventre aplati… J'investis davantage mon corps de femme et m'achète le matériel adéquat. Adieu vieux joggings informes, je choisis des vêtements techniques hyperféminins : jupe-short et tee-shirts ajustés qui soulignent ma taille et ma poitrine. Je ne pensais pas que le trail féminin pouvait être aussi sexy !

Et je découvre l'infini plaisir de courir en pleine nature, loin du bitume et des gaz d'échappement. Quand on y a goûté, il devient très difficile de revenir sur route… Je vais à la rencontre des sous-bois, au gré des chemins de randonnée. Je commence à mieux appréhender le relief, profitant de l'accélération en descente et relançant dans les montées. Si quelque chose me tracasse, je chausse mes baskets et pars pour une sortie longue. Je me sens alors extraordinairement libre et reviens ressourcée à l'appartement. Courir est comme une évidence, j'ai l'impression d'avoir attendu cela toute ma vie.

L'automne s'installe peu à peu. Les arbres perdent leurs feuilles, les couleurs changent, et souvent la pluie tombe à verse. Mais le temps morose n'entame nullement la bonne humeur qui règne à l'appartement, où l'entente avec mes colocataires est totale. Quant à Matthieu, je ne l'ai pas revu depuis l'épisode du refuge du Requin. Je me force à croire que c'est mieux ainsi, même si je suis de très près – trop près – ses activités sur Internet…

Un après-midi, alors que je suis en train de rêvasser devant mon écran, un appel sur Skype me fait sursauter : Nicole et Abby, mes amies de toujours, m'appellent des États-Unis. Je leur raconte mes déboires avec ce Français qui fait des trucs de dingue en montagne et me fait perdre la tête.

Après avoir bavardé avec elles pendant une heure, je me sens revigorée et me lance dans une sortie en montagne. Il est un peu tard mais la météo semble clémente – au moins il ne pleut pas. J'enfile mon corsaire, un tee-shirt technique et prends un coupe-vent ultraléger, mon portable et de l'eau.

Je parviens à trottiner lentement mais régulièrement, en montant sans cesse le long d'un chemin de randonnée dans un sous-bois bucolique. Je renifle les odeurs que la pluie tombée la veille a révélées, et regarde la végétation et les animaux – évitant les limaces.

Cela fait déjà une bonne heure et demie que je suis partie quand soudain je réalise que je n'ai pas vu le marquage du chemin depuis un moment. Je scrute à gauche, à droite, sur les rochers, sur les arbres, à la recherche des deux petits traits caractéristiques. Tout à coup, je me tords le pied dans un trou et ressens comme un horrible craquement ! Une violente douleur au niveau de la cheville me cloue au sol. Mon cœur bat à cent à l'heure, la douleur irradie dans toute ma jambe. J'attends quelques minutes, me redresse doucement et, peu à peu, reprends mes esprits.

Bon, faisons le point. Il est presque dix-huit heures trente. D'ici une demi-heure la nuit va tomber. Je suis seule, perdue dans la forêt, blessée, à moitié habillée. Le ciel s'est chargé, il fait froid, je n'ai pas ma frontale et rien à manger. Mais il reste de l'eau dans ma pipette, et surtout mon portable capte le réseau !

La réponse à la question « qui appeler ? » me vient en une fraction de seconde : Matthieu Charraz. Mais j'hésite : je ne vais quand même pas appeler ce type, après son comportement abject au refuge ! D'un autre côté, il est trop tard pour l'hélicoptère des secours – de toute façon, je m'imagine mal me faire hélitreuiller en pleine forêt pour une cheville, les secours ont mieux à faire avec les alpinistes. Non, il n'y a que Matthieu pour venir me chercher vite. J'avoue, j'ai envie de le revoir… Et puis j'ai tellement peur de passer la nuit seule dans les bois !

Allez, je me lance. Ouf, il décroche.

– Matthieu, c'est Emma. Je suis désolée de te déranger, mais je suis en difficulté.

– Tiens donc !

– Je suis partie courir sous le Plan de l'Aiguille, dans la forêt. J'ai suivi le sentier balisé qui mène aux Blaitières je crois, mais j'ai dû m'en écarter sans faire attention. Je ne sais plus vraiment où je suis, et surtout je me suis tordu la cheville et je n'arrive plus à marcher.

– OK. Surtout ne bouge pas, reste où tu es, je viens le plus vite possible.

Sauvée !

Lorsque je réalise que je vais voir Matthieu, aussitôt mon cœur s'emballe. Cela dit, je me demande bien comment il va faire pour me retrouver… Pour tenter de lutter contre le froid qui déjà me saisit, j'enfile mon coupe-vent, seule protection dont je dispose. J'envoie un SMS à mes colocataires pour leur signaler que je suis en montagne avec Matthieu. Et Vincent de répondre : « Bonne soirée, et prends garde à toi ! » Sacré Vincent…

Je finis par entendre un appel au loin, auquel je fais écho. Matthieu se guide à ma voix. Très vite, il est face à moi et me toise d'un air rieur.

– Alors comme ça, je suis ton sauveur attitré ?

Bon sang, il se moque de moi ! Mais quel plaisir de le voir, toujours aussi charmeur…

– Mets ce bonnet avant de trop te refroidir.

Devant mon air dubitatif, il me précise :

– Tu perds près de trente pour cent de ta chaleur par la tête ; tout montagnard sait cela. Et je t'ai monté une doudoune, cadeau de l'un de mes sponsors. Il s'agit d'un modèle femme, je cherchais une occasion… voilà, elle est à toi !

C'est une doudoune dernier cri, ultratechnique et légère, compressible et très bien coupée, et surtout très chaude.

– Merci, elle me plaît beaucoup…

– Montre-moi ta cheville.

Je lui tends mon pied droit, il ôte ma chaussure et ma chaussette.

– Ta cheville a bien gonflé ; tiens, avale ça.

Il me donne un Doliprane et me masse avec une pommade à l'arnica. Il fait ça tellement bien que je vibre des pieds à la tête…

– On a de la chance, je connais une sorte de bergerie tout près d'ici. J'ai monté de quoi y passer la nuit. On descendra tranquillement demain, quand ta cheville aura dégonflé.

Oh mon Dieu, une nouvelle nuit avec Matthieu !

– Tu pars en montagne en fin d'après-midi, mi-octobre, par temps incertain, et tu cours sans regarder où tu mets les pieds ? Finalement, Emma, tu n'as besoin de personne pour te mettre en danger... Mais bon, ça me donne l'occasion de me rattraper de t'avoir laissée seule sur le glacier l'autre jour.

– C'est donc pour ça que tu m'offres une doudoune ; tu te sentais coupable...

– Arrête, me dit-il, sourcils froncés. Allez, j'enlève mon sac et tu grimpes sur mon dos. La cabane est située cent mètres plus haut, on y sera vite.

En effet, nous débouchons rapidement sur une clairière au centre de laquelle se trouve la petite bergerie. Les murs du rez-de-chaussée sont en pierres et la partie supérieure bardée de mélèze. Matthieu file récupérer son sac et ramasser du bois pour faire un feu.

Quelques minutes plus tard, les flammes crépitent dans un cercle de cailloux devant la cabane. Nous nous asseyons par terre.

– J'ai apporté de quoi dîner et je t'ai pris un petit apéro, j'ai cru comprendre que tu aimais bien ça... Dis-moi ce que tu en penses.

Il fait bien sûr référence à la vodka offerte par les Polonais. Mais ça m'est égal, je trouve l'idée séduisante. Je saisis la petite fiole et la porte à mes lèvres. Dès la première gorgée, je suis prise d'une quinte de toux.

– Qu'est-ce que c'est fort ! On dirait du rhum ?

– Oui, un rhum arrangé à la vanille de La Réunion. Ça se boit comme du petit-lait.

Il ouvre ensuite son Opinel pour couper des tranches de pain, puis une espèce de boule ronde et compacte à la chair rouge : de la noix de jambon, une spécialité montagnarde.

– Et toi, tu ne bois pas ?

– Tu sais, avec l'entraînement, le rhum n'est pas très conseillé.

Évidemment, ne jamais perdre le contrôle…

Nous nous taisons, nous sommes seuls dans la nature à écouter les bruits de la nuit, l'instant est suspendu. Bientôt nous percevons de l'agitation dans les fourrés. À proximité, une chouette émet d'inquiétants hululements ; un frisson me parcourt.

– Tu as froid ? Je vais faire chauffer de l'eau pour une soupe.

Très vite, l'eau frémit dans une petite casserole métallique sur le côté du foyer. Matthieu verse la poudre dans une tasse, ajoute l'eau, remue et me la tend. Mes mains se réchauffent contre le métal brûlant. Nous buvons notre soupe en silence, appréciant le moment présent, les yeux brillants. Chaque gorgée vient ranimer mon corps, un sourire s'imprime sur mes lèvres. Ces petits plaisirs insignifiants prennent une dimension presque mystique en montagne.

Matthieu finit par poser sa tasse au sol, prend la mienne, la pose également puis me place entre ses jambes. Il saisit mon menton et m'embrasse… Je devrais résister, mais c'est au-delà de mes forces. Une nouvelle fois, je suis totalement désarçonnée, jamais un homme ne m'a tant troublée.

– Tu m'attires, Emma ; dès le premier coup d'œil, tu m'as attiré.

– Quel premier coup d'œil ?

– À l'arrivée du trail à Chamonix, le 31 août, tu étais avec le musicien.

Alors je n'ai pas rêvé, il m'avait bel et bien remarquée au milieu de la foule, après une course de quatre-vingt-quinze heures !

– Et plus tard, quand j'étais en voiture et que je t'ai croisée avec Vincent qui nous a présentés... Et le jour où je vous ai rejoints, James et toi, dans la voie.

– Comment ça, « rejoints » ? Ce n'était pas un hasard ?

– Non...

– Comment as-tu su qu'on serait là ?

– Cet imbécile de James a balancé sur Facebook qu'il emmenait « une charmante Américaine grimper à l'aiguille de la Persévérance ». J'ai vite compris qu'il s'agissait de toi. Sans compter ses selfies foireux où l'on te voit au deuxième plan. La curiosité m'a mené jusqu'à vous, l'occasion était trop belle. De toute façon, je pressentais que vous faisiez une connerie en vous engageant dans cette voie.

– Qu'en savais-tu ? J'aurais pu être très forte en escalade et m'en sortir !

– Emma, c'est une voie technique, avec du gaz et des passages en 5c ! Il voulait t'épater, voilà tout. D'ailleurs, je trouve que tu ne t'en es pas mal sortie...

Il me caresse les cheveux, je ne perds pas un mot de ce qu'il me dit. Mais la nuit est fraîche et je me mets à claquer des dents malgré ma nouvelle doudoune.

– Allez viens, Emma, on va se coucher.

Il neutralise le feu et nous entrons dans la bergerie. En comparaison, le refuge du Requin pourrait passer pour un quatre-étoiles. Le confort est plus que rudimentaire : un sol en terre battue, une table en bois, une bougie. Des livres de satanisme sont posés sur une chaise ; ambiance... Nous montons à l'étage et nous préparons pour la nuit.

– Désolé, je n'ai qu'un seul matelas, on va se serrer.

Il prend un air faussement naïf mais je ne vais pas négocier : la fraîcheur remonte par le plancher et me glace les os, de la buée sort de nos bouches quand nous parlons.

– J'ai encore plus froid qu'au Requin.

– Je te réchaufferai. Surtout que je n'ai qu'un seul duvet…

Ben voyons… J'enlève mes baskets mais garde tout le reste. Matthieu se met torse nu et ne conserve que son caleçon. Nous nous glissons dans le sac de couchage entrouvert, il me colle contre lui. Mon corps est complètement crispé par le froid, mes avant-bras et mes cuisses comme pris dans des étaux. J'ai l'impression que la température frôle le zéro degré.

– Le duvet va se réchauffer, ne t'inquiète pas.

Effectivement, au bout d'un moment, le sac en plumes emmagasine notre chaleur. Je me détends peu à peu.

Matthieu m'embrasse puis grimpe sur moi, comme au refuge. Cette fois-ci, je choisis de me laisser aller ; je ne suis engagée avec personne et cet homme m'attire comme un aimant. Il enlève mes vêtements un à un, lentement, avec méthode, puis ôte son caleçon et se place entre mes cuisses. Le désir monte, la pression aussi ; j'ai le souffle court. Il m'embrasse et me caresse longuement, puis attrape un préservatif – il a vraiment pensé à tout… Me reviennent les propos que tenait Vincent sur Matthieu et les femmes, mais mieux vaut ne pas y penser…

Pesant de tout son poids sur moi, il guide son sexe et, d'un coup, il me pénètre avec force. C'est d'abord douloureux, je laisse échapper un cri. Je n'avais pas eu de rapport depuis ma rupture avec mon fiancé d'Evanston – à part une fois avec un type de la fac, un souvenir dispensable ; j'ai l'impression de revivre une première fois. Il amorce un mouvement de va-et-vient que je ressens d'autant mieux que nous sommes presque à même le plancher, sur un matelas ultramince. Mes mains posées sur ses omoplates, je perçois son souffle dans mon cou et je suis heureuse de le sentir là.

Il accélère le rythme et me fait presque avancer sur le parquet tellement ses assauts sont forts. Je gémis. Je n'ai pas besoin de me contenir : nous sommes isolés, par une nuit d'octobre, dans une cabane perdue au tréfonds d'un sous-bois de moyenne montagne. Il marque une pause, balade sa langue sur la pointe de mes seins, sensibles comme jamais. Après, les à-coups reprennent lentement, lascivement. Puis de plus belle, avec obstination, plus vite et plus fort, jusqu'à ce que Matthieu jouisse dans un grondement final, et se laisse retomber sur moi. Nous nous endormons presque immédiatement.

Je me réveille dans les bras de Matthieu, la tête contre son torse nu, le rêve ! Le jour perce à travers les lattes de bois. Nous échangeons des sourires béats, il m'embrasse les cheveux.

– Tu as bien dormi, Emma ? Tu n'as pas eu froid ?

– Non, et toi ?

– Jamais ! Habille-toi avant de te refroidir, on va regarder si ta cheville va mieux. Prends un antalgique, je vais te repasser de la crème et te faire un bandage pour que tu puisses supporter la descente. Une fois en bas, je te conseille d'aller consulter sans tarder.

Ça y est, revoilà le champion pressé ! Je m'habille rapidement, sans quitter le duvet. Puis nous bouclons le sac et effaçons toutes traces de notre passage.

En ouvrant la porte de la cabane, nous découvrons qu'une fine couche de neige a tapissé toute la clairière. Les premières neiges… Les branches des arbres semblent recouvertes de coton.

– Prête pour la descente ? On va courir tranquillement.

– Sur la neige ? Je ne pense pas pouvoir courir sur la neige !

– C'est un jeu d'enfant ! Et un plaisir inouï.

Nous nous lançons, mais j'ai peur de m'étaler.

– Regarde, ça accroche, c'est tout doux. Penche-toi en avant, plie légèrement tes jambes, baisse les fesses : abaisse ton centre de gravité. Si tu sens que tu glisses, au lieu de te laisser aller vers l'arrière, pose immédiatement l'autre pied devant toi.

Les mollets à l'air, bizarrement je n'ai pas si froid. Un peu de neige fraîche pénètre dans mes chaussures mais ma cheville n'est plus douloureuse, et finalement j'accroche bien.

En même temps que nous descendons, Matthieu me parle du plaisir et du sentiment de liberté incroyable que lui procure la course, et que moi-même je commence à percevoir. Nous passons rapidement sous la limite pluie-neige puis arrivons dans la vallée. Matthieu dirige les opérations : nous allons prendre un petit déjeuner et après il me raccompagnera.

Dans un café cosy et bien chauffé, devant des boissons chaudes, je pose timidement ma main sur sa cuisse.

– Je devrais déjà être à l'entraînement depuis une heure au moins, dit-il d'un ton agacé.

– Il y a un problème, Matthieu ?

Je retire ma main. Il se racle la gorge, plonge son regard dans sa tasse puis lève les yeux vers moi d'un drôle d'air. En une seconde, je comprends. Je comprends qu'une fois de plus, nous ne sommes pas du tout sur la même longueur d'ondes, et que j'ai espéré quelque chose qu'il n'est pas prêt à me donner.

– Tu sais, Emma, le romantisme n'est pas vraiment mon truc…

Voilà, je ne m'étais pas trompée. Il précise sa pensée.

– Écoute, je n'ai pas envie de me disperser et d'avoir à gérer un émotionnel qui me déborderait. J'ai besoin de me concentrer sur mes objectifs, sans être parasité par une relation. Donc j'ai pour principe de ne pas rester avec les filles le lendemain ; c'est mieux comme ça.

Le goujat ! Vincent m'avait pourtant mise en garde.

– Mais tu n'as jamais eu de relation plus longue ?

– Si, bien sûr… il y a plusieurs années de cela. Ça a duré quelques mois, jusqu'au jour où la fille en question m'a demandé de choisir entre elle et la montagne. Autant te dire que la question a été très rapidement tranchée. Bref, normalement, avec moi, il n'y a pas de deuxième nuit. Mais après ton refus au refuge du Requin, je ne pouvais pas m'en tenir là, je n'ai pas l'habitude de me faire jeter.

Incroyable ! Non seulement il est en train de me plaquer, mais en plus il m'avoue que la soirée que nous venons de passer n'a servi qu'à finir le boulot entamé la nuit où j'ai dit non ! Je ne comprends plus rien, ce mec est une girouette : il m'explique qu'il me poursuit depuis deux mois, puis me rejette juste après ! Quel manipulateur ! Je préfère quitter les lieux avant de renverser ma tasse de thé brûlante sur ses cuisses de champion, et pourtant il l'aurait mérité !

Je claque la porte, verte de rage. Vite, rentrer chez moi, prendre un bain bouillant, me réchauffer : mes pieds sont trempés. Et me laver de tout cela. Soudain, j'ai le mal du pays…

Trois semaines ont passé depuis ce matin fatidique du 17 octobre. Je n'ai pas revu Matthieu ; j'ai lu sur Internet qu'il était en voyage au bout du monde, qu'il y reste !

J'accrois mon rythme de travail, mais je pense qu'il est temps d'évoluer et de m'ouvrir à autre chose. Je sors souvent le soir, laissant Jane et Vincent en tête à tête. Le Django est devenu mon QG, Sam et mes colocataires une famille de substitution. Sandro me prépare des petits cocktails pour me remonter le moral quand il me trouve l'air mélancolique. Alors qu'ils ignorent ce qui s'est passé entre Matthieu Charraz et moi, tous ont perçu mon vague à l'âme depuis l'épisode de la cabane. Samuel est d'autant plus solidaire que sa femme et lui connaissent des difficultés dans leur couple. Cette amitié, singulière de par notre différence d'âge, m'apporte finalement beaucoup.

Un soir, au Django, je retrouve James Betford, manifestement ravi de me revoir.

– Laisse-moi me rattraper après le fiasco à l'aiguille de la Persévérance, Emma, j'aurais dû t'emmener dans une voie d'escalade plus facile… Cette fois-ci, je te propose d'assister à ma prochaine session de base-jump.

J'apprécie son offre car une telle discipline nécessite une concentration totale ; il n'est donc pas courant de convier du public, d'autant plus qu'en général les sites sont difficilement accessibles. Je remercie vivement James, consciente du cadeau qu'il me fait : m'introduire dans le sérail.

Ainsi, quelques jours plus tard, sous un timide soleil automnal, nous partons à cinq pour Magland, où d'imposantes falaises surplombent la basse vallée de l'Arve. Avec Franck, un type venu là pour s'initier, James nous place à l'endroit adéquat pour voir les sauts, et nous dit où et quand regarder. J'ai pris des jumelles pour scruter les préparatifs.

L'attente est longue, j'en profite pour faire connaissance et savoir ce que Franck fait dans le civil.

– Mécano.

– Mécano, c'est-à-dire ?

– Mécanicien.

– D'accord… Et donc tu veux te mettre au base-jump ?

– Oui.

– Tu as commencé à sauter ?

– D'avion juste.

– Du coup tu as contacté James pour qu'il t'initie ?

– Oui. Pour moi il a bien voulu.

– D'habitude il dit non ?

– Faut croire…

Ayant l'impression de lui arracher chaque mot de la bouche, je finis par renoncer et le silence s'installe. Comme je commençais à me demander ce que je foutais ici, dansant d'un pied sur l'autre pour lutter contre le froid, le miracle s'accomplit : Franck se met à me parler.

– Toi, tu es la psy du risque ?

Sans me laisser le temps de répondre, il murmure :

– Moi, mon père est mort en montagne, je l'ai pas connu.

Alors que, la bouche ouverte, je cherche encore mes mots, il coupe court en me signalant que ça va commencer.

Effectivement, je distingue James, harnaché de son parachute, qui se positionne pour sauter. D'un coup, il prend son élan et chute de la falaise.

Cela dure une fraction de seconde. Je reste tétanisée jusqu'à ce qu'il déclenche l'ouverture de sa voile, qui ralentit sa chute et semble lui faire regagner quelques mètres, puis se pose. Vient le tour de ses deux acolytes. J'ai l'estomac dans les talons à les voir tomber ainsi. Les sauts sont d'une rapidité inouïe, mais le temps paraît suspendu à chaque fois. Je suis d'autant plus impressionnée que l'un d'eux est une femme, Lorena, une alpiniste réputée.

Ils se retrouvent tous les trois au sol, hilares, à glapir des « *awesome* » d'une voix suraiguë en multipliant les accolades. On perçoit la décharge d'adrénaline qu'ils viennent de recevoir, ils doivent être accros à cette sensation. James me demande si ça m'a plu.

– C'est bien plus impressionnant qu'en vidéo !

– Et tu n'as encore rien vu, Emma, je te montrerai ce que ça donne en wingsuit ; la combinaison permet de venir raser le relief.

Enfin, leur excitation retombe. J'assiste au pliage de leurs parachutes, moment hautement stratégique puisque de sa bonne réalisation dépendra la réussite du saut suivant. Une erreur dans ce pliage peut être fatale.

Nous allons ensuite boire un verre et je me dis que la prochaine fois, c'est en haut de la falaise que je souhaiterais être, afin de pouvoir les entendre échanger et mieux capter leurs émotions. Ils se défendent d'être des têtes brûlées suicidaires, se présentant plutôt comme des personnes réfléchies et posées, guidées par une éthique de leur sport. Leur disciple Franck bée d'admiration devant eux, mais moi je ne compte pas m'en tenir au discours de façade, j'aime bien trouver la petite fêlure, au-delà des apparences…

De retour à la maison, je flâne sur Internet et tombe sur le récit du dernier voyage de Matthieu dans l'Himalaya, illustré de photos époustouflantes. Il apparaît dans une pente tellement raide qu'elle frise la verticalité totale. Son snowboard ne tient qu'à un fil, celui de sa carre. On le voit ensuite sous des séracs bleutés, puis dans sa tente d'expédition, emmitouflé dans son duvet, luttant contre le froid polaire.

Qu'est-ce que je ressens quand je regarde ces photos ? De l'inquiétude, oui, forcément. Peut-être aussi un peu d'incompréhension. Qu'est-ce qui pousse un homme à se mettre à l'épreuve ainsi ? J'aimerais connaître son moteur ; que cherche-t-il ? Quel secret cache-t-il, ou quel secret lui cache-t-on ? Sa motivation ne semble pas financière ; Matthieu se moque des biens matériels, il est au-dessus de cela d'après Jane. Alors, quelle structure mentale faut-il avoir pour s'infliger des expéditions aussi dangereuses ? Le plaisir est-il vraiment au rendez-vous ? Sûrement, j'ose l'espérer. Cela dit, je suis bien évidemment consciente que nous ne percevons pas les efforts de la même façon. Ce que je qualifierais d'extrême ne l'est clairement pas pour lui ; nous n'avons tout simplement pas le même référentiel.

Sur une photo, il affiche un sourire que je ne lui connaissais pas, certainement dû à la satisfaction d'avoir repoussé ses limites. On le voit également fraterniser avec les enfants d'un village. Je ressens un pincement devant ces images. J'ai du mal à faire le lien avec le Matthieu de la cabane, celui qui a couché avec moi, m'a larguée le lendemain et ne m'a plus jamais donné de nouvelles. Pourtant, son message était on ne peut plus clair ; dès lors, pourquoi m'acharner ?

Fort opportunément, un appel de Samuel vient m'extraire de mes sombres pensées.

– Alors, Emma, elle avance cette thèse ?

– Tranquillement…

– Pour nous distraire de la grisaille de novembre, je t'emmène à une réception : vendredi soir, le maire de Chamonix me décore pour ma « contribution à la vie culturelle et au rayonnement de Chamonix au travers de ma musique ». Accompagne-moi, je te présenterai du monde.

En effet, cela peut être amusant, et j'ai besoin d'étoffer mon réseau.

Le jour J, je décide de sortir le grand jeu : une courte robe noire et des talons hauts. Je soigne mon maquillage, relève mes cheveux, mets de longues boucles d'oreilles. Je suis contente de l'ensemble, jusqu'à ce que je ne prenne conscience que ces préparatifs sont liés à l'espoir de croiser Matthieu ce soir… Ce mec me manipule et j'en redemande : je dois être un peu maso ! Mais il est rentré d'expé, alors sait-on jamais…

Lorsque j'entre dans la grande salle de la mairie à la suite de Samuel, après un regard circulaire à l'assemblée, et au vu des tenues plutôt décontractées, j'ai l'impression d'en avoir fait un peu trop. Samuel tente de me rassurer.

– Ici, nous ne sommes pas trop habitués à ce style vestimentaire, mais tout le monde t'admire, voilà tout. Et aussi, ils doivent être surpris de me voir avec une jeunette à la place de ma femme, et je les comprends. Moi-même, ça me fait bizarre.

D'un coup, mon corps se crispe : Matthieu est là, dans la pièce, à discuter avec des notables. Mon rythme cardiaque s'accélère vertigineusement. Je jette un œil, il porte un élégant costume sombre et une chemise blanche. C'est la première fois que je le vois habillé ainsi et le résultat est spectaculaire, surtout qu'il semble aussi à l'aise qu'en tenue de trail.

Comme l'un de ses interlocuteurs me fixe avec insistance, Matthieu se décale et me voit enfin : son regard me transperce de part en part. Je baisse immédiatement les yeux mais constate qu'il quitte le petit groupe qui l'entourait pour s'avancer vers moi. J'ai une montée de stress, pourtant je me reprends, bien décidée à lui faire sentir à quel point ma colère est encore vive.

– Bonsoir Emma.

Nous nous dévisageons, je serre les mâchoires.

– Matthieu, je ne pensais pas te voir ici.

– Enfin, Emma, je reçois une décoration !

– Toi aussi ? Je l'ignorais. Et je te croyais en voyage.

– Effectivement, j'ai passé quelques semaines à l'étranger, mais je suis rentré il y a deux jours. En tout cas, tu es éblouissante dans cette tenue, on n'a pas souvent l'occasion de voir ça par ici.

– C'est justement ce que je lui disais ! lance Samuel qui se glisse dans la conversation et lui tend la main. Samuel Elbaz, enchanté.

– Matthieu Charraz. On s'est croisés à l'arrivée d'une course, me semble-t-il.

– Vous avez une bonne mémoire : je fais partie des supporters à qui vous avez serré la main à l'arrivée de la Petite Trotte à Léon.

– C'est bien ça. Et j'ai déjà eu la chance de vous voir jouer, j'apprécie votre musique.

– Et moi vos exploits sportifs.

Je coupe court aux salamalecs :

– Sam, je devais rencontrer ton ami skieur, tu te rappelles ? Allez, à bientôt, Matthieu.

Je saisis Samuel par le bras et tourne les talons.

Samuel, percevant le malaise, fait diversion en me présentant à toutes ses connaissances, le maire y compris. Il veut également me présenter Alexey Koulikov, champion de descente à skis.

– Lui, ce n'est pas de la rigolade, encore un client pour ta thèse. Il skie à plus de cent quarante kilomètres heure ! À cette vitesse, la moindre faute peut être fatale.

– Comment l'as-tu connu ?

– Son ex-compagne, une Chamoniarde, ancienne skieuse de haut niveau, est une cousine de ma femme. Quand il ne s'entraîne pas en Russie, il vient ici voir son fils, qui va à l'école avec le mien. Et il a le bon goût de s'intéresser à ma musique.

Nous nous approchons. Koulikov ressemble à un ancien du KGB, je suis un peu effrayée…

– Alexey, voici Emma Lindley, une sociologue américaine qui étudie les sportifs prenant des risques. J'ai tout de suite pensé à toi.

– Naturellement…

Il me toise de la tête aux pieds, je lui serre la main et lui explique rapidement mes méthodes de travail.

– Venez donc à la compétition le mois prochain en Italie, je vous ferai accréditer.

– Impeccable, Alexey ! Je suis sûr que ça lui sera très utile pour sa thèse, conclut Samuel.

Un grand type qui accompagne Alexey, sûrement son agent sportif, me donne sa carte de visite ; visiblement je devrai passer par lui pour le joindre. Je suis surexcitée : assister à une épreuve de la coupe du monde de ski alpin, dans la discipline reine qui plus est, quelle opportunité !

C'est ensuite James Betford qui vient me saluer, tout sourire.

– Emma, tu es sublime, me dit-il en m'enlaçant.

L'espace d'une seconde, je remarque que Matthieu nous fusille du regard à l'autre bout de la salle. Tant mieux, ça lui apprendra.

Le maire commence enfin son discours. Une dizaine de personnes se voient remettre une distinction, dont James, Matthieu et Samuel. Chacun prononce quelques mots de remerciement et l'on sert le champagne.

Au fil de la soirée, les invités se dispersent, Matthieu est parti depuis longtemps et Samuel me dit au revoir. Je rejoins James et sa fine équipe de copains, ou plutôt d'admirateurs, parmi lesquels je retrouve Franck, l'aspirant base-jumper. Nous allons prendre un verre dans un bar, puis un autre, avant de poursuivre la soirée en boîte de nuit.

La tête me tourne déjà lorsque nous arrivons au Factory, petite discothèque locale où règne une bonne ambiance. J'aurais dû manger plus et boire moins de champagne. James commande une bouteille de Jack Daniel's, nous nous installons à une table et il me sert aussitôt un whisky-coca : s'il voulait m'enivrer, il ne s'y prendrait pas autrement. Lui-même passablement éméché, il entreprend de me parler de ses ambitions en trail.

– Tu vois, Emma, je serai numéro un. Pourquoi je le sais ? Parce que c'est écrit. Et parce que je le dois.

– Tu le dois… à qui ?

– Bien vu, Emma ! Je cours pour mon père, parce que lui, il ne peut plus. Ses jambes ne lui permettent plus, alors que c'était un athlète incroyable. Donc, je le fais à sa place…

– Une sorte d'hommage ?

Il vide son verre d'un trait et le repose bruyamment sur la table.

– Parfaitement, un hommage ! C'est tout à fait ça ! Je lui ai dit : tu vois papa, je vais le faire pour toi, t'inquiète pas, papa, ce que je…

Tout à coup, il écarquille les yeux et se fige. Je me retourne et aperçois Matthieu ! Matthieu qui fait son entrée dans la salle et s'avance vers nous.

James le provoque :

– Toi, Matthieu, en boîte ! ? Qu'est-ce qui se passe ? Tu viens nous annoncer ta retraite ?

– Très drôle, James.

Quant à moi, je suis ébranlée. La carapace que j'avais réussi à endosser à la mairie est en train de se fissurer. J'ai l'impression d'avoir affaire à un marionnettiste qui tire des ficelles. Est-ce qu'il calcule chacune de nos rencontres ? Je ne veux pas croire au hasard venant de lui, il n'y a pas de place pour cela dans sa vie.

Dans un réflexe de survie, je pars au bar demander un verre d'eau. Matthieu me suit, s'accoude au comptoir, se tourne vers moi, conquérant, et me regarde avec un sourire en coin. L'alcool me monte à la tête ; je ne prends pas le temps de connaître ses intentions et l'aborde frontalement.

– Encore une rencontre pseudo-fortuite, monsieur Charraz ?

– Effectivement. Mais si vous ne souhaitez pas être importunée, contrôlez mieux les informations qui circulent sur vous, mademoiselle Lindley.

Il me tend son téléphone portable sur lequel j'apparais, de dos, en contre-plongée, dans ma tenue de ce soir. Sous cet angle, ma robe semble outrageusement courte. La légende indique : « En route pour le Factory. » C'est James qui a posté cette photo une heure plus tôt, utilisant mon image à mon insu pour se faire mousser. Je suis furieuse ! Heureusement, on ne distingue pas mon visage. Quant à Matthieu, il a saisi l'occasion…

– Tu aguiches tous les hommes ce soir ? Il ne te lâche pas, me lance-t-il sèchement.

– Je ne vois pas de qui tu parles…

– James, qui te suit comme un chien.

– Mais non, c'est moi qui l'ai suivi ici. Et puis ça suffit, Matthieu, je n'ai pas de comptes à te rendre.

Je m'échappe sur la piste de danse. Matthieu me suit mais il se fait aussitôt alpaguer par un groupe de jeunes femmes un peu saoules et hystériques. James me rejoint, comme pour remettre la main sur moi. Nous dansons un peu ensemble, j'en profite pour mettre les choses au point.

– Tu pourrais me prévenir avant de balancer ma photo sur Internet ; surtout que l'on voit presque mes fesses. Je ne suis pas un objet publicitaire, James.

Il a dû comprendre ma colère car il reste comme un abruti sur la piste tandis que j'attrape ma veste et sors prendre l'air dans la rue. Ma tête tourne, je ne maîtrise plus très bien ma trajectoire, je crois bien que je suis ivre morte.

J'avise un passage couvert entre deux immeubles. Je m'écroule sur les marches d'un escalier et décide de m'allonger sur un palier cinq petites minutes pour reprendre mes esprits. Voilà, c'est ça, cinq petites minutes, juste cinq petites minutes…

Le plafond danse devant mes yeux. Et là, Matthieu-Charraz-le-champion-de-la-montagne surgit et me relève.

– Emma !

Il m'empoigne et m'attire à lui. Sa main droite m'enlace le bas du dos et la gauche est derrière mon cou, il me soutient complètement. Alors, il m'embrasse ; un vrai baiser de cinéma. Nos lèvres se touchent, nos langues se mêlent. Un long baiser, de plus en plus intense, Matthieu me serrant dans ses bras.

Puis il me murmure :

– Viens, je te raccompagne, tu as beaucoup trop bu. Et ne traîne pas avec tous ces prédateurs…

Matthieu me saisit vigoureusement par la main et m'entraîne vers sa voiture. Il m'installe, boucle ma ceinture, démarre et roule à tombeau ouvert jusqu'aux Praz.

Arrivés en bas de chez moi, il m'aide à sortir de son 4x4 et me souhaite bonne nuit. Je n'ai pas le temps de lui répondre que déjà il repart dans un crissement de pneus.

Une fois de plus, je me retrouve abasourdie par ces retournements de situation. Pourquoi est-il revenu vers moi ? Était-ce simplement la jalousie de me savoir avec James ? Et pourquoi m'a-t-il embrassée ? Il est quand même gonflé… Il a bien senti, à la mairie, que j'étais partie pour faire la fête ce soir et en profiter…

Après avoir enfin réussi à faire entrer ma clef dans la serrure, je me faufile dans l'appartement, essayant de me faire la plus discrète possible. Sauf que je me prends les pieds dans les chaussures de sport, me cogne le genou contre la table basse, retiens un cri de douleur, et parviens tant bien que mal à atteindre l'escalier. Quel spectacle ridicule, j'en ris toute seule ! Je trouve la force de me démaquiller, de me changer, et d'avaler un Doliprane avec un demi-litre d'eau. Je n'ai pas souvent pris de cuite dans ma vie, mais il y a certains remèdes miracles que je connais. Comme celui qui consiste à se réhydrater avec une boisson de sport dédiée. Et ça, avec la colocataire que j'ai, je n'aurai pas de mal à en trouver ici. C'est ma dernière pensée avant de m'affaler sur mon lit.

Je me réveille le lendemain avec une gueule de bois mémorable mais l'esprit joyeux…

Lorsque débute le mois de décembre, l'étang face à ma chambre est complètement pris par la glace. La nature hiberne. En altitude, la neige tient sur les arbres, et dans Chamonix d'immenses sapins illuminés ornent les différentes places et ronds-points. Voilà qui réchauffe le cœur et aide à supporter les jours désormais très courts et le froid vif qui s'installe et me pique la peau.

Les stations de ski de la vallée ouvrent enfin : les Houches, le Brévent, la Flégère, les Grands-Montets, le Tour ; on a l'embarras du choix. Les premiers touristes commencent à affluer et Jane reprend son métier de monitrice de ski. Je me rends compte à quel point, ici, l'alternance des saisons rythme la vie. Quant à moi, je me remets au snowboard. J'en fais grâce à mon amie Nicole, dont les parents ont un appartement à Salt Lake City, et qui nous y invite chaque année avec Abby.

Comme il ne prend en général son service qu'à dix-sept heures, Sandro vient souvent rider avec moi. Quand elle ne donne pas de cours de ski, Jane se joint à nous. Entre leurs conseils et ma condition physique qui s'est nettement améliorée grâce à la course, je progresse allégrement.

Un jour que nous y sommes tous les trois, Sandro nous fait patienter au départ du téléphérique de la Flégère.

– Ah, voilà Philippe.

Arrive un homme d'une quarantaine d'années, skis sur l'épaule, les cheveux gris et une certaine prestance. Sandro s'adresse à lui en français.

– Emma, je te présente Philippe, mon compagnon.

– Vous avez travaillé au Django également ? lui demandé-je en lui tendant la main.

– Emma, Philippe est mon compagnon, c'est-à-dire que nous sortons ensemble !

Je ne sais plus quoi dire tellement je suis surprise. Je me doutais bien que Sandro avait quelqu'un puisqu'il découche régulièrement, mais qu'il s'agisse d'un homme, ça, je ne l'aurais jamais imaginé. Et surtout, le découvrir au bout de trois mois de colocation… Sandro aurait pu m'en parler avant !

– Tu es choquée ?

– Non, Sandro, pas du tout, juste un peu étonnée !

– Alors dis quelque chose ; bonjour, par exemple !

– Oui, bien sûr, pardon. Bonjour Philippe, ravie de vous rencontrer.

– Enchanté, Emma, j'ai beaucoup entendu parler de vous.

– Vous allez vous tutoyer, quand même ! ordonne Sandro. Bon, allez, on y va.

Nous enchaînons les pistes, sur une neige excellente. Évidemment, Philippe skie remarquablement bien.

Le lendemain matin, je croise Sandro seul au petit déjeuner. Il le prend toujours vers onze heures, alors que je suis à ma table de travail depuis plus de deux heures. J'en profite parfois pour faire une pause et venir boire un thé avec lui.

– Je suis désolée de ma réaction lors des présentations avec Philippe… Je ne m'y attendais pas.

– Et oui, je n'ai pas le style qui va avec, n'est-ce pas ? Mais tu sais, chez les machos montagnards, pour se faire respecter, il vaut mieux intégrer certains codes.

– Sandro, pourquoi ne pas me l'avoir dit plus tôt ?

– Je ne sais pas, tu nous as annoncé dès le début que tu venais d'une famille très croyante… Je préférais m'assurer de ton ouverture d'esprit.

– Et il t'a fallu trois mois pour te convaincre que mon esprit était suffisamment ouvert…

Après quoi, je décide d'aller courir une petite heure.

J'ai gardé l'habitude de courir sur la neige : le plaisir s'en trouve décuplé, d'autant que les chocs sont agréablement amortis. Moi aussi maintenant j'ai des baskets avec des pointes en métal qui accrochent prodigieusement, même sur les plaques de verglas. J'emprunte le côté des pistes de ski de fond ou des itinéraires de raquettes, me balade entre les grands sapins enneigés. Tantôt, je n'écoute que mon souffle, le crissement de mes chaussures sur la neige, les bruits de la nature et le grondement des torrents. Tantôt, j'écoute ma *playlist* à fond, surtout pour me donner le courage de retourner au point de départ si, partie trop loin, je commence à faiblir.

En général je sors quand je bloque sur quelque chose, pour prendre de la distance. Je pense à ma thèse sans même m'en rendre compte. Elle occupe mon esprit en permanence, je vis avec. Il m'arrive même de m'enregistrer sur mon téléphone portable pour conserver les idées qui me viennent en courant. Ensuite je rentre, me douche et retourne à mon bureau.

Je travaille souvent à la maison, dans ma chambre. Vincent également, quand il est au montage de ses films ou prépare son matériel. Nous déjeunons alors ensemble, côte à côte sur le bar de la cuisine. J'adore ces moments privilégiés, comme si nous étions deux collègues. Pendant ce temps, Sandro vit sa vie dans Chamonix, va souvent grimper, et Jane sort en montagne ou en station.

C'est à cette période que je pars pour Val Gardena en Italie assister à une épreuve comptant pour la coupe du monde de ski alpin, dans le sillage du Russe Alexey Koulikov. Je dispose d'un badge qui me permet d'accéder à certaines zones réservées durant les entraînements. La piste de descente est très longue, hyper préparée, avec quelques portes très éloignées les unes des autres. Les skieurs atteignent des vitesses démentielles. La moindre erreur et c'est la sortie de piste, qui peut être dramatique malgré les filets et protections déployés sur les côtés. Pour se concentrer, les concurrents visualisent mentalement le parcours et vont jusqu'à le mimer en fermant les yeux.

Si ce voyage est formidablement instructif sur le plan professionnel puisque j'accède aux coulisses d'un événement de très haut niveau, en revanche, sur le plan humain, ce n'est pas tout à fait ça… Alexey est tendu, et Vladimir, le type que j'avais vu à la mairie de Chamonix, qui le suit partout et semble jouer le rôle d'entraîneur, ne facilite pas le contact. De plus, la conversation reste limitée car j'ai du mal à comprendre l'accent anglais d'Alexey. À part quelques hochements de tête, je n'ai pas droit à grand-chose.

Avant de rentrer en France, je lui fais promettre de m'accorder un entretien, après la mi-mars, quand la saison des compétitions sera achevée. En revanche, j'ai pu voir skier mon compatriote Ken Taber, double champion du monde, et en ai été vraiment impressionnée. J'ai même échangé quelques mots avec lui et l'ai trouvé très sympathique. J'en connais à Chicago qui seraient jaloux, à commencer par mon frère.

Malgré tout, je ne suis pas mécontente de quitter l'Italie – particulièrement l'hôtel un peu minable dans lequel j'ai passé deux nuits – pour rentrer à Chamonix.

Petit matin frais, humeur joyeuse ; aujourd'hui 18 décembre, c'est le grand jour : enfin Matthieu Charraz m'accorde un entretien officiel pour mon étude. Deux mois ont passé depuis la nuit à la cabane. Et puis, il s'est plutôt bien rattrapé le mois dernier… De toute façon, il est incontournable, je ne peux pas m'en passer dans mon panel.

Je dois venir chez lui vers seize heures ; avant, il est pris. Je me prépare avec soin et choisis des sous-vêtements en dentelle : l'expérience m'a montré qu'avec Matthieu, tout était possible, à tout moment…

L'entrevue a lieu dans son chalet à Montroc, l'un des derniers hameaux de la vallée, au-dessus de Chamonix et Argentière. Le temps de me perdre quelques minutes dans ce coin paisible et je finis par identifier le chalet grâce à son 4x4 et son van garés devant. C'est un petit chalet surélevé, presque entièrement en bois, avec une terrasse sur pilotis sûrement très agréable en été.

Matthieu m'accueille, souriant. Il doit sortir de la douche, il a encore les cheveux mouillés. Il est pieds nus, en tee-shirt et jean, et ça lui va plutôt bien.

– Bonjour Emma, ça faisait longtemps.

Cette voix, ce sourire… Je ne dois pas perdre mes moyens et, surtout, rester professionnelle. J'acquiesce sobrement.

– Tu as l'air plus en forme que la dernière fois que nous nous sommes vus.

– Merci de le souligner, Matthieu.

C'est vrai que j'étais dans un état d'ébriété avancé… Depuis, nous n'avons pas eu l'occasion de nous recroiser : d'après ce que j'ai pu lire sur le Net, Matthieu était parti commencer sa saison d'hiver sous des contrées plus enneigées.

– Mets-toi à l'aise, Emma, donne-moi ta veste.

– Tu vis ici depuis longtemps ?

– Quand je suis rentré en France après le Népal, je suis d'abord allé en internat, puis je me suis installé ici. Ce chalet était à mes arrière-grands-parents paternels, des paysans dont les champs ont pris beaucoup de valeur avec le développement du tourisme local. Mais ils ne l'ont jamais habité, ils en avaient un plus grand, plus bas dans la vallée. Je l'ai fait rénover quand j'ai commencé à bien gagner ma vie.

Devant les snowboards, un amas de paires de baskets de toutes les couleurs, encore plus nombreuses que celles de Jane, jonche l'entrée. Le matériel d'escalade et d'alpinisme est suspendu de tous les côtés : cordes, baudriers, mousquetons, broches à glace…

Une fois ce sas passé, j'entre dans un agréable salon avec un grand canapé d'angle rouge, une bibliothèque et un poêle hypermoderne qui diffuse sa douce chaleur.

– Je me suis rappelé que tu es frileuse…

– C'est très gentil de ta part…

La pièce n'est pas vraiment décorée, à part une ou deux photos de montagne encadrées, posées à même les meubles – sûrement des cadeaux de Vincent, je reconnais son style. Les baies vitrées offrent une vue embrassant toute la vallée et la chaîne de montagnes, depuis le glacier du Tour jusqu'au mont Blanc. Derrière une porte entrebâillée, j'aperçois sa chambre, assez dépouillée, avec un lit double défait ; une vraie garçonnière.

– Tu veux boire quelque chose ?

– Un thé si tu as.

– Mais bien sûr. Tu es raisonnable aujourd'hui…

Matthieu s'engage dans la cuisine, dans un renfoncement attenant au salon. Entre les deux il y a une table ronde, sur laquelle on peut dîner à quatre ou cinq.

Il revient, me tend une tasse et nous démarrons l'entretien. J'enclenche mon petit dictaphone et mets mes lunettes.

– Ça te va bien, Emma…

Ça y est, il dégaine son fameux sourire… Je recadre aussitôt.

– Concentrons-nous sur ton rapport au risque si tu veux bien, Matthieu.

Il y a certainement beaucoup à dire pour quelqu'un qui est capable de courir sur les arêtes des montagnes, surfer des couloirs raidissimes, vaincre des sommets incroyables avec un matériel de sécurité réduit au strict minimum…

– Ce n'est pas forcément au cours des exploits les plus dangereux que les accidents surviennent, m'enseigne Matthieu. Parfois, il suffit d'une banale liaison entre deux passages très techniques. Et souvent, ça se produit à la descente, quand l'attention se relâche.

– La tension ou l'attention ?

– Les deux, la montagne est dangereuse en elle-même. On ne peut jamais tout contrôler. Le risque est toujours présent ; il faut le gérer, voilà tout. Comme une composante que l'on accepte, même si, je l'avoue, on accepte mal les conséquences les pires.

Il m'explique à quel point la mort est omniprésente dans la vallée ; chaque famille a connu au moins un deuil à cause de la montagne.

– Et toi, tu n'y penses jamais avant de te lancer dans un truc pareil ?

– Bien sûr qu'il m'arrive d'avoir peur, c'est le jeu.

Je dérape, sors de ma réserve et de ma grille d'entretien.

– Mais ce n'est pas un jeu ; un jeu, c'est drôle ! Là, il s'agit de ta vie, Matthieu !

Avant de me reprendre et de baisser d'un ton :

– Je veux savoir pourquoi tu mets ta vie en « jeu », puisque pour toi cela semble en être un. Pourquoi t'exposer ? Pourquoi prendre ces risques ?

– Le rapport au risque n'est pas le même pour tous. Tout est une question de curseur ; je place le mien très haut, c'est tout. Je ne connais pas le vertige, je résiste bien au froid, je ne suis pas fait comme tout le monde.

– J'oubliais qu'il ne faut pas confondre Matthieu Charraz avec le commun des mortels… Mais le physique n'est rien sans le mental, non ?

– Ce que tu dis est juste, Emma. Mon corps me permet d'y aller, mais c'est mon cerveau qui m'en donne l'ordre. C'est ça que j'aime, et qui me rend heureux.

– Comment dire que l'on aime prendre des risques et que cela rend heureux ?

– Ce n'est pas la prise de risques en elle-même que j'aime, mais son résultat : avoir fait telle traversée en tant de temps, dans telles conditions, avoir gravi tel sommet…

– Pourquoi cette obsession du sommet ? Je n'arrive pas à la comprendre. Pourquoi pas cent mètres au-dessous ? N'est-ce pas juste une prétention, un trophée à exhiber devant les autres ?

– Non, tu te trompes. Le sommet est une victoire sur soi-même. Il possède également une grande force symbolique, voire historique pour les pionniers.

– En plus, ce sont toujours les derniers mètres les plus dangereux, les plus exposés, avec des à-pics instables, venteux, où la fatigue se fait sentir, où l'on a dépassé le point d'équilibre entre une course totalement maîtrisée et une course où l'on se met dans le rouge, non ?

– Mais non, Emma, le plus souvent j'atteins le sommet en pleine possession de mes moyens.

– Le plus souvent…

– C'est égoïste, mais on pratique la montagne et c'est comme ça. Évidemment j'ai vu des amis… partir, me dit-il en baissant les yeux, pour des exploits qui peuvent sembler futiles aux non-initiés.

– Et après de tels drames, tu arrives à y revenir ?

– Non seulement j'y arrive, mais j'en ai encore plus besoin.

– Ah, toujours cette fameuse peur du vide.

– Mais je n'ai pas peur du vide !

– Je parle du vide psychique, Matthieu ! De s'arrêter, de réfléchir…

– Oui, j'ai bien compris de quoi tu parlais. Mais toi aussi, tu as peur du vide ! Tu travailles énormément et vis avec tes livres. Et puis, je pourrais te retourner la question, Emma, pourquoi avoir choisi le risque comme sujet de thèse ? Cela doit t'attirer toi aussi !

– Question intéressante, effectivement…

– Je te la pose vraiment.

– Initialement, je devais travailler sur la concurrence, étudier comment cela impacte le psychisme des gens, dans le milieu professionnel par exemple… Cette notion est présente dans tellement de disciplines : en biologie, psychologie, droit, économie, sport bien sûr… Et puis finalement, en accord avec mon directeur de thèse, mon sujet actuel s'est imposé, parce qu'il n'avait jamais été traité dans mon labo, que cela me permettait de bouger, et que le sport m'intéresse.

– Oui, mais tu ne travailles pas sur le sport, tu travailles sur le risque. Pourquoi ?

– Peut-être pour sortir du parcours balisé qui devait être le mien, du fait de mon milieu d'origine. La prise de risques est une chose que je n'avais jamais osé faire jusqu'à une période très récente de ma vie. Cela répond aussi à un besoin d'inattendu, l'occasion de rencontrer des personnes hors norme, dont je n'aurais jamais pu croiser le chemin. Des gens comme toi par exemple.

– Je ne sais pas si tu fais bien, Emma !

Voilà l'interviewer interviewé. De toute façon, l'entretien sera sûrement invalide, il me semble être sortie de mon rôle et avoir induit les réponses dans mes questions de façon extrêmement partiale…

La nuit est tombée depuis longtemps. Depuis mon arrivée, le ciel s'est bouché et il neige à gros flocons. Chaque fois que j'assiste à ce spectacle, je suis émerveillée. Matthieu m'explique que Montroc est l'un des lieux les plus élevés, isolés et enneigés de la vallée de Chamonix. L'un des premiers rendus inaccessibles en cas de fortes chutes de neige, et l'un des derniers déneigés. Parfois le hameau est coupé du monde, et la circulation automobile impossible. J'imagine mon retour délicat.

– Je vais devoir y aller, Matthieu.

– Tu ne vas pas prendre la route maintenant, tu ne sais pas conduire sur neige !

– Qu'en sais-tu ? Il neige beaucoup à Chicago !

– Emma, je t'en prie, cela n'a rien à voir avec nos routes de montagne…

– Ce n'est pas faux. Tu n'as qu'à me ramener, toi qui sembles être un pro de la conduite sur glace…

– Et si je n'en avais pas envie ?

– Quoi ? Eh bien je rentre à pied.

– Et je te retrouve en perdition, à quelques centaines de mètres, comme la dernière fois ?

– Donc, si j'ai bien compris, je suis à ta merci ?

J'avale ma salive.

– Exactement, me fait-il, enjôleur. Et on va en profiter…

Les mots restent bloqués dans ma gorge, je sens mon corps se cabrer et mon cœur palpiter : il veut me garder chez lui ! Je suis délicieusement prisonnière de la neige et de cet homme magnétique et inquiétant.

L'instant d'après, il fond sur moi, je me jette sur lui, nous ressentons la même urgence. Vite, s'imbriquer l'un dans l'autre.

– Emma, j'ai tellement envie de toi…

Nous nous ruons sur le canapé. En une minute, la moitié de nos vêtements est à terre.

J'enlace son corps, le caresse, l'explore, il n'a pas un gramme de graisse. Sur ses cuisses, seule la peau est mobile, le reste résiste comme du béton armé. Je découvre des muscles dont je ne soupçonnais même pas l'existence. Ce ne sont pas des muscles artificiels, de la gonflette, mais de vrais muscles saillants, affûtés et puissants. Il caresse mes seins à travers mon soutien-gorge qu'il dégrafe. Sa main descend à la naissance de mes cuisses, avant de se glisser dans ma culotte. Mon corps répond, mon ventre se creuse et mon sexe se serre.

– Parfait, tu es déjà prête.

Matthieu me retire ma petite culotte puis se débarrasse de son jean. Nu face à moi, il s'empare d'un préservatif judicieusement posé à proximité, puis il me pénètre sans autre préliminaire. *Prête*, c'est vite dit, je pousse un cri.

– Pardon, j'y suis allé un peu fort.

Il se radoucit, saisit ma nuque, m'embrasse et s'introduit plus doucement, puis va et vient.

La douleur s'estompe et laisse peu à peu place au plaisir. Je respire bruyamment et ne retiens pas mes feulements. Mes jambes passées autour de ses hanches, j'éprouve tout le poids de son corps sur le mien. Il accélère encore son mouvement, il me lime comme un fou. Quelques minutes à ce rythme intense, et il jouit dans un long râle. Il s'écroule sur moi et reprend son souffle – rapidement bien sûr.

Il m'embrasse partout, visiblement comblé, avant de s'étonner :

– Mais, et toi ? Allez, je ne vais pas faire l'égoïste.

– Ça va, ne t'inquiète pas pour moi, c'était bien…

– Tu rigoles, ma jolie, tu ne vas pas t'en tirer comme ça ; tu ne sais pas chez qui tu es tombée !

Matthieu retire le préservatif, le jette, puis attrape une bouteille de vin blanc dont il me sert un verre. Je le vide d'un trait et me décontracte un peu.

– Détends-toi, Emma, laisse-toi faire et profite. Fais-moi confiance.

J'apprécie davantage ses caresses dirigées vers mes seins, puis mes cuisses, puis mon sexe… Il se concentre sur mon clitoris, qu'il titille d'abord lentement. Et de sa main libre, il m'enfonce deux doigts, comme s'il cherchait quelque chose, tout en scrutant mon visage. Il intensifie le mouvement, je m'abandonne vraiment, les yeux fermés.

En quelques minutes, je sens mon sexe se rétracter autour de ses doigts qui entrent et sortent en cadence, tandis que son autre main stimule toujours mon clitoris, toujours plus vite… Le plaisir redouble, j'ai un besoin irrépressible de sa bite en moi, maintenant, tout de suite ; mais là, ce sont ses mains qui me font de l'effet, je ne contrôle plus rien, c'est la panique, j'implore Matthieu… L'orgasme est foudroyant, imprévisible et irrésistible : un cas de force majeure. Une décharge me traverse tout le bas-ventre, je convulse en criant. Jamais je ne m'étais lâchée comme cela… Je retombe contre son épaule, vidée.

Nous restons l'un contre l'autre sur le canapé, heureux et apaisés. Il attrape un beau plaid en mohair, qu'il a dû ramener de l'un de ses voyages dans de lointaines montagnes, et m'en recouvre. Je me confie :

– Tu sais, c'était la première fois que…

– C'était la première fois que quoi ? Que tu jouissais ? Non, tu rigoles, Emma !

Il se moque de moi. Je regrette instantanément mes paroles.

– Cesse de rire, Matthieu.

– Si on m'avait dit que de nos jours il existe encore des filles de vingt-quatre ans qui ne connaissent pas leur clitoris, je ne l'aurais pas cru !

– Bien sûr que je le connais ! C'est juste que… je ne m'en étais jamais servi avec un homme…

– Mais tu as bien eu des copains ?

– Des copains ? J'étais une adolescente un peu coincée… Mais oui, j'ai fini par avoir un copain.

– Et vous preniez du plaisir ?

– Matthieu !

– Emma, tu n'as pas à être honteuse ; personnellement, je ne suis intéressé ni par les petites filles, ni par les grenouilles de bénitier ; une femme épanouie dans sa sexualité est tellement plus attirante. Alors, vous preniez du plaisir, oui ou non ?

– Oui, fais-je énervée. Enfin, surtout lui… Disons que ce n'était pas désagréable. À vrai dire, à la fin, nos rapports ressemblaient plus à des câlins. Il était devenu une sorte de frère pour moi ; on se voyait chez ses parents ou les miens, comme chaperonnés. Nous avions leur bénédiction car nos familles se connaissent bien : elles fréquentent la même paroisse… On était même fiancés, on devait se marier !

– C'est alors que tu as eu un éclair de lucidité ?

– Mon corps a parlé pour moi : je n'avais plus du tout de désir pour lui, et je multipliais les crises d'angoisse. Ma grand-mère a senti ma détresse et m'a dit : « Ma petite-fille, les fiançailles sont faites pour être rompues. » Et c'est ce que j'ai fait. Ensuite, j'ai pris la décision de venir en France.

– Et ton ex-fiancé, il est rentré dans les ordres ?

– Ne te moque pas, il avait le cœur brisé, il faisait même du chantage au suicide. Il a dû être soulagé que je m'en aille vivre loin.

– Je veux bien le croire.

En disant cela, Matthieu se lève et se rhabille.

– Allez, pour te remettre de tes nouvelles émotions, je vais nous faire un bon plat de pâtes…

Pendant que Matthieu s'affaire en cuisine, je reste encore quelques minutes sur le canapé, nue sous le plaid, à regarder les flocons tomber au loin sous la lumière des réverbères…

Puis je me rhabille et le rejoins. Les pâtes sont *al dente*, pas trop cuites comme le font souvent les Français. Je savoure le vin blanc, nous nous régalons et passons un bon moment.

– Maintenant, au lit, j'ai une grosse journée demain, me dit Matthieu.

– Tu es sûr que tu veux dormir avec moi ? Avec le refuge et la cabane, cela va faire trois nuits, c'est deux de trop pour toi…

– Arrête de te foutre de moi et viens t'allonger.

Il me prête un de ses tee-shirts – « finisher de l'Ultramarathon Badwater », une course de mon pays de plus de deux cents kilomètres, la classe – et éteint la lumière. Nous nous endormons imbriqués en cuillère, et sentir la chaleur de son corps contre le mien me transporte.

Au petit déjeuner, nous contemplons la neige accumulée sur le balcon – au moins quinze centimètres, venant s'ajouter aux cinquante précédemment tombés sur le pré entourant son chalet. Matthieu sort sur la terrasse, monte sur la balustrade et fait un splendide saut de l'ange. Il se roule dans la neige, torse nu, puis rentre, hilare. C'est un être hybride… Toute cette neige l'a mis de bonne humeur, à moins que ce ne soit la nuit que nous venons de passer ?

Il s'ébroue, vient se coller à moi et m'embrasse.

– Le problème avec toi, Emma, c'est que j'ai envie de recommencer… Or, si tu viens sur mon terrain de jeux, c'est moi qui fixe les règles ; avec les filles, c'est comme en montagne, j'aime bien tout maîtriser. Et là, je sens que tu fais bouger les lignes…

Je lève un sourcil interrogateur et l'écoute religieusement poursuivre.

– Tu comprends, si j'avais une copine, elle aurait tout le temps peur pour moi. Ce n'est pas facile de voir son homme s'engager dans des couloirs vertigineux, ou sur des sommets exposés. Et puis, je ne suis pas du genre à passer la journée sous la couette. Regarde, par exemple là, je suis déjà presque en retard, j'ai rendez-vous avec un jeune freerider pour aller faire un repérage.

– Mais être en couple ne veut pas dire renoncer à ses passions, bien au contraire.

– Emma, je ne peux pas m'arrêter, sinon j'aurais peur de ne plus repartir. Et je perdrais mes sensations. Pour être à l'aise en haute montagne, il faut y passer des heures et des heures, pas question de s'éparpiller. Le petit week-end en amoureux à Venise, ce n'est pas pour moi.

– Bon, ça va, j'ai compris l'idée générale.

Au moins cette fois-ci je savais à quoi m'attendre, je n'espérais rien. De toute façon j'ai l'intime conviction que ce ne sera pas la dernière fois entre nous, il y a une telle alchimie ! En tout cas, c'est l'espoir que je nourris au fond de mon cœur.

Je noue mes cheveux rapidement et attrape mon sac. Je pars vêtue de mes habits de la veille, pas très agréable… Matthieu me raccompagne sur le pas de la porte, embarrassé.

– Tu as tout ce qu'il te faut pour ton étude ? Sinon n'hésite pas…

– Je pense que c'est bon. Je rentre aux États-Unis pour les fêtes de fin d'année, je te recontacterai à mon retour si je vois qu'il manque quelque chose. Au revoir, Matthieu, merci pour ta collaboration et prends soin de toi.

– Salut Emma. À très bientôt j'espère.

À mon grand étonnement, il m'embrasse sur la bouche et me regarde partir ; je sens que quelque chose a évolué dans le rapport de force.

La neige a cessé de tomber et la route vient tout juste d'être dégagée. Je démarre, le cœur léger, rêveuse, mais le verglas me rappelle à l'ordre rapidement…

Deux jours plus tard, je suis dans l'avion pour Chicago. J'éprouve un immense sentiment d'accomplissement, forte des presque quatre mois exceptionnels que je viens de passer à Chamonix. Je ne parle pas uniquement de Matthieu, dont je ne suis pas censée espérer quoi que ce soit, mais de tout ce qui m'arrive par ailleurs : les rencontres pour ma thèse, la vie à plusieurs, le sport, l'indépendance… Bref, je fais l'expérience de la liberté et trouve cela grisant.

Mes parents m'attendent à l'aéroport. Je suis émue de les revoir et cela semble réciproque. Dans la voiture, le paysage urbain vaguement enneigé de Chicagoland défile sans discontinuer ; un sacré contraste avec la petite ville de montagne où je vis désormais !

Le lundi, je vais à l'université faire le point avec mon directeur de recherches avant ses vacances. Il me trouve « bien épanouie », me demande de lui présenter mes travaux, me conforte sur certains axes et me recadre sur d'autres. Il estime mon étude valablement avancée pour la partie théorique, mais me conseille d'intensifier les observations qui seront le cœur de mon analyse. Passer encore plus de temps avec les sportifs, qu'aurais-je pu demander de mieux ? Je dîne ensuite avec quelques copains thésards avant qu'ils ne quittent le campus pour aller rejoindre leurs familles, puis vais dormir chez Abby dans le Loops. Je suis presque contente de reprendre les transports de la ville, j'y ai passé tant d'heures…

Le lendemain, je retrouve ma mère en ébullition pour la préparation du réveillon. Elle a cuisiné pendant des heures une quantité phénoménale de nourriture. Les décorations de Noël dégoulinent de toutes parts, le sapin couvert de sucres d'orge occupe la moitié du salon et clignote désespérément ; on croirait la maison du Père Noël en Laponie. Je tente de l'assister dans ses tâches, mais elle est si agitée que c'en est difficile. Elle fait trois choses en même temps, commence tout et ne finit rien, s'agace, me retire les plats des mains. Très bien, je sais ce qu'il me reste à faire.

Je me change, chausse mes baskets, lance ma *playlist.*

– Je vais faire un tour, maman, à dans une heure.

Je disparais dans la rue partiellement enneigée. Ouf ! Je respire.

Courir vous sauve une journée de la *loose*, mais ne résout pas vos problèmes pour autant. En attendant, cela me calme instantanément, m'aide à relativiser et à me reconnecter au lieu. Je reste viscéralement attachée à ma ville. Vite, je rallie les berges du lac Michigan, mon lac ! Il y a un peu de glace, je me demande si le froid n'est pas plus vif ici qu'à Chamonix. Au retour, j'ôte mes écouteurs pour écouter une chorale de Noël quelques instants. Quand je suis enfin de retour, ma grand-mère, mon grand frère Harry et sa famille ont envahi la maison. Une famille très bruyante, mais soudée et joyeuse, attachante.

Le matin de Noël, dans la pagaille du déballage de cadeaux par les enfants, j'entends la remarque de mes parents :

– Merci, Harry, c'est un bonheur de pouvoir perpétuer nos traditions avec une famille comme la tienne.

Ce que j'interprète comme : ce n'est pas sur ta sœur que nous pouvons compter pour cela. Ils n'ont toujours pas digéré le fait que je les plante à deux jours d'envoyer les faire-part de mon mariage. Et j'imagine qu'ils angoissent à l'idée que je reste célibataire. Je fais la sourde oreille et prends le parti de profiter de la fête avec mes neveux.

En fin de journée, nous nous réunissons tous pour le traditionnel dîner de Noël. Ma mère ne s'est pas démenée pour rien, nous nous régalons.

Quand nous sortons enfin de table après le Christmas cake, chacun met son manteau pour partir au temple. Le culte de Noël est un sujet trop sensible pour que je contrarie mes parents, alors je suis le mouvement, même si j'appréhende d'y croiser Mike, mon ex-fiancé. Et je prends finalement plaisir à me laisser bercer par les chants liturgiques et les lectures, un pan entier de ma jeunesse…

Après trois jours de festivités familiales, les vraies vacances commencent : quelques jours à New York avec les copines avant de rentrer en France. Ah, les copines ! Abby et Nicole ; plus encore que l'université, ce sont elles qui m'ont sortie de la naphtaline de la maison familiale.

Logées à Manhattan, dans l'appartement de Nicole et son copain qui nous a cédé la place, nous profitons de la ville, exaltées par l'énergie qu'elle dégage. Nicole nous présente ses amis qui viennent d'une multitude de pays et qui, pour la plupart d'entre eux, travaillent avec elle comme interprètes à l'ONU.

À la voir si fière de nous faire découvrir sa vie new-yorkaise, j'aimerais pouvoir en faire autant en France.

– Nous n'avons qu'à aller passer une semaine à Chamonix! lance Abby. J'ai toujours rêvé de rider là-bas. Avec mon agence, je peux sans doute avoir des billets à un prix intéressant.

Surexcitées, nous trinquons à ces futures vacances. Et quand nous nous racontons nos vies pendant des heures, j'en reviens toujours à Matthieu. Le diagnostic d'Abby est sans appel:

– Emma, je pense que tu es tombée amoureuse.

Nicole approuve. Je m'en défends, car je sais cette histoire condamnée à l'avance.

– Il se met des barrières ridicules et totalement artificielles, reprend Abby. Tu n'es pas là pour l'empêcher d'aller faire le mariol en montagne! Je suis sûre qu'il va changer d'avis.

Je m'évertue à leur démontrer que c'est perdu d'avance. Pourtant, même lorsque je fais des achats dans les petites boutiques entre Soho et Nolita, je choisis mes vêtements en me demandant s'ils plairaient à Matthieu… Je suis bien obligée de me rendre à l'évidence: mes amies ont raison, cela tourne à l'obsession. Me voilà bien…

Le 1er janvier, je profite de mon vol retour pour rattraper les heures de sommeil perdues à New York. Lorsque j'émerge, l'avion approche des côtes européennes. Je ne sais pas bien pourquoi, j'en ressens un immense soulagement. Non pas que mon séjour américain m'ait déplu, mais j'éprouve une sensation diffuse, celle de me reconnecter à moi-même.

Une fois dans l'autobus, je regarde le paysage défiler entre Genève et Chamonix, comme lors de mon arrivée fin août ; à la différence près que cette fois-ci, point de Samuel pour me faire la conversation. Et quand nous entrons dans la vallée de Chamonix, je me sens enveloppée par ses montagnes protectrices, comme si elles se refermaient après mon passage.

Sandro m'attend au terminus. Ça me fait plaisir de le voir, avec son perpétuel sourire aux lèvres et son étincelle malicieuse dans les yeux.

– Alors, Emma, ces vacances ? Tu étais contente de rentrer chez toi ?

– Il m'a fallu traverser l'océan dans les deux sens pour me rendre compte que désormais, c'est ici que je me sens chez moi.

– Ah, tant mieux !

Je fais la maligne mais n'en mène pas large. Me voici de retour dans la ville de l'homme que j'aime et qui ne veut pas être avec moi... J'évite de me focaliser là-dessus, d'autant plus que Matthieu n'est pas chez lui en ce moment; il est au Canada pour le Freeride World Tour, sorte de coupe du monde de hors-piste. Tout compte fait cela m'arrange, je vais pouvoir me concentrer sur mon travail.

Quelques jours plus tard, James Betford insiste pour me voir. Nous nous retrouvons au Django où je donne la plupart de mes rendez-vous, toujours installée au même endroit, une table dans un box. James accroche son VTT dans la rue et me rejoint, un vague rictus aux lèvres. Je suis sincèrement heureuse de le voir, et curieuse de savoir de quoi il souhaite absolument me parler. Il ménage le suspense et, après quelques minutes, m'explique enfin pourquoi il m'a fait venir :

– Emma, j'ai négocié pour toi des piges dans les deux revues de sport auxquelles je contribue ; tu vas pouvoir y exposer les grandes lignes de ton travail, m'annonce-t-il triomphalement.

– Mais tu rigoles, James, rien n'est prêt !

– Je suis sûr que tu peux d'ores et déjà écrire quelque chose.

– James, j'en suis encore à éplucher la doctrine, j'ai à peine commencé les observations, je ne sais pas où je vais ! Je dois passer trois ans sur ce sujet, et pour l'instant je n'ai travaillé que quatre mois !

– Tu ne peux pas reculer, Emma, j'ai annoncé tes articles en conférence de rédaction et nous les avons intégrés à la maquette. Relève le défi !

– Mais tu es dingue, ça ne marche pas comme ça, James ! Tu aurais pu me demander mon avis ! Je n'ai rien à présenter pour l'instant, c'est impossible, cela décrédibiliserait totalement mon travail, voire mon université.

– Moi qui pensais te faire plaisir, me fait James d'un air dépité.

– Eh bien, c'est raté.

Je suis contrariée. Quand je vois James, il a presque toujours un comportement maladroit. Et pour couronner le tout, le soir même, je trouve de nouveau sur les réseaux sociaux une trace du moment que nous avons passé ensemble. Il me photographie à mon insu – la dernière fois de dos, cette fois-ci de profil. C'est étonnant, je ne l'ai même pas vu faire. Et la légende de préciser qu'il a passé « un moment hyperagréable au Django ». Moi qui pensais que l'on s'était engueulé…

L'après-midi du 9 janvier, ce que j'attendais arrive enfin. Vincent, de retour d'une sortie en montagne, me dit qu'il a invité Matthieu à dîner afin qu'il nous raconte son épopée canadienne. L'air de rien, je termine rapidement mon thé et monte dans ma chambre. Je suis ébranlée : Matthieu vient ici, enfin ! Cela fait trois semaines que je ne l'ai pas vu.

Au coup de sonnette, mon cœur bondit. Voilà Matthieu ! Assez distant, il ne laisse rien paraître de tout ce qui a pu se passer entre nous. Je suis malgré tout heureuse de le revoir, d'entendre sa voix, de l'écouter parler encore et encore. Il nous décrit l'immensité canadienne et sa nature sauvage, comme on ne la trouve plus ici.

– Et la compétition ? le questionne Vincent.

– Très bien organisée, dans un site intéressant.

– Ça s'est bien passé pour toi ?

– J'ai fini deuxième…

Vincent le charrie, lui dit qu'il nous avait habitués à mieux.

– Je ne me cherche pas d'excuse, mais il est toujours déstabilisant de rider dans un autre massif. Les références ne sont pas les mêmes, ni la façon de lire la pente. J'ai passé pas mal de temps à repérer mon itinéraire à la jumelle, mais il reste des impondérables : la qualité de la neige, sa transformation, sa portance, la façon d'appréhender le relief, les prises de vitesse. J'ai évité les sauts de barres rocheuses trop longs, je me suis limité à vingt mètres.

– Vingt mètres ? Mais c'est déjà énorme ! Tu ne sais pas ce qui t'attend à la réception, dans une face que tu ne connais même pas ! s'exclame Jane.

– J'avoue m'être fait des frayeurs. Mais la concurrence est rude, notamment celle des snowboardeurs locaux qui connaissent parfaitement le terrain. Si tu veux être bien classé, tu es obligé d'envoyer. Pour l'étape suivante, la semaine prochaine à Courmayeur, je ne dois rien lâcher.

– J'y serai pour les prises de vue, précise Vincent.

– J'y serai aussi, ajoute Jane, c'est la saison creuse pour moi ; et peut-être Sandro s'il peut se faire remplacer au bar. Ça va être dément ! Tu viens avec nous, Emma ?

J'hésite. Je ne veux pas me jeter de nouveau dans la gueule du loup, surtout s'il ne m'y a pas invitée… Mais Jane trouve l'argument qui fait mouche :

– Allez viens, Emma, dis-toi que c'est utile pour ta thèse ; pense aux observations que tu vas pouvoir réaliser sur place !

Matthieu n'a rien dit pour m'inciter à venir, mais après tout, je ne vais pas m'isoler, d'autant que je n'ai jamais assisté à une compétition de snowboard.

La soirée se poursuit. Ils parlent matériel de montagne, de vidéo… Je n'ai toujours pas eu droit à un clin d'œil, un regard suggestif, un frôlement, ne serait-ce qu'un sourire ou quoi que ce soit qui puisse suggérer une quelconque ambiguïté. Pourtant, je me suis arrangée pour créer des occasions, mais rien n'y a fait.

Au bout d'un moment, lassée d'attendre un quelconque signe, je ressens la nécessité absolue de quitter la pièce. Comme il serait mal perçu que j'aille me cloîtrer dans ma chambre, j'opte pour un plan B.

– Salut la compagnie, je file au Django pour le concert de Sam.

– Moi aussi ! lance Jane. J'attaque à neuf heures mais je serai avec un Finlandais spécialiste des pistes bleues, ça ne devrait pas être trop crevant… Tu viens Matthieu ?

– Désolé, j'ai un repérage demain, au Nant-Blanc. Je dois être en pleine possession de mes moyens.

– Oui, pour aller là-bas, il vaut mieux… On vous laisse tranquilles les filles, je reste avec Matth, dit Vincent.

Jane et moi nous habillons pour affronter le froid sibérien qui sévit dehors. Un vent glacial nous siffle aux oreilles. Nous courons jusqu'à ma voiture et nous y engouffrons, soulagées. Mais tandis que Jane est enjouée, je reste silencieuse.

– Emma ? Tu veux qu'on parle ?

– De quoi ?

– Écoute, Emma, cela fait quelques mois que l'on habite sous le même toit, j'ai appris à te connaître, et là, je sens que quelque chose te tracasse…

Je dois me taire : Matthieu serait furieux qu'elle et Vincent soient au courant, cela anéantirait toute chance de revivre quelque chose avec lui.

Au Django, Sandro parvient à nous trouver deux places assises pour écouter Samuel, en plein bœuf avec d'autres musiciens. Il dédie l'un des morceaux à « Nathalie », et regarde en direction d'une femme que j'identifie aussitôt : il s'agit de sa femme, la mère de ses deux enfants. Une belle femme d'une quarantaine d'années, aux longs cheveux châtains, d'une grande élégance, et qui pose sur lui un regard enamouré. Je chuchote à Jane :

– Je crois que Samuel et sa femme se sont remis ensemble...

– On dirait bien...

Effectivement, une fois le concert achevé, Samuel se précipite pour embrasser Nathalie qu'il prend le temps de nous présenter. Nathalie est douce et très marrante, une scientifique pragmatique, complémentaire de Samuel, artiste un peu lunaire. Quand elle s'absente pour saluer des amis, Samuel m'explique :

– Voilà, j'ai mis fin à ma phase d'égarement, et j'ai décidé de ne plus m'éloigner trop longtemps de ma famille.

Jane, un peu grisée par l'alcool, se lance dans une envolée lyrique :

– Si je peux me permettre, je pense que tu fais bien. Former un couple stable libère une énergie que l'on peut consacrer à autre chose. En tout cas, c'est ce que je ressens avec Vincent. J'aime avoir un fonctionnement de « vieux couple », j'aime connaître sur le bout des doigts les réactions de mon homme, ne pas perdre de temps dans des interprétations angoissées. Bref, j'aime les couples qui durent. Tu as repris la bonne voie Samuel, j'en suis convaincue !

Je me prends les propos de Jane dans les gencives, même si je sais qu'ils n'avaient rien de méchant ni de moralisateur, c'est juste sa façon à elle de clamer son amour pour Vincent ; mais pour moi, ce n'est pas le bon soir pour l'entendre. Cela me rend d'autant plus triste de mon propre sort, cette espèce de no man's land dans lequel je me trouve avec Matthieu...

Le lendemain matin, le cœur toujours à la dérive, je pars courir pour me rincer le cerveau : une séance dure, longue, dans le froid saisissant, comme si j'avais besoin de faire mal à mon corps pour masquer la douleur de mon âme. Vent retombé et ciel dégagé, les montagnes réapparaissent, époustouflantes, toutes blanches, comme plâtrées de la neige plaquée contre les parois par les rafales de la veille. J'ai l'impression que mon environnement a eu l'élégance de s'adapter à mes sentiments.

En fin de journée, je discute sur Skype avec Abby et Nicole. J'avoue avoir un peu de vague à l'âme, mais l'annonce de leur venue en mars prochain me console un peu.

Je descends dîner avec les autres, le cœur plus léger. Sandro a invité Philippe pour une raclette, ma première. J'en profite pour leur demander la permission d'accueillir Abby et Nicole, permission qu'ils m'accordent aussitôt ; Sandro nous laissera sa chambre et ira chez Philippe.

Je me réveille de bien meilleure humeur que la veille. J'écarte les rideaux, ouvre la porte-fenêtre et vais respirer l'air frais sur mon balcon. Sous un soleil éblouissant, les montagnes resplendissent. Subitement, mon regard se pose sur la petite table du balcon : une belle enveloppe est coincée sous une pierre, au centre de la table…

C'est étonnant, je suis presque sûre qu'elle n'y était pas hier soir, puisque je suis sortie sur le balcon admirer les étoiles, comme toujours quand le ciel est dégagé, et que je n'ai rien remarqué. Troublée, je m'empare de l'enveloppe.

Mon nom est inscrit dessus, « EMMA LINDLEY », en lettres capitales. Je suis parcourue d'un frisson. Étrange… Je l'ouvre et lis le papier qu'elle contient : « *Do not wake our deaths* » – « Ne réveillez pas nos morts. »

J'avale ma salive. « Ne réveillez pas nos morts » : on ne peut pas dire que ce message me fasse sauter de joie… Je remets la lettre dans l'enveloppe, me douche et m'habille en vitesse pour rejoindre les autres.

Vincent et Jane ne sont apparemment plus là. Un peu plus tard, j'entends Sandro descendre les escaliers et me glisse à sa suite.

– Salut, Sandro. Philippe est déjà parti ?

– Oh, depuis longtemps !

Les cheveux hirsutes, il est en tee-shirt et caleçon, pas très éveillé ; j'aime bien quand il a cette tête. Pendant qu'il se sert un café, je l'interroge à propos de la lettre.

– Ah non, désolé, Emma. Ni Philippe ni moi ne sommes allés dans ta chambre.

– Je me demande comment cette enveloppe a atterri sur mon balcon…

– Jetée par en bas ?

– Sandro, je suis au troisième ! Et puis elle était impeccablement posée sur la table, sous une pierre.

– L'appartement d'à-côté ?

– Les Parisiens ? Ils ne sont pas venus depuis les vacances de Noël, tout est fermé en ce moment.

– Alors ça vient d'en bas, ou du toit !

– Accéder au toit, se suspendre dans le vide…

– Tu sais, Emma, ici tout le monde est équipé. Il suffit de descendre en rappel, poser l'enveloppe puis remonter en grimpant. Ni vu ni connu.

– Quoi qu'il en soit, la personne est venue pendant la nuit, l'horreur !

Je suis mal à l'aise. Pourquoi ce mot inquiétant ? Et pourquoi ne pas l'avoir tout simplement déposé dans la boîte aux lettres, avec une signature tant qu'à faire ? Je n'aime pas cela.

– Fais voir, me demande Sandro, intrigué. « EMMA

LINDLEY ». Au moins, tu es sûre d'être visée. Hum, le texte n'est pas très réjouissant. À quoi fait-il référence ?

– Je n'en ai aucune idée.

– En tout cas, quelqu'un a un message à te faire passer, il a pris la peine de t'écrire en anglais en plus. Tu es sûre que cela ne t'évoque rien ? Tu n'aurais pas mis le nez dans un truc sulfureux avec tes enquêtes ? Quoi qu'il en soit, ferme bien ta porte-fenêtre quand tu dors…

Il me fait un clin d'œil et retourne dans sa chambre. Très bien, je ne dormirai plus jamais sans la fermer à clef. Je monte aussi et me remets à ma table de travail : j'ai deux articles de neurosciences à décortiquer, cela devrait bien m'occuper…

Le soir venu, je fais part de mon embarras à Jane et Vincent. Nous faisons un tour sur le toit de l'immeuble, mais notre inspection ne donne rien. Si la personne est effectivement passée par là, elle est sacrément téméraire et a pris soin d'effacer ses empreintes dans la neige.

En y réfléchissant bien, Sandro a raison : cette histoire au pilier du Frêney, de Charraz qui n'est pas Matthieu, j'en ai parlé à tout le monde ou presque pour avoir des infos. Sauf à Matthieu…

– Tu vois, Emma, si un guide, un vieux de la vieille, te dit de ne pas t'en mêler, il faut l'écouter… Pour savoir ce qui s'est passé, tu aurais mieux fait d'aller discrétos aux archives du *Daubé*.

– Du quoi ?

– Le *Dauphiné libéré*, le journal régional dont le siège est à Grenoble, me dit Vincent.

Je jette la lettre à la poubelle et tâche de ne plus y penser. Mon attention est vite accaparée par la compétition de freeride qui se profile dans quelques jours en Italie.

Le 17 janvier, nous partons donc pour Courmayeur, serrés à quatre dans la voiture de Vincent avec Sandro, Jane et le matériel. Nous avons rendez-vous sur le parking de la station avec Matthieu et Baptiste, son kiné et ami, pour une mise en jambes avant la compétition du lendemain. Baptiste, la trentaine, a une dégaine de skateur et un style très à la cool. J'évite de sourire à Matthieu et m'en tiens à une attitude froide et distante.

Vincent laisse la musique de l'autoradio qui nous galvanise, et Jane m'équipe d'un DVA, petit boîtier qui sert à détecter les victimes d'avalanche. Elle m'a scrupuleusement entraînée à son maniement la veille, dans le jardin enneigé de notre résidence, sous l'œil amusé de nos voisins. Matthieu, Sandro, Baptiste et moi enfilons nos boots, les autres leurs chaussures de ski. Nous préparons nos sacs et réglons nos casques, en rythme, avec des sourires de connivence : on se croirait dans une vidéo ; je m'apprête à faire une sortie avec les Dieux de la Glisse ! Et pour parfaire le tableau, la neige fraîche est au rendez-vous, légère à souhait.

Nous empruntons des itinéraires vierges. Je fais ma trace dans la poudreuse, dessinant des pleins et des déliés. J'en pleurerais de joie tellement les sensations sont fortes ! Baptiste a la gentillesse de me donner quelques conseils techniques : où porter mon regard, comment déplacer mon poids sur la *board*… Quant à Matthieu, j'ai du mal à le voir rider tellement il va vite. Tous ont la délicatesse de m'attendre à tour de rôle, et l'élégance de ne pas stigmatiser mon niveau largement inférieur au leur. En revanche, cela ne me laisse pas beaucoup de temps pour reprendre mon souffle, puisque dès que je rejoins les premiers, ils se remettent en route, ayant déjà suffisamment attendu… C'est la double peine du débutant : un effort plus long et pas de temps de récupération. Je serre les dents, ne me plains pas, et assure que tout va très bien.

Le dernier hors-piste nécessite une marche d'approche. Quand vient enfin le moment de rechausser, je suis prise d'un vertige, la tête me tourne, je trouve la pente trop raide. Et je ne sais comment me placer pour pouvoir mettre mes deux pieds dans mes fixations, tout en restant suffisamment stable pour ne pas dévisser dans la face constellée de rochers saillants. Je suis blême.

Au moment où je m'apprête à tourner de l'œil, Matthieu, qui a deviné ma détresse, déchausse et revient vers moi. Dans cette pente instable, il ne paraît pas le moins du monde perturbé ; il marcherait de la même façon sur les trottoirs de Chamonix.

– Allez-y, on vous rejoint, dit-il au reste du groupe.

De toute façon, l'espace est trop exigu pour y rester tous. Baptiste, Jane, Sandro et Vincent se lancent. Matthieu les regarde s'éloigner, puis se tourne vers moi. Et, exactement comme il l'avait fait en septembre, quand il m'avait secourue dans la voie d'escalade, il s'approche de moi et me parle doucement, de sa voix grave et rassurante, en me caressant la cuisse.

– À nous deux maintenant. Respire, Emma. Tu es bien assise là ?

– Oui, ça devrait aller… mais je n'arrive pas à chausser ma *board*, il n'y a rien qui la retienne.

– Ne t'en fais pas.

Il cale sa planche puis attrape la mienne et la positionne sous mes pieds.

– Je vais la tenir pendant que tu chausses.

En procédant ainsi, avec ce solide soutien, j'arrive à me rééquiper. À peine ai-je le temps de reprendre mon souffle que Matthieu est déjà prêt.

– Maintenant, tu me suis. Tu passes là où je passe, tu tournes là où je tourne.

Je me redresse sur mes jambes flageolantes, cherche l'équilibre, prends une grande inspiration et me lance dans la pente comme on monte à l'échafaud. Matthieu m'attend et m'encourage. Je fais exactement ce qu'il me dit de faire et, en dépit de la fatigue, je retrouve progressivement les bons appuis.

Bientôt, nous rejoignons les autres sur les pistes.

– Bon, je pense qu'il est temps de rallier notre gîte, suggère Vincent. N'est-ce pas Emma ?

J'acquiesce, soulagée. La montagne est vraiment un formidable accélérateur d'émotions. Je suis passée, en quelques heures, d'une sensation de bonheur intense à une terreur absolue ; et à nouveau mon cœur s'est illuminé avec l'attention que m'a portée Matthieu, même si je sais qu'il aurait aidé n'importe qui en pareille situation.

Nous logeons tous dans une pension de famille sans prétention, tenue par une volubile *mamma* italienne. Vincent et Jane ont pris une chambre tandis que je partage un dortoir avec les trois autres garçons. Je pose mes affaires sur le lit voisin de la fenêtre et feins de ne rien remarquer quand Matthieu vient poser les siennes sur le lit d'à côté. Je vais ensuite me détendre sous une bonne douche chaude avant d'enfiler un slim et un gros pull pour descendre dîner.

La *mamma* nous sert tout un éventail de charcuterie et spécialités des Alpes italiennes. L'ambiance est excellente à notre table, où l'on peut clairement identifier deux équipes : ceux qui travaillent le lendemain, comme Matthieu qui s'aligne sur la compétition et Vincent qui filme, et les autres, qui picolent… ça rigole, ça charrie, dans une atmosphère chaleureuse, une ambiance de bande comme je n'en avais jamais vraiment connu. Entre le vin et le soleil de la journée, mes joues s'enflamment mais je me sens bien.

Après le dîner, je ressens le besoin de souffler.

– Je monte me coucher, je suis exténuée. Pour vous, c'était une promenade de santé, mais pour moi, c'était tout simplement la plus grosse journée de snowboard de toute ma vie…

Tous me souhaitent une bonne nuit, sauf Matthieu qui m'emboîte le pas :

– J'y vais aussi, je me lève à l'aube.

– Alors bonne nuit, les amoureux ! balance Sandro en rigolant.

La réponse de Matthieu fuse :

– C'est ridicule !

– Bien sûr, Matthieu, on sait bien que tu n'es pas un romantique, lui dit Vincent.

Éclat de rire général, ça calme. Et Baptiste de renchérir :

– Tu n'y es pas, Sandro. Pour un gars comme Matthieu, il faut une montagnarde, qui puisse partager sa passion.

J'en ai assez entendu ; c'est à peine si je prête attention à Jane qui rétorque :

– Et pourquoi pas une intellectuelle ? Ça lui ouvrirait d'autres horizons…

– Quand vous aurez fini de disserter sur ma vie sentimentale…

Je discerne vaguement la voix de Matthieu en regagnant la chambre, et m'enferme dans la salle de bains.

Lorsque je ressors en nuisette, je tombe sur Matthieu, allongé sur son lit, mains sous la tête, qui me contemple. Je m'arrête net.

– Tu m'as manqué, Emma !

– Oh vraiment ?

C'est alors qu'il bondit du lit et s'avance vers moi. Il m'immobilise contre le mur et tente de m'embrasser.

– Non, Matthieu. À quoi joues-tu ? C'est trop facile !

Comme à chaque fois, je suis ébranlée ; mais également furieuse. Il insiste, essaye de me faire taire en collant sa bouche à la mienne, je le repousse.

– Pourquoi étais-tu si distant chez moi l'autre soir ?

– Emma, c'est compliqué, tu le sais bien.

Je hausse le ton :

– Non, je ne sais rien ! Je ne sais pas ce qui rend les choses si compliquées justement !

– Peut-être qu'un jour je te l'expliquerai…

– Écoute Matthieu, je vais être très claire (je m'épate) : je n'arrive plus à te suivre. Un jour tu viens vers moi, un autre tu me rejettes ou m'ignores ! Je n'en peux plus, tu pompes mon énergie.

– C'est toi qui me déranges, Emma ! Depuis le début, je n'ai fait qu'essayer de résister, mais tu bouscules mes certitudes et mon système de valeurs. Je dois changer de stratégie en permanence.

Ouah ! Même si ce n'est pas très explicite, il ne m'avait jamais fait un tel aveu. Mon corps se détend, la rage commence à s'estomper. Il saisit mon visage entre ses mains et tente une nouvelle fois de m'embrasser.

– Non, attends, Matthieu. Si tu n'as que ça à m'offrir, tu vas me perdre définitivement.

Matthieu recule d'un pas, me dévisage, prend une grande inspiration et me dit :

– Écoute, Emma, à partir de maintenant, considère que nous sommes ensemble, mais à notre manière…

Ça alors, je n'en reviens pas : une brèche s'ouvre dans la muraille !

– Comment ça ?

– Je ne sais pas, on va innover. On pourrait se voir de temps en temps, en pointillé, quand on le peut, sans se mettre de pression.

– Et les autres filles ?

– Quelles autres filles ? Tu crois que j'ai le temps pour ça ? Entre mes entraînements, les compétitions et toi qui agis sur moi comme un aimant ? Bien sûr qu'il n'y a que toi !

Je suis bouleversée, mais je me contrôle. Matthieu se radoucit :

– Mais s'il te plaît, Emma, on garde ça pour nous. C'est important pour moi que ce ne soit pas institutionnalisé. Et je te promets d'être plus sécurisant, je vais faire des efforts.

– En somme, tu me proposes une sorte de relation clandestine et à dose homéopathique, c'est bien cela ?

– Emma, je fais un pas de géant vers toi. C'est à prendre ou à laisser. D'ailleurs, pour te prouver ma bonne foi, si tu es libre samedi prochain, je t'emmène dîner dans un excellent restaurant.

Je réfléchis à toute allure. Suis-je bien dans mes « limites acceptables » ? Je tranche rapidement :

– Bon... J'accepte ta proposition pour samedi... et pour le reste. On verra à l'usage si cette formule me convient.

J'ai l'impression de choisir un forfait pour mon téléphone portable, et de discuter le bout de gras avec le vendeur entre formule sans abonnement ou plus si affinité ; mais c'est toujours ça de pris. Je passe d'une relation que je considérais morte et enterrée au service de réanimation. Dans le fond, je jubile. Et en attendant, une fois encore, je suis ferrée...

Nous entendons alors les copains se dire bonne nuit et s'engager dans les escaliers. Je me glisse rapidement dans mon lit, Matthieu fait de même. Je fais mine de dormir quand Sandro et Baptiste entrent dans la chambre. En quelques minutes, ils sont couchés et les lumières éteintes.

Une demi-heure plus tard, tout le monde semble dormir. Pour ma part, j'ai du mal à trouver le sommeil. Sûrement le vin blanc et la proposition de Matthieu... Soudain je sens quelqu'un se glisser dans mon lit ! Matthieu me pousse pour se faire une place à côté de moi. Il marque un temps, écoute le silence. Et me saisit par la taille pour me poser sur son ventre, et m'embrasser avec avidité. Je chuchote :

– Mais tu as une compétition demain, tu dois dormir.

– Je m'en fous, c'est comme si c'était fait.

– Quelle prétention !

Nous essayons d'atténuer le bruit des draps froissés. J'attendais cette étreinte, tout mon corps la réclamait depuis que nous nous sommes dit au revoir sur le pas de la porte de son chalet il y a un mois. Je l'embrasse de plus belle et me love contre lui, heureuse.

Et il me fait rapidement comprendre qu'il aimerait que cela se passe plus bas… Je fais diversion en baladant mes lèvres sur son torse. Puis, progressivement, je descends vers son nombril, puis je descends encore, lentement. Je devine qu'il bout intérieurement, se retenant d'appuyer sur ma tête… J'arrive enfin au niveau de son sexe. J'ai déjà fait ça, pas des centaines de fois, mais je me débrouille. Je le prends dans ma bouche et commence à aller et venir doucement. Matthieu me guide en me caressant les cheveux, me dictant le rythme et la profondeur. Très vite, je le sens au summum de l'excitation, mais il se garde bien de le manifester pour ne pas réveiller les autres. Heureusement que leurs ronflements couvrent un peu le bruit… Je resserre la pression autour de son sexe, puis augmente encore l'amplitude. Soudain, un bruit de succion pas très discret m'échappe… Je me hisse au niveau de son torse et nous partons tous les deux dans un fou rire que l'on tente à peine d'étouffer. Cependant, en un instant il ne rit plus, attrape mes hanches et me met sur lui. Je m'indigne mollement :

– Matthieu, je ne prends pas la pilule et on n'est pas protégés…

– Rassure-toi, j'ai fait le test, je suis séronégatif, et j'ai un self-control à toute épreuve.

Compte tenu du contexte, je ne discute pas… Il me pénètre profondément ; je lui souffle à l'oreille d'y aller moins fort.

– OK chérie, me répond-il en français.

Chérie, ce mot me fait tressaillir, il ne m'avait jamais appelée ainsi. La discrétion imposée et l'obscurité du dortoir décuplent nos sensations. Mais, paradoxalement, je ne sais pas si je vais jouir. La proximité de nos amis endormis – mon Dieu, dites-moi qu'ils dorment bien tous – me bloque. Je murmure que je préfère m'en tenir là. Il soupire, sans doute déçu, m'assène encore quelques coups de reins et se retire. Je m'endors dans ses bras puissants, heureuse d'entrevoir un futur commun avec lui.

Un peu plus tard dans la nuit, j'ouvre un œil et constate qu'il a eu la présence d'esprit de regagner son lit.

Le lendemain, c'est le grand jour pour Matthieu. À l'aube, je l'entends s'équiper et mon cœur se rétracte. Maintenant que nous avons une « relation », je trouve moins évident de supporter ce qu'il s'apprête à faire. Mais je sais aussi que ce sentiment n'a pas sa place entre nous. Préférant ne pas le croiser avant la descente, j'attends qu'il ait quitté le dortoir pour me préparer et aller suivre la compétition avec Sandro, Baptiste et Jane.

Pour aller se positionner au départ, les freeriders ont une longue marche d'approche à effectuer, une traversée d'une heure sur la glace, au-dessus du vide et des barres rocheuses. Ils s'attaquent à une face vierge et très pentue. Ayant préalablement repéré sa trajectoire à la jumelle, chacun va y faire sa trace et tenter d'imposer son style. Parmi les skieurs et surfeurs présents, il n'y a que des pointures ; il faut les voir dévaler les pentes, c'est sensationnel ! De loin, on n'imagine pas les risques qu'ils prennent à rider à presque quatre-vingts kilomètres heure entre les obstacles… Ils enchaînent les sauts de barres rocheuses d'une hauteur inouïe, ne sachant bien évidemment pas ce qu'il y a en dessous. À côté de nous, un jury est chargé d'évaluer les prestations des concurrents : la fluidité, les figures techniques, la vitesse et le contrôle sont pris en compte. C'est vraiment impressionnant, à la fois physique, rapide, précis et aérien.

Vient le tour de Matthieu. Quand il s'élance, j'ai le souffle court. Ce qu'il fait est vraiment fabuleux, il a un niveau incroyable, je n'en reviens pas ! Je le vois dévaler cette montagne à une vitesse fulgurante, s'envoler, atterrir et reprendre son impulsion. Il arrive à placer une figure, parfaitement replaquée. À un moment, il saute une immense barre rocheuse, je retiens ma respiration. On le voit retomber dans la poudreuse, il a presque disparu... et d'un coup, il ressort, retrouve sa vitesse et poursuit la descente.

Quelques secondes plus tard, il surgit à notre niveau, sourire aux lèvres. Il relève son masque sur son casque et regarde son temps s'afficher, puis tourne la tête vers le public, avec un mélange de fierté, de jubilation, mais sûrement aussi de soulagement. Je suis moi-même dans un état d'effervescence maximal, j'ai envie de dire à tout le monde : « Regardez ce que mon homme vient de faire, c'est prodigieux, non ? » J'ai l'impression de sortir avec un superhéros, la midinette en moi exulte. Matthieu semble satisfait du travail accompli, et bien parti, je crois, pour récupérer la première place qu'il avait cédée à un autre lors de l'étape précédente au Canada.

De retour à Chamonix, je n'ai qu'une hâte : être à samedi soir pour revoir Matthieu. J'ai une semaine à patienter, et beaucoup de mal à m'intéresser à tout ce qui ne le concerne pas.

Le jeudi, je reçois un texto lapidaire de Matthieu me demandant d'être prête pour dix-neuf heures samedi. Au moins je suis rassurée : il n'a pas changé d'avis.

Enfin, nous sommes le samedi 25 janvier. Par chance, aucun de mes colocataires n'est présent à la maison cet après-midi-là, ce qui m'évite de me faire surprendre en robe et talons hauts. Je prends mon courage à deux mains et mets le porte-jarretelles que les copines m'ont forcée à acheter à New York. C'est la première fois que je porte un truc pareil. Déjà, comprendre comment ça marche… J'ai froid, ça me fait des courants d'air sous la robe, mais qu'est-ce que je me sens sexy ! Je prépare également un petit sac avec quelques affaires pour la nuit et une tenue plus classique pour le lendemain – j'espère bien dormir chez Matthieu. Dans un état d'excitation intérieure assez avancé, je sens la dopamine et les endorphines bouillonner…

À dix-neuf heures précises, je jette un œil par la fenêtre et reconnais son 4x4. Je prends une longue inspiration et attrape mon sac. Pour aller jusqu'à sa voiture sans perdre ma dignité en m'étalant dans la neige, j'enfile mes baskets et porte mes chaussures à talons à la main. Cela fait un peu étrange avec ma robe et mes bas, mais il faut savoir s'adapter à son environnement.

– Salut Emma, tu comptes y aller en courant ?

– Très drôle…

Après avoir roulé quelques centaines de mètres, il gare la voiture, détache sa ceinture, se penche vers moi et m'embrasse. J'en ai des palpitations, mais feins un léger détachement.

– Tu n'étais pas obligé de prendre tant de précautions, j'étais seule à l'appartement.

– Emma, tu es superbe. Je me demande même si je ne préfère pas l'ensemble avec les baskets… Mais bon, là où l'on va, il vaut mieux les talons.

– Et où va-t-on justement ?

– À l'Albert 1er, un restaurant gastronomique proche d'ici, deux étoiles au Guide Michelin, une référence.

Le restaurant et l'hôtel attenant forment un hameau de chalets. Je suis souvent passée devant sans y prêter attention ; il faut vraiment y entrer pour se rendre compte du luxe. Le maître d'hôtel nous accueille :

– Mademoiselle, monsieur Charraz, je vous en prie.

Nous le suivons jusqu'à une table dressée avec raffinement, située contre la baie vitrée donnant sur le jardin enneigé et les petits chalets joliment illuminés. Certains clients se retournent sur Matthieu, sûrement des passionnés de trail, d'alpinisme ou de snowboard.

On nous sert les amuse-bouches, c'est succulent.

– Tu vois, Emma, je ne te fais pas manger que du lyophilisé…

– Oui c'est vrai, ta polyvalence m'impressionne.

– Je peux même boire du vin : demain, je prends ma matinée.

– Tu es sûr, Matthieu ?

Je m'inquiète. Surtout, qu'il ne me le reproche pas ensuite.

– Emma, ça va, j'en ai envie ; j'ai envie de profiter de notre nuit dans cet hôtel.

– On dort ici ? Ce sera ma première nuit dans un cinq-étoiles ! Finalement, je comprends pourquoi tu ne veux pas de copine : à ce train-là, ça te coûterait trop cher !

– Je ne te cache pas que le directeur de l'hôtel a fait un geste, c'est bon pour son image d'avoir des sportifs comme moi dans son établissement…

Le sommelier nous suggère un vin blanc de Savoie : Le Feu, du domaine Belluard.

– Un vin pointu, presque austère mais très élégant. Son côté floral, sur des notes de résineux, s'accordera parfaitement avec le plat de mademoiselle.

– J'ai compris un mot sur deux, avoué-je à Matthieu après que le sommelier s'est éloigné…

Le chef de rang nous apporte les entrées, pour moi un risotto à la truffe noire.

– Quel raffinement, la gastronomie française est vraiment incomparable !

– Haut-savoyarde, Emma, j'y tiens.

– Tu dînes souvent là ?

– Chaque fois que nous rentrions en France, nous venions manger ici. Ma mère adorait cet endroit.

– Elle ne vient plus ?

– Elle est morte quand j'avais dix ans.

Je suis estomaquée. Apprendre cela seulement maintenant… J'essaie de me remémorer la façon dont il parlait de sa jeunesse, il disait bien « mes parents ». Je suis bouleversée.

– Comment est-ce arrivé ?

– Elle a fait une chute en montagne. Dans une crevasse…

Je revois instantanément la réaction paniquée de Matthieu quand nous étions sur la mer de Glace et que j'ai failli tomber. Et bien sûr je me demande s'il y a un lien avec « l'affaire Charraz » du Frêney.

– Tu as beaucoup de souvenirs avec elle ?

– Je me souviens surtout de sa douceur, qui compensait la dureté de mon père.

Je saisis cette perche pour ne plus parler de sa mère, cela me déstabilise trop.

– Qu'entends-tu par « dureté » ?

– Il était très exigeant, il l'est encore. Je ne l'ai jamais vu montrer ses sentiments.

– En ce sens, il ressemble à mes parents…

– Le seul dialogue possible avec mon père passe par la

montagne. C'est la seule façon d'attirer son attention, de faire briller une petite lueur dans ses yeux. Dans le fond, je crois que c'était notre unique point de connexion. Par exemple, il n'accordait aucun intérêt à ma scolarité. D'ailleurs, on ne peut pas vraiment dire que j'ai brillé à l'école.

– Matthieu, tu parles trois langues couramment, et en comprends plus encore ! Et tu t'intéresses à tant de choses…

On nous apporte des assiettes artistiquement présentées, mais les révélations de Matthieu m'ont coupé l'appétit.

– Je ne vais jamais manger tout cela…

– Ne t'inquiète pas, Emma, je finirai ; je brûle deux mille calories à chaque sortie en ce moment…

Au fil des plats, Matthieu continue de me parler de son enfance. C'est la première fois qu'il se confie à moi de la sorte.

– Tu sais, quand je t'ai dit que je n'avais que du matériel de montagne à Noël, c'est plutôt que mon père ne m'offrait jamais ce que je voulais… Les jouets d'enfant, j'ai vite senti qu'il fallait arrêter de les réclamer parce que c'était mal vu. Alors, bon petit soldat, je commandais un nouveau piolet, des crampons, une corde… Quand je te dis que j'ai été programmé…

– C'est triste ! En fait tu n'aimes pas vraiment la montagne ?

– Tu es malade ! ! Bien sûr que je l'aime ; sans elle, je ne suis rien ! À la mort de ma mère, j'ai tout reporté sur la montagne.

– Du coup, je comprends mieux ta peur de fréquenter plusieurs fois la même fille.

– Que veux-tu dire ?

Sa bouche se pince, son regard se durcit… Je me lance.

– Tu as verrouillé ton cœur. Tu en choisis chaque fois une nouvelle car tu as peur de t'attacher à une femme. (Je marque une pause, je crois que je m'enfonce.) Une femme que tu pourrais perdre ensuite, comme tu as perdu ta mère… On pourrait parler d'opération défensive : refuser l'attachement pour éviter de souffrir.

– Bien sûr, ça a été une telle souffrance !

– Mais l'amour, ce n'est pas que de la souffrance…

Cela fait maintenant deux heures et demie que nous sommes à table. C'est trop pour moi, et surtout pour Matthieu qui commence à s'agiter sur sa chaise. Nous nous levons et passons dans la partie hôtel, où l'on nous mène à une magnifique chambre, sobre et chaleureuse. Un poêle qui rougeoie côté salon, un somptueux bouquet, un grand lit immaculé jonché de coussins… tout contribue à créer une atmosphère de luxe et de calme feutré.

J'ouvre la fenêtre et m'avance sur le balcon pour profiter de la vue en direction de la chaîne de montagnes, dont on ne devine que la masse dans la nuit étoilée. Matthieu vient se placer derrière moi et m'enlace ; j'apprécie d'autant plus que, par cette nuit de janvier, à 1 000 mètres d'altitude, il doit bien faire entre moins cinq et moins dix degrés. Il me montre un point lumineux, le sommet de l'aiguille du Midi.

– Maintenant on rentre, je ne veux pas que tu prennes froid.

Matthieu referme la fenêtre et s'approche de moi, déterminé.

– À présent, nous allons finir ce que nous avions entamé à Courmayeur, je suis resté sur ma faim.

– Matthieu, nous étions dans un dortoir, avec nos copains à côté !

– Viens.

Il m'attrape par la main et m'attire à lui, me cale contre un meuble et m'embrasse. Sa main droite se balade sur ma robe, la retrousse et remonte le long de ma cuisse. Je retiens mon souffle, il va découvrir le porte-jarretelles. J'ai l'impression d'être sur le plongeoir de dix mètres et de devoir me lancer dans le vide.

– Hmm, très intéressant !

Matthieu relève maintenant franchement ma robe pour voir mes dessous. Puis il me soulève et me porte sur le grand lit. Allongé sur moi, il m'embrasse, fougueux, puis caresse le delta de peau situé entre mes bas et ma petite culotte, tandis que j'essaye de déboutonner sa chemise. Et, sans hésitation, il glisse sa main dans ma culotte. M'alignant sur lui, j'entreprends de défaire sa ceinture et d'ouvrir son pantalon. Mais il a toujours un temps d'avance sur moi et déjà il fourre sa tête entre mes jambes. Il décale ma culotte sur le côté, je sens son souffle chaud entre mes cuisses. Je n'étais pas préparée à cela. Je gigote pour m'extraire ; il me tient fermement.

– Laisse-toi faire, Emma... Tu sens bon, tu sens le miel...

Heureusement que j'ai bu, beaucoup bu au dîner, sans quoi je n'aurais pas pu. Sa langue se concentre sur mon clitoris en même temps qu'il m'explore avec ses doigts. Rapidement, j'ai l'impression que mon sexe est l'épicentre de mon corps et y diffuse une onde de plaisir presque électrique.

Au bout d'un moment, je ne tiens plus.

– Matthieu, prends-moi maintenant...

Il dégrafe ma robe et me l'enlève. Je finis en sous-vêtements, à la fois puissante et vulnérable, et l'effet du porte-jarretelles est irrésistible, même pour moi. Matthieu fait valser le reste de ses vêtements et glisse un préservatif sur sa queue dressée. L'instant d'après, je suis allongée au bord du lit, il vient se placer entre mes jambes et commence à me pénétrer. Mais il s'enfonce millimètre après millimètre, lentement, avec une précision chirurgicale...

– Matthieu !

– Quoi ? fait-il mine de rien.

– Matthieu ! Je t'en prie, c'est un supplice !

– D'accord, tu l'auras voulu !

Il me pénètre alors jusqu'à la garde, je me retiens de hurler. Il donne de grands à-coups, puissants, profonds ; j'ai l'impression qu'il me défonce ; nos corps s'entrechoquent. Il persiste, accélère ; et l'orgasme se propage à tout mon bassin. J'entends qu'en même temps Matthieu vient, mon plaisir décuple. Il donne encore deux grands coups de reins puis s'étend sur moi de tout son poids. Je ressens comme un soulagement ensuite, une sensation de relâchement total.

Après quelques instants, pour ne pas risquer d'accident avec le préservatif, Matthieu se retire. Je file à la salle de bains passer une nuisette, me démaquiller et me brosser les dents, trouvant un peu étrange de partager mon intimité avec lui. Prise de tête totalement inutile car, à mon retour, Matthieu ronfle, étendu sur le lit… Alors je me glisse sous les couvertures et me blottis contre lui. Il répond à mon étreinte en posant sa main sur moi, grognant mon prénom. Ouf, même dans un demi-sommeil, il se sait avec moi…

Ce soir encore, j'ai du mal à m'endormir. Je fais le bilan. Je ne me reconnais plus, moi qui étais totalement coincée, moi qui aurais préféré m'étouffer que d'émettre le moindre son, là je me suis lâchée comme jamais. Matthieu m'a libérée de quelque chose, il me fait accéder à une part méconnue de moi-même… C'est sur ces considérations que je trouve finalement le sommeil.

Nous nous réveillons en même temps, éblouis par la vue depuis notre lit.

– Regarde, Emma, on voit le glacier des Bossons. Quand j'étais petit, la langue glaciaire venait mourir presque au niveau des plus hauts chalets. Depuis, elle est remontée d'au moins soixante-dix mètres et a perdu de son épaisseur, cela me désespère…

On nous apporte un plateau formidable : pain frais, croissants, fromage de montagne, confitures artisanales, jus de fruits… Nous déjeunons gaiement en discutant, assis face à face dans de grands fauteuils.

– Emma, ça te plairait d'aller surfer avec moi aux Grands Montets mercredi ?

– Dis donc, on fait des progrès immenses ! Habituellement tu me largues au petit déjeuner, là tu m'invites à aller rider…

Il me regarde du coin de l'œil en riant.

– Allez, assez mangé maintenant !

Matthieu m'attrape et me place sur ses genoux pour m'embrasser – j'avoue que j'aurais été déçue de repartir sans une nouvelle étreinte.

Il relève ma nuisette, descend légèrement son caleçon, et me place à califourchon sur lui. Ma respiration s'intensifie, la sienne aussi, nous nous regardons droit dans les yeux, je lui fais confiance. Mes bras entourent son cou, cependant que ses mains se glissent entre mes cuisses et que je m'empale progressivement sur lui. Lorsqu'il est complètement en moi, il commence à bouger avec des mouvements circulaires ; je ferme les yeux…

Quand je les rouvre, des larmes en coulent. Il les chasse d'une main, peut-être ému lui aussi. En venant à son tour, dans un souffle, il murmure mon prénom…

Pour la première fois, j'ai l'impression que nous avons vraiment fait l'amour. Quelque chose de fort s'est passé entre nous ; il ne peut pas tricher sur ça, ce n'est pas possible.

Nous nous douchons, ramassons nos affaires et quittons cette chambre de rêve, dont le souvenir me restera à jamais. Mon champion, lui, a déjà l'esprit ailleurs, il a décroché, il doit réfléchir à sa sortie en montagne de cet après-midi.

J'ai bien compris qu'avec Matthieu, la qualité des moments passés ensemble compterait plus que leur fréquence. Aujourd'hui, par exemple, je lutte pour ne pas me focaliser sur la sortie de mercredi, d'autant plus que l'on ne peut pas dire qu'il m'inonde d'appels ou de SMS… Aussi, pour tromper l'ennui, je file voir Samuel au Django, en partance pour une tournée en Suisse. Comme s'il sentait qu'il fallait que je redescende sur terre, Samuel me demande combien de pages de ma thèse sont écrites.

– On ne peut pas parler en nombre de pages, Sam. Je n'ai presque rien rédigé si tu veux tout savoir.

– Mais tu n'auras jamais fini !

– Pour l'instant, c'est une espèce de gros magma dans ma tête, mais je sais que tout se mettra en place en temps voulu, sans doute l'année prochaine, à Chicago. Et puis tu penses bien que je ne peux pas rédiger avant d'avoir observé.

– Ah, oui, tes fameuses observations… Observer quoi déjà ?

– Les rôles de chacun, le vocabulaire, la façon de penser, d'agir, l'appartenance sociale, le comportement pour intégrer un groupe… Dans tout milieu, il y a des codes, même chez les déviants. Si tu arrives sans respecter ces codes, tu passes pour un imbécile.

– Donc, tu viens à côté d'eux, tu les regardes et tu notes ce qu'ils disent ?

– Oui, mais discrètement, ou bien je m'enregistre sur mon téléphone, et parfois je fais quelques photos. Et en ce moment, je me focalise sur la connexité entre usage des nouvelles technologies et prise de risques : dans quelle mesure le fait d'avoir une caméra sur la tête et des centaines de *followers* les pousse à s'exposer plus ? C'est passionnant… J'essaye de me procurer des statistiques sur l'incidence des accidents liés à ce phénomène, mais ce n'est pas évident.

Je promets à Samuel de venir le voir jouer, mais je ne m'attarde pas car une grosse journée de snowboard m'attend le lendemain aux Grands Montets.

– Ah, les Grands Montets, station mythique ! Tu y vas avec tes colocataires ?

– Non, pas exactement… J'y vais avec un ami. Matthieu Charraz, tu t'en souviens ?

– Et comment ! Mais je croyais que vous étiez en froid ?

– Nous nous entendons bien tout compte fait… Je l'ai revu pour…

– … pour tes observations, Emma ? Ça va, j'ai compris !

Le mercredi tant attendu, Matthieu passe me prendre à la maison. Je me rue vers sa voiture dans laquelle je glisse ma planche de snowboard. Comme samedi, par souci de discrétion, il démarre sans m'avoir embrassée.

– Salut, Matthieu ! Ça va ?

– Encore mieux depuis une minute.

Ses mots me font rosir de plaisir.

– J'ai dû dire à Sandro que j'y allais pour le boulot, il voulait absolument venir rider avec moi aujourd'hui…

– Mais il aurait pu, je le trouve sympa.

– Oh, une autre fois… Je n'ai pas eu souvent dans ma vie de journée entière en station avec un champion pour moi toute seule, alors je tiens à en profiter. Finalement, il va au Brévent avec Philippe faire le couloir de l'ENSA.

Une fois là-haut, le télésiège monte dans le brouillard avant de passer au-dessus de la mer de nuages. En cette fin janvier, la poudreuse n'est malheureusement pas au rendez-vous… Le vent souffle sur les cimes et soulève la neige qui s'amoncelle à certains endroits et fait défaut à d'autres. Sur les pistes, elle est un peu dure, du coup je ne suis pas très à l'aise. Matthieu en revanche ne semble pas le moins du monde gêné par les plaques verglacées. Il me donne un cours particulier afin de m'apprendre à carver, puis m'entraîne en hors-piste.

– Maintenant, on va prendre le téléphérique qui monte au sommet de la station pour faire une descente de près de deux mille mètres non-stop.

Nous nous engageons dans la queue, mais un pisteur interpelle Matthieu et nous fait couper toute la file.

– Viens directement par ici, Matthieu, tu le sais bien…

Matthieu est connu comme le loup blanc, mais n'aime pas user de passe-droit. Nous nous tassons les uns contre les autres dans la benne où l'on entend parler toutes les langues. J'arrive à me dégoter une place pour admirer la vue, saisissante, d'autant plus que les nuages se sont dispersés. Matthieu, juste dans mon dos, se colle plus que de raison, presque à se frotter. Je frissonne. Mon champion est de plus en plus chaud…

Lorsque la benne s'immobilise, une bouffée d'angoisse m'envahit au moment où je prends conscience de l'altitude.

Tandis que nous montons sur la terrasse pour admirer le panorama, je ressens la raréfaction de l'oxygène dans l'air ; pas de doute, nous sommes vraiment en haute montagne. L'appréhension me gagne, je ne dis plus rien. Matthieu commence à me connaître :

– Ne t'inquiète pas, cet itinéraire ne présente pas plus de difficultés qu'un autre. C'est juste impressionnant car nous sommes à 3 250 mètres. Il suffit que tu restes près de moi pour éviter les crevasses, et tout ira bien.

– Ah, en plus il y a des crevasses ?

– Oui, nous allons passer à côté du glacier des Rognons, puis surplomber celui d'Argentière. Tu sais, il y a des glaciers partout ici.

– Oui, bien sûr…

Quand nous chaussons, je n'en mène pas large. La neige est cependant meilleure que plus bas dans la station : le froid la conserve mieux et il y a moins de passages de skieurs. Doucement, je reprends confiance. Matthieu s'arrête souvent pour m'attendre ; j'apprécie son attitude car je sais que cela lui coûte.

Je vois le glacier en contrebas. J'ai quand même peur de rater un virage et d'être entraînée par la pente, droit sur les crevasses bleutées superficiellement recouvertes de neige… Matthieu, lisant dans mes pensées, me rassure de nouveau :

– Si tu tombes et dévisses, tu as largement le temps de t'arrêter… Nous dominons le glacier mais allons dégager sur la gauche bien avant d'être à son niveau.

Je suis aveuglément mon guide. Nous passons une épaule et revenons sur le premier versant, avec vue sur toute la vallée. Matthieu m'encourage :

– Une fois la descente achevée, nous reprendrons un télésiège pour aller déjeuner au restaurant d'altitude, ça te va ?

– Parfait.

Effectivement, l'hypoglycémie me guette dès que je fais un effort un peu long. Remotivée par la proposition de Matthieu, j'affronte du mieux que je le peux un champ d'énormes bosses rondes et bien dessinées et continue la descente, interminable. Matthieu me donne la technique pour aborder les bosses en snowboard, ce qui est moins évident qu'à skis mais reste jouable. Enfin, nous arrivons dans la dernière partie, la Pierre à Ric, une piste plus classique qui mène tout en bas de la station.

C'est avec un soulagement infini que je prends place sur le télésiège pour remonter vers le restaurant. Le vent est tombé, le soleil fait une agréable percée ; nous décidons de déjeuner en terrasse à Plan Joran. J'ai bien mérité un steak haché frites. Matthieu prend des spaghettis à la bolognaise et se moque de moi en avisant mon plateau :

– Tu as pris le menu enfant ?

Je lui fais un sourire en coin et m'échappe aux toilettes. Quand je reviens, il a les yeux rivés sur l'écran de son portable pour répondre aux commentaires de ses *followers*. Il est totalement accro aux réseaux sociaux, je l'avais déjà remarqué.

– Matthieu, l'idole des traileurs et des riders…

– Non, ce n'est pas ce que tu crois, c'est un échange.

– C'était peut-être un échange avant, quand ils étaient peu nombreux, mais maintenant qu'ils sont des milliers… En plus, tu dois toujours tomber sur les mêmes commentaires ?

– Oui, du coup ça me permet de faire un tri. Et c'est vrai, mon profil public est de plus en plus commercial…

– Cela dit, j'apprécie de pouvoir suivre des sportifs sur Internet. Mais quand ça vire au culte de la personnalité, là ça me dérange.

– Je suis d'accord avec toi. Je déteste être pris pour une icône. Il y a moi, et il y a mon personnage médiatique. Je fais en sorte que les deux soient le plus en adéquation possible, mais parfois, je suis obligé de mettre de la distance. Quant aux victoires… je peux me poser la question vis-à-vis de toi également : te serais-tu intéressée autant à moi si je n'avais pas été un des meilleurs ?

– Je ne suis pas une de tes groupies, Matthieu ! Tu sais, je n'ai pas besoin de te voir sur la plus haute marche du podium pour t'admirer. Ton sens de la liberté me parle bien plus, et ton rapport à la nature, ton humanité, ta façon de te mouvoir…

– C'est gentil ce que tu me dis…

Manifestement touché, il passe sa main sur ma joue.

– Nous sommes dans un lieu public, donc tu ne m'embrasses pas ?

– Exact, Emma. Et d'ailleurs je fais bien, regarde !

Matthieu retire sa main et me désigne James Betford du regard, posté juste devant nous.

James fait une drôle de tête, comme s'il était choqué par ce qu'il venait de voir. Nous lui faisons un signe, il nous répond furtivement et file vers le télésiège le plus proche.

– C'est de nous voir ensemble qui l'a mis dans cet état ?

– Je ne sais pas ; c'est vrai qu'il n'avait pas l'air très heureux. Il n'est même pas venu nous dire bonjour !

Nous retournons rider, la journée se poursuit le mieux du monde. Une fois son casque et son masque en place, personne ne reconnaît Matthieu et je l'ai pour moi toute seule.

À la énième remontée, j'ai les cuisses qui chauffent. Il m'en coûte mais je me décide à rentrer :

– Matthieu, je n'en peux plus, je ne vais pas faire la fermeture. Je te laisse te défouler : cela fait des heures que je te ralentis, tu dois bouillir…

Matthieu marque un temps. Visiblement, il ne s'y attendait pas, mais je vois bien que la proposition le tente.

– Comment comptes-tu rentrer ?

– En Chamonix Bus, aucun problème. Il me déposera à l'arrêt à côté de la maison.

– OK, ça me va. Tu viens dormir chez moi samedi ? J'ai une journée calme dimanche.

– Samedi ? Pourquoi pas…

– Viens vers vingt heures. Si je ne suis pas rentré d'Autriche quand tu arrives, installe-toi, la clef est toujours cachée dans le coffret électrique sous la terrasse.

Du coup, profitant du fait que nous soyons seuls sur notre siège, et bien que ce ne soit pas évident avec nos casques, Matthieu m'embrasse longuement. Enfin ! J'ai attendu ce moment toute la journée…

– Je te raccompagne en bas de la station.

– Non, ce n'est pas nécessaire, Matthieu, je vais redescendre en téléphérique.

– Tu es fatiguée à ce point-là ?

Aussitôt, j'ai honte, honte de ne pas être au niveau. Je n'ai jamais osé reparler avec Matthieu de ce que Baptiste, son kiné, avait dit à Courmayeur : qu'il serait mieux avec une montagnarde. Une montagnarde aurait assuré la journée, et n'aurait pas fait la bévue de vouloir faire la dernière descente en benne…

Nous nous quittons à l'arrivée du télésiège où je m'attarde un moment pour voir Matthieu partir sur un autre versant. Il s'engage directement dans la pente, une pente raide, mal enneigée, plaquée, bosselée. Il la prend comme j'aborderais un schuss sur une piste verte. C'est fascinant, il encaisse tout et avale le relief. Tous les skieurs sur le télésiège se retournent sur son passage. J'ai bien fait de lui rendre sa liberté ; à seize heures, il était temps qu'il ride à sa propre vitesse.

Quant à moi, ces quelques minutes de répit m'ont fait du bien. Je renonce à aller prendre le téléphérique et décide, par fierté, de faire la descente jusqu'en bas par la piste, à mon rythme. Finalement, on dirait bien que j'en étais capable…

Une fois installée dans le bus, je recommence à gamberger. Nous ne sommes pas vraiment en phase tous les deux : moi, j'ai tout le temps envie d'être avec lui, sans arrêt ! Lui ne m'a même pas proposé de passer la soirée ni la nuit ensemble… Il doit avoir envie d'être au top pour son déplacement en Autriche. Tout de même, ce n'est pas facile d'avoir une relation suivie avec Matthieu Charraz, et il faut être sacrément indépendante pour supporter cette intermittence.

Ma petite crise d'angoisse s'achève quand le bus arrive dans mon quartier. Par curiosité, je regarde ce que Matthieu a publié sur Facebook quand nous étions au restaurant d'altitude : « Une journée de rêve, dans une station de rêve. » Pas mal ! Discret et élégant, tout en sous-entendu ; l'exact opposé de James Betford qui suggérait des choses imaginaires.

Le lendemain soir, je décide de retourner voir sur les réseaux sociaux où en est Matthieu. J'ai toujours une appréhension au moment où je me connecte. En l'occurrence, tout a l'air d'aller bien : en plus du trajet pour l'Autriche, il a eu le temps d'aller en montagne avec des contacts locaux faire je ne sais quoi ; il a des amis dans tous les pays… Il prépare la troisième étape du Freeride World Tour, où Vincent est également parti. Je découvrirai vingt-quatre heures plus tard que Matthieu s'est classé premier ex-æquo avec un Allemand.

Samedi, je ne tiens plus en place et n'ai qu'une hâte : le retrouver. Je pars pour Montroc en disant à mes colocataires que je ne rentre pas dormir, sans m'étendre. Après tout, ils ne peuvent pas deviner avec qui je vais passer la nuit, je côtoie beaucoup de monde à Chamonix.

Un peu avant vingt heures, je gare ma voiture près de la route et emprunte le chemin enneigé qui mène au chalet de Matthieu, vaguement éclairé par la lumière des lampadaires. La neige recommence à tomber dru. Décidément, chaque fois que je viens ici, j'y ai droit. Matthieu n'est pas encore arrivé, mais la clef est bien là où il me l'avait indiqué. Je m'installe, rêvassant dans son salon qui me rappelle des souvenirs plutôt intenses, avant de prendre un bouquin pour passer le temps.

Au bout d'une heure, je me décide à sortir pour voir la neige tomber, humer l'atmosphère et, qui sait, peut-être le faire venir. J'ouvre la porte du chalet, le vent frais me picote la peau, les flocons se posent sur mes vêtements. Mes yeux s'adaptent à la faible lumière diffusée par les réverbères et soudain, je distingue des traces de pas. Des traces de pas dans la neige fraîche !

Elles sont bien plus grandes que mes propres traces. Et très récentes, cinq minutes à peine, puisqu'aucun flocon ne les recouvre encore, contrairement aux miennes que l'on ne discerne presque plus.

Elles viennent de la route, puis se dirigent droit vers ici, jusqu'à une des fenêtres. C'est étrange, personne n'a frappé à la porte. J'appelle :

– Matthieu ?

Ma voix se perd dans le blizzard.

Les traces longent le chalet et le contournent. Une plaisanterie peut-être ? Matthieu aurait voulu me surprendre, ou quelque copain lui faire une frayeur ? Mais sa voiture n'est pas là… Le fait est que quelqu'un m'a observée de l'extérieur, sans que je m'en rende compte, ni qu'il se manifeste.

Mon sang se glace. Mes battements cardiaques s'accélèrent. Que faire ? Retourner dans le chalet et me jeter dans la gueule du loup ? J'ai l'impression d'être dans un mauvais film, la trouille me prend aux tripes. Je choisis d'avancer vers la rue, au moins elle est éclairée, mais je suis gelée sans ma doudoune.

Heureusement, je vois bientôt des phares approcher dans la nuit : c'est Matthieu !

Il descend de voiture.

– Matthieu !

– Il y a un problème ? demande-t-il devant mon air inquiet.

– Regarde, des traces toutes fraîches viennent jusqu'à ton chalet, mais personne n'a frappé.

– Qu'est-ce que c'est que cette histoire ?

– Je n'ai rien entendu, mais ces traces n'étaient pas là quand je suis arrivée…

Matthieu avance et constate.

– Un enfoiré est venu mater aux fenêtres avant de repartir de l'autre côté ! Je vais le suivre. Emma, tu rentres et tu t'enfermes à clef, tout de suite !

Sans que je puisse le retenir, Matthieu se lance à la poursuite de l'inconnu. Il court dans le champ, malgré la poudreuse, et disparaît rapidement dans l'obscurité en longeant le ravin voisin...

Je rentre me réchauffer, transie de peur et de froid. Je m'enveloppe dans le plaid et scrute désespérément par la baie vitrée, mais ne distingue absolument rien.

Au bout d'un moment, Matthieu revient, les joues en feu.

– Je n'ai pas pu voir qui c'était, j'ai juste aperçu un break démarrer au loin.

– Un break, comme celui de Vincent ?

– Et vu les traces, c'est un bon sportif, à l'aise dans la neige. Du coup, j'ai ma petite idée...

– Qui ?

– James.

– James ? James Betford ? Tu penses que c'était lui ?

– Oui ; il débloque complètement, le pauvre ! Il n'a pas aimé nous voir ensemble aux Grands Montets l'autre jour, je te l'avais bien dit, Emma. Il a dû repérer ta voiture, il voulait savoir.

– Savoir quoi ?

– Savoir si nous sommes ensemble, ou pas.

Atterrée, je minimise :

– Peut-être qu'il voulait juste passer te dire bonjour ?

– Quand on vient dire bonjour à un ami, Emma, on se gare à proximité, on frappe à la porte, on n'espionne pas aux fenêtres, et on repart par la route éclairée et non pas par-derrière, dans l'obscurité et la neige profonde.

– C'est vrai, fais-je dans un souffle.

D'un coup me revient à l'esprit la mystérieuse lettre déposée de nuit sur mon balcon.

– Et puis nous ne sommes pas amis, James et moi, reprend Matthieu. Surtout après ce qui s'est passé entre nous.

– C'est-à-dire ?

– C'est long à expliquer, je te raconterai en route.

– On s'en va ?

– Parfaitement ! Si on ne peut même plus être tranquille chez soi, je sais où nous allons finir la nuit. Habille-toi, ma chérie, on part d'ici.

Ma chérie…

Matthieu prépare un petit sac et saisit un gros trousseau de clefs dans le tiroir d'une commode. Je rassemble mes affaires, nous fermons le chalet et grimpons dans sa voiture, laissant la mienne à Montroc.

À propos de James, Matthieu m'explique :

– Ce mec est dingue. Il a voulu que nous trichions pour assurer notre victoire à la Petite Trotte à Léon ; tu sais, la course que l'on a gagnée tous les deux fin août.

– Je me rappelle bien, c'est le jour où je suis arrivée à Chamonix et où je t'ai vu pour la première fois. Lui aussi d'ailleurs.

– Il a mal géré sa course et s'est blessé. Je lui ai proposé de s'arrêter, mais il n'a rien voulu entendre. Nous étions premiers, et les équipes suivantes allaient rattraper notre avance. Alors il a téléphoné à quelqu'un – j'ignore à qui – et cette personne lui a fait gagner plusieurs heures de course en l'amenant discrètement en voiture jusqu'à un coin où il a pu se reposer, caché.

– En voiture ? Il s'est fait véhiculer ? Quel culot !

– Je ne te le fais pas dire.

– Ce qui signifie qu'il connaît quelqu'un capable de l'aider à tricher pendant une course, en toute connaissance de cause. Tu sais qui c'était ?

– Je ne lui ai pas demandé, pour ne pas être mêlé à ça. De toute façon, je ne pense pas qu'il me l'aurait dit…

– Et qu'as-tu fait ?

– J'ai continué la course, seul avec la balise GPS de l'équipe, qui permet aux organisateurs de nous géolocaliser et de vérifier que l'on fait bien l'intégralité du parcours. Je l'ai rejoint là où il m'avait donné rendez-vous, puis nous avons fait l'arrivée ensemble. C'est totalement interdit, l'équipe ne doit en aucun cas se séparer.

– Cela ne s'est pas su ?

– Seul Vincent est au courant. Je n'en ai pas parlé pour ne pas ruiner l'image de James. Et le comble, c'est que je pourrais être sanctionné également. Il aurait fallu qu'il abandonne officiellement, et que je termine avec une autre équipe.

Nous roulons dans la nuit, la neige tombe toujours plus dru dans la lumière des phares et recouvre la route qui serpente. Je serais terrorisée de conduire dans ces conditions, mais pas Matthieu qui assure et poursuit son récit.

– Son attitude m'a profondément choqué. Ce n'est quand même pas anodin d'entendre ton équipier te dire qu'il veut tricher. Surtout que sur toutes les autres courses, il est souvent mon principal adversaire… Ça laisse planer un doute sur le reste de ses résultats, qu'on le veuille ou non.

– C'est évident.

Enfin, nous arrivons dans un hameau minuscule. Matthieu stoppe la voiture devant un chalet de bois clair colossal et apparemment très récent. Il sort l'énorme trousseau de clefs et appuie sur un bip ; la porte du garage situé au sous-sol s'ouvre. Nous sortons de la voiture, le garage est immense et hyper propre. Je suis Matthieu jusqu'à la porte d'un ascenseur !

Il tape un code sur un clavier et la cabine décolle, j'ai l'impression d'être dans un James Bond... Nous arrivons dans un somptueux salon qui s'illumine automatiquement. Un feu s'embrase dans l'immense cheminée et une douce musique emplit l'espace.

– Vive la domotique! Mets-toi à l'aise, Emma, me dit Matthieu en m'enlevant mon manteau. Je vais faire quelque chose à manger: entre la sortie en montagne de ce matin, le retour d'Autriche et la petite course dans la neige ce soir, j'ai une faim de loup.

Il se dirige vers une immense cuisine américaine.

La pression retombe. Je déambule dans le salon, examinant les gravures et photos accrochées aux murs face aux grandes baies vitrées. Je ne pensais pas qu'un chalet puisse être aussi luxueux. Le parquet en bois massif est recouvert çà et là d'épais tapis de laine beige agencés devant d'imposants canapés, sur l'un desquels je m'affale un moment.

Matthieu me tire de ma rêverie:

– Viens dîner, Emma! J'ai fait des pâtes.

– Voilà qui est original!

– Si l'on était restés chez moi, j'aurais pu te faire le repas gastronomique que j'avais prévu.

– Je n'en doute pas une seconde... Mais vas-tu enfin me dire chez qui nous sommes?

– Bonne question. Nous sommes chez Sven, un ami néerlandais.

– Il te laisse ses clefs, et tu débarques comme ça, sans prévenir?

– Il n'est jamais là en cette période. Il ne vient qu'une semaine à Noël, et deux semaines l'été pour faire de l'alpinisme. Le reste du temps, il travaille. Il voyage énormément, il possède et gère plusieurs sociétés.

– Dans quel secteur d'activité ?

– Importation de terres rares. Ce sont les métaux que l'on trouve dans nos écrans, disques durs, etc. Il commerce essentiellement avec la Chine puisque les principaux gisements sont là-bas.

– Je vois… pas très développement durable tout ça… Et comment l'as-tu connu ?

– Il était en détresse dans une voie. Un peu comme toi d'ailleurs…

– Oh, ça va…

– Sa corde n'était pas assez longue. Je lui ai porté assistance et il m'en est encore reconnaissant. Comme en plus il pratique la course à pied et qu'il connaissait un peu mes résultats, il était content de me rencontrer.

Venant de Matthieu, il faut comprendre que ce Sven est un fan absolu.

– Et du coup il t'a laissé ses clefs ; pourquoi pas, s'il n'y est jamais… Et toi, tu viens souvent ?

– Ça m'arrive.

– Avec qui ?

La question m'a échappé, je n'aurais pas dû la poser. Je comprends à son silence gêné que ce devait être avec ses conquêtes féminines. Après tout, l'endroit est idéal, surtout pour faire de l'esbroufe. La jalousie monte.

– Oh, Emma, détends-toi, c'est avec toi que je suis là ce soir ; le reste n'a pas grande importance.

– Je sais bien que les filles n'ont pas grande importance à tes yeux…

– Arrête, c'est ridicule, je suis très heureux d'être ici avec toi, et pour rien au monde ne souhaiterais être avec une autre.

Je prends une grande inspiration, la colère s'estompe aussi vite qu'elle était apparue.

Après le dîner, Matthieu me propose de prendre un bain chaud.

– Ton ami n'est jamais là mais il laisse le chauffe-eau allumé ? Bravo ! les riches se foutent vraiment de l'avenir de la planète.

– Le chalet est entièrement éco-conçu, mais je te l'accorde, on doit pouvoir faire mieux en matière d'économie d'énergie. Mais pas en matière de spa, viens le voir !

– Je n'ai pas mon maillot...

– Emma, nous sommes seuls !

Il me prend par la main et m'entraîne dans une pièce à l'éclairage tamisé. Au milieu trône un bassin rectangulaire en granit. C'est d'un luxe inouï sans être trop tape-à-l'œil. Je monte les quelques marches et passe ma main dans l'eau. Elle est brûlante ! Matthieu s'approche et m'aide à retirer mes vêtements ; au contact de l'air, mes seins durcissent et mes tétons pointent. Il se déshabille et nous plongeons nos corps dans l'eau chaude, un délice ! Matthieu avance vers moi, un éclair sombre dans les yeux. Il me plaque contre le bord du bassin et cale ma nuque contre un coussin pour m'embrasser, puis passe sa main entre mes cuisses : je suis déjà excitée au plus haut point. L'atmosphère, la pénombre, les émotions de tout à l'heure, l'air déterminé de Matthieu... le cocktail est détonnant. Il m'étend sur l'eau et promène sa langue sur mon corps qui émerge.

L'instant d'après il m'écarte les cuisses. Il se fraye un chemin par à-coups, progressant à chaque mouvement. Nous sommes à angle droit, lui, debout, me tenant par les hanches, moi, allongée à la surface. En même temps, je caresse doucement mon clitoris.

Quand il intensifie ses coups de reins, je ne peux pas reculer, acculée au bord. Il me prend maintenant tellement puissamment qu'il fait déborder le bassin. Je le ressens de plus en plus fort, profondément, et mes gémissements accompagnent son va-et-vient.

– Matthieu, je vais venir !

Je m'arc-boute, l'orgasme m'envahit, impétueux. Matthieu se retire aussitôt après et décharge sur mon ventre. Je suis parcourue d'une dernière convulsion. Et le calme revient peu à peu à la surface de l'eau, dans laquelle le sperme se fond lentement.

L'un contre l'autre, nous profitons encore quelques minutes du bassin.

– Le propriétaire ne t'en veut pas quand tu éjacules dans son jacuzzi ?

– L'eau aura le temps de se recycler d'ici sa visite de cet été…

– Tu es le seul à venir dans son chalet ?

– Non, les gardiens passent régulièrement. Mais pas la nuit, ne t'inquiète pas. En plus j'ai tapé mon code, ils savent que je suis là. Sinon, Sven prête souvent son chalet à ses amis et sa famille, c'est un homme très généreux.

– Rassure-moi, s'il est passionné de trail, j'espère qu'il n'a pas filé le code à James ?

– Mais non, ils ne se connaissent pas ; Sven m'en aurait parlé autrement.

– Mais tu ne le vois jamais !

– Faux. Dès qu'il vient ici, il m'appelle et on se voit ; et il me suit activement sur les réseaux sociaux. C'est même l'un de mes commentateurs les plus assidus ; je crois que mes photos et mes récits lui permettent de s'échapper de son quotidien d'homme d'affaires. Allez, on va se coucher.

Nous enfilons les gros peignoirs qui étaient délicatement roulés sur les marches, et Matthieu me guide vers un bel escalier de bois. Il me montre Sven, sa femme Leena et leurs trois enfants sur les photos accrochées au mur. Plus loin, sur une autre photo, Sven pose fièrement sa main sur l'épaule de Matthieu lors d'un run en montagne.

– Il est vraiment fan de toi !

– Viens, on va dormir dans cette chambre d'amis, elle n'est pas mal.

Matthieu ouvre la porte et je ne suis pas déçue, on se croirait dans un hôtel de luxe.

Nous nous glissons nus sous les lourds draps blancs.

– Tu n'as pas eu trop peur tout à l'heure chez moi ?

– Ça va mieux… J'ai quand même du mal à croire que James ait fait cela.

– James a le culte du résultat et ne court que pour gagner, quitte à user de procédés douteux. Il y a des tensions énormes entre nous car je ne comprends pas cette attitude hypercompétitive.

– Tu sais, il m'en a déjà parlé, et j'ai l'impression que ses motivations sont infiniment plus complexes que ce que tu décris là.

– Peut-être, mais il n'était pas comme ça avant.

– Avant quoi ?

– Quand il a commencé à être connu dans le circuit ; c'est venu progressivement. On devient vite dépendant de la victoire, d'une certaine manière. Dès lors que l'on commence à monter sur le podium, il est très difficile d'accepter que cela puisse s'arrêter un jour. Et puis sa nouvelle activité de journaliste sportif n'a sans doute pas aidé James. Par exemple, sur notre course commune, il ne pouvait pas abandonner : il voulait absolument rédiger son article comme *finisher* de la PTL.

– Ah, il devait écrire sur cette course…

– James est plein de contradictions. En tant que paralpiniste, il a une éthique ; l'humilité est de rigueur, loin de la frime malgré un sport de plus en plus médiatisé. D'un autre côté, il ne supporte ni la frustration, ni l'échec. Y compris l'échec amoureux : il n'a pas accepté que je le domine à la fois dans le sport et en amour.

– En amour, Matthieu ?

– Bon, ça va… En tout cas, même s'il t'aime bien, ça ne justifie pas son attitude déplacée de tout à l'heure. J'irai le voir dès que j'aurai un moment pour lui dire ce que j'en pense. Il va dérouiller, le pauvre.

– Ça ne va pas, non ? Je t'interdis de lever la main sur lui, il reste quelqu'un de bien. Tu n'es même pas sûr qu'il soit en cause. En plus, j'ai besoin de lui dans mon panel.

– Quoi qu'il en soit, en mon absence, et tant que nous n'avons pas mis les choses au clair, ne t'en approche pas.

– En ton absence ?

– Ah oui ! lance-t-il d'un air détaché, je pars demain rider quinze jours dans le Caucase…

Surtout, rester calme, se contrôler, faire bonne figure, ne rien laisser paraître. C'est le *deal*. Je le savais depuis le début, il ne faut pas se formaliser.

– Rappelle-moi, c'est où exactement le Caucase ?

– En Russie. Je fais escale à Moscou, prends un autre vol jusqu'à Sotchi et après j'ai plusieurs heures de route en direction des montagnes. Allez, il est temps de dormir. Bonne nuit, ma chérie.

– Bonne nuit, Matthieu…

Je me sens contrariée, il aurait pu m'en parler avant, il joue avec mes nerfs.

Matthieu dort déjà tandis que je gamberge toujours : il me teste, je dois lui montrer que je peux gérer son absence sans problème. J'essaye de voir les points positifs mais je n'en trouve qu'un seul : il ne sera pas là pendant mes règles. Ah oui, et aussi que le « ma chérie » semble entré dans les mœurs, en français en plus !

Des caresses me réveillent… J'ouvre un œil, il fait déjà jour, Matthieu me contemple en baladant ses mains sur mon corps. Je lui souris et m'étire. Il a l'air chaud-bouillant alors que j'émerge à peine. Me revient alors à l'esprit son futur voyage au fin fond de la Russie, ce qui donne aussitôt à cette étreinte un goût amer d'au revoir. Inquiète, je l'imagine sur des pentes vierges, gavées de neige poudreuse, au milieu de nulle part, sans secours en montagne… J'espère me tromper.

– À quelle heure pars-tu, Matthieu ?

– Juste après.

– Juste après quoi ?

– Juste après ça !

Il se rue sur moi. Je sens son excitation contre ma cuisse ; contrairement à moi, il est très réveillé. Je lui laisse l'initiative, mais respecte le parallélisme des contacts : il se concentre sur mon torse, je fais de même ; il descend vers mon ventre, je l'imite ; il atteint mon entrejambe et l'explore, j'enserre son sexe. Puis Matthieu extrait un préservatif de la table de nuit… Il me place avec autorité de profil, soulève ma cuisse et s'immisce progressivement ; je murmure que j'aime ça. L'émotion se mêle aux sensations : Matthieu vient totalement s'imbriquer en moi, au plus profond de moi, de mon corps comme de mon âme…

Lorsqu'il me relâche, je suis toute chamboulée, mes seins sont hypersensibles, mon corps encore électrisé. Je me colle contre lui, respire son odeur, scrute son grain de peau, fais des réserves pour les deux semaines de séparation à venir.

Et pourtant, je perçois que déjà Matthieu s'agite et se dégage.

– Tu viens, Emma ? On va déjeuner quelque part rapidement.

– Je n'ai pas faim… Ramène-moi chez toi pour que je récupère ma voiture, s'il te plaît.

Matthieu pense déjà à son départ, je préfère rester sur un moment agréable. Devant son un air interrogateur, je me justifie maladroitement.

– Oui, j'ai des choses à faire.

– Un dimanche ?

– Pourquoi pas ?

– D'accord, je te ramène.

La demeure de Sven et Leena en impose encore plus à la lumière du jour. Mais ce luxe n'est pas ostentatoire, l'intérieur du chalet est chaleureux et l'on s'y sent bien. Je me dis que je ne serais pas contre le fait de rencontrer les propriétaires un jour.

Nous reprenons l'ascenseur vers le garage et nous engouffrons dans le 4x4. Dehors, les nuages ont laissé place à un soleil magnifique qui fait scintiller la neige sur les arbres alentour.

En arrivant devant chez Matthieu, je vois bien qu'il vérifie qu'il n'y a rien d'anormal à ma voiture avant de m'aider à y mettre mes affaires. Nous nous embrassons passionnément, et je sens que mon cœur se déchire.

– Sois prudent, Matthieu…

– Ne t'inquiète pas pour moi. Je t'appelle quand je rentre en France.

Je ne m'attarde pas et m'engouffre dans ma voiture en me mordant la lèvre pour me retenir de pleurer tant que je suis dans son champ de vision.

Une fois hors de sa vue, les larmes affluent à un point tel que je dois faire attention dans la descente. Non seulement je ne vais pas le voir pendant quinze jours, mais en plus, si j'ai bien compris, je devrai me contenter des réseaux sociaux pour avoir de ses nouvelles. Et encore, si ça capte là où il va… C'est rude. Sortir avec Matthieu, c'est fort, mais c'est rude.

Après le départ de Matthieu, je cherche sur sa page Facebook une trace de Sven, le gentil millionnaire dont la demeure a abrité nos ébats du week-end... Malgré son pseudo, j'arrive à l'identifier grâce à son prénom et sa photo. C'est effectivement un *follower* assidu, qui commente presque toutes les publications de Matthieu. En lisant son profil, on imagine plus facilement un coureur lambda, un passionné, qu'un multimillionnaire.

En parallèle, j'entreprends d'éclaircir « le dossier James Betford » : j'ai quand même le droit de lui demander des explications sur son comportement, même si Matthieu m'a enjoint de m'en tenir éloignée. En revanche, comme je commence à admettre l'idée que James est une personne totalement imprévisible, je décide de lui donner rendez-vous dans un lieu public ; le Django fera l'affaire. James me répond immédiatement par SMS qu'il sera présent.

Le lendemain soir, j'arrive au Django en avance, moins enjouée que d'habitude. Sandro s'en aperçoit.

– Tout va comme tu le veux, Emma ?

– J'ai un rendez-vous un peu sensible, mais ça va.

Alors que je m'installe à ma table préférée, James fait irruption. Il commande une bière, et moi quelque chose de plus costaud pour me donner du courage. Sandro me prépare un petit cocktail *ad hoc*. Je n'avais jamais remarqué à quel point James pouvait avoir l'air dur avec ses joues creuses et son regard menaçant. Une tension nouvelle se fait sentir entre nous, donc je préfère aller droit au but :

– James, es-tu venu sur mon balcon, une nuit de janvier, pour y déposer une lettre ?

– En janvier ? Et tu me demandes ça seulement maintenant ?

– Disons que jusqu'ici, je ne pensais pas que ça puisse être toi.

– Et maintenant, tu en es certaine ?

– Je ne sais pas. J'attends des réponses.

– Des réponses ? Quelles réponses ?

En même temps qu'il me parle, ou plutôt me questionne brutalement, je le vois triturer son portable. J'ai une décharge d'adrénaline : il ne faut pas que Matthieu apprenne que l'on s'est vu.

– S'il te plaît, James, pas de photo, pas de publication sur Internet, c'est une entrevue privée.

– Tu ne veux pas que Charraz sache que je suis avec toi ?

– Je veux, pour une fois, que notre entrevue ne soit pas divulguée à toute la planète trail et base-jump.

– Je sais que tu couches avec Charraz.

– Non seulement c'est faux, mais en plus, si c'était le cas, cela ne te regarderait en aucune manière.

– Tu fais une grosse bêtise, Emma. Ce gars n'est pas pour toi, tu ne sais pas tout de lui.

– J'en sais suffisamment.

– Il est particulier. Ses mœurs sont particulières. Tu en es consciente ?

– Ça suffit, James, je ne vois pas l'intérêt de cette discussion.

– Tu es en danger, Emma, il fallait que je te le dise avant de partir en Nouvelle-Zélande. C'est un manipulateur hors pair. Et il a un lourd passif. À tous points de vue. Tu veux des preuves ?

– Arrête ou je m'en vais !

James se rapproche de moi.

– Ce dont tu as besoin, c'est d'un homme déterminé, un homme qui est prêt à tout pour te conquérir ; tu vois ce que je veux dire ?

– Bien… non, je ne vois pas.

Il se penche vers moi, pose sa main sur ma joue et plante ses yeux dans les miens avec un air que je ne lui connaissais pas. *Oh non, pas ça, James ! En public en plus de cela !*

Je suis très mal à l'aise de le voir jouer à nouveau la carte de l'ambiguïté. En panique, je cherche une échappatoire.

Sandro, qui nous surveillait du coin de l'œil, est à l'affût derrière le comptoir.

– Ça va, Emma ? Tu as besoin de quelque chose ?

– Elle n'a besoin de rien, sauf d'ouvrir les yeux, siffle James entre ses dents, le visage fermé. Il en va de sa sécurité.

– C'est à Emma que je parle, James. Tu as l'air fatigué, tu ferais mieux de rentrer chez toi, ajoute fermement Sandro.

– C'est moi qui vais y aller, dis-je rapidement pour éviter que la tension ne monte davantage.

L'instant d'après, je m'imagine seule dans la rue sombre avec James à mes basques… Heureusement, Sandro a appelé un taxi.

Quand le taxi arrive, comme je le craignais, James m'emboîte le pas. Sandro le bloque. J'ai juste le temps de monter dans la voiture avant que le chauffeur, flairant l'embrouille, ne démarre en trombe. Tétanisée, je n'ose même pas me retourner. Mon Dieu, pourvu que tout se passe dans le calme ! James est décidément incontrôlable.

Le temps que je reprenne mes esprits, mon portable sonne, c'est Sandro.

– Emma, James a tapé un sprint en direction de la maison. À mon avis, entre les sens interdits et les ronds-points, il va arriver avant ton taxi, il en est largement capable. Je te conseille de te poser ailleurs en attendant qu'il se calme.

Je regarde à travers la vitre et distingue, à la lumière des lampadaires, une silhouette qui fonce vers nous.

– Ah oui, je crois le voir, c'est du délire ! S'il vous plaît, monsieur, dis-je au chauffeur, ne vous arrêtez pas !

– D'accord, mademoiselle. Il n'a pas l'air commode votre fiancé.

– Mais ce n'est pas mon fiancé ! C'est d'ailleurs là le problème, si j'ai bien tout compris, murmuré-je, comme pour m'en convaincre.

Sandro, toujours en ligne, s'enquiert de ma destination.

– Je ne sais pas… chez Samuel et Nathalie, s'ils sont là…

– Excellente idée. Et tiens-moi au courant, Emma, ce mec est enragé.

Je raccroche et tente tant bien que mal de guider le taxi.

– C'est plus haut, dans un hameau, le Lavancher. Quand on y sera, je reconnaîtrai le chalet.

Pour avoir déjà raccompagné Samuel un soir, je retrouve le chemin assez facilement. Par chance, il y a de la lumière. Je demande au chauffeur de m'attendre, le temps de vérifier qu'il y a effectivement quelqu'un.

Nathalie m'accueille ; je vais payer le taxi et entre dans le chalet, soulagée.

– Désolée d'arriver à l'improviste en pleine soirée ; j'espère que je ne vous dérange pas trop…

– Tu ne nous déranges pas du tout, Emma. Nous venons de coucher les enfants.

– Tu as dîné ? Tu veux manger quelque chose ? me propose Samuel.

– Juste à boire, je te remercie.

– Allez, on va se prendre une bonne tisane au coin du feu et tu vas nous raconter ce qui t'amène et pourquoi tu es si agitée.

Nous nous installons dans le salon, autour de la cheminée, entre l'immense bibliothèque et le piano à queue. Je leur narre ma mésaventure : mon entrevue avec James, son agressivité au Django, la course-poursuite avec le taxi, son comportement à chaque fois un peu plus décalé, et enfin les traces de pas dans la neige autour du chalet de Matthieu Charraz.

– Ce garçon me paraît en effet un peu dérangé, concède Nathalie.

– Ce qui m'inquiète maintenant, c'est de savoir jusqu'où il peut aller.

– Cela fait peur effectivement. Sam, tu veux bien fermer tous les volets de la maison ? Si ce monsieur a pour habitude d'espionner Emma par la fenêtre de chez ses amis, cela vaut peut-être mieux…

– Relax les filles, minimise Samuel, il n'a pas pu monter aussi vite que le taxi !

– J'insiste !

– OK, j'y vais dans cinq minutes, c'est bien pour te faire plaisir…

Je poursuis mes réflexions sur James.

– C’est un personnage hors norme. Et très seul dans le fond, malgré ses milliers de cyber-amis et sa petite cour d’admirateurs. Une machine de guerre.

– Oui, mais qui a des sentiments aussi ; il n’y a qu’à voir la cour qu’il te fait, certes très maladroite, mais cela semble être sa manière. Comme s’il n’avait pas les clefs pour s’y prendre autrement, analyse Nathalie.

– Et pourquoi moi ? Je n’éprouve rien que de l’amitié pour lui. Je n’ai jamais cru à l’amour unilatéral. Il faut être maso pour se lancer dans un truc pareil !

– Voilà, tu as tout dit. Certaines personnes sont attirées par la souffrance, consciemment ou non, m’éclaire-t-elle, c’est leur mode de fonctionnement.

– On va le laisser se calmer, ajoute Samuel. Tu vas passer la nuit ici, et demain je te ramènerai chez toi.

Ils m’installent à l’étage, dans une chambre d’amis douillette. Nathalie me prête tout ce dont je pourrais avoir besoin pour dormir et faire ma toilette ; c’est tout juste s’ils ne me bordent pas. Cette prévenance me fait du bien.

Lorsque je me retrouve seule, je vérifie que les volets sont bien fermés puis, étendue sur le lit, j’envoie un SMS à Sandro pour le rassurer. Je fais ensuite quelques respirations abdominales pour ramener le calme en moi. Ce soir-là, je ressens vraiment le manque de Matthieu, de ses bras protecteurs, de sa voix qui sait être rassurante. Mais je repense à tout ce qu’a laissé entendre James à son propos : que Matthieu serait manipulateur, aurait des mœurs particulières, un lourd passif… À quoi fait-il allusion ? À ce que je sais déjà : la multitude de ses conquêtes, son refus de l’engagement ? A-t-il voulu me mettre en garde contre quelque chose que j’ignore ? Pourquoi devrais-je me sentir en danger ? Les insinuations de James sèment le trouble dans mon esprit.

Je prends mon petit déjeuner avec Samuel et ses deux enfants, Marlène et Renaud. Ce mercredi, seule Nathalie, professeure de mathématiques au lycée de Chamonix, est partie travailler. Je discute en français avec les enfants ; ils me répondent timidement mais poliment, tiquant un peu sur mon accent.

Peu après, nous les accompagnons à leur cours de ski et Samuel me dépose chez moi.

À l'appartement, je trouve Vincent et Sandro, dont je remarque tout de suite l'œil tuméfié.

– Sandro, c'est James qui t'a fait ça hier ? Que s'est-il passé ?

– En résumé, j'ai voulu l'empêcher de suivre ton taxi, il s'est dégagé et m'a insulté en me mettant un coup de poing au visage. Du coup, j'ai sorti ma meilleure droite. James a chancelé puis il s'est mis à courir comme un dératé en direction de l'appart. Là, je t'ai téléphoné pour te prévenir.

– Tu ne m'as pas dit que vous vous étiez battus !

– J'ai appelé James tout à l'heure, intervient Vincent. Il semble s'être calmé. Il m'a même demandé de transmettre ses excuses à Sandro.

– J'y réfléchirai… répond Sandro. N'empêche, Emma, tu as dû sérieusement lui taper dans l'œil pour qu'il se mette dans un état pareil. Et s'il te plaît, ne me ramène plus de psychopathe dans son genre au Django.

– Je suis navrée, Sandro… Enfin, la bonne nouvelle, c'est qu'il s'envole pour la Nouvelle-Zélande aujourd'hui. Vous ne pouvez pas imaginer à quel point je suis soulagée de le savoir si loin de moi pendant trois semaines !

Quelques jours plus tard, de bon matin, j'entends frapper timidement à la porte de ma chambre.

– Salut Emma, je te réveille ?

– Non, Jane, je rêvassais...

– Tu viens rider avec moi cet après-midi ? Je donne des cours jusqu'à treize heures trente et après je suis libre comme l'air. Je serai au Brévent, en snowboard. On peut se rejoindre à l'arrivée des télécabines, si tu veux.

J'accepte volontiers sa proposition ; cette perspective me met du baume au cœur pour travailler toute la matinée.

À midi et demi, j'avale un sandwich et je file retrouver Jane. Elle m'emmène enchaîner les itinéraires hors piste mythiques : les Pentes de l'Hôtel, le couloir du Brévent... Jane est en super forme et j'en bave pour la suivre, mais je me régale dans la neige fraîche. Depuis le télésiège, des groupes de vacanciers nous applaudissent, ce qui nous motive encore plus. Voilà une après-midi comme je les aime !

Aujourd'hui, je réalise que nous sommes le 9 février et que Matthieu ne rentre que le 17, dans huit jours ; c'est long ! Je me remets au travail. J'aimerais faire plus de terrain, mais les observations ne sont pas toujours faciles à réaliser… Lorsque je croise Vincent, je lui fais part de mes difficultés.

– Tu devrais rencontrer les highliners, Emma. Eux, tu pourrais les accompagner plus facilement. Regarde ça.

Vincent lance une vidéo sur l'un de ses immenses écrans. Les images défilent, saisissantes : des funambules de l'extrême marchent sur un fil tendu entre deux éperons rocheux, à des centaines de mètres du sol. Leurs déplacements et leur façon de faire balancier avec leurs bras sont hyper gracieux, il s'en dégage une poésie incroyable. On en oublierait presque qu'ils déambulent au-dessus du vide. Moi qui suis sujette au vertige, j'ai le ventre noué pendant tout le film. Instantanément, je les veux dans mon étude, c'est comme un coup de foudre professionnel…

Trois jours plus tard, je suis à ma table de travail lorsque Vincent m'appelle :

– Emma, Vianney et Lorena sont arrivés, tu descends ?

Le plus réputé des highliners est dans mon salon. Un jeune homme d'une trentaine d'années au regard d'aigle. Et je reconnais la jeune femme qui l'accompagne, une alpiniste espagnole. Je lui rappelle que nous nous sommes déjà vues cet automne, quand elle a sauté en base-jump à Magland avec James Betford.

– Je m'en souviens, me répond Lorena, tu es la sociologue de Chicago.

Vincent sert à boire à tout le monde et la conversation s'engage. Vianney explique comment ils en sont venus à la highline.

– Comme tout le monde, nous avons commencé il y a quelques années par la slackline, c'est-à-dire que la sangle sur laquelle nous progressions était tendue entre deux arbres, à quelques centimètres du sol. Puis nous nous sommes placés de plus en plus haut. Jusqu'à aujourd'hui, où nous pouvons rallier deux falaises, ou les aiguilles de Chamonix…

J'oriente la discussion sur l'exposition aux risques, qui apparemment semble relative ; quoique…

– La plupart du temps, nous sommes assurés. Nous portons un baudrier et sommes reliés par une longe à la sangle. Donc, en cas de chute, nous sommes retenus.

– Qu'entends-tu par « la plupart du temps » ?

Vianney se racle la gorge :

– Quand on se sent suffisamment en confiance, et que le site en vaut la peine, il peut nous arriver de faire du free solo, c'est-à-dire de parcourir la highline sans assurance.

C'est bien ce que j'avais remarqué sur la vidéo l'autre jour.

– Oui, mais comment parer aux imprévus ? Je ne sais pas, une rafale de vent, un moucheron dans la figure, un éternuement incontrôlable qui pourrait te déséquilibrer…

– Ma concentration est extrême, je fais cela en pleine conscience, et j'ai quand même une chance de me raccrocher à la ligne en cas de chute. Aussi, je pratique le free solo sur des longueurs beaucoup plus courtes, trente mètres par exemple.

– Cela semble facile quand tu l'écoutes, mais ils ne sont qu'une poignée en France à savoir faire ce qu'il fait, rectifie Vincent. Surtout qu'ils combinent base-jump et highline.

– De quelle manière exactement ?

– Tu progresses sans t'attacher à la highline, avec ton parachute dans le dos, et quand tu es au milieu tu te jettes dans le vide, m'explique Lorena. Et après, tu déclenches comme pour un saut ordinaire.

Lorena est plus sympathique que dans mon souvenir, où elle ne m'avait pas adressé la parole. Cela dit, je conçois aisément qu'elle soit plus détendue dans un salon qu'en pied de falaise.

Vient mon tour d'expliquer ce que je fais. Vianney s'y intéresse et me bombarde de questions.

– Les personnes qui ont fait l'objet de ton étude la lisent-elles une fois achevée ?

– Oui, cela arrive ; mais honnêtement, je n'y tiens pas forcément…

– Pourquoi ?

– Comment dire… L'analyse peut être perçue comme une critique du milieu, donc n'est en général pas très appréciée des gens observés, et le résultat, rarement très flatteur, peut les décevoir.

– Emma, tu aurais pu me le dire avant que je ne te présente la moitié de mon carnet d'adresses !

– Vincent, ne me dis pas que tu ne t'en doutais pas ! Tantôt l'approche sociologique génère une prise de conscience, tantôt elle est totalement incomprise : on reproche alors au sociologue de raconter n'importe quoi. À lui de réussir à expliquer son travail. Il arrive fréquemment que les gens ne soient pas satisfaits du miroir qu'on leur tend, et que l'image qu'ils se faisaient d'eux-mêmes et de leur groupe soit en total décalage avec l'analyse sociologique... Des individus qui se sentaient hors système apparaissent finalement dans une norme, avec des rapports aussi conventionnels que ceux de collègues de bureau lambda : la même solidarité, ou les mêmes besoins de se distinguer, les mêmes rivalités, voire les mêmes mesquineries... Ils ont juste un environnement différent.

– Tu ne peux pas affirmer cela, on partage des choses tellement fortes ensemble ! s'emporte Vianney. Tu ne connais rien de ce que l'on fait, de ce que l'on vit !

– Oui, je conçois que dans certains groupuscules comme le tien, le vécu puisse être hors du commun ; d'ailleurs je faisais des généralités et ne parlais pas pour vous. Et je ne présume absolument pas du résultat de ma thèse, bien au contraire ; j'essaye juste de vous expliquer pourquoi, parfois, l'analyse sociologique déplaît...

– Nous avons tout de même une liberté en montagne que l'on ne retrouve pas ailleurs, dit Lorena.

– Souvent, certains milieux font l'apologie de la liberté, alors que celle-ci est finalement très relative : les individus, à l'instar de tout salarié, sont pris dans des contraintes – économiques notamment – et ne peuvent pas faire tout ce qu'ils veulent. Sous la pression des sponsors par exemple, ou comme cet alpiniste extrême qui me disait l'autre jour : « Je prends des risques pour qu'on ne m'oublie pas... »

– Ça n'est pas faux, concède Vincent. C'est presque du marketing.

– Et donc, énoncer ces vérités ne fait pas plaisir à tout le monde...

– Il suffit d'observer Vianney, fébrile sur sa chaise, pour s'en convaincre, s'amuse Lorena.

– Voilà pourquoi je ne suis pas pressée de faire lire mon travail…

À mon grand soulagement, Vianney est d'accord pour que je les suive. D'un coup, il me tarde presque de sortir de l'hiver tant j'ai hâte de partir à leurs côtés. En tout cas, cette rencontre m'a changé les idées en l'absence de Matthieu. Matthieu dont, enfin, un beau jour, le retour se profile…

Sur le qui-vive depuis le matin, j'entends la sonnerie de mon portable alors que je suis en voiture. Je me gare aussitôt sur le bas-côté et cherche fébrilement mon smartphone dans le fond de mon sac à main. Je décroche *in extremis*, c'est bien Matthieu. Il me donne rendez-vous à Montroc, le temps pour lui de venir de l'aéroport de Genève.

Lorsque j'arrive à son chalet un peu plus tard, sa voiture est déjà là. J'avance vers la porte, le cœur battant ; deux semaines que je ne l'ai pas vu ! Matthieu m'ouvre, visage tendu. Il est froid, presque distant ; j'en reste interdite.

– Entre, Emma.

Je pose mon sac dans la pièce principale. Sa voix est glaçante, il ne m'embrasse pas. J'imagine le pire…

– Déshabille-toi.

– Là ? Maintenant ?

– Oui, maintenant.

Je ne m'attendais pas à un tel accueil. Mais il ne plaisante pas et parle avec autorité… Je ne sais pas bien pourquoi, mais j'obtempère, impressionnée. Il me regarde faire.

Ça y est, je suis nue, j'ai le ventre noué.

– À présent, recule contre le mur.

Je m'exécute. Puis il s'approche enfin de moi… Il passe une main dans le creux de mes reins et, de l'autre, saisit mon cou pour m'embrasser à pleine bouche.

– Oh, ce corps, Emma…

Je suis dans un état incroyable, passant d'une immense frayeur à un débordement passionné… J'ai du mal à réaliser.

Il me plaque dos au mur et balade fébrilement ses mains sur mon corps : mon visage, mes seins, mes hanches, mes cuisses, mon sexe… Jusqu'à ce qu'il ne défasse son pantalon et mette un préservatif pour me prendre, là, directement. J'en pleurerais presque tant je suis émue de le sentir à nouveau contre moi. Il me soulève par-dessous les fesses et me fait remonter à chaque assaut à m'en faire cogner le mur ; je m'agrippe à son cou. Quelle urgence, quelle intensité ! Il ne nous faut pas longtemps pour jouir tous les deux. Et nous restons encore quelques instants debout, collés l'un à l'autre, à nous flairer.

Bientôt, Matthieu recule et se rajuste. Je me retrouve nue comme un ver et j'ai le réflexe un peu absurde de me cacher de mes deux bras. Matthieu esquisse un sourire et me tend le plaid. Je retrouve mes esprits…

– Je vais préparer quelque chose à manger, je meurs de faim.

– Laisse-moi deviner, Matthieu, tu vas nous faire des pâtes ?

– Ben tu sais, je n'étais pas là pendant quinze jours, il n'y a pas grand-chose dans les placards, me répond-il d'un air contrit qui m'amuse.

– Ça me va très bien. Même s'il est un peu tôt pour dîner…

– Je sais, je suis légèrement déphasé.

J'adore qu'il me nourrisse, même si le menu ne change jamais… Il met un CD de Fauve, un groupe français avec un *flow* si rapide que je ne comprends rien, m'apporte un verre de vin et se met aux fourneaux. Matthieu est d'humeur joyeuse, rien à voir avec l'air inquiétant qu'il arborait quand je suis arrivée, il y a moins d'une heure. Je me détends également.

– Au fait, Emma, James ne s'est pas manifesté pendant mon absence ?

– Non, non…

Il faut croire que j'ai appris à mentir, mais je ne veux pas mettre d'huile sur le feu entre James et Matthieu, et encore moins prendre le risque de gâcher nos retrouvailles.

Au dîner, Matthieu me raconte son séjour dans le Caucase. Les nouvelles stations émergentes où ils ne se sont pas attardés, la fête dans les bars et les bagarres qui démarrent trop facilement et vont trop loin, les riches Russes et leurs gardes du corps. Et les jeunes que l'on peut croiser dans la rue, hagards tels des zombies car partis pour un *zapoï*, c'est-à-dire une cuite monumentale étalée sur plusieurs jours. Puis l'accueil des Russes, les datchas des habitants, les forêts, les montagnes…

Je me dis que je ne saurai jamais réellement ce qu'il a fait là-bas et qui il a rencontré, je suis obligée de lui faire confiance. Et surtout je ne dois pas céder au climat de suspicion que James a voulu instaurer.

Plus tard dans la soirée, en culotte et tee-shirt, je rejoins Matthieu au lit.

– Oh non, quel dommage…

Il m'enlève le tee-shirt avant que j'aie eu le temps de répondre quoi que ce soit. Je suis seins nus face à lui, vulnérable. Il contemple ma poitrine, l'effleure. Face à son air satisfait, je suis fière que mon corps lui plaise. Il s'approche pour m'embrasser puis me bascule sur le lit :

– On peut profiter, je ne fais que trois mille mètres de dénivelée en splitboard demain.

– Mais tu rentres tout juste du Caucase !

– Justement, je viens de passer près de vingt heures dans les transports, j'ai les jambes qui tirent ; cette petite sortie me fera le plus grand bien.

Cette fois-ci, dans une douce lumière, nous prenons notre temps. Il explore chaque parcelle de mon corps. J'arrive un peu à m'oublier et à faire taire cette petite voix qui sans cesse me censure ou m'interdit de m'exhiber sous un angle ou un autre. Nous faisons l'amour, simplement, avec tendresse, et je viens avant Matthieu.

– Emma, tu ne m'as pas attendu, cela me donne des idées…

Il vient se placer au-dessus de moi. À peine ai-je le temps de comprendre et de fermer les yeux qu'il éjacule. Le sperme tiède dégouline le long de mes joues, de mon cou, jusque dans mes cheveux. J'ai déjà connu des situations plus romantiques, mais tout compte fait c'est loin d'être aussi avilissant que ce que l'on m'avait laissé croire. On en rigole même tous les deux après coup, lorsqu'il m'essuie le visage avec des mouchoirs en papier.

Cette semaine-là, nous rattrapons le temps perdu et je passe à peu près une nuit sur deux chez Matthieu. Le schéma est souvent le même, j'arrive le soir, nous faisons l'amour puis dormons l'un contre l'autre. Et le matin, je prends bien garde à ne pas le retarder. Sans nous le dire, nous avons de plus en plus envie d'être ensemble. Moi qui ai une aversion pour les couples fusionnels, je commence un peu à les comprendre, parce que je ne peux plus me passer de lui.

Un après-midi, sur Instagram, je vois une photo publiée par James ; une photo prise de chez lui, à Chamonix. Ses trois semaines de vacances en Nouvelle-Zélande se sont achevées. Une heure plus tard, Matthieu m'appelle.

– Emma, je sais que tu dois venir à la maison ce soir, mais j'aurai du retard.

– Ah bon ?

– Je vais passer faire une petite visite de courtoisie à James afin de lui rappeler quelques règles élémentaires de savoir-vivre, car il semblerait qu'il soit rentré à Cham.

– Comment le sais-tu, Matthieu ?

– Réseaux sociaux. Tu sais bien qu'il y étale toute sa vie. On est même au courant du menu du soir, de la musique qu'il écoute, de la météo du lieu où il se trouve ; au bas mot quinze publications par jour ! D'ailleurs, je vais arrêter de le suivre, j'en ai marre qu'il monopolise mon écran.

– Dans le genre, tu n'es pas mal non plus, Matthieu !

– C'est compulsif chez lui. On dirait qu'il vit les choses pour les publier, que le virtuel l'intéresse plus que le réel. En comparaison, je suis inexistant sur la toile, avec mes deux publications quotidiennes qui, soit dit en passant, sont contractuellement dues à mes sponsors, au cas où tu ne l'aurais pas compris. Bref, j'y vais. J'aurais d'ailleurs dû le faire avant mon départ pour la Russie.

– Ce n'est pas une bonne idée, Matthieu, on ne sait pas de quoi il est capable !

– À tout à l'heure, Emma, je te rappelle dans deux heures.

Le temps que je réagisse, Matthieu a déjà raccroché. Je le rappelle, ça sonne, ça sonne toujours… répondeur. D'accord, j'ai compris le message.

Je suis tétanisée à l'idée de ce face-à-face, et pétrie de culpabilité de ne pas lui avoir dit la vérité sur ma dernière entrevue avec James. J'ai deux heures à tuer, alors je décide d'aller courir pour évacuer mon stress.

Je me force, il fait froid et les voitures de vacanciers ont envahi la vallée. Je fuis les bords de route, m'engage entre les grands sapins noirs sur une piste de ski de fond et retrouve un peu de calme. L'air frais me ramone les poumons ; ça pique presque. Je suis dans un tel état d'agitation que mes jambes m'entraînent toutes seules. Je cours, comme si c'était vital, sans plus pouvoir m'arrêter.

Au bout d'un moment, je m'oblige à faire demi-tour pour ne pas me griller et conserver des forces pour la soirée qui s'annonce intense.

Je rentre, me douche, et reçois enfin l'appel de Matthieu à qui je demande, anxieuse, s'il a vu James.

– Oh oui ! me répond-il, goguenard. Viens chez moi, je te raconterai et tu m'aideras à faire mes pansements…

– Vous vous êtes battus ? Tu es blessé, Matthieu ?

– Mais non, je plaisante, à peine une douleur au poing droit, mais les jambes vont bien. C'est l'essentiel, non ?

– Ce n'est pas possible ! Bon, j'arrive tout de suite.

Nous nous retrouvons à Montroc. Matthieu se frotte en effet la main droite, mais à part ça, il n'a pas l'air trop amoché.

– Que s'est-il passé, Matthieu ?

– Ça s'est réglé aux poings, avant que des passants ne nous séparent et n'appellent la police. Un peu plus et je finissais au poste. Mais grosso modo, je lui ai fait comprendre qu'il n'avait pas intérêt à s'approcher de nouveau de mon chalet, et de tout ce qui me concerne de près ou de loin. Je pense qu'il a compris le message. Ça lui aura coûté une dent tout de même !

J'imagine que je suis comprise dans le lot de « tout ce qui (le) concerne »... Je mets de la glace dans un torchon que je place sur sa main.

– Tu as peut-être quelque chose de cassé ?

– Emma, j'ai eu suffisamment de fractures dans ma vie pour savoir qu'il s'agit juste d'une contusion, rien de bien méchant. Lui, en revanche, risque de déguster un peu plus.

Il me sert un apéritif et, fait exceptionnel, remplit un verre pour lui.

– Emma, tu te rappelles que je pars demain pour dix jours aux États-Unis ?

– Tu ne m'en as jamais parlé, mais je le sais car j'ai consulté ton programme sur Internet. Par contre, je ne pensais pas que tu y restais aussi longtemps...

– Le temps de m'adapter, de sortir la compète, d'aller rider dans les Rocheuses avec quelques potes américains... Les dix jours vont vite passer, je rentre le 9 mars.

Ce soir, j'encaisse assez bien l'annonce de son départ, car je m'y étais préparée. Mais tout de même, dix jours...

– Et puis, cela donnera un peu de piment à notre relation, ajoute-t-il pour se dédouaner.

– Je déteste le piment... Et ne serai pas disponible quand tu rentreras.

– Ah ?

– Oui, des amies viennent me rendre visite.

– Très bien, dit-il, placide. En ce qui concerne James Betford, je t'interdis formellement de t'approcher de lui. Et cette fois-ci, je voudrais que tu m'obéisses.

– Que je t'obéisse ? Mais ça ne va pas de parler ainsi, Matthieu ?

– Parfaitement, obéir, Emma. Pas comme la dernière fois.

Je commence à rougir. Il précise :

– Vincent m'a tout raconté : le rendez-vous au Django, Sandro qui se prend un coup de poing, le taxi, l'autre taré qui vous poursuit... Et bien sûr le plan drague qu'il t'a fait.

Je me sens piteuse.

– Je suis désolée, Matthieu, j'aurais dû t'en parler.

– Évidemment, tu aurais dû m'en parler, Emma !

– Je ne voulais pas envenimer la situation !

– Sache que pour combattre efficacement un adversaire, j'aime avoir toutes les cartes en main. Alors si tu veux te rattraper, tu vas bien m'écouter et faire ce que je te dis.

Cette fois-ci, et devant son ton martial, je ne peux qu'acquiescer.

– Ne sors pas seule dans Chamonix, ne cours pas seule, ne circule pas à pied. Privilégie les déplacements hors de la vallée en attendant mon retour ou l'arrivée de tes visiteurs. Essaye de toujours savoir où James se trouve pour éviter de le rencontrer.

– Ça n'est pas compliqué, il est tracé en permanence par son smartphone.

– Je suis désolé, Emma, j'aimerais te protéger davantage...

À ces mots, Matthieu m'enlace tendrement. Puis, sa main posée sur mon torse, il me fait reculer jusqu'à son lit…

Un peu plus tard, je suis réveillée par des bruits en cuisine. Enroulée dans le drap, je rejoins Matthieu.

– Désolé, Emma. J'avais trop faim : impossible pour moi de sauter un repas…

– Quelle heure est-il ?

– Une heure et demie. Que veux-tu manger ? J'ai du pain, du fromage, du jambon… Et des pâtes, bien entendu…

– Du fromage en pleine nuit, c'est au-delà de mes forces. Un bout de pain beurré fera l'affaire.

Nous pique-niquons dans le calme, à moitié nus. Je pense à son départ imminent, mais je ne dis rien. Puis nous retournons dormir, pour de bon cette fois-ci, ramassés l'un contre l'autre.

Le lendemain, comme je déteste les au revoir – fréquents avec Matthieu –, je ne m'attarde pas. Je bois mon thé et boucle aussitôt mes affaires.

– Quoi, tu pars déjà, Emma ?

– Oui. À quoi bon rester plus longtemps à te regarder faire tes bagages…

– Je pensais que tu profiterais de ma présence jusqu'à la dernière minute.

– Eh bien, je ne suis pas comme ça.

Il est manifestement contrarié.

– Ah oui ? Tu n'es pas comme ça ? me dit-il en me barrant le chemin.

Il fond aussitôt sur moi et plaque ses lèvres sur les miennes. Que faire ? Je me sens incapable de le repousser. Le pire, c'est que je n'ai qu'un mot à dire pour qu'il s'arrête, car je sais que jamais il ne déraperait. Il me caresse, je me laisse faire, sans lui rendre ses caresses pour autant. Matthieu s'excite encore davantage. Il m'immobilise contre le mur et me dit :

– Je ne peux pas te laisser partir comme ça, tu comprends ?

Pas si simple. La féministe qui est en moi voudrait que je me tire immédiatement, mais me voilà figée, consumée de désir pour cet homme que mon corps ne veut plus quitter. Et au moment où il introduit son sexe d'une poussée brutale, c'est comme une évidence… Il scrute ma réaction à chaque pénétration ; je ferme les yeux et l'attire contre moi. Toujours debout, collés au mur, il augmente alors la cadence, il me fait l'amour rageusement et vient très rapidement.

Alors qu'il se retire et commence à se rhabiller, je reste immobile, sonnée. D'un coup je suis parcourue d'un grand frisson. À peu près instantanément, et sans que je ne puisse rien y faire, mes yeux s'embuent.

– Oh, Emma, ça va ?

Je reste muette. Je ne me sens pas le droit de lui dire que son départ me perturbe plus que je ne l'imaginais. Ce serait déroger à notre contrat moral. Les larmes coulent maintenant jusque dans mon cou.

– Emma, qu'est-ce qui se passe ?

Je dois me reprendre, mais j'ai du mal. Je suis à fleur de peau, en prérègles, ces jours où la moindre broutille peut virer au psychodrame.

– Viens, ma chérie.

Il m'attire vers le canapé, me place sur ses genoux, me recouvre du plaid et me berce doucement contre son épaule.

– Ton avion, Matthieu, tu dois partir pour l'aéroport, non ?

Il jette un œil à sa montre géante.

– J'ai trente minutes devant moi, mon sac est presque prêt ; tout va bien. Mais toi, parle-moi.

– Tout va bien…

Matthieu m'attire contre lui et me murmure des mots doux à l'oreille. Afin d'entendre ce qu'il me susurre, imperceptiblement, j'arrête de pleurer. Bonne technique… Il caresse mon visage, essuie les dernières larmes.

– Tu comptes beaucoup pour moi, j'espère que tu en es consciente. Je ne sais pas si c'est ce qui te perturbe ce matin, mais sache que ça me coûte aussi de te laisser.

Ses mots m'apaisent. Je me force à les graver dans ma mémoire pour les moments de doute à venir, inéluctablement.

Je me relève, un peu rassérénée, même si je m'en veux d'avoir faibli devant lui. Je lui souris doucement et me rhabille en silence.

– Ça va mieux ? me demande-t-il, le front plissé.

– Oui, ça va. Je suis désolée… ce n'est pas ce que je voulais…

– Emma, ne t'inquiète pas, je sais que les conditions sont particulières. Mais surtout, n'oublie pas ce que je t'ai dit au sujet de James Betford. Ne t'en approche pas, promis ?

– Promis. Profite bien de ton voyage, Matthieu, je pense que tu vas gagner la compétition.

Il me fait taire en m'embrassant avidement, sa poitrine collée à la mienne. Je fais provision de l'énergie qu'il dégage, comme une batterie que l'on recharge. Puis il attrape mon sac et me raccompagne jusqu'à ma voiture avant de charger la sienne pour partir.

J'arrive chez moi un peu hagarde, et pars aussitôt courir pour reprendre pied. Mais les recommandations de Matthieu me reviennent rapidement. Je me retourne pour voir si je ne suis pas suivie. Le moindre mouvement me fait sursauter et je finis par éteindre ma musique pour écouter les bruits. La lettre anonyme que j'avais reçue en janvier et cette histoire avec James m'ont rendue paranoïaque. J'allonge ma foulée et rentre sans tarder à l'appartement. C'est bien la première fois que je termine une séance plus crispée que je ne l'avais commencée…

Les huit jours précédant l'arrivée de Nicole et Abby, je bosse comme une malade pour pouvoir me dégager un maximum de temps quand elles seront là. Je ne vais donc pas rider et reste travailler à la retranscription des entretiens. Je sors néanmoins courir presque tous les matins, accompagnée de Vincent que j'ai réussi à convaincre.

J'en profite également pour consulter un médecin afin de régler une fois pour toutes et de manière plus orthodoxe la question de ma contraception. Sauf que je commence à me demander si c'est bien nécessaire, car je n'ai aucune nouvelle de Matthieu depuis son départ… Même mon SMS lui annonçant une surprise à son retour est resté sans réponse. C'est assez désagréable, voire un peu inquiétant. Si, dans l'absolu, une semaine sans nouvelles n'est pas énorme, à l'échelle d'une relation d'à peine deux mois, j'assimile cela à une mini-rupture…

Le 7 mars, je saute du lit d'excellente humeur : c'est mon anniversaire. Nous dînons à la Crèmerie du glacier avec mes colocataires ainsi que Philippe, Samuel et Nathalie. Au restaurant, puis au Django, l'ambiance est excellente, le courant passe bien entre eux ; nous rions beaucoup jusqu'à une heure avancée.

Le lendemain matin, je suis réveillée par des coups de sonnette. Je m'extirpe péniblement de mon lit pour aller ouvrir. Un livreur me remet un colis, je signe le récépissé. Lorsqu'il s'en va, je suis prise d'une angoisse : et si c'était encore une bizarrerie de James Betford ? Le paquet vient d'une boutique en ligne. Je l'ouvre et découvre un superbe déshabillé de soie noire. Une carte précise que ce cadeau m'est offert par Matthieu Charraz. Ouf ! Il a dû voir sur Facebook que c'était mon anniversaire… Malgré tout, je suis très touchée par cette délicate attention.

Dans un état de surexcitation, je vais chercher mes amies à l'aéroport de Genève.

Les retrouvailles sont euphoriques et, sur le chemin du retour, nous parlons toutes en même temps. Abby et Nicole veulent savoir quand elles pourront rencontrer Matthieu.

– Il n'est pas à Chamonix en ce moment, annoncé-je, magnanime.

– Quoi ? s'insurgent-elles.

– Il est aux États-Unis jusqu'à demain ou après-demain pour une compétition de snowboard.

– Ah, donc on pourra le voir ensuite, lance Nicole. Et vous deux alors ?

– Alors… je ne sais pas si c'est normal, mais il est hyper porté sur le cul. Voilà, c'est dit…

– Ça, on le savait depuis le début, Emma !

– Certes… À part ça, on s'est souvent vus avant son départ. Et il m'a aussi dit que je comptais beaucoup pour lui…

Le programme se déroule comme prévu les jours suivants ; nous faisons le tour des domaines skiables de la vallée, et le soir nous sortons.

Le jeudi, nous calmons un peu le jeu. Vincent – qui a accepté d'être notre guide pour la sortie du lendemain – nous rejoint en station afin de vérifier qu'Abby et Nicole ont le niveau requis. Il nous briefe :

– Les filles, comme vous le constaterez demain, la vallée Blanche n'a rien à voir avec une station de ski. Il s'agit d'un itinéraire hors piste, sans balises ni surveillance, qui permet une descente de vingt kilomètres. Je vois que vous assurez plutôt bien en snowboard, cela devrait être jouable pour demain. Par contre, ce soir, pas de fiesta ; je vous veux en pleine forme, compris ?

– Compris ! répondons-nous d'une seule voix, avant d'amorcer le retour à l'appartement.

Le soir, nous restons calmement dîner chez moi et nous couchons de bonne heure.

Le fameux vendredi, lorsque nous arrivons à l'aiguille du Midi en téléphérique, nous sommes soufflées par le paysage majestueux qui s'étale devant nous. Offrant une vue panoramique sur les Alpes, le site, qui culmine à 3 800 mètres, est incroyablement vertigineux. J'ai l'estomac dans les talons, osant à peine bouger. Il me semble que si mes gants ou mes lunettes m'échappaient, ils chuteraient des centaines de mètres plus bas. Le froid est également saisissant et, alors qu'il n'y avait pas de vent dans la vallée, les rafales balayent la crête. Nos sourcils et nos cheveux devenus blancs, nous ressemblons à des vieillardes.

– Alors, les filles, comme je vous le disais, la première partie se fait à pied. Vous allez rester dans cette petite voie, comme tout le monde, et tout ira bien. C'est tout droit, nous explique Vincent.

– D'un autre côté, on n'a pas vraiment le choix, on ne va pas s'amuser à zigzaguer… Oh, tu as des stalactites sur les cils Emma ! se moque Abby.

Les copines ont l'air plus à l'aise que moi… Peut-être ne prennent-elles pas la mesure du danger ?

Nous progressons timidement en file indienne sur la fine arête enneigée, notre snowboard sous le bras, tentant de ne pas laisser l'écart se creuser avec Vincent qui avance à toute allure en sifflotant.

– Abby, Nic, surtout, ne regardez pas à gauche, leur dis-je à demi rassurée.

À gauche, effectivement, un vertigineux à-pic de plus de deux mille huit cents mètres mène directement jusqu'à Chamonix. Nous nous agrippons à une corde fixe opportunément tendue le long du chemin, bien qu'un peu basse. Pas question de faire un faux pas.

– C'est la face nord. Vous vous rendez compte que certaines personnes descendent par ce côté-là ?

– Mais il n'y a pas de passage ! Il n'y a que du vide, de la glace, des rochers ! me répond Nicole, finalement pas très rassurée non plus.

– Si, je t'assure, il y en a qui passent.

– Ton Matthieu par exemple ?

– Chut ! Tais-toi, Nic ! Oui, lui par exemple. Évidemment.

– Allez, grouillez-vous, nous presse Abby, on ne va pas s'attarder ici, ça craint et il commence à y avoir la queue derrière nous.

En effet, une file d'attente s'est formée. À part quelques guides un peu givrés, personne n'ose sortir du rang pour nous doubler. Après avoir parcouru les deux cent cinquante mètres de l'arête, nous parvenons enfin sur un passage plus large, qui ouvre sur la partie droite du massif, la face la moins raide. C'est le moment de chausser nos snowboards.

Vincent nous fait un petit topo :

– Bon, les filles, comme vous le savez, il va y avoir des crevasses sous nos pieds, donc on va rester groupés.

– Des crevasses ? C'est quoi ce délire ? s'emporte Nicole.

– Ben oui, Nic, sur un glacier, il y a des crevasses ! lui répond Abby.

– Tu le savais, nous t'avions dit que l'itinéraire passait sur un glacier !

– Mais pas sous nos pieds, Emma ! Au-dessus, oui, sur les côtés, oui, mais pas au-dessous ! Comment peut-on savoir où sont les trous s'ils sont cachés par la neige ?

Vincent, craignant la crise d'hystérie et un certain flottement dans la cohésion du groupe, reprend les choses en main :

– C'est pour cela que vous allez m'écouter et faire exactement ce que je vous dis. D'accord, les filles ?

– Oui, répondons en chœur Abby et moi.

– Oui pour tout le monde ?

– Oui… ronchonne Nicole.

Il nous parle comme à des gamines de huit ans, mais dans la situation présente, c'est peut-être ce qu'il y a de mieux à faire.

– Alors, nous allons laisser passer ce groupe, et après on y va. Vous surfez dans mes traces, comme si j'étais un moniteur.

Nous nous lançons enfin pour une descente inoubliable, dans ce cirque de montagnes grandiose. Je serais presque tentée d'aller faire mes propres traces dans la neige lisse, mais je n'ai pas envie de disparaître d'un coup et de finir trente mètres plus bas… C'est alors que je me fais doubler par Abby, tranquille sur son snow, qui ouvre son chemin et va chercher la neige vierge un peu plus à droite. D'abord bouche bée, je finis par hurler :

– Abby, stop ! Tu es malade ! Reste dans les traces !

Vincent, qui a dû m'entendre en contrebas, se tourne vers nous et s'immobilise. Il s'adresse à Abby d'un ton sec :

– Reprends mes traces immédiatement ! C'est dans mes traces que ça se passe ! Et pas ailleurs !

– OK, OK ! fait-elle nonchalamment.

Pauvre Vincent ! Son sourire laisse place à une grimace d'énervement. Je ne sais pas s'il renouvellera l'expérience…

Après plusieurs heures de descente, interrompue par un pique-nique dans ce qu'on appelle « la salle à manger » – qui n'est en fait qu'une zone constellée de séracs où la moitié des gens s'arrête pour déjeuner –, nous arrivons enfin à Chamonix.

Vincent semble réellement soulagé.

– Bravo les filles, vous vous en êtes bien sorties !

– On va prendre un pot pour fêter ça ? propose Nicole.

– Allez-y toutes les trois. Moi je rentre à la maison, j'ai un rendez-vous.

Vincent nous laisse en ville, nous le remercions pour l'organisation de la journée puis allons nous installer à la terrasse d'un café. Nicole m'aborde d'un ton solennel :

– Emma, nous sommes vendredi, fin d'après-midi. Nous partons demain, et nous n'avons toujours pas vu ton Matthieu. Voilà six jours que l'on te bassine avec ça, tu ne peux plus reculer.

– Je te préviens, Emma, si l'on repart d'ici sans l'avoir vu, tu dois nous rembourser les billets d'avion, menace Abby. Sans rire, on est presque venues en France rien que pour ça !

– D'accord, d'accord, les filles, je vais voir ce que je peux faire. Mais si j'organise une entrevue, je vous préviens : vous n'êtes officiellement au courant de rien de ce qui se passe entre lui et moi, compris ? C'est un ami comme un autre.

– Bien sûr, répond aussitôt Abby, tu connais notre discrétion.

– Justement…

Signe de la Providence, en rentrant à l'appartement, nous tombons sur Matthieu, sirotant un verre avec Jane et Vincent dans le salon…

À mon grand soulagement, Jane se charge des présentations.

– Vous tombez bien les filles ! Voici Matthieu, un ami chamoniard.

Je ne l'ai pas vu depuis son départ pour les Rocheuses, il y a plus de deux semaines maintenant. Quelle épreuve de le retrouver en public ! Et je passe sur le coup de coude pas très discret qu'Abby et Nicole viennent de se donner… Je suis cramoisie quand vient mon tour de le saluer comme si de rien n'était. Jane reprend heureusement la parole à ce moment-là. Matthieu en profite pour me caresser le bras discrètement, mon cœur va exploser.

– Les filles, il y a une grosse fête ce soir, immanquable ! C'est le groupe d'Anglais très sympas que j'ai encadré toute la semaine qui l'organise. J'ai promis que j'irais. Vous voulez venir ?

– Bien sûr ! Où est-ce ? demande Abby, totalement emballée.

– Dans leur centre de vacances. On peut dîner tranquillement ici avant d'y aller à pied ; Sandro nous y rejoindra après son service. Même Matthieu serait partant pour y passer vite fait, c'est vous dire !

– Juste le temps de prendre la température. Cela fait longtemps que je ne suis pas sorti ; du moins en France, se justifie-t-il.

Je prends bonne note…

– Et toi, Vincent, tu ne viens pas ? s'enquiert Nicole.

– Bof, pour voir ma femme se mettre minable avec des hooligans de cinq ans de moins que moi…

– Ce Vincent, un vrai bonnet de nuit, rigole Jane.

– Il faut dire que nous l'avons épuisé tout à l'heure à la vallée Blanche.

– Ça doit être ça, Abby, fait-il désabusé.

Après un dîner bien arrosé, tout le monde est gonflé à bloc, l'excitation est à son comble ; on sent que la pleine lune se profile.

De fait, lorsque nous arrivons au centre de vacances, l'ambiance ressemble à un *spring break* version ski. Vincent avait raison, nous sommes chez une bande de hooligans en furie. La piste de danse est pleine à craquer, le volume de la musique est au maximum et l'alcool coule à flots.

Rapidement, Matthieu m'attire dans un coin.

– Emma, je n'en peux plus, je suis parti dix jours, rentré depuis cinq jours, et on ne s'est toujours pas touchés !

– Pour une fois que c'est toi qui m'attends !

– Tu ne crois tout de même pas que je me tape la soirée hooligans pour leurs beaux yeux ? J'ai d'autres projets en tête, moi !

– Je me disais bien aussi que venir ici ne te ressemblait pas trop… Mais je ne vais pas laisser mes copines en plan !

– Ce sont des grandes filles, tu sais. Sandro leur fait boire des *shooters* de vodka, et si ça se trouve elles n'ont même pas vu que tu t'étais absentée.

J'avoue que, depuis que je l'ai vu dans mon salon tout à l'heure, je crève moi aussi d'envie de partager un moment d'intimité avec Matthieu.

Il m'entraîne à l'étage dans une grande salle, sûrement le réfectoire du centre de vacances. Une pièce déserte, plongée dans l'obscurité, à peine éclairée par les lumières extérieures filtrant par les immenses baies vitrées donnant sur le massif. Nous discernons peu à peu le décor, avec des moulures en bois façon Belle Époque. Matthieu me soulève et m'assied sur ce qui, vraisemblablement, sera demain matin la table du petit déjeuner de la bande de hooligans… Derrière lui, les montagnes se découpent dans la clarté lunaire. Il se place entre mes jambes, pile à la bonne hauteur. Face à face, nous bondissons l'un sur l'autre. L'alcool me donne une fougue incroyable et Matthieu, bouillant, m'embrasse à pleine bouche et défait mon chemisier pour plonger sa tête entre mes seins.

Au moment où il extrait un préservatif de la poche arrière de son jean, je lui annonce que j'ai désormais un moyen de contraception.

– Excellente initiative !

Matthieu s'embrase, déboutonne à la hâte son pantalon et le mien, qu'il me retire à moitié. Il se recase entre mes cuisses, et lorsqu'il plante son sexe dans le mien, je suis prête à défaillir. Oh, on ne devrait jamais rester aussi longtemps sans contact physique, j'ai l'impression de mouiller jusque sur la table ! Avec son érection monstrueuse, nous risquons de venir en deux minutes… J'essaye de ne pas faire de bruit, me tenant à son cou pour encaisser son pilonnement.

Puis il m'allonge sur la table et rabat mes jambes autour de ses hanches pour me prendre à fond pendant que je me touche. Surtout ne pas faire de bruit, ne pas faire de bruit… je me le répète comme un mantra. Et finalement, quand nous jouissons tous les deux, exactement en même temps, je ne peux réprimer un interminable feulement…

La scène n'aura duré que dix minutes, mais quelle intensité une fois de plus !

Le temps de recouvrer nos esprits et Matthieu se rhabille déjà.

– Je dois y aller, sous peine de remettre ça tout de suite… Tu leur diras au revoir de ma part. Et tu viens dormir à la maison dès qu'elles sont dans l'avion, compris ?

– Oui, chef, fais-je en remettant mon pantalon.

– Parfait. Et pense à reboutonner ton chemisier avant de redescendre faire la fête.

J'arrange cela rapidement, en me demandant quel prétexte je vais inventer pour justifier mon absence, si tant est que quelqu'un s'en soit rendu compte.

Lorsque j'arrive dans la salle, j'en doute : Abby s'est dégoté un Anglais surmotivé, Jane et Nicole font des concours de *shooters* sous l'égide de Sandro qui compte les points, tandis que six des hooligans les encouragent bruyamment. J'ose à peine imaginer la gueule de bois qui s'annonce…

J'émerge à onze heures le lendemain matin, dans un état lamentable : après le départ de Matthieu, la soirée s'est longuement poursuivie et j'ai voulu rattraper mon retard aux *shooters*… Je secoue doucement Nicole qui dort avec moi, et passe réveiller Abby dans la chambre de Sandro.

– Les filles, on part pour l'aéroport à dix-sept heures. Si vous voulez rider un peu avant, il faut y aller maintenant !

– Oh, mais tu nous saoules avec ton snowboard ! grogne Nicole du fond du lit. On a fait trois fois le tour de la vallée, on a failli mourir sur un glacier, ça nous suffit, rideau !

Abby émet un grondement d'approbation.

– OK. Alors, pour votre dernière demi-journée, on va faire plus soft : une petite balade ?

– Non, Emma, tu ne comprends pas, on veut juste glander, glan-der ! En plus, il fait un temps de chien !

– Rassure-moi, cette semaine vous a plu tout de même ? Car à t'entendre, Nic, ce n'est pas évident, vois-tu ?

– Nous savons que tu voulais nous organiser le séjour parfait, Emma, et tu as rempli le contrat, et même au-delà ; donc, on peut souffler, voilà tout ce que je voulais dire, fait-elle en se redressant dans le lit.

– D'accord, comme ça, on aura le temps de débriefer sur l'Anglais d'Abby d'hier soir, si elle s'en rappelle…

– Oui je m'en souviens ! Et je me rappelle aussi de ton fameux Matthieu, qui paraissait s'ennuyer copieusement à la fête.

– Ce genre de soirée n'est pas vraiment son truc…

Nous passons l'après-midi à rire et discuter toutes les trois, tantôt allongées sur mon lit, tantôt dans le salon. Jusqu'au moment fatidique où je les dépose à l'aéroport afin qu'elles prennent leur vol pour New York, avec, pour Abby, une correspondance jusqu'à Chicago.

– Merci, Emma, nous avons passé un super séjour, lance Abby.

– Oui, et j'ai adoré tes colocataires, ta vallée, et ton copain, même si on ne l'a pas beaucoup vu, renchérit Nicole.

– Merci les filles… Vous allez me manquer. Revenez quand vous voulez.

– Vu le prix des billets d'avion, ne nous attends pas de sitôt !

Je retourne à ma voiture, le cœur lourd… J'hésite à appeler Matthieu. Il m'a bien dit de venir chez lui dès qu'elles auraient décollé, mais il me semble qu'il prépare un gros truc et je ne veux pas passer pour une sangsue. Et puis, il ne m'a contactée qu'une fois en quinze jours…

Je décide de ne pas lui téléphoner ce soir : il est tard, il me reste de la route jusqu'à Chamonix, sous la pluie de surcroît, la nuit précédente a été courte et la semaine intense. Je m'accorde une pause avant de revenir dans l'arène…

En me réveillant le lendemain, je me félicite d'avoir pris cette option ; j'ai ainsi pu récupérer. Pourtant, je ne sais toujours pas quelle attitude adopter envers Matthieu. C'est stupide, nous sommes ensemble – plus ou moins – depuis deux mois, et je me demande encore si je peux légitimement lui téléphoner…

J'essaye sans grande conviction de me remettre au travail pour penser à autre chose, mais nous sommes dimanche, et après les vacances merveilleuses que je viens de passer, je n'en ai vraiment pas le courage. J'ai le mal du pays, mes amies me manquent déjà. Et comme si je n'étais pas assez triste comme cela, je constate par la fenêtre que la neige se transforme en pluie juste avant d'atteindre le sol…

À quatorze heures, mon portable sonne ; c'est lui. Je décroche, presque méfiante.

– Salut, Emma… Tes amies ne sont pas parties ?

– Si… pourquoi ?

– Tu ne devais pas venir chez moi après leur départ ?

– Si, mais je suis rentrée chez moi vers minuit, je n'ai pas voulu te réveiller.

– Soit ! Et aujourd'hui ?

– Je pensais que tu t'entraînais…

– Que je m'entraînais ? Tu as vu la météo ?

– Tu m'as dit que tu t'entraînais à toute heure, par tout temps…

– Tu as réponse à tout, je vois. Bon, ramène-toi à la maison.

– Mais Matthieu, il pleut depuis des heures ici, il doit neiger chez toi ?

– Bien sûr qu'il neige ! Gare-toi à Argentière et je viendrai te chercher pour la montée finale. Rendez-vous dans une heure.

– Que va-t-on faire chez toi ?

– À ton avis… ? me répond-il d'une voix suave.

– Comme d'habitude ?

– Hmm… oui, ça pose un problème, Emma ?

– Bon, à dans une heure Matthieu.

Et voilà, je suis au garde-à-vous pour Matthieu Charraz. Dans le fond, je suis heureuse qu'il m'ait appelée. J'ai donc trois quarts d'heure devant moi pour me rendre présentable et préparer mon sac. Au fait, quel sac ? Je reste dormir ? Je ne sais pas. Dans le doute, je prends tout.

Une fois arrivée à Argentière, je repère tout de suite Matthieu mais je ne vois pas sa voiture. J'en déduis que nous allons remonter à pied sous la neige qui tombe à gros flocons ici. Matthieu s'approche de moi, me dit bonjour à distance – il connaît tout le monde ici –, et se saisit de mon sac.

– À peine un quart d'heure de retard, bravo Emma…

– Pardon !

– Une petite marche sous la neige, ça te dit ? Les gendarmes viennent de fermer la route qui mène à Montroc ; là-haut, il neige non-stop depuis plus de vingt-quatre heures, certainement les dernières grosses chutes de la saison.

Nous entamons la montée dans une ambiance ouatée. Les branches des arbres ploient sous le poids de la neige. Nous avançons dans un silence monacal, que Matthieu finit par rompre :

– Emma, que sous-entendais-tu au téléphone tout à l'heure ?

– Eh bien… Tu ne trouves pas que c'est toujours un peu pareil quand on se voit ?

– Comment cela ?

– Nos tête-à-tête, c'est toujours moi qui viens chez toi…

– Emma, tu sais bien que je ne peux pas aller à ton appart, tu ne vis pas seule.

– Aller chez toi, faire l'amour, dormir et parfois partager un plat de pâtes, nous n'avons fait que cela les dernières fois où nous nous sommes vus. Après, tu es parti en voyage…

– C'est faux, Emma, nous sommes sortis l'autre soir !

– Quoi ?

– Oui, avec tes amies ! Nous étions ensemble, je t'ai suivie à cette foutue soirée !

– Nous avons juste partagé dix minutes d'intimité, Matthieu, à but exclusivement sexuel !

– Et alors ? Tu n'as pas aimé ? Il m'a pourtant semblé le contraire…

– Bien sûr que j'ai aimé ! Mais…

– Mais quoi ?

– Mais je me demande si tu n'es pas avec moi juste pour le cul !

Cette phrase est sortie toute seule, violemment. Un long silence s'ensuit, à peine troublé par le crissement de nos pas sur la neige… Mon Dieu, comment va-t-il le prendre ?

Au bout d'un moment, n'y tenant plus, je reprends la parole.

– Mes propos sont peut-être excessifs, Matthieu, mais je ressens cela depuis presque un mois… Au début, tu m'as fait faire des choses fantastiques ; mais là, on reproduit toujours le même schéma, en cachette de surcroît…

– Emma, si c'est vraiment ce que tu ressens, je vais te répondre. Je te l'ai dit et redit : la vie de couple ne m'intéresse pas, voilà tout.

– C'est bien pour ça que je m'interroge sur ce que tu attends de moi, en dehors du sexe !

Nous continuons d'avancer côte à côte. J'ai l'impression que Matthieu fait un détour pour aller jusqu'à son chalet, il doit préférer parler en marchant. Typique. Après un long temps de réflexion, il répond enfin à ma question :

– Je ne sais pas exactement ce que j'attends, Emma... Mais depuis quelque temps, je me rends compte dans quelle misère sentimentale j'étais avant d'être avec toi. C'était le vide, le vide par le nombre.

– Épargne-moi le nombre de tes conquêtes, s'il te plaît.

– C'est vrai, avant toi, Emma, c'était le désert sur ce plan... Je ne partageais jamais d'intimité avec une fille.

Matthieu m'attrape la main et me saisit par la taille. Il enlève la neige de mes cheveux, de ma veste de montagne, déplace quelques-unes de mes mèches et s'approche de moi pour m'embrasser longuement. Comme je l'aime, comme j'aime cet homme !

Il se recule, me sourit puis m'entraîne vers chez lui.

– Allez viens, on rentre. Et pour te prouver ma bonne foi, nous allons faire totalement différemment. Déjà, on ne mangera pas de pâtes ; je ne sais pas ce que l'on aura à la place, mais on trouvera.

– C'est vrai que ce n'est pas évident de se faire livrer des pizzas par ici...

– Et pour changer également, on ne fera même pas l'amour. On va regarder un DVD en buvant des tisanes, ou un truc comme ça...

– Ah !

Finalement je suis presque déçue…

Nous arrivons chez Matthieu par en haut – j'avais raison pour le détour ! Nous nous faisons un thé chaud, j'enfile un pull confortable et regarde les flocons tomber. Cela me rappelle ma première nuit ici, en décembre. Mine de rien, on en a parcouru, du chemin…

– Alors, que pourrais-je bien te mitonner ? J'ai des boîtes de conserve qui n'ont pas l'air trop périmées : un petit salé aux lentilles, un vieux pâté, du maïs… Ah ! du riz !

– Je vais commencer à regretter également les pâtes…

– Pourquoi dis-tu « également », tu regrettes pour le sexe ? Sache que je serai intraitable et que je ne reviendrai pas sur ce que j'ai dit ; à moins que tu ne me supplies.

– Je vois…

Une fois le dîner fini, il allume son ordinateur.

– Et maintenant, comme promis, un DVD ! J'ai des vieux films, pas mal de films français, quelques comédies… Tiens, un pote m'a passé *Shining* de Kubrick. Tu l'as vu ?

– Non, jamais.

– Allez, c'est parti !

Je savais qu'il s'agissait d'une adaptation de Stephen King, mais n'avais pas prévu que ce soit aussi angoissant. Au bout d'une heure, je suis terrorisée. Cette famille, isolée dans un hôtel vide en montagne, bloquée par la neige – tiens donc –, avec ce père qui devient fou… c'est abominable.

D'abord assise à côté de Matthieu, je me blottis contre lui, puis viens carrément me coller à lui, épouvantée. J'ai alors un flash : je me remémore l'histoire des traces de pas dans la neige, de quelqu'un venu épier par la fenêtre. Mécaniquement, je tourne la tête vers les baies vitrées dont Matthieu ne ferme jamais les volets. Aussitôt, je distingue une ombre. Une ombre qui bouge à l'extérieur !

Je pousse un hurlement, Matthieu bondit.

– Qu'est-ce qui se passe, Emma ? Tu as vu quelque chose ?

– Oh non, non, pardon. J'ai eu peur, mais je crois que c'est juste le vent qui a rabattu le volet. Ça m'a rappelé l'épisode du type venu espionner… S'il te plaît, ferme tout !

– Détends-toi, Emma, ce n'est qu'un film !

– Mais ici, l'autre fois, c'était la réalité !

– Moi je suis persuadé que c'était James, et qu'il n'a aucune raison de revenir. Il est fixé maintenant, j'ai été clair avec lui.

– Matthieu, s'il te plaît, tu sais bien que l'on n'est clairs avec personne. Personne ne sait que nous sommes ensemble.

– Bon, je ferme les volets.

Matthieu s'exécute, relance le DVD et revient s'asseoir sur le canapé. Je me recolle à lui, hypertendue. Quand le générique de fin s'affiche, je ressens un immense soulagement.

– Bien, on va dormir maintenant. J'ai une sortie prévue au glacier Rond demain.

OK, il veut jouer à ce petit jeu… Je sors ma nuisette de mon sac et commence à me déshabiller. Je sens bien que Matthieu est follement excité… Quant à moi, je fais la maligne, mais j'ai aussi une envie folle de faire l'amour. Pourtant, aussi têtu l'un que l'autre, nous ne cédons pas et passons une nuit parfaitement chaste.

Le lendemain, comme la route est rouverte, Matthieu me dépose de bonne heure à ma voiture et part rider.

À la maison, j'ai du mal à me remettre au travail. Je fais un tour sur le balcon pour admirer les Drus et là… j'ai la mauvaise surprise de trouver une nouvelle enveloppe, posée exactement comme la précédente…

Je descends au salon et, tremblante, demande à Sandro de l'ouvrir : « *Laissez nos morts dans leur blanc linceul, et prenez garde à vous.* »

Comme la lettre précédente, le papier est précieux, l'écriture académique, en anglais, avec mon nom sur l'enveloppe. Qui peut bien déposer ces lettres ?

Je venais juste d'envoyer un e-mail aux archives du *Dauphiné libéré* pour avoir des infos sur l'accident de 1985… Drôle de coïncidence.

– Tu crois que je devrais en parler à la police ?

– La police ? Pfff… pour ce que ça va servir… me dit Sandro. Tu n'as rien de tangible, tu veux porter plainte contre quoi ?

– Je ne sais pas moi… Intimidation, violation de domicile…

– Pour un balcon ? Et puis il n'y a pas d'intimidation, c'est juste une mise en garde.

– Oui, bon… je vais y réfléchir… et sûrement suspendre ma demande aux archives…

Le surlendemain, mercredi, je n'y tiens plus, j'ai vraiment envie de voir Matthieu. Je m'enhardis et, en fin d'après-midi, je pars l'attendre chez lui ; je me souviens bien de la cachette des clefs, aucun problème. J'emprunte le petit train qui relie la vallée de Chamonix à la Suisse, et descends à la minuscule gare de Montroc. Va-t-il me refaire le coup du DVD ?

Il rentre enfin, j'entends sa voiture. Mon Dieu, et s'il était accompagné ? C'est vrai, comme il me cache, il pourrait très bien en cacher une, deux, voire trois autres ! Ou s'il arrivait avec quelqu'un de son staff ou un ami ? Il va me tuer !

– Emma, c'est toi ? Quelle bonne surprise !

Matthieu entre dans la pièce, le visage buriné, marqué par le froid et l'effort, avec son équipement de montagne ; on dirait un aventurier. D'ailleurs, c'en est un.

– Salut Matthieu, j'avais envie de pâtes… J'espère que je ne te dérange pas ?

– Non bien sûr ! Mais je te préviens, je suis un peu crevé, je prépare un truc important.

– Ah oui, il me semblait bien…

– Tu reviens chez moi… tu veux remanger des pâtes… alors ça veut dire que l'on peut reprendre le sexe également ? Non, parce que dix minutes en trois semaines, autant te dire que c'est un peu léger pour moi. Même si je me suis débrouillé…

– Quoi ? !

– En solo, j'entends ! Ne panique pas… Tu n'as pas fait pareil ?

– Euh… si…

– Alors assume Emma ! Je te l'ai déjà dit, j'adore les filles à l'aise avec leur corps et leur sexualité ; ça m'excite rien que de t'imaginer en train de te toucher.

Matthieu enlève sa veste, me prend par la main et m'entraîne vers sa chambre ; je fonds d'avance.

Bizarrement, malgré la frustration et la nuit chaste de dimanche, nous prenons notre temps. La nuit tombante crée une atmosphère intimiste. Assis au milieu du lit, nous nous enlevons mutuellement nos vêtements. Lorsque nous sommes nus, Matthieu s'allonge sur moi de tout son corps musculeux, se frayant une place entre mes cuisses. Je promène mes mains sur sa peau ferme et tendue, nos langues s'accrochent. Enfin, Matthieu s'enfonce dans mon entrejambe, sans même avoir besoin de se guider avec sa main, et c'est l'extase… Parfois je me demande si les premières pénétrations ne sont pas les plus intenses, quand il m'ouvre un peu plus à chaque poussée.

Maintenant il va et vient, appuyé sur ses mains, son visage proche du mien. Soudain submergée par mes émotions, j'ai envie de lui dire que je l'aime, tout simplement. Mais comme je ne sais pas s'il est prêt à l'entendre, je me retiens, me contentant de lui susurrer que j'aime qu'il me fasse l'amour…

Matthieu m'embrasse – pour me faire taire ? – puis augmente la cadence. Je suis obligée de placer mes mains au-dessus de mon crâne pour ne pas heurter la tête de lit contre laquelle il me repousse à chaque fois. Et quand il s'enfonce encore plus loin dans un grondement final, je jouis aussitôt dans un bruissement.

Nous restons imbriqués encore quelques minutes, immobiles, vidés.

– Si je n'étais pas mort de faim, je m'endormirais comme ça… Je vais préparer quelque chose à manger, je t'appelle dès que c'est prêt.

C'est royal d'être servie après un orgasme, me dis-je en me pelotonnant sous sa couette.

– Emma, viens dîner ! crie Matthieu après un temps indéterminé. Tu t'étais endormie ?

– Je crois bien…

Je me lève péniblement et enfile la nuisette en satin noir qu'il m'a offerte pour mon anniversaire. Je mets ensuite un magnifique gilet en laine et mohair et rejoins Matthieu à table.

– Tu es somptueuse ! Dégage un peu ton gilet pour que je voie mieux. Rien à dire, j'ai un goût très sûr. Pour le déshabillé comme pour la fille…

Nous dînons dans la douce lumière du poêle.

– Emma, j'ai quelque chose à te demander. Je voudrais que tu m'accompagnes à la dernière étape de la coupe du monde de freeride, le 23 mars.

– Tu veux que je t'accompagne ? Moi ?

– Oui, toi ! Après tout, tu étais déjà venue à la compète de Courmayeur.

– En effet ; cependant ce n'était pas toi qui m'y avais invitée...

– Nous partirions là-bas vendredi pour que j'aie le temps de me préparer pour la course de dimanche.

– Matthieu, c'est après-demain, et tu me préviens seulement maintenant ?

– Quoi, ça ne te tente pas ? Cela se passe dans un endroit unique : Verbier, en Suisse. Ça nous changera d'air, tu parlais de routine...

– Oui, mais samedi, j'ai un entretien important avec un skieur de renom que Samuel m'a présenté.

– Qui ça ?

– Alexey Koulikov, le champion de descente.

– Pas mal ! Eh bien il attendra le russkof ! Tu en apprendras tout autant en venant à Verbier. Il s'agit tout de même des championnats du monde !

– Justement, j'ai déjà suivi une coupe du monde grâce à Alexey.

– Rien à voir, je te parle de freeride moi, de la montagne, la vraie, pas de rester cantonné à une piste. Tu ne regretteras pas d'être venue : un de mes sponsors me convie dans un hôtel très classe ; tu pourras travailler tranquillement et faire du snow.

– C'est vraiment tentant, mais comment décaler ?

– Débrouille-toi, c'est à prendre ou à laisser, sinon...

– Sinon ?

– Sinon, j'en invite une autre, pardi !

– C'est bon, je viens, je viens, tu as gagné !

– Allez, on va fêter ça !

Matthieu me saisit par la main et fait glisser mon gilet à terre.

Jeudi matin, de retour à ma table de travail, je téléphone à Vladimir, l'agent d'Alexey Koulikov, pour annuler le rendez-vous de samedi. Ce n'est pas sérieux, décrocher une entrevue pareille était inespéré et m'aurait permis d'exploiter tout ce que j'ai vu sur le terrain en décembre. Mais je ne peux pas laisser passer l'occasion d'aller à Verbier avec Matthieu.

Au téléphone, Vladimir me fait comprendre que je ne suis qu'une petite écervelée, et qu'Alexey n'acceptera plus de me revoir, surtout qu'il ne revient pas à Chamonix avant au moins un mois. J'en suis contrite, j'ai l'impression de manquer à mes engagements professionnels. Peut-être cela sera-t-il rattrapable ? Bref, je verrai en rentrant de Suisse, où mon cœur me porte.

Nous partons donc pour Verbier le lendemain. Heureusement, Vincent ne couvre pas l'événement, sinon il aurait été compliqué de lui cacher que je partageais la chambre d'hôtel de Matthieu. C'est la première fois que Matthieu et moi faisons un trajet un peu long tous les deux, comme si nous partions en vacances : je suis surexcitée.

– On en a pour combien de temps ?

– Normalement, une heure et demie, mais avec la neige et les touristes, sûrement deux heures. Mais le trajet est très agréable, tu verras.

– Et l'ambiance là-bas ?

– Rien à voir avec celle du trail ; quoique sympa et fraternelle entre freeriders. L'atmosphère est encore différente chez les freestylers. Je n'ai pas beaucoup d'accointances avec eux : je ne fais pas de skateboard, je déteste les rampes…

– Quelle caricature ; tu fais vieux réac là !

– Je sais, trente et un, ce n'est pas dix-huit, je ne suis plus un jeune snowboardeur. Enfin, tant que je gagne encore…

– Ah oui ? Tu ne fais ça que pour gagner ?

– Je sais, c'est paradoxal. Comme le disait le savant Albert Jacquard, « un gagnant, c'est un faiseur de perdants ». Mais c'est plus fort que moi, je fais tout mon possible pour ne pas figurer parmi les perdants.

– Tu as été élevé comme ça ?

– Peut-être…

Matthieu part dans ses pensées alors que je regarde le paysage ; tout me semble léger. Nous passons un col puis la frontière suisse. La redescente vers Martigny est vertigineuse, et quand je vois les vignes accrochées à flanc de montagne, je me dis que je n'aimerais pas faire les vendanges ici…

Enfin, nous montons vers Verbier. La station, merveilleuse, se compose presque exclusivement de petits et gros, très gros chalets de bois. Notre hôtel est très luxueux, dans un style montagnard et chaleureux. Nous y occupons une vaste chambre aux murs lambrissés, dont le balcon donne sur le glacier du Grand Combin.

– Mon sponsor ne s'est pas foutu de moi : j'avais demandé une belle chambre, ils m'ont pris au mot. Ça, c'est un encouragement pour l'Xtreme !

– Ton sponsor, celui dont j'ai la doudoune ?

– Non, ça, c'est mon sponsor d'été. Ici c'est l'un de mes sponsors d'hiver qui invite.

– Ah bon. La vie est si simple pour les champions…

– Crois-moi, je n'abuse pas avec ça.

– Je n'en doute pas une seconde. J'irais bien tester le spa, tu m'accompagnes ?

– Pourquoi pas ?

Aux vestiaires, nous nous glissons discrètement dans la même cabine et, alors que je me déshabille, Matthieu s'approche plus que de raison.

– Matthieu, on a une superbe chambre avec une vue imprenable sur le massif, et toi tu veux faire ça dans les vestiaires du spa…

– Je ne peux pas attendre. Et puis regarde, ça permet des positions sympas…

Il vient se placer derrière moi…

– Est-ce que tous les Français sont comme toi ? Je veux dire aussi obsédés, ou est-ce que ce sont les sportifs ?

– Je te rassure, les traileurs de ton pays sont plutôt branchés grands espaces, yoga, gluten free et thé vert.

– Je vois…

– Les footballeurs en revanche sont peut-être plus chauds, à en croire les nombreuses affaires de mœurs dans lesquelles ils sont impliqués, mais je n'en suis pas si sûr.

Je profite d'une minute de relâchement pour m'extraire de l'étreinte de Matthieu, finir d'attacher mon maillot et sortir en vitesse de la cabine.

Tout en nageant dans la piscine, je contemple les cimes au travers de grandes baies vitrées. Matthieu me rejoint.

– Je te préviens, Emma, je ne vais pas rester longtemps, l'eau n'est vraiment pas mon élément. Et je n'ai pas envie de me ramollir les muscles…

Matthieu jette un coup œil autour de nous et constate que la piscine n'est occupée que par deux vieilles rombières suisses, en pleine conversation sur le classement des meilleurs spas d'hôtels de luxe et leurs effets sur leurs rhumatismes. Autant dire qu'on est tranquilles… Il nage jusqu'à moi et m'enlace : contact physique en milieu aquatique, difficile de rester de marbre… Nous sommes collés l'un à l'autre dans l'eau et je sens poindre son érection contre mon bas-ventre. Alors que nous nous embrassons, il me glisse un doigt, puis deux ; je me retiens de gémir.

Nous nous déportons vers la partie jacuzzi afin que le bouillonnement masque un peu nos ébats. Pensant que les bulles dissimulent tout, Matthieu s'enhardit, m'assied sur lui et commence à me pénétrer en décalant mon maillot. Il effectue un discret mais efficace mouvement de bassin. Je ferme les yeux, tout à mon plaisir…

Mais d'un coup, quelque chose nous frappe : le silence. Le silence qui s'est instauré dans la piscine, depuis on ne sait combien de temps. Nous nous retournons au ralenti vers les deux femmes et constatons qu'effectivement, elles ont cessé de parler et nous fixent maintenant d'un air pincé… Oh mon Dieu ! Je me mords la lèvre tellement je suis mortifiée. Je m'extrais précautionneusement et tente de prendre l'air le plus naturel possible pour aller m'asseoir à côté de Matthieu, qui explose de rire.

– Tu verrais ta tête, Emma, mais qu'est-ce qu'on s'en fout ! ça leur fera des souvenirs, pas les pires en plus !

– Matthieu, on y va. Arrête de rire, je suis vraiment gênée.

– Oui, on sort, ça ne m'intéresse pas plus que ça de faire trempette…

Je n'ose même pas me retourner tellement je crains de croiser le regard des deux dames.

Nous repassons par la case vestiaire. Je me sèche, enlève mon maillot, mais Matthieu ne me laisse pas me rhabiller. Il me chuchote à l'oreille :

– Tu ne vas pas t'en tirer comme ça. Ce ne sont pas deux mères-la-morale, voyeuses de surcroît, qui vont me couper l'envie.

Son érection revient presque instantanément. Je suis moi-même bien émoustillée ; la troisième fois sera la bonne. Il me pousse dos à la porte en bois, soulève ma jambe droite qu'il cale sur le petit banc de la cabine, dépose sur mon sexe un long baiser qui me fait frissonner, puis se redresse et me pénètre à fond, d'un seul coup. Je m'agrippe comme je peux. Nous sommes nus, ruisselants dans cette atmosphère humide, et devons étouffer nos gémissements : l'excitation est à son comble. Il ressort lentement sa queue à chaque fois, puis la renfonce crûment.

Matthieu s'arrête un instant, promène ses mains et sa langue sur mes seins. Puis me reprend, me pilonnant maintenant sans relâche. Comme je n'arrive plus à contenir mes cris, il pose sa bouche sur la mienne pour me faire taire : d'accord, j'ai compris, je tente d'être plus discrète. Enfin, il crispe sa mâchoire et me donne les derniers coups de reins qui nous achèvent. Alors que je jouis, je faiblis sur mes appuis, mes jambes ne me portent plus. Matthieu, me sentant tomber, me retient en me plaquant de plus belle contre la porte. Il m'embrasse doucement dans le cou, le temps que je reprenne pied.

Harassée, je retrouve un peu mes esprits, mais suis obligée de m'asseoir un instant avant de me rhabiller, pour de bon cette fois-ci.

Lorsque nous remontons dans notre chambre, il fait déjà nuit.

– On va dîner au restaurant de l'hôtel ? J'ai une faim de loup !

– Laisse-moi juste cinq minutes pour me préparer, Matthieu.

– Je ne sais pas pourquoi, je ne le sens pas le coup des cinq minutes…

Je disparais dans la salle de bains avec mon sac. Comme nous n'avons ni à ressortir dans le blizzard, ni à marcher sur des trottoirs glissants pour aller dîner, j'en profite pour bien m'habiller.

– Emma, je t'attends depuis vingt minutes, j'y vais sans toi !

Je sors de la salle de bains, légèrement inquiète de sa réaction.

– Tu aimes ?

– Parfait. Allez, on descend !

En traversant la salle du restaurant, j'ai le sentiment que tout le monde me regarde.

– C'est bien la première fois que je vais en station avec une fille qui emmène talons hauts et robe de cocktail. Ici les riches viennent dîner en polaire…

– Tu aurais dû me le dire là-haut, je me serais changée !

– Surtout pas, tu y aurais passé encore vingt minutes ! Et puis je te trouve très belle, c'est l'essentiel.

Matthieu m'incite à partager avec lui une fondue, plat typiquement suisse que je découvre. Il ne prend qu'un verre de vin, je boirai le reste de la demi-bouteille…

Échaudée par l'alcool, je m'avance par-dessus la table pour l'embrasser.

– Oh, doucement, Emma !

– Quoi ?

– Je connais plein de gens ici, tu sais. Mes potes, mes sponsors, les concurrents, leur famille… tous doivent déjà être là.

– Dans cet hôtel ?

– En principe non, mais on ne sait jamais.

– Tu ne veux vraiment pas que l'on nous voie ensemble ! Tu as honte de moi ?

– Bien sûr que non.

– Alors ? Qu'est-ce qui te bloque ? Il ne faut être officiellement ensemble pour personne, pas même pour les amis que nous avons en commun !

– Emma, j'ai bien vu que tes amies américaines le savaient, elles n'étaient pas très discrètes ! Quant à tes colocataires, ils ne sont pas stupides, ils ont remarqué que l'on dormait côte à côte à Courmayeur et ils nous ont sûrement entendus faire l'amour. Et tu découches très souvent en ce moment, Emma.

– Ils peuvent penser que je suis avec un autre. Après tout, tu disais toi-même que j'avais plein de prétendants. Enfin bref, ne t'inquiète pas pour le reste du séjour, je ne compte pas te parasiter, je saurai me tenir.

Matthieu perçoit mon ton glacial.

– Être ensemble *officiellement*, tu t'attaches vraiment à ça ? C'est bien cela, Emma ? D'accord, message reçu.

– C'est-à-dire ?

– Tu verras bien.

Nous regagnons notre chambre dès la fin du repas. Calée avec un bon livre, je me fais discrète pour laisser Matthieu s'endormir rapidement, puis je sombre à mon tour, comblée par cette journée.

Le lendemain matin, alors que Matthieu est parti retrouver le groupe pour l'entraînement et le briefing de veille de course, je prends mon temps. Je projette de travailler dans la chambre trois petites heures avant de profiter du domaine skiable. Absorbée par la contemplation des sommets, j'ai du mal à me concentrer, ce qui arrive un peu trop fréquemment ces temps-ci…

À midi, j'avale un sandwich et pars rider, seule. Après quelques descentes pour m'échauffer, je préfère quitter les pistes, trop encombrées à mon goût. Pour le faire en toute sécurité, je repère deux riders qui se dirigent vers une petite combe sympathique. Je glisse jusqu'à eux pour leur demander si je peux me joindre à eux.

– Pas de souci. Tu as un DVA ?

– Oui, c'est bon.

Nous nous élançons dans la combe. Ils se retournent régulièrement pour voir si j'arrive à les suivre.

Sur le télésiège, nous faisons connaissance.

– On est ici pour la saison. Le matin on travaille dans un surfshop, à midi on part rider, et vers seize heures on retourne bosser, me disent-ils dans un anglais parfait, mâtiné d'un léger accent helvétique. Et toi, d'où viens-tu ?

– Je suis de Chicago, mais j'habite Chamonix depuis quelques mois.

Nous papotons comme de vieux amis et enchaînons les descentes toute l'après-midi ; j'aime bien cette fraternité chez les snowboardeurs…

Enfin, Marc et Axel, mes compagnons de ride, doivent rentrer.

– Emma, il faut absolument que l'on redescende au village. Tu nous laisses ton numéro ? On remonte demain, et on va parfois rider à Chamonix…

Je leur donne mon numéro de portable ; ce n'est peut-être pas une bonne idée, mais ils sont gentils et on a passé une super journée. On se dit au revoir et j'avise une remontée pour faire une dernière piste avant de retourner à l'hôtel.

Au moment où le télésiège allait m'emporter, la spatule d'un snow s'avance pour décoller avec moi.

– Oh, Matthieu ! Tu as fini ton entraînement ?

– Oui, j'en ai assez pour aujourd'hui, et j'ai réalisé les repérages nécessaires. Alors je me suis dit que je ferais bien quelques descentes avec ma chérie…

Je ne me lasse pas de l'entendre me parler ainsi, d'autant plus que c'est assez rare. Je pose ma tête sur son épaule, je me sens bien, libre et heureuse, vivante.

– Emma, je vais te montrer un itinéraire hors piste extraordinaire.

– Allons bon. Mais tu sais, Matthieu, si ça se trouve je l'ai déjà fait : j'ai sillonné la station dans tous les sens avec deux riders locaux.

– Il me semblait bien t'avoir vu parler avec deux gars ! Ils sortaient d'où ? Ils ne t'ont pas draguée j'espère ? Moi qui pensais que tu m'attendrais sagement à l'hôtel…

– Je voulais quitter les pistes, et c'est quand même moins dangereux à plusieurs ; tu aurais préféré que j'y aille seule ?

– Non… Demain, par contre, tu devrais venir à la compétition.

– Vraiment ?

– Oui, bien sûr, viens m'encourager ! Et aussi assister à ma victoire.

– Matthieu ! Ce n'est pas très sympa pour tes adversaires.

– Emma, je plaisante, je suis le premier à savoir qu'une victoire n'est jamais acquise.

Une fois à l'hôtel, Matthieu, qui préfère que nous dînions dans la chambre, compose le numéro du room service et passe commande pour nous deux. Une demi-heure plus tard, notre table est dressée, avec nappe blanche et argenterie, et l'on nous sert un appétissant risotto aux énormes copeaux de parmesan.

À peine avons-nous entamé notre repas que le portable de Matthieu sonne :

– Oui ? Non. Non, Rob, je dîne dans ma chambre… Si, si, tout va bien. J'ai juste envie d'un peu de calme, c'est tout… Oui, c'est ça, je suis un ours, si tu veux… Allez, amusez-vous bien, à demain.

Matthieu éteint son téléphone.

– Je coupe mon portable, sinon on va avoir droit aux coups de fils de tous les gars de l'équipe, les uns après les autres.

– Ils se font du souci pour toi ?

– Ils sont perturbés parce que je ne suis pas dans le même hôtel que le leur, et parce que, d'habitude, je dîne avec eux avant une compète. Ils vont croire que j'ai pris la grosse tête ! Mais ce n'est pas grave, ça me va bien d'être avec toi, loin de l'agitation, surtout avant le grand frisson de demain.

– Matthieu… le moment est peut-être mal choisi, mais j'aimerais te poser une question…

– Pose toujours, Emma.

– La mort de ta mère, c'est arrivé comment exactement ?

Matthieu reste impassible et expire par le nez, avant de me répondre d'une voix plate :

– Je te l'ai dit, dans une crevasse.

– À Chamonix ?

– Pas du tout.

– Ah…

– Tu m'expliques, Emma ?

– J'ai entendu parler d'un drame au pilier du Frêney, qui impliquait un Charraz, en 1985.

– Je ne sais pas de quoi tu parles. Elle est morte en 1992 dans l'Himalaya, rien à voir.

– D'accord… Toute seule ?

Il laisse s'installer un long silence mais finit par m'expliquer :

– Mes parents faisaient un sommet ensemble. En traversant un glacier, ma mère a fait une chute. Elle est morte sur le coup.

– Ton père n'est pas tombé ?

– Effectivement, il n'est pas tombé.

– Mais étaient-ils encordés l'un à l'autre ?

– Oui, *a priori*.

Même si je n'ai pas une grande expérience de la montagne, quelque chose ne me semble pas logique. Me voyant froncer les sourcils, Matthieu coupe sèchement court à mes réflexions.

– Emma, ce n'est pas parce qu'un membre de la cordée tombe que le reste de la cordée tombe aussi, sinon il ne servirait absolument à rien de s'encorder. Et à vrai dire, je ne sais même pas s'ils l'étaient vraiment.

– Tu n'as jamais eu d'explication plus précise?

– Non. Bon, Emma, je ne sais pas ce que tu sous-entends et je ne veux pas le savoir. Le sujet est clos, je dois préparer mes affaires pour demain.

– Au fait, comment s'appelait ta mère?

– Elle s'appelait Sophie. Sophie Charraz.

Il change de sujet:

– Demain matin, tu vas profiter toute seule du petit déjeuner, j'irai le prendre avec mon staff pour un dernier débriefing avant la compète. Je te conseille de te le faire monter dans la chambre.

Je sais que Matthieu doit se concerter avec son équipe, mais entre ça et le dîner à huis clos, je ne peux m'empêcher de penser qu'il me cache, encore et encore…

Il rassemble son matériel et l'étale dans toute la chambre. Je m'installe sur le lit, derrière mon PC, observant du coin de l'œil ses préparatifs. J'identifie un équipement anti-avalanche: un DVA, une pelle, une sonde. Ainsi qu'une protection pour le dos, un casque et un gros sac à dos.

– Ce sac contient un double airbag que je déclenche si je suis pris dans une avalanche; ainsi je m'ensevelis moins profondément et on peut me retrouver plus facilement.

– Je connais, merci.

Lorsqu'il a fini, il se change et vient s'allonger près de moi. Il est vingt et une heures trente, je n'ai pas sommeil, mais je ne veux pas l'empêcher de dormir : il doit être au top demain pour la compétition. Je me lève et enfile un pull.

– Où vas-tu, Emma ?

– Je descends faire un tour au bar de l'hôtel.

– Très bien, dit-il sans enthousiasme particulier.

– Bonne nuit mon champion, et bonne chance pour demain.

– Bonne nuit ma chérie, sois sage…

Une fois installée au bar, je reçois un appel d'un numéro inconnu. Je décroche quand même.

– Salut Emma, c'est Axel !

Axel, l'un des freeriders suisses de cet après-midi ! Je ne pensais pas qu'il rappellerait si vite.

– Ça va depuis tout à l'heure ? Pas trop de courbatures ?

– Ça va ! Je bois une bière, il paraît que ça aide à les faire passer…

– Bon réflexe, Emma. Marc et moi allons à une fête, tu viens avec nous ?

– Je pensais juste boire un verre au bar de mon hôtel et remonter dans ma chambre.

– À quel hôtel es-tu descendue ?

– Le Chalet d'Adrien.

Axel siffle :

– Pas mal ! Bon, je suis à côté, j'arrive tout de suite.

Je n'ai pas le temps de lui répondre que déjà il a raccroché. J'ai un instant d'hésitation : remonter dans ma chambre avec ma bière à regarder Matthieu dormir ? Pas très funky comme plan… Et c'est tout de même sympa qu'Axel me rejoigne, après tout nous avons passé un bon moment cet après-midi. Et puis je n'aime pas plus que cela faire pilier de bar toute seule, même si le cadre me plaît beaucoup : on se croirait dans un salon, avec de grands fauteuils et un feu qui crépite dans une cheminée en pierre.

Sans son équipement de snowboard, son masque et son casque, j'ai peine à reconnaître Axel lorsqu'il arrive. Je suis même un peu surprise par son physique. Je lui trouve un air de Matthieu : grand brun ténébreux, à l'allure athlétique, avec une légère nonchalance à peine calculée… Bref, il est canon mais je m'interdis aussitôt de le penser. Il vient s'asseoir à côté de moi sur un long tabouret et commande une bière lui aussi.

– Tu sors seule ? Tu aurais dû nous appeler !

– Tu avais pris mon numéro, mais je n'ai pas le tien ni celui de Marc.

– Très juste. En tout cas, il aurait été dommage de laisser une aussi jolie rideuse boire seule…

J'élude :

– Tu travailles à côté ?

– Plus ou moins. Le surf shop est attenant à un hôtel presque aussi classe que le tien ; on dirait que ça paye, la sociologie !

Alors que je cherche quoi lui répondre – je ne vais quand même pas lui dire que je suis la maîtresse cachée de Matthieu Charraz (qu'il doit sûrement connaître) –, je reçois un SMS salvateur : « Que fais-tu ? Je n'arrive pas à m'endormir dans ce grand lit vide. » Je bredouille, un peu confuse :

– Axel, je ne vais pas pouvoir rester très longtemps…

– Tu es venue en couple ?

– Euh… non. Enfin oui, un peu… c'est compliqué…

– Je vois… fait-il en baissant la tête – peut-être légèrement déçu.

Le charme est rompu. Nous finissons nos bières rapidement en échangeant quelques banalités sur la station puis je me lève et lui dis au revoir, le remerciant encore pour la journée. Quand je quitte le salon, je jette un dernier coup d'œil dans sa direction : il me regarde toujours. Je ressens un léger pincement, totalement incompréhensible, et monte retrouver Matthieu. J'essaye d'analyser ma réaction et de trouver une justification à mon trouble. Sans doute le sentiment de rater quelque chose, alors que Matthieu ne m'offre pas de futur commun clairement défini ?

Dans la chambre, tout est éteint. Je file discrètement à la salle de bains avant de me glisser sous les draps. Matthieu se retourne vers moi, touche mon corps à tâtons et baragouine, à moitié endormi.

– Tu en as mis un temps !

– Je ne pensais pas que tu m'attendrais.

– Moi non plus, je ne pensais pas t'attendre… Je t'ai envoyé un SMS, où étais-tu ?

– J'ai bu un verre au bar de l'hôtel, comme je te l'avais dit.

– Avec qui ?

Aïe, je ne m'attendais pas à cette question.

– Toute seule, mais j'ai rencontré un des deux types de tout à l'heure.

– *Rencontré,* Emma ?

– Disons qu'il m'a rejointe…

– Tu l'as appelé ?

Matthieu est de plus en plus réveillé.

– Non, je n'ai pas son numéro.

Matthieu est maintenant assis sur le lit.

– Tu lui as donné ton numéro de portable, Emma ?

– Oui, je ne vois pas où est le mal !

– Tu aimerais que je donne mon 06 à des filles, rencontrées en station, juste comme ça ?

Je marque un temps. Effectivement, vu sous cet angle, je reconnais que je n'aimerais pas plus que cela…

– Non, bien sûr que non… Mais je n'avais pas d'arrière-pensée. J'ai passé une bonne journée avec eux, ils viennent de temps en temps à Cham…

– Bon. Je pense que tu es sincère, mais tu ne te rends pas compte que pour un mec, obtenir le numéro d'une belle fille, ça veut dire beaucoup de choses… Allez, maintenant, on dort.

Je m'exécute sans broncher et viens m'emboîter devant lui. Il maugrée, en français cette fois-ci :

– C'est malin. Comment veux-tu que je m'endorme si tu te colles à moi comme ça ? Décale-toi un peu.

Quel caractère ! J'étouffe un soupir, fais ce qu'il me dit et me rassérène quand il s'endort en posant sa main sur la mienne.

À mon réveil, je cherche à tâtons une présence à côté de moi, mais ne trouve que le vide : Matthieu est déjà parti rejoindre les autres. Comme j'ai un peu de temps avant d'aller assister à la compétition, je commande un petit déjeuner que je prends tranquillement au lit. En feuilletant un magazine de trail, je découvre une interview de James Betford qui parle de sa façon de s'entraîner, de ses choix de course, de son matériel et de ses projets. Et là, stupéfaction !

Je relis quatre fois la réponse de James à une question pourtant anodine du journaliste qui lui demande quel sera son programme de course pour l'été à venir :

« *Je vais débuter par la Transvulcania dans les îles Canaries, qui ouvre la saison. Puis j'irai faire un tour dans les Pyrénées, je pense. Et aux États-Unis également, pour le Pikes Peak Marathon, parce que j'ai un faible pour ce pays : depuis quelque temps, je sors avec une Américaine, une sociologue originaire de Chicago qui vit à Chamonix.* »

Mon Dieu, ce type est cinglé ! « *Une sociologue originaire de Chicago qui vit à Chamonix* » : il ne peut s'agir que de moi ! Il avait déjà une vie démesurément virtuelle, voilà maintenant qu'il s'invente des relations fictives ; on nage en plein délire.

Jusqu'où va-t-il aller ? Pourtant, mon attitude envers lui a toujours été sans équivoque. Que ce soit en montagne, en discothèque, au Django… je n'ai jamais laissé planer la moindre ambiguïté. Ou alors, il veut toucher Matthieu à travers moi. Après tout, il s'agit de son grand rival, et c'est depuis qu'il a vu que nous étions proches qu'il a commencé à vraiment déraper.

Je saute du lit pour aller m'habiller, mais je constate que je tremble en me maquillant. Quoi qu'il en soit, je décide de ne rien dire à Matthieu pour l'instant : ce n'est ni le moment, ni l'endroit. Je file voir la compétition, sentir l'ambiance et me changer les idées en assistant à toutes les descentes : hommes, femmes, ski, snowboard…

Le public peut suivre sur un écran géant les images du départ au sommet du Bec des Rosses – où la peur et la tension doivent être palpables – et celles de la descente.

Une fois la porte franchie, les riders se lancent à fond dans des micropassages entre les cailloux, ce qui demande une maîtrise parfaite de sa trajectoire et de sa vitesse. Le premier concurrent fait une chute d'une violence extrême. Ses skis arrachés, on voit son corps rebondir contre la neige. Le temps s'arrête, silence dans l'assistance… Ouf, il se relève ! Il doit avoir le souffle coupé, mais il agite les bras pour signifier aux organisateurs que tout va bien.

Les descentes s'enchaînent. Les sauts de barres rocheuses paraissent interminables et les riders ne retouchent qu'à peine la surface de la neige entre deux sauts. Tout est mis à contribution pour retrouver l'équilibre : les bras pour les snowboardeurs, les bâtons pour les skieurs. Le public applaudit ceux qui ont le courage de tenter des figures. Un autre concurrent tombe et part littéralement en vol plané entre les rochers ;

heureusement il porte casque et protections. Quand vient enfin le tour de Matthieu, j'ai une boule au ventre. J'hésite à regarder, pourtant je me force.

Il s'élance.

Il a un toucher de neige hallucinant, comme s'il flottait au-dessus tant il va vite. Ses sauts sont propres, longs, ses réceptions impeccables, son itinéraire audacieux. Il domine nettement, me semble-t-il, mais je ne suis pas objective…

Voilà, il arrive et déchausse son snow. Sa note s'affiche enfin sur le tableau : il explose le compteur ! À ce stade de la compétition, je ne sais pas si l'un des deux snowboardeurs à passer après lui pourra faire mieux ; il est presque assuré de gagner l'étape. Et même d'être premier au classement général du Freeride World Tour.

Un peu plus tard a lieu la remise des prix. Le podium est installé en plein air, dans la station, et le public massé devant. Pour faire monter l'ambiance, on nous présente un show avec des jeunes femmes en bikini qui se trémoussent dans une bulle plastique. Cette nouvelle manie d'utiliser des filles dénudées pour le moindre événement m'agace prodigieusement ; pourquoi pas des hommes en string ? Enfin, les concurrents se succèdent sur la scène et reçoivent leur prix en fonction de leur classement. Quand vient la catégorie snowboard hommes, c'est logiquement Matthieu qui monte sur la plus haute marche du podium. Il brandit la coupe au-dessus de sa tête. Ça crie, ça siffle, ça applaudit, mais avec toujours une petite réserve très snowboard… Les applaudissements sont plus francs et massifs en trail, me semble-t-il.

J'en suis à me faire ces réflexions, quand Matthieu saute du podium et fend la foule pour venir jusqu'à moi. Il me tend un bouquet de fleurs qui l'embarrassait plus qu'autre chose et, avant même que je ne relève la tête vers lui, il enserre mon visage de ses deux mains et se jette sur mes lèvres pour un spectaculaire baiser en public !

Bizarrement, les applaudissements redoublent, ainsi que les sifflets. Je devine quelques flashs autour de nous ; mon Dieu, moi qui aime tant la discrétion...

Quand il relâche son étreinte, je vois les regards braqués sur moi et ne sais plus où me mettre. Il passe son bras autour de mes épaules et me glisse à l'oreille :

– Toi qui voulais une officialisation, j'espère que ça t'a plu ?

J'en suis médusée, je regrette un peu qu'il n'y ait pas eu de juste milieu entre se cacher de tous et s'afficher soudainement en public, mais je me ressaisis rapidement pour ne pas déjà lui faire honte...

S'ensuivent le repas et la fête finale où je retrouve quelques riders que j'avais rencontrés pour ma thèse et qui semblent plutôt amusés de me savoir avec Matthieu.

Un peu plus tard dans la soirée, je croise dans la foule Marc et Axel, les snowboardeurs suisses, à qui j'adresse un sourire embarrassé...

– Je comprends mieux ta réaction d'hier soir, Emma. Mais tu aurais pu nous dire que tu étais la copine de Matthieu Charraz...

– Crois-moi si tu veux, Axel, mais ce n'était pas officiel avant ce soir.

– Ah, ça explique ta tête de lapin pris dans la lumière des phares quand il t'a embrassée tout à l'heure ! enchaîne Marc.

Nous allons trinquer ensemble tandis que Matthieu est accaparé par les félicitations. Au bout de deux heures à rigoler au bar avec Axel, Marc et leurs amis qui défilent, et alors que je commence à être légèrement éméchée, Matthieu nous rejoint et leur serre la main en se présentant. Marc en profite pour le féliciter.

– Merci… Je me demande de quoi on m'a le plus parlé ce soir : ma victoire, ou la fille canon que j'ai embrassée, dit-il en m'enlaçant. Alors, c'est vous qui avez montré à Emma le hors-piste au mont Gelé, hier ?

– Oui, nous avons fait une superbe session. Elle se débrouille bien, elle a une bonne technique et une lecture de pente intelligente, lui répond Marc.

– Ce n'est pas faux… Bien, nous allons devoir y aller, Emma. À bientôt les gars ! leur lance Matthieu.

– On se revoit prochainement, dis-je en leur faisant la bise.

Matthieu pousse un long soupir et m'attire par le bras ; il n'a pas envie de s'attarder à la soirée. Dommage, je serais volontiers restée, je commençais à bien m'amuser.

Le contraste est saisissant entre l'ambiance et la chaleur de la salle dans laquelle nous étions et le froid vif, le calme de la montagne et la splendeur du ciel étoilé. Nous marchons rapidement dans le village illuminé, entre sapins et chalets. Matthieu passe sa main sur mon épaule pour me réchauffer, et peut-être aussi pour sécuriser ma trajectoire.

Arrivée dans la chambre d'hôtel, je file à la salle de bains pour me démaquiller, quand je vois son reflet dans le miroir.

– Viens te doucher avec moi, Emma.

Nous nous glissons tous les deux sous l'eau chaude ; cela fait du bien après cette journée riche en émotions. Je suis toujours dans un état de flottement, sûrement dû aux verres que j'ai enquillés à la fête. Matthieu s'immobilise et me regarde fixement, il place ses mains autour de ma taille et m'embrasse.

Puis il se colle à moi, déjà excité. Mais comment fait-il pour conserver autant d'énergie après sa compète ? Ou alors, c'est l'adrénaline qui le tient encore…

Prise d'un soudain élan de générosité – l'alcool peut-être –, je décale Matthieu du jet d'eau chaude et m'agenouille devant lui. Au bout de quelques minutes, il m'interrompt.

– Tu m'as l'air en forme, ça me donne d'autres idées.

Il coupe l'eau et m'entraîne devant le lavabo.

– Tourne-toi, face au miroir et pose tes mains de part et d'autre de l'évier.

Il me parle d'un ton qui ne souffre pas la contradiction. Je déglutis. Que va-t-il me faire ? Il a conservé le flacon de gel douche. Il l'ouvre, fait couler du gel sur ses mains et les passe entre mes fesses. Je suis surprise par son contact et tente de m'extraire.

– Non, ne bouge pas. J'irai doucement. On essaye juste.

– Matthieu, je n'ai jamais fait ça !

– Fais-moi confiance, je vais faire attention.

Il s'engage. La piqûre est instantanée, je pousse un cri.

– Ne t'inquiète pas, je vais y aller tout doucement ! Touche-toi en même temps.

J'essaye de faire ce qu'il me dit. Il s'introduit un peu plus, j'ai mal, mais peu à peu la douleur s'estompe. Il commence à aller et venir, et une foule de sensations inconnues se propagent dans tout mon bas-ventre. Mon corps se cambre mécaniquement. C'est alors que je lève les yeux et aperçois notre reflet dans la glace. Mon front plissé, je suis basculée en avant, une main entre mes cuisses, et lui se tient debout derrière moi, en action. Je détourne immédiatement le regard, l'image est tellement… pornographique.

Au bout d'un moment, je ne contiens plus mes cris, presque à chaque avancée. Il accélère encore ses mouvements, m'agrippant fermement.

– Oh, Emma, c'est si bon !

Enfin nous jouissons ensemble dans un mugissement final.

Il se penche vers mon dos. Nous restons figés quelques secondes, puis il se retire délicatement.

Et Matthieu de se gargariser :

– J'espère que l'hôtel est bien insonorisé !

– Matthieu, j'ai honte…

– Tu ne devrais pas, on pratique cela depuis la nuit des temps.

Quand je pense que c'est interdit dans certains États de mon pays – en dépit de dispositions constitutionnelles contraires –, me voilà partagée entre l'envie de dire qu'ils ne savent pas ce qu'ils perdent et la gêne de l'avoir fait.

Troublée, je fais part de mes inquiétudes à Matthieu :

– Tu sais, je me demande si ce n'était pas trop transgressif.

– Mais ça t'a plu Emma, tu mouillais, je t'assure !

– Je ne sais pas.

– Ton corps disait oui.

– Mais mon esprit disait « vilaine » !

– Grandis, Emma, assume, tu es une femme libre !

J'aime bien sa façon de dédramatiser le sexe, il est tellement à l'aise avec ça.

Le lendemain, nous nous réveillons tranquillement et prenons un petit déjeuner pantagruélique – Matthieu était littéralement affamé –, admirant la vue sur les montagnes. Je lui propose d'aller rider avant de retourner à Chamonix.

– Oh non, basta le snow ! Aujourd'hui c'est farniente. On occupe la chambre jusqu'à midi et après on rentre en prenant notre temps, comme des touristes.

Ce programme m'enchante.

Matthieu rallume son portable, qui n'en finit plus de biper.

– Tiens, Sven me félicite et pour mon titre et pour ma copine !

– Sven, ça me dit quelque chose… Ah oui, le gentil millionnaire qui te prêtait son immense chalet en guise de garçonnière !

– C'est malin…

– Comment sait-il pour nous deux ?

– Je n'en sais rien, j'imagine que la photo tourne sur les réseaux sociaux.

Aïe, l'angoisse. Comment James va-t-il réagir quand il va l'apprendre ? Lui qui est über-connecté, la nouvelle ne pourra pas lui échapper… J'appréhende un peu le retour à Chamonix, mais je donne le change :

– Tu parles d'une info ! Ils n'ont pas plus intéressant ?

– Je suis bien d'accord avec toi, Emma…

Sur le trajet du retour, je tente d'en savoir plus sur le ressenti de Matthieu après son succès en Suisse. Il est tout de même champion du monde de freeride, pour la quatrième fois en six ans.

– Es-tu heureux de ta victoire ?

– Franchement, oui. Surtout que l'an dernier, cela ne s'était pas aussi bien passé. Je m'étais blessé en cours de saison, n'avais pas pu faire toutes les étapes, et je ne figurais pas sur le podium. Du coup j'apprécie encore plus de revenir ; j'aime bien ce genre d'émotions.

– Ce genre d'émotions ?

– Oui, je recherche les émotions, qu'elles soient bonnes ou mauvaises, pourvu qu'elles soient fortes. C'est pour ça que l'extrême me comble. Tu pourrais presque enregistrer pour ta thèse là…

– Ça y est, j'ai lancé mon portable… Comment expliques-tu ce besoin, Matthieu ?

– Je ne sais pas. Pour me sentir exister.

– Tu dois vraiment te mettre en danger pour sentir les contours de ton être ?

– Qu'est-ce que c'est que ce charabia ?

– Juste ce que tu viens de dire, formulé autrement. Certains, pour obtenir ce résultat, ont besoin de fumer, d'autres de dévorer, de picoler, voire de se droguer… et d'autres encore de prendre des risques. Mais on retrouve le même schéma finalement : arriver à se connaître, se percevoir, et lutter contre un vide intérieur, une sorte de carence, qui remonte souvent à très loin.

– Oh pitié !

– Bon, tu n'es pas prêt à entendre ce discours, alors je ne vais pas plus loin. Je veux simplement dire que c'est dommage ; dommage de devoir marcher sur la corde raide juste pour avoir la sensation d'exister. Tu ne crois pas qu'il y a des moyens plus paisibles de le faire ?

– Pour te faire comprendre mon point de vue, poursuit Matthieu, voici ce qu'écrivait en substance Pablo Neruda : « *Il meurt lentement… celui qui ne prend pas de risques pour réaliser ses rêves.* »

– Je vois…

– La montagne est dans mes gènes, c'est un fait, j'ai grandi avec. C'est même dans les valeurs familiales.

– Très bien, Matthieu. Et moi, dans les valeurs familiales, j'ai la morale et la vertu ; tout ce avec quoi je ne suis plus en adéquation depuis que je t'ai rencontré.

– Tu regrettes ?

– Disons que je suis un peu perturbée. Vois-tu, moi je n'ai

pas besoin d'aller risquer ma peau en montagne pour ressentir des sensations fortes : sortir et coucher avec toi me suffit !

– Pour moi aussi c'était fort, ma chérie…

Sans quitter la route des yeux, il attrape ma main et la porte à ses lèvres.

Matthieu me dépose et remonte à Montroc. À l'appartement, j'interpelle mes trois colocataires :

– Jane, Vincent, Sandro ! Pouvez-vous venir dans le salon une minute ?

En trente secondes à peine, ils sont là, prêts à m'écouter : Jane et Vincent pelotonnés sur le canapé, Sandro perché sur un tabouret de bar.

– J'ai quelque chose d'important à vous dire.

Silence dans la pièce, l'instant est solennel.

– Voilà. Depuis quelque temps, j'ai une relation avec Matthieu Charraz.

D'un coup, les corps se détendent, les langues se délient.

– Ça alors, quelle surprise !

Je sens au ton moqueur de Sandro que cela n'en est pas une du tout.

– Depuis le temps qu'on attendait cette annonce, ça se fête : champagne ! s'exclame Jane.

Sandro va chercher une bouteille dans sa réserve personnelle.

– Comment l'avez-vous su ?

Vincent dégaine son smartphone : il me montre une photo du baiser que m'a donné Matthieu en contrebas du podium à Verbier.

– Bon, je préfère ne pas savoir qui te l'a envoyée. Vous l'avez appris hier alors ?

– Dès le début, on a senti qu'il se passait quelque chose de fort entre vous ; mais il fallait vaincre la forteresse Matthieu, ce que tu as admirablement réussi, Emma, me répond Vincent.

– On a même fait exprès de vous laisser un moment seuls dans le dortoir du gîte à Courmayeur, avant la course de Matthieu en janvier.

– Je mourais d'envie d'aller me coucher, mais Jane m'a retenu dans la salle à manger.

– Alors, dis-toi, Sandro, qu'elle a bien fait.

– Ça, je l'ai entendu ensuite… me rétorque-t-il avec un clin d'œil.

Oh non, quelle honte : il nous a entendus à Courmayeur !

– N'empêche, Emma, on s'est quand même posé des questions quand on a lu l'interview de James Betford dans le dernier numéro de *Trail Magazine*… dit Jane.

– Ah, vous l'avez lue ? Celle où il affirme sortir avec une sociologue de Chicago ? C'est affolant, non ?

– Décidément, ce pauvre type est complètement givré, lâche Sandro.

– Je sais. Je n'ai même pas osé en parler à Matthieu…

– Emma, tu devrais lui dire.

– Je ne sais pas, Vincent… je ne veux pas l'inquiéter. Et puis j'ai peur de sa réaction ; cela peut de nouveau dégénérer entre eux deux, c'est latent depuis l'été dernier.

– De toute façon, Emma, il va l'apprendre d'une manière ou d'une autre.

– J'y réfléchirai, promis.

Nous dînons joyeusement tous les quatre ; leur compagnie m'aide à me recentrer après ces quatre jours mouvementés.

Deux jours plus tard, Matthieu passe me chercher et, en présence de mes colocataires, me dit bonjour en m'embrassant sur la bouche. Sourire aux lèvres et bras ballants, Jane et Vincent nous couvent d'un regard attendri ; on dirait des coaches matrimoniaux qui auraient réussi à caser leurs deux clients préférés.

– Bon, on file Emma, l'atmosphère devient lourdingue ici, dit sèchement Matthieu.

Nous allons dîner à l'Impossible, un excellent restaurant italien et, une fois installés, Matthieu me parle du Derby de la Meije qui a lieu la semaine suivante.

– C'est une petite course marrante de fin de saison. Je n'y suis pas retourné depuis mes dix-huit ans, mais les organisateurs sont des amis, et je suis le parrain cette année. Tu m'accompagnes ?

– Je ne sais pas si je pourrai, j'ai beaucoup de travail.

– Il faudrait savoir ! Tu me disais que tu voulais faire des choses plus variées avec moi, et tu déclines mes propositions.

– Matthieu, je ne travaille pas assez en ce moment !

– Tant mieux : plus tu mets de temps à avancer ta thèse et plus longtemps tu resteras à Chamonix.

– Mon directeur de recherches ne voit pas les choses de cette manière ! Et ma bourse n'est pas éternelle. Au-delà de ça, je pense que j'ai un peu trop polarisé mes études sur toi ces derniers temps. C'est limite d'un point de vue déontologique, et scientifiquement très contestable ; pire que de l'immersion totale ou de l'observation participante. Là, je fais corps avec le sujet, je n'ai plus aucun recul. Et pour ne rien arranger, j'ai perdu James Betford…

– Ne t'inquiète pas, Emma, James n'est pas le seul à faire de la wingsuit en montagne, loin de là…

– Oui, je sais, Vincent m'a donné d'autres contacts ; j'irai bientôt les voir.

Le lendemain matin, à Montroc, emmitouflés dans nos doudounes, nous prenons le petit déjeuner sur la terrasse du chalet, profitant d'un timide rayon de soleil en ce début de printemps. Matthieu me propose de revenir ici le lendemain soir.

– Vendredi ? Je dîne avec Samuel et sa femme, mais tu peux te joindre à nous si tu veux.

– Non, pas de dîner mondain pour l'instant. En plus, samedi, si le temps le permet, je vais à la Verte avec un pote.

– L'aiguille Verte ? C'est laquelle déjà ?

– Emma, tu ne devrais même plus poser la question ; tu vis ici depuis sept mois, il serait temps que tu reconnaisses les sommets de la vallée…

Je m'avance vers la rambarde en bois pour contempler les montagnes, cherchant des yeux ce que je pense être la Verte. Matthieu vient se placer derrière moi et m'enlace en me montrant la bonne direction.

– C'est elle ! Elle est belle, n'est-ce pas ?

– Oui, belle et majestueuse, mais tellement flippante aussi !

– En plus, elle donne la météo. Par ici, on dit « ce que Verte veut, mont Blanc ne peut ».

– Comment vas-tu descendre ça, Matthieu ? Oh, je préfère ne pas savoir… Allez, je file.

– À pied ?

– Non, il y a un train dans quinze minutes à la gare de Montroc ; je commence à y prendre goût, je le trouve très pratique.

Comme prévu, le vendredi je dîne dans le centre de Chamonix avec Samuel et Nathalie. J'en profite pour trouver une solution à mon problème avec Alexey Koulikov, leur ami.

– Je t'arrête tout de suite, Emma, me prévient Nathalie, si Samuel reste en relation avec Alexey, pour ma part j'ai coupé les ponts. Vis-à-vis de ma cousine, son ex-compagne, c'était un peu compliqué.

– Je comprends. Je reprends contact avec lui mais je suis gênée de repasser par son entraîneur…

– Ah, le fameux Vladimir ! sourit Samuel. C'est vrai, il n'est pas commode… Je te donne le numéro de portable d'Alexey, ce sera plus simple pour toi.

Me voilà soulagée… Après que Samuel m'a raconté ses derniers concerts et son nouveau job à la radio, je me lance enfin pour leur annoncer la bonne nouvelle, désormais officielle, pour Matthieu et moi.

– Je le savais ! Depuis le premier jour je l'ai vu venir, à l'arrivée de la Petite Trotte à Léon : tu étais bouche bée en le regardant, Emma ! Et depuis quand êtes-vous ensemble ? me demande Samuel.

– Oh, question complexe… On va dire qu'il y avait eu quelques essais avant Noël… Et en janvier, quand je suis allée à Courmayeur, nous avons décidé de tenter quelque chose de plus suivi.

– Donc, quand James Betford te pourchassait et que tu as dormi à la maison, tu étais déjà avec lui ?

– Oui…

– Tu vois, Samuel, je te l'avais dit… souffle Nathalie.

– Oui, c'est vrai ! Nath avait deviné, moi je doutais encore. Alors pourquoi se cacher ?

– Il ne voulait pas s'engager, c'était compliqué pour lui. Officiellement, ça risquait de le perturber dans sa pratique intensive de la montagne. Officieusement, j'imagine qu'il y a quelque chose de plus profond. Sans doute un schéma familial un peu particulier, d'autant qu'il a perdu sa mère assez jeune…

– Ah, je croyais qu'elle vivait au Népal…

– Non, il n'a plus que son père, un homme pas très tendre si j'ai bien compris.

Après le dîner, nous retournons vers le grand parking où nous avons garé nos voitures – j'évite, comme me l'a demandé Matthieu, de venir à pied en ville la nuit. Alors que nous nous engageons dans une étroite rue piétonne, Nathalie constate qu'elle a oublié son foulard au restaurant.

– Bon, demi-tour. Ça va aller pour rentrer, Emma ? me demande Samuel.

– Oui, dans deux minutes je suis à ma voiture. Cela m'a fait plaisir de vous voir.

– Nous aussi, et la prochaine fois, ramène ton Matthieu.

– On verra !

Je les embrasse et poursuis mon chemin seule dans cette ruelle sombre, entre les hautes maisons savoyardes. Le bruit de mes talons résonne contre les murs. Puis je sens la fraîcheur de l'Arve, le cours d'eau traversant Chamonix. Un léger crachin s'est mis à tomber ; je frissonne. Subitement, j'ai le réflexe de me retourner, comme si j'étais suivie. Je regarde derrière moi : personne ; Samuel et Nathalie ont déjà disparu. Avec cet éclairage faiblard, pas franchement rassurée, je presse le pas.

Tout à coup, une silhouette surgit dans mon dos.

– Bonsoir Emma.

Je bondis en laissant échapper un cri, puis me retourne : James se tient derrière moi ! D'où sort-il ? Il y a trente secondes, il n'y avait absolument personne ! Nous sommes seuls, désespérément seuls.

James s'adresse à moi d'une voix à la fois mielleuse et terrifiante.

– Je vois que tu n'as pas suivi mes conseils, Emma, tu t'es mise dans les pattes de Charraz… Quel dommage…

Je suis terrorisée, il est tellement imposant ! Comme je le craignais, il a eu vent de l'officialisation à Verbier. J'ai peur, j'ai réellement peur, j'en ai mal dans la poitrine. Il se rapproche de moi, je suis pétrifiée.

J'essaye de gagner du temps.

– Et toi, James, pourquoi as-tu menti en disant que nous sortions ensemble ?

À ce moment précis, un groupe de six jeunes baraqués surgit en beuglant des chants en allemand. Ni une ni deux, j'en saisis un à chaque bras et leur emboîte le pas.

– Les gars, ça vous dit d'aller en discothèque ?

– *Ja* ! Oui ! *Yes* ! Bonne idée !

James reste cloué sur place, certainement étonné que je détale si vite avec des inconnus. Je les conduis laborieusement vers le Factory, la seule boîte que je connaisse – comble de l'ironie, grâce à James qui m'y avait emmenée en novembre.

Une fois à la discothèque avec mon troupeau d'Allemands, et avant que cela ne dégénère – ils commandent déjà une bouteille de vodka –, je décide d'appeler Matthieu sans tarder. Mais il me revient à l'esprit qu'il fait la Verte demain ; il doit déjà dormir, hors de question de le réveiller. Samuel et Nathalie ? Peut-être ne sont-ils pas encore remontés au Lavancher ? J'essaye d'appeler sur le portable de Sam, mais je tombe sur sa messagerie. Il faut que je trouve quelqu'un d'autre. Sandro ? Le pauvre, James lui a déjà cassé la figure une fois, je ne peux pas lui demander de remettre ça… De plus, il sert au Django à cette heure-ci. Reste Vincent. Cela me gêne horriblement, mais je n'ai pas le choix. Et puis, au moins, James ne lèvera jamais la main sur lui, personne ne lèvera jamais la main sur Vincent : il incarne la force tranquille, une autorité bienveillante, presque paternelle.

Vincent décroche, je lui expose la situation.

– D'accord, Emma, tu peux compter sur moi. Je serai là dans trente minutes maximum. Ne sors pas de la boîte, compris ?

– Oui, merci, je t'attends.

En raccrochant, j'aperçois Franck, le comparse base-jumper de James. Il s'installe au bar, embrasse la serveuse et commande quelque chose. Ce doit être un habitué… Je fais semblant de ne pas le voir et rejoins la table de mes Allemands. Quand l'un d'eux m'offre une vodka-pomme, j'hésite un peu. Loin de moi l'envie de faire la fête, pourtant je ne résiste pas à un petit remontant avant de ressortir dans la rue, sachant que James pourrait y être encore à me traquer…

Enfin, Vincent apparaît.

Il était temps car je ne savais plus comment canaliser les Allemands, de plus en plus ivres. Je les remercie pour le verre avant de filer avec Vincent dont la voiture est garée juste devant l'entrée du Factory.

– Va à l'arrière, Emma, m'enjoint-il.

J'obtempère tandis qu'il monte à l'avant, côté passager. Aussi sec, la voiture démarre dans un crissement de pneus et je reconnais tout de suite la façon de conduire de Matthieu. Vincent l'aura prévenu. Comme il a bien fait !

– Emma, boucle ta ceinture, s'il te plaît. Ça va ? me demande gentiment Vincent.

– Oui, oui, ça va… Plus de peur que de mal…

Matthieu n'ouvre pas la bouche, je distingue dans la pénombre sa mâchoire crispée. Je ne sais pas exactement ce que lui a dit Vincent, mais il doit être fou furieux. Il nous ramène à la maison ; on retournera chercher ma voiture demain.

Vincent et Matthieu descendent du véhicule et vérifient que la voie est libre jusqu'à l'entrée de l'appartement, où Jane nous attend en peignoir.

– Ça va aller, Emma ?

– C'est bon, Jane, je reste avec elle, répond Matthieu à ma place.

– OK. Si vous avez besoin de quoi que ce soit, n'hésitez pas, ajoute-t-elle en s'assurant que la porte a bien été refermée à clef.

– Merci, merci beaucoup, leur dis-je d'une voix caverneuse.

– Allez, on monte. C'est laquelle ta chambre ?

– La première porte à droite.

Je suis complètement K.-O. Matthieu ferme les rideaux, m'aide à me mettre en nuisette puis, en tee-shirt et caleçon, se glisse sous la couette avec moi. Nous n'avons pas échangé une parole.

C'est lorsqu'il éteint la lumière que tout sort d'un coup. Je commence à pleurer, d'abord faiblement, puis j'éclate en sanglots. Matthieu rallume, s'assied dans le lit et me plaque contre sa poitrine. J'évacue l'angoisse accumulée ces derniers jours, pleurant toutes les larmes de mon corps. Matthieu me berce maintenant doucement contre lui.

– Chhhhut, ça va aller, Emma… Ne crains rien, je suis là.

Je ne sais combien de temps nous restons ainsi avant que je ne retrouve l'usage de la parole.

– Je suis désolée pour ta sortie…

– Ne t'en fais pas. J'ai prévenu mon coéquipier, je lui ai dit que j'annulais ; cas de force majeure. Tant pis, on ira une autre fois à la Verte. Et je le rejoindrai un peu plus tard pour faire un truc moins exposé.

Quand je m'extrais enfin de la poitrine de Matthieu, je fixe, navrée, les dégoulinades de mascara sur son tee-shirt.

– Ce n'est pas grave, j'en ai plein d'autres. Où vas-tu Emma ?

– Je vais me démaquiller et prendre un bain chaud.

Matthieu me rejoint et s'assied sur un tabouret pendant que je me laisse glisser dans le bain moussant. Je me relâche enfin.

– Matthieu, j'aurais préféré un autre scénario pour ta première nuit à la maison…

– Qui te dit que je serais venu dormir ici sans les circonstances de ce soir ?

– Oui, bien sûr… Je devrais remercier l'autre fou de t'avoir amené à sauter le pas.

– En parlant de James, il va bien falloir le neutraliser, cette situation ne peut pas durer.

– Promets-moi de ne rien faire contre lui, Matthieu, il est taré ! Nous ne savons pas de quoi il est capable, j'ai eu la peur de ma vie ce soir. Il arrive à m'inspirer la terreur, pourtant il ne m'a jamais touchée.

– Il ne manquerait plus que cela !

– C'est vrai, il s'est battu avec Sandro et toi, mais avec moi, rien. D'ailleurs, si je voulais porter plainte, je serais bien en peine de trouver des arguments tangibles. C'est juste une sorte de guerre psychologique.

– Pas uniquement. S'introduire de nuit dans une propriété privée, c'est une violation de domicile. Mais je suis d'accord : donner une interview de mythomane à un magazine, dans laquelle il prétend sortir avec toi, ce n'est pas une infraction en soi, me dit-il durement.

– Ah, tu l'as lue ?

– Non, mais Vincent m'en a parlé dans la voiture. Il m'a aussi parlé des lettres anonymes que tu as reçues. Il était d'ailleurs très étonné que je ne sois pas au courant. Qu'attendais-tu pour me le dire ? Je ne peux pas te faire confiance.

Aïe, une fois de plus, je suis bien embarrassée pour trouver une réponse qui tienne la route.

– J'ai lu l'interview le matin de la finale, à Verbier. Impossible de t'en parler avant ta descente.

– Et le lendemain ?

– Je n'avais pas envie d'y repenser. Et puis ce n'était plus nécessaire puisque, entre-temps, tu as officialisé notre relation.

– Et les lettres ?

– Pour les lettres, je n'ai absolument aucun indice qui me permette de faire le lien avec qui que ce soit, y compris avec James. Et puis je les ai mises à la poubelle…

– Écoute-moi bien, Emma, la prochaine fois que tu me caches ce type d'informations, c'est bien simple : je te quitte. C'est clair, net et précis. Tu as bien compris ?

Je te quitte, ces trois mots viennent se planter dans ma poitrine comme trois petits poignards. Je prends une grande inspiration et plonge ma tête sous l'eau. Réaction primaire : perdre Matthieu équivaut à perdre mon oxygène.

– Allez sors, Emma, on va se coucher…

En ouvrant un œil, je perçois Matthieu en train de s'habiller dans la pénombre.

– Salut… Tu peux tirer les rideaux si tu veux.

– Je ne voulais pas te réveiller.

Il ouvre en grand la fenêtre ; la lumière envahit la pièce, il fait un temps magnifique.

– Il n'y a rien sur le balcon ?

– Non, rien… Il faut que je file, j'ai rendez-vous. Toi, tu ne sors pas d'ici, ou pas seule. C'est compris ?

– Oui, oui.

– Et tu prends tes dispositions pour venir au Derby dans quatre jours, je réserverai une chambre pour nous deux. Il n'est pas question que tu restes ici en l'absence de Jane et Vincent.

– Mais Sandro reste là.

– Tu sais bien qu'il rentre vers deux ou trois heures du matin presque tous les soirs. Tu viens à la Meije avec moi, un point c'est tout.

Il se penche sur mes lèvres pour y déposer un long baiser puis s'en va. Je paresse au chaud sous ma couette jusqu'à ce que j'entende le bruit d'un moteur. Je me rue alors sur mon balcon pour voir sa voiture disparaître presque aussitôt sur la petite route à droite.

Je reste un moment à contempler l'étang en face. La glace a entièrement fondu, pour le plus grand plaisir des canards qui commencent à revenir. Où étaient-ils pendant l'hiver ? La neige n'est plus présente que dans les coins ombragés. Une petite brise me rappelle que le printemps reste frais en montagne. Et aussi qu'une intrusion demeure possible sur ce balcon, par en haut ou en bas, que sais-je… Je referme la porte vitrée et retourne sous la couette avec un livre de psychosociologie un peu ardu.

Deux heures plus tard, je sors rejoindre Lorena, la base-jumpeuse, pour un entretien. C'est surtout son activité d'alpiniste qui m'intéresse aujourd'hui. Elle a accompli des exploits qui me laissent béate d'admiration : c'est une des rares femmes à avoir gravi plusieurs 8000 sans oxygène, peut-être la plus jeune. Son palmarès est étourdissant ; pour moi c'est une tueuse. Elle a grandi dans les Pyrénées mais s'est installée il y a cinq ans à Chamonix, où elle habite un petit appartement.

Moi qui m'attendais à découvrir un intérieur d'aventurière, un peu comme chez Matthieu mais en version féminine, quelle n'est pas ma surprise en débarquant dans sa bonbonnière ! Certes, un cagibi entier est dédié au matériel de montagne, mais le reste de l'appartement fait penser à une chambre d'ado attardée : des peluches sur le lit, du rose, du pastel, des bougies fleuries, une déco « cup cake »…

Une photo encadrée m'interpelle : on y voit Lorena et Franck, l'ami de James, amoureusement enlacés.

– Mon chouchou, me dit-elle.

– Je ne savais pas que tu… enfin que Franck et toi vous étiez…

– Ça fait deux mois, je suis tellement contente !

Sait-elle qu'il traîne seul en boîte et tchatche les serveuses ?

Nous démarrons enfin l'entretien, et Lorena la tueuse réapparaît instantanément : elle me raconte, photos à l'appui, ses ascensions. Elle me fait tout vivre : l'immensité des paysages, les glaciers colossaux, la gentillesse des sherpas, les rapports complexes avec les autres alpinistes et leur obsession de rentabiliser leur voyage, les effets de l'hypoxie et les sensations au-dessus de 7 500 mètres, dans la « zone de la mort », l'engagement physique…

– Je suis très exigeante avec moi-même, car c'est dans l'effort que je m'épanouis. Endurer la souffrance me permet d'être mieux ancrée dans ma vie.

– C'est le goût de l'effort ton moteur ?

– Pas uniquement, sinon je pratiquerais l'ultra endurance. J'aime aussi sortir de ma zone de confort, en alpi comme en wingsuit.

– Qu'entends-tu par là ?

– Ressentir le grand frisson. Tester mes limites. Mais je ne conseille à personne de faire pareil ; ce que je fais est peu recommandable, et j'en suis consciente.

– Pourrais-tu t'en passer ?

– Je ne sais pas… pas pour l'instant… Quand je pars faire un 8000, à la montée, je me prends ma vie en pleine face, ce n'est pas facile… Et à la descente, je reviens régénérée, totalement ressourcée… Donc je trouve mon équilibre comme cela.

– Quel est le plus difficile pour toi quand tu es dans l'Himalaya ?

– Tu veux vraiment savoir, Emma ? Le plus difficile, c'est de ne pas pouvoir passer une heure au téléphone avec ma mère comme je le fais tous les jours !

Décidément, les montagnards sont totalement imprévisibles…

Après quatre jours passés pratiquement cloîtrée, je ne suis pas mécontente d'être du voyage pour aller assister au Derby de la Meije, dans une autre vallée, plus au sud des Alpes. Matthieu passe nous chercher, Vincent, Jane qui concourt, et moi.

Au bout de deux heures de route et après avoir suivi une vallée escarpée qui semble ne jamais prendre le soleil, nous longeons un immense lac encore gelé par endroits, retenu par un barrage massif. Vincent m'expose le concept.

– Tu verras, la station de La Grave, c'est le paradis du freeride : entre 1 500 et 3 600 mètres d'altitude, deux téléphériques, pas de damage, un vague fléchage : un truc qu'on ne voit dans quasiment aucun autre domaine.

– Et ce fameux Derby ?

– Beaucoup plus cool que les compétitions auxquelles tu as pu assister, c'est plus une fête. Certains se déguisent, et tous les engins de glisse sont acceptés.

– C'est-à-dire ?

– Ski, snowboard, télémark, patinettes… on en voit même en luge ! L'important c'est de constituer une équipe, après on fait le total des chronos. Cette année, dans chaque équipe, il faut impérativement trois engins de glisse différents, et au moins une femme.

– Oui, ils nous rajoutent un handicap, fait Matthieu pour chambrer Jane.

– Vous vous êtes donc mis dans la même équipe, toi en snowboard et Jane à skis, avec une troisième personne ? demandé-je à Matthieu.

– En fait, j'avais déjà un groupe…

– Tu comprends, je ne suis pas assez forte pour Matth, m'explique Jane.

– Ce n'est pas ça, on m'avait déjà sollicité auparavant. Je fais équipe avec Julie, une skieuse française que tu as sûrement déjà vu rider, et Dan, un télémarkeur autrichien qui vit à Cham.

– Oui, et comme par hasard, on a affaire à deux champions en la matière, ajoute Vincent. Forcément, avec Matthieu, on est là pour rigoler, mais que jusqu'à un certain point.

– Non, cela n'a rien à voir. C'est purement par amitié pour eux, se justifie Matthieu.

C'est marrant, mais moi aussi j'en doute un peu… Vincent enfonce le clou :

– Tu ne voudrais pas que Matthieu se déguise tant qu'on y est ? En fou du roi ou en femme, avec une perruque et des faux seins… Tu l'imagines rider comme ça ?

Tout le monde rigole dans la voiture. Non, franchement, personne n'imagine Matthieu Charraz concourir déguisé, ce n'est pas le genre de la maison.

– Ça y est, vous avez fini ? demande-t-il irrité – et Jane et moi de nous marrer de plus belle.

La voiture prend encore un virage et soudain le paysage se dévoile, lumineux, grandiose : la Meije et ses 3 980 mètres de roche, de neige et de glace.

Nous nous arrêtons à La Grave, village accroché à flanc de montagne, à 1 500 mètres. Comme convenu, Matthieu nous a réservé une chambre. Le soir, tout le monde se couche tôt afin d'être en forme pour le repérage. Sauf Vincent et moi, qui décidons d'orienter notre repérage vers les bars alentour, où de petits concerts sont organisés…

Le lendemain matin, les riders partent de leur côté, pendant que je vais m'initier au kitesnow avec Vincent au col du Lautaret.

Nous redescendons à La Grave dans l'après-midi et attendons les autres à une terrasse de bistrot, face aux montagnes ensoleillées. Matthieu nous y retrouve, suivi de son équipe, Julie et Dan. Jane arrive ensuite, accompagnée de ses copains moniteurs. Elle sera à skis, un autre en snowboard, et un dernier en monoski, dont je ne savais même pas que cela se pratiquait encore. Ils ont l'air un peu plus fun que l'équipe de Matthieu. Tous ont récupéré leurs dossards et leurs équipements de sécurité.

– Alors, comment est la neige ? s'enquiert Vincent.

– Dure, très dure ! Vraiment pas très fraîche, déplore Jane.

– On n'a pas intérêt à se vautrer, résume Matthieu.

Après avoir bu un verre ensemble, nous partons assister au briefing de sécurité obligatoire. Matthieu me présente à tout le monde : le staff du Derby, ses copains riders… Ceux qui n'étaient pas à Verbier il y a dix jours paraissent étonnés. Visiblement, je suis réellement la première à atteindre un tel statut de reconnaissance.

Le jour de la descente, j'obtiens une dérogation expresse de l'organisation pour circuler librement sur le site et venir assister à la préparation des équipes et à leur départ. Je m'imprègne de l'ambiance, noue des contacts avec des pros et des amateurs. Certains, totalement détendus, sont venus là pour rire, tandis que d'autres semblent très impressionnés par ce qui les attend : le glacier, la pente, les barres rocheuses, la neige dure comme du béton… Chronométrés au millième de seconde, les meilleurs mettront moins de trois minutes et demie à descendre les deux mille mètres de dénivelée.

Jane fera une course excellente, et son équipe finira huitième au classement général. Quant à l'équipe de champions menée par Matthieu, elle ne terminera « que » troisième, la skieuse ayant perdu un peu de temps suite à une erreur d'itinéraire.

À la soirée finale, Matthieu n'est pas de très bonne humeur. Je m'approche de lui et lui murmure discrètement :

– Mauvais perdant ?

– Pas du tout, je ne vois pas de quoi tu parles. Regarde, je m'éclate, me répond-il d'une voix monocorde.

– Ben dis donc… toi qui me parlais de compète marrante, tu n'as pas l'air de t'amuser. Tu ne profites de rien !

– Tu as raison. Allez viens, je t'enlève, on va baiser dans la chambre, ça me sauvera ma journée, me répond-il sans sourciller.

Alors qu'il commence à me tirer par la main vers la sortie, je remets les pendules à l'heure.

– Mais je n'ai pas envie de partir ! Il y a une super ambiance, on rigole bien, les copains sont là…

– Tu ne penses qu'à boire et à sortir, Emma !

– Et toi à gagner et à baiser, Matthieu !

– Chacun ses vices…

– Je t'en prie, ne fais pas le champion imbuvable, tu vaux mieux que ça. Tu as fait une superbe saison, et aujourd'hui, une fois encore, tu es premier dans ta catégorie ; tu ne vas pas chipoter pour un classement général en équipe, dans une course que tu présentais comme une rigolade !

– Ce n'est pas faux…

– Prends un verre, détends-toi et viens danser. Encore une heure et après on y va.

Au moment où je m'éclipse aux toilettes, je tombe sur Julie, la coéquipière de Matthieu, qui a la délicatesse de m'annoncer qu'elle est ravie pour nous, avant d'ajouter, perfide :

– Fais attention, Emma, Matthieu a brisé des dizaines de cœurs…

Je préfère m'éloigner, craignant qu'elle me raconte une relation passée avec lui…

En le retrouvant dans la salle, je signifie à Matthieu que je suis prête à partir.

– Tu es contrariée Emma ? Tu ne rigoles plus comme tout à l'heure.

– Je suis tombée sur Julie, à deux doigts de me déballer la liste de tes ex…

– Oh, ne l'écoute pas, elle doit être vexée d'avoir raté sa descente et planté notre équipe.

– Vous êtes quand même troisièmes, Matth !

– Grâce à qui ?

– Grâce à Monsieur Modestie évidemment…

– Ça va, c'était juste pour rire. Mais là je ne ris plus, j'ai envie de toi tout de suite, on rentre au gîte immédiatement.

– On n'a pas dit au revoir !

– On s'en fout complètement, Emma !

Il me prend la main. Cette fois-ci, je me laisse entraîner vers la porte et nous filons à l'anglaise. Nous traversons le village sous un ciel constellé d'étoiles où l'on distingue clairement la Voie lactée, mais nous ne traînons pas tant le froid est vif.

Une fois dans la chambre, Matthieu allume une lampe de chevet, me déshabille sur-le-champ, fait de même pour lui puis détache mes cheveux. S'il est déjà très excité, je ne suis pas en reste. Il me tire vers le lit où il s'allonge, et me place sur lui…

Le lendemain, nous repartons pour Chamonix avec Jane et Vincent. Après trois heures et demie de route, Matthieu nous dépose aux Praz.

– On se voit demain, Emma ? Tu viens vers seize heures à la maison ? Je serai rentré.

Rentré d'où, je ne sais pas, et ne demande pas non plus. Encore un sommet inhospitalier du massif, j'imagine. Enfin, au moins il ne m'annonce pas un énième voyage à l'étranger, encore que cela ne devrait pas tarder…

– D'accord ! À demain, Matthieu.

J'ajoute un « je t'aime » dans ma tête, mais n'ose toujours pas le lui dire. Je saisis mon snow et mon sac, et rentre à l'appartement. Je ne suis pas mécontente de retrouver un peu de calme et de me coucher tôt.

À Montroc, le lendemain, je ne peux m'empêcher de titiller Matthieu sur le choix de son groupe au Derby.

– Pourquoi n'as-tu pas fait équipe avec Jane ?

– Je te l'ai dit, je m'étais déjà engagé ailleurs.

– Le premier à te demander obtient satisfaction ? Alors je te propose de te mettre avec moi l'an prochain. Je prendrai mon snowboard, je ne sais faire que ça, et toi des skis, tu dois sûrement savoir en faire un peu… Pour le troisième, on s'alliera avec un gars en luge, je trouve ça drôle. Et on arrivera quand on arrivera.

– OK, c'est bon, tu as gagné ! J'avoue, j'ai constitué mon équipe moi-même pour le Derby, avec uniquement des gens au top niveau pour être sûr de gagner, tant au classement individuel que collectif.

– Ah ! J'en étais sûre !

– Tu commences à bien me connaître, Emma... Mais comprends-moi, j'ai une réputation à tenir, des sponsors derrière moi, je ne peux pas faire n'importe quoi.

– Faire équipe avec Jane, ce n'est pas n'importe quoi : une monitrice, qui a un bon niveau, ce n'est pas déshonorant.

– Oui, mais vu que le cumul des points de l'équipe compte, il faut que tout le monde soit excellent, bon ne suffit pas.

– Et alors, tu peux briller en individuel, même si tu ne gagnes pas en équipe, ce n'est déjà pas si mal.

– *Si tu ne gagnes pas* ? Comme si je pouvais m'aligner sur une course en me disant que mon équipe ne va pas gagner ! reprend-il, outré. Je te dis que je suis programmé pour gagner, j'ai été élevé comme ça, pour ça.

– En somme, tes parents t'ont dressé pour la montagne et la compétition.

– Ce n'était pas du dressage ! Je te rappelle que j'ai grandi au Népal. Nous nous sommes adaptés à notre environnement, voilà tout. Et ils ne m'ont jamais forcé, c'est moi qui voulais.

– Pour épater... ?

– Moi-même, moi-même !

Matthieu s'énerve :

– Bon, stop, je n'en peux plus. J'ai besoin d'aller prendre l'air.

Il enfile une paire de baskets et quitte son chalet. Le temps que je m'avance pour le regarder partir, il a déjà disparu. Il est insaisissable, un vrai courant d'air ; je sors avec un courant d'air.

Je prends un bouquin mais j'ai du mal à me concentrer. Et si c'était de ma faute ? C'est vrai, je l'ai poussé dans ses retranchements, j'ai cherché à m'engouffrer dans une faille, quitte à l'indisposer, et ça a marché…

Il est parti depuis deux heures maintenant. La nuit va bientôt tomber, je ne suis plus trop rassurée. Être seule chez lui le soir me rappelle de mauvais souvenirs ; surtout qu'il est assez fou pour avoir laissé son double de clef dans le coffret électrique… Et puis je n'aime pas que l'on me laisse en plan… J'en ai assez, ça suffit, je vais lui montrer à qui il a affaire ! Je boucle mon sac, claque la porte et monte dans ma voiture.

J'arrive chez moi plutôt énervée, et décide que je ne bougerai pas tant qu'il n'appellera pas.

Quatre jours. Quatre jours, c'est le temps qu'il aura fallu à Matthieu pour revenir vers moi. J'ai tout de même vérifié sur Internet s'il ne lui était rien arrivé ; mais non, il donnait les nouvelles habituelles à ses *followers* : une photo de paysage, un récit de course en montagne, un avis sur du matériel… Et pour moi, rien. Certes, je n'ai pas bougé de mon côté non plus ; certes, j'ai ma part de responsabilité, mais tout de même ! C'est lui qui s'est mis en colère et qui m'a abandonnée seule chez lui ! Je ne méritais pas cela ; c'est du moins ce que j'ai raconté à Abby et Nicole sur Skype.

Le retour de Matthieu prend ce soir la forme d'un SMS lapidaire : « Tu viens ? » Ce à quoi je réponds aussitôt : « Demain, peut-être… » Et lui, deux minutes plus tard : « D'accord, tant pis pour moi. » J'ai une envie folle de prendre mes jambes à mon cou et de le rejoindre à la seconde, mais je résiste pour le faire un peu patienter…

En revanche, c'est moi qui le rappelle le lendemain matin pour lui donner rendez-vous en ville, à une terrasse de café ensoleillée sur les bords de l'Arve avec vue sur le mont Blanc. Je suis déjà installée, un livre à la main, lorsqu'il arrive, avec une dégaine à tomber, portant son snowboard tout juste sorti de réparation. Il s'assied à ma table mais ne m'embrasse pas.

– Salut, Emma, content de te voir, me fait-il, un peu sur la réserve.

Des trémolos dans la voix, je lance un véritable cri du cœur :

– Oh Matthieu, tu m'as manqué !

– Toi aussi, Emma, souffle-t-il.

Il rapproche alors sa chaise de la mienne et m'embrasse à pleine bouche en m'empoignant par le cou ; c'est aussi fort que nos baisers du début…

Ainsi se solde notre première dispute.

– Tu attendais depuis longtemps, Emma ?

– Une petite heure… J'avais envie de profiter de ce beau temps.

– Et James, tu y as pensé ?

– Il est parti faire du base-jump en Norvège avec Lorena. Et puis, je ne vais pas vivre terrée.

– Ce n'est pas ce que je te demande. Simplement, j'aurais pu passer te chercher…

– Non, j'ai des jambes ! Et à cause de ces histoires, je cours deux fois moins qu'avant.

– Je t'emmènerai courir moi, tu m'en diras des nouvelles.

– Je crois que je ferais mieux d'y aller avec mes colocs… Bon, qu'est-ce qu'on fait ? Il est dix heures, on pourrait aller rider ? On passe la nuit ensemble ?

– J'ai une petite surprise pour toi : c'est en montagne que nous allons passer la nuit !

– Tu plaisantes j'espère ! On est en avril, il reste de la neige partout !

– Justement. Il est un peu tard mais je connais de bons coins que l'on peut rallier à toute heure, et ce n'est pas avalancheux en ce moment.

Je règle ma consommation et nous filons chez moi, où il me fait préparer mon matériel de snowboard et de sécurité au complet, ma pipette et quelques affaires.

– Ça va ce sweet et un bas de jogging pour la nuit ?

– Non, trop volumineux, trop lourd.

– Matthieu, je ne vais pas dormir en nuisette de satin en montagne ?

– Excellent choix, c'est compact, léger et sexy à la fois. Et pour le reste, j'ai des petits cadeaux pour toi.

Il me tend alors le sac à dos airbag flambant neuf qu'il portait sur une épaule. Dedans, il y a un duvet pour grand froid et un matelas autogonflant qui ne pèsent rien.

– Je ne sais plus quoi dire, Matthieu !

Je l'embrasse, vraiment gênée.

– Allez viens, Emma, change-toi et on enchaîne.

J'enfile mon équipement, saisis mon nouveau sac à dos tandis que Matthieu attrape mon snow et mes boots.

Nous grimpons dans sa voiture et roulons jusqu'à un petit parking en altitude où nous déjeunons de sandwichs. Il extrait de son coffre des raquettes à neige et des bâtons télescopiques qu'il me tend.

– Merci beaucoup ; mais qu'est-ce que je vais faire avec ça ?

– Monter pardi !

– Et le snowboard ?

– Fixé à ton sac à dos, verticalement, avec les lanières. La prochaine fois, je te ferai essayer un splitboard.

Matthieu sort son sac de la voiture.

– Dis donc, ton sac est énorme !

– J'ai tout l'équipement pour le dîner : réchaud et bonbonne de gaz, casserole, plats lyophilisés… et la tente bien évidemment.

– La tente ? On va camper sur la neige ?

– Tu as tout compris.

J'attache mes cheveux, me tartine le visage de crème solaire, remets mes lunettes de soleil…

– Ça y est, tu as fini, Emma ? Ne te couvre pas trop, tu vas avoir chaud à la montée.

Matthieu m'aide à fixer les raquettes à mes boots, régler la hauteur des bâtons, accrocher ma planche à mon sac, et c'est parti ; mais quelle charge !

Et en effet, au bout de vingt minutes, je suis en nage.

– Tiens un rythme constant, Emma, c'est exactement comme une randonnée classique. Tu avances régulièrement, tu t'hydrates bien, si tu as faim tu manges une barre…

Nous traversons d'abord un sous-bois enneigé. J'ai du mal à trouver mon souffle, je n'arrive pas à discuter en avançant. Ça tombe bien, Matthieu est muet comme une carpe.

– Pendant combien de temps va-t-on monter comme ça ?

– Tu es en bonne condition, je pense qu'en quatre ou cinq heures on peut rallier un coin sympa.

– Quatre heures à porter tout ça ?

– Quoi, c'est trop lourd ? Ouvre ton sac à dos, je vais porter ton duvet et ton matelas, ça t'allégera.

– Tu es sûr ?

– Donne ! Et enlève une épaisseur, tu es toute rouge.

Nous reprenons l'ascension ; tout de suite, ça va beaucoup mieux.

Finalement, j'arrive à m'habituer, et même à prendre un certain plaisir à voir comme nous progressons dans la neige. Matthieu me prodigue quelques conseils pour bien marcher avec les raquettes.

Les arbres se raréfient. Plus nous grimpons, plus le paysage se dévoile, enchanteur. Quelques chutes de neige tardives ont blanchi les montagnes deux jours auparavant, il aurait été dommage de ne pas en profiter. Les seules traces que nous croisons sont celles de petits animaux. Il n'y a pas de chemin, de marquage, de balise…

– Sais-tu où nous allons, Matthieu ?

– Bien évidemment, ne t'en fais pas. Et puis, j'ai une carte.

Progressivement, la montagne se soulève et la pente s'accentue. J'ai l'impression que les raquettes, inadaptées à cette inclinaison nouvelle, n'accrochent pas bien.

– Matthieu, je n'ai plus tellement confiance ! Ces trucs-là, ce n'est pas plutôt fait pour que les vieux fassent des balades en groupe, à plat sous les sapins ?

– Je t'assure que ça tient bien, Emma. Et le premier pas est toujours le bon. Bascule ton poids sur le pied que tu viens de poser, et tu trouveras une stabilité.

– Oui, mais je suis entraînée vers l'arrière par le poids de mon snow.

– OK, je vais te le prendre, détache ton sac à dos.

Matthieu attrape mon attirail et se saisit de ma planche qu'il fixe sur son propre sac, perpendiculairement à la sienne. Il remet le tout sur son dos, les deux planches forment désormais une grande croix sur laquelle il étend les bras en penchant la tête de côté, pour rigoler.

– Arrête ! En tout cas, je me sens toute légère maintenant.

– Tant mieux, tu vas pouvoir passer la seconde, parce que tu lambinais un peu tout de même !

Nous arrivons enfin au lieu choisi par Matthieu pour bivouaquer. Il tasse la neige en une surface bien plane pour y planter la tente. Ce n'est pas n'importe quel modèle : une tente igloo quatre saisons de couleur jaune, ultralégère et résistante. On se croirait au camp de base d'une expédition himalayenne. Nous déplions les matelas et duvets puis Matthieu fait un banc devant la tente avec son snowboard.

Bien installés pour profiter de la vue, nous sommes seuls au monde, dans un environnement immaculé. Je me blottis contre lui.

– Je voulais te faire découvrir mon espace de liberté, Emma : être en autonomie complète et accéder, même en conditions hivernales, à des vallons où personne ne va. Il y avait trop de monde à La Grave, ce n'est pas ce que je préfère en montagne. Ici au moins nous sommes tranquilles.

– Ça, on peut le dire !

Puis Matthieu fait sa petite dînette et finit par me servir un potage brûlant qui vient à point nommé car je commençais à avoir froid. Je réchauffe mes mains autour du mug tout en soufflant sur ma soupe fumante. Nous sommes là, à dîner au milieu de nulle part, dans la montagne sauvage, nous apprêtant à y dormir, alors que ce matin encore nous étions dans Chamonix à une terrasse de café…

– Ce soir on renoue avec le lyophilisé. J'ai pris une carbonara ce coup-ci, me dit-il en me tendant un sachet en aluminium.

– Ouf, un instant j'ai bien cru qu'on allait manger autre chose que des pâtes.

– Ah oui tiens, je n'avais pas fait attention !

Il fait maintenant presque nuit, et je commence à être congelée. Je rentre dans la tente et Matthieu se glisse à ma suite après avoir rangé le réchaud. Je suis frigorifiée à l'idée de dormir en nuisette légère, merci Matthieu.

– Je crois que je vais dormir tout habillée.

– Non, ce n'est pas la bonne solution. Tu dois changer de vêtements pour recréer une couche de chaleur. Je te passe un tee-shirt si tu as peur d'avoir froid.

– Peur d'avoir froid ? C'est rien de le dire !

Je me déshabille à toute vitesse puis enfile ma nuisette et le tee-shirt de Matthieu. Avec le froid, on voit encore mes tétons à travers le tissu. J'extirpe ma trousse de toilette de mon sac à dos.

– Qu'est-ce que c'est que ça ? me demande Matthieu, horrifié.

– Ben, mes affaires de toilette !

– Mais, Emma, c'est énorme ! Qu'est-ce qu'il y a dedans ?

– L'essentiel, comme tu me l'as demandé tout à l'heure !

– C'est-à-dire ? demande-t-il, soupçonneux.

– Du démaquillant, des cotons, du dentifrice, ma brosse à dents, ma petite brosse à cheveux, un échantillon de crème hydratante, un petit savon, un mini-miroir et de quoi me remaquiller demain. Mais léger.

Matthieu fait mine de s'évanouir en arrière sur les duvets.

– Me faire ça, à moi, un adepte de la légèreté, moi qui passe des heures à développer les équipements les moins lourds possible avec les fabricants… Je comprends mieux pourquoi tu avais du mal à porter ton sac à la montée ! Emma, il va falloir que tu apprennes à alléger, c'est fondamental en montagne. C'est parfois même une question de survie.

– Tu préfères que je ressemble à un ours ?

– Mais oui, excellente idée. Un ours, en montagne, ça cadre parfaitement avec le paysage.

Bon, visiblement, j'ai fait une gaffe… À méditer pour la prochaine fois.

Nous nous couchons enfin, ou plutôt déjà, car il est à peine vingt et une heures. Quel bonheur de s'allonger, de souffler… Je suis bien au chaud car nous avons assemblé nos deux duvets et je bénéficie de la chaleur du corps de Matthieu.

– Tu vois, ça va aller, Emma ! Moi en revanche, je vais étouffer…

Alors que je commence à m'endormir, assommée par la fatigue et l'altitude, je sens que Matthieu tente un rapprochement.

– Quoi, là ?

– Oui, pourquoi pas, Emma ?

– Je ne sais pas, c'est incongru… Et puis, on n'a rien pour essuyer ensuite…

– Tu n'auras qu'à avaler !

– Matthieu, tu n'as aucune chance de parvenir à tes fins si tu t'y prends comme ça !

– Allez, Emma, je ne l'ai presque jamais fait en montagne…

J'enlève le tee-shirt de Matthieu et viens me coller contre lui ; l'excitation grimpe en flèche dans cette obscurité intrigante.

Il me fait l'amour, doucement, son corps ondulant sur le mien. Puis se retire et me demande de me tourner sur le ventre. Il se place dans mon dos, presque allongé, et me pénètre sèchement. C'est un peu bestial, mais terriblement excitant… Il commence à bouger, d'abord doucement.

– Tu aimes comme ça ? me demande-t-il d'un ton que je ne lui connaissais pas.

– Oui, fais-je d'une voix étouffée.

Mais je joue le jeu, et j'ajoute, en français, comme pour me distancer de mes paroles :

– Oui, c'est bon…

Ainsi galvanisé, Matthieu me prend par à-coups. Je glisse ma main sous mon ventre pour me toucher, levant un peu les fesses.

– Encore, encore…

Il accélère ses mouvements et me besogne avec obstination. Lorsqu'il semble au bord de la jouissance, je me cambre mécaniquement.

– Oh, Matthieu, je viens !

Je jouis, enserrant son sexe, un orgasme intense, aigu et libérateur. Matthieu, lui, s'est retenu. Il attend que les spasmes qui me secouent aient pris fin pour me remettre sur le dos et venir se placer devant ma bouche. Il est arrivé à ses fins le coquin : j'avale son sperme plutôt que de tacher des duvets que j'évalue à près de cinq cents dollars pièce.

– Alors, ça a quel goût ?

– Un peu amer…

– Tu vois, finalement, tu n'auras pas porté ta brosse à dents et ton dentifrice jusqu'ici pour rien.

– Je confirme…

Et maintenant, l'épreuve de force. Je dois sortir de la tente pour aller faire pipi dehors, car je ne tiendrai pas la nuit entière. Je remets le tee-shirt sur ma nuisette, enfile ma doudoune et glisse mes pieds nus dans mes boots ; quelle aventure !

Lorsque je m'extrais de la tente, j'ai l'impression d'être sur la lune. Les cristaux de neige scintillent dans le faisceau de ma lampe. Je m'éloigne à bonne distance du campement et éteins la lumière pour faire mon affaire, sous le plus beau ciel que je n'ai jamais vu. Fabuleux, il prend des reflets violets autour de la Voie lactée.

Mais voilà que j'entends gigoter sur la droite. Je sens une présence… J'éclaire à la frontale mais ne vois rien… J'écoute mais n'entends plus que le silence et ma respiration, courte. Apeurée, je regagne la tente en vitesse pour m'endormir au chaud dans les bras de mon homme. C'était sûrement un animal…

La lumière du jour me réveille vers sept heures ; Matthieu n'est déjà plus là. Je baille et m'étire avant de me couvrir. Le soleil n'étant pas encore parvenu jusqu'à nous, il fait vraiment frais, j'ai du mal à quitter les duvets.

– Emma, tu es réveillée ? me demande Matthieu de l'extérieur.

– Moui…

– Tu veux boire ton thé au chaud ?

– Oh oui, fais-je, trop contente de gagner quelques minutes de repos et de chaleur.

Matthieu ouvre le zip et me tend prudemment une tasse brûlante.

– Il fait beau, Matth ?

– Oui, on devrait avoir une journée splendide. Je pars faire un tour, je serai là dans une petite heure. Je vais sur la montagne juste derrière pour me décrasser pendant que tu émerges tranquillement. Ne t'inquiète pas, je garde la tente à vue. À tout de suite, ma jolie.

Après avoir bu mon thé, je m'habille, me maquille (léger…), fourre les sacs de couchage dans leurs housses et sors enfin de la tente.

Le soleil commence à poindre au-dessus des montagnes. Je suis des yeux les traces de Matthieu et distingue un petit point sur un sommet. Le temps que je mange la tartine qu'il m'avait préparée, il est déjà là. Comment fait-il pour courir si vite dans la neige profonde ?

– Salut chérie, ça va ?

Il s'approche de moi pour m'embrasser, radieux et légèrement transpirant, mais ça m'est égal, j'aime bien son odeur.

– Donc, tu avais emporté des baskets… dis-je en regardant fixement ses pieds. Si je ne m'abuse, ce n'est pas moins léger ni moins encombrant qu'une trousse de toilette, non ?

– OK, un partout… Tu es prête, je peux démonter la tente ?

– Oui, tu peux.

En dix minutes, le camp n'est plus qu'un vague souvenir : tout est plié, compressé, rangé.

– Et maintenant, comment fait-on ?

– On va attacher à nos sacs les raquettes et les bâtons télescopiques repliés. Puis chausser nos snowboards et rentrer par un autre itinéraire que celui d'hier, plus adapté à la descente, m'explique-t-il.

Quel plaisir de profiter de la montagne avec un crack ; ça me change des plans loose avec les copines, quand nous nous perdions en hors-piste ! Nous descendons dans une pente vierge fabuleuse, je fais d'immenses virages en poussant des cris de joie. La montagne entière m'appartient, je plane au-dessus de la neige, prenant juste soin d'éviter les rhododendrons qui percent par endroits. Quand je m'arrête, essoufflée, Matthieu – qui me suivait du regard – me rattrape en deux secondes pour m'indiquer la suite de l'itinéraire.

Hélas, la descente, tellement plus rapide que la montée, s'achève vite et nous rejoignons déjà les côtés d'une route.

– Attends-moi là, Emma, je vais chercher la voiture plus haut.

Il déchausse, pose son sac, remplace ses boots par ses baskets et s'engage sur la route.

– Je ne devrais pas mettre trop longtemps, dit-il en commençant à courir dans la montée.

Effectivement, un quart d'heure plus tard, sa voiture est garée sur le bas-côté et il m'aide à charger les planches et les sacs.

– Tu me déposes chez moi ?

– Si tu veux. Pour information, je pars demain pour un petit voyage au Kazakhstan avec Baptiste et deux autres potes. Je t'en avais parlé, non ?

– Non ! D'ailleurs je ne sais même pas où ça se trouve exactement !

– En Asie centrale, au sud de la Russie, entre la mer Caspienne et la Chine. Ça culmine à 7 000 mètres. Je ne connais pas du tout, je vais découvrir. On se revoit dans une dizaine de jours ?

Je me doutais qu'il s'apprêtait à repartir, mais tout de même, de nouveau dix jours…

Une fois aux Praz, Matthieu m'aide à monter tout mon matériel à l'appartement.

– Je ne sais pas ce que tu vas faire au Kazakhstan mais sois prudent, Matthieu.

– C'est promis.

J'ai un pincement au cœur, comme à chaque fois qu'il part tenter des exploits… Vais-je le retrouver indemne ? Je mets un point d'honneur à ne pas lui communiquer mon stress. Je passe mes bras autour de son cou et lui dis au revoir en l'embrassant.

L'appartement est vide. Je file à la douche, enfile des fringues de ville puis m'installe avec un café à ma table de travail. Après ce que je viens de vivre, difficile de me retrouver seule devant mon PC. Et Matthieu me manque déjà…

Le surlendemain, je me décide enfin à faire ce que je repoussais depuis trois semaines : rappeler Alexey Koulikov, le skieur. Il devrait être bientôt de retour à Chamonix, et grâce à Samuel, je peux court-circuiter l'entraîneur. Un peu déstabilisée de l'appeler directement après l'entrevue annulée, je bafouille au téléphone comme lors de mon premier job d'été. Par bonheur, Alexey met rapidement fin à mon supplice en me donnant rendez-vous deux jours plus tard dans un hôtel chamoniard.

Le jour en question, j'ai l'impression que rien ne va dans mon sens. Je suis presque en retard pour retrouver Koulikov. Bref, ça ne s'annonce pas bien, je déteste ça ; il a beau être un ami de Samuel, notre relation est mal engagée depuis le début.

Je demande le numéro de sa suite et frappe à sa porte. Il m'ouvre en peignoir de l'hôtel, tout juste sorti de la douche… Ce n'est rien de dire que je ne me sens pas très à l'aise.

– Ah, la sociologue de Samuel ! Vous êtes en avance, non ?

– Il ne me semble pas, mais je peux repasser si vous voulez, dis-je confuse.

– Non, me répond-il d'un ton placide, je vais enfiler une tenue plus convenable et je suis à vous. Servez-vous dans le minibar, il y a une vodka russe que je vous recommande vivement, dit-il en posant ses mains sur mes épaules pour me mettre dans la bonne direction.

J'avoue qu'un petit verre pour me décontracter face à cette personnalité tout droit sortie d'un roman d'espionnage ne serait pas pour me déplaire, surtout qu'il tarde un peu. La vodka d'un Russe doit être excellente – bien meilleure que celle des Allemands l'autre soir. J'en prendrai juste une larme, il avait l'air d'y tenir, et ça m'aidera à briser la glace.

J'ouvre une porte située en bas du grand meuble qu'il m'a désigné, pensant découvrir le minibar. Raté ! En fait de boissons, j'y trouve… un revolver ! Un revolver ? Ça alors ! Le temps que je comprenne mon erreur, Alexey, habillé cette fois-ci, refait irruption dans la pièce. Il me découvre devant la porte de placard ouverte, dans un état de confusion avancé. Son regard s'assombrit, il prend une tête de butor. Je bredouille, embarrassée :

– Je pensais que c'était le minibar…

– Vous vous êtes trompée, mademoiselle Lindley.

Il me montre le minibar, classique, incrusté dans le mobilier, mais assez discret, me dis-je comme pour me dédouaner.

– Vladimir laisse traîner ses affaires. Vous le savez, il fait un peu office de garde du corps, se justifie-t-il.

Je ne savais pas que l'on avait besoin d'un garde armé pour faire du ski ; surtout en France où le port d'armes est très réglementé. Drôle de milieu… Cela ne contribue pas à créer un climat de confiance pour l'entretien.

– Vlad ! ? appelle-t-il.

J'entends du bruit à côté. Vladimir surgit alors dans la pièce, son visage encore plus fermé et intimidant que celui d'Alexey… Et voilà, mon pire cauchemar se réalise : l'inquiétant Vladimir est là, devant moi, certainement très irrité que je ne sois pas passée par lui pour obtenir le rendez-vous. Mais, plus incroyable encore, il est suivi de James ! James ? Mais que fait-il ici ? J'ai l'impression d'être tombée dans un piège…

James met quelque chose dans son sac à dos et le referme aussitôt. Il se fige en me voyant et semble aussi surpris que moi. D'une petite voix, je leur dis bonjour ; James me répond par un discret hochement de tête, comme s'il avait préféré que l'on ne se croise pas ici.

– Vlad, tu aurais pu ranger tes affaires ; mademoiselle Lindley a malheureusement confondu le placard avec le minibar. C'est fâcheux, je ne voudrais pas qu'elle aille imaginer quoi que ce soit. N'est-ce pas, mademoiselle Lindley ?

– Non, bien sûr…

Vlad disparaît avec James, non sans m'avoir lancé son regard le plus noir.

– Démarrez votre entretien mademoiselle, je vous accorde trente minutes.

Maintenant, Koulikov est beaucoup moins aimable. Je regrette vraiment de ne pas avoir trouvé la vodka plutôt qu'un flingue ! Elle m'eût été d'un plus grand secours ; j'ai les mains tremblantes et la voix chevrotante.

Je dégaine ma grille d'entretien, qui me sert de trame quand je ne suis pas inspirée, et pose mon enregistreur sur la table. Alexey me parle sans conviction de son métier, du danger, des valeurs du sport… Ses mots prennent une connotation un peu artificielle après ce que j'ai vu.

Quelques minutes plus tard, Vladimir est de retour et sort la vodka. J'accepte un verre, Alexey décline, et lui-même s'en sert une rasade. Puis une deuxième, et une troisième. Il nous écoute silencieusement, vautré dans un fauteuil en retrait, avant de se mettre à faire des commentaires en russe à l'adresse de son acolyte. Je ne sais pas ce qu'il lui raconte mais ça le fait sourire.

Je profite de cette pause pour tremper mes lèvres dans la vodka. C'est impressionnant, elle n'a pas du tout le même goût que celle que j'ai pu boire jusqu'à présent. On sent infiniment plus de saveurs et elle passe beaucoup mieux ; pour une fois je n'ai pas l'impression de boire de l'alcool à 90°. Du coup, je vide mon verre rapidement, ce qui semble convenir à mes interlocuteurs. Vladimir insiste pour m'en servir un deuxième – j'essaye sans résultat d'y échapper – et finalement Alexey se joint à nous. Après tout, sa saison est terminée, il peut se lâcher un peu, me dit-il. L'atmosphère se détend, mais l'alcool me monte à la tête ; heureusement que j'ai l'enregistrement pour revoir tout ça au calme.

Nous reprenons l'entretien pour aborder l'aspect compétition, et la façon dont il gère ses rapports avec les autres skieurs. Vlad continue de baragouiner en russe en fond sonore, ponctuant ses interventions d'éclats de rire sardoniques ; mais cette fois-ci, il ne fait plus rire Alexey qui lui répond rudement. Vlad quitte alors les lieux en maugréant, ostensiblement vexé.

Enfin, à mon plus grand soulagement, l'entretien s'achève.

Je retourne au parking de l'hôtel. Soudain j'aperçois Vlad en face de moi. Que va-t-il faire ? Je m'affole. Mais lorsque j'arrive à son niveau, il se contente de me saluer.

– Bonne route, mademoiselle Lindley.

– Merci, bonne soirée.

C'est en sortant du parking au volant de ma voiture que je réalise que j'ai bu deux vodkas pures et que je n'ai rien mangé. J'ai beau ne pas habiter très loin, je préfère éviter de rouler dans cet état. Je gare la voiture dans une voie adjacente et, sans m'attarder dans la rue – vu que James rôde dans le coin –, je file m'acheter un sandwich pour aller ensuite le manger au Django. Ça tombe bien : Sandro, au comptoir, ne paraît pas débordé ce soir.

– Ça faisait longtemps que je ne t'avais pas vue en ville à cette heure-ci, Emma.

– Oui, c'est vrai, je sors moins qu'avant. Mais figure-toi qu'Alexey Koulikov, l'avenir du ski russe, m'a fait l'insigne honneur de me laisser l'interviewer ce soir.

– Pas mal.

– Mais ce n'est pas tout, Sandro : c'est vraiment l'entretien le plus bizarroïde que je n'ai jamais fait.

Je lui fais signe de s'approcher par-dessus le bar :

– Alexey et son entraîneur sont armés, et j'ai tout vu ! Tu trouves ça normal, une star du ski avec un garde armé ?

– Comment le sais-tu ?

– J'ai trouvé un revolver dans ses affaires.

– Et pourquoi fouillais-tu dans ses affaires, Emma ?

– Je n'ai pas fait exprès, j'ai ouvert un placard en croyant que c'était le minibar…

– Parce que tu picoles pendant tes entretiens ? La vie est belle !

– Il s'est rendu compte que j'avais vu l'arme, il n'était pas content, et son entraîneur non plus, celui qui a une tête de mafieux. Mais après, nous avons tous bu de la vodka et ça s'est mieux passé.

– Ah, ces Russes ! Tu as bien fait, ça a dû leur plaire.

– Mais il n'y a pas que ça : dans la pièce voisine, il y avait James ! Tu te rends compte ? James, avec les Russes ! Il est reparti très mal à l'aise, en remettant quelque chose dans son sac à dos… C'était quoi à ton avis ?

– Qu'est-ce que j'en sais ! Peut-être des produits dopants, il y en a de plus en plus en ultra-trail.

– Moi, si j'étais championne de ski, je ne stockerais pas de prods dans ma propre chambre d'hôtel, ni dans celle de mon entraîneur !

– Les compètes sont finies, il est à l'étranger en simple

touriste. Il ne risque plus de contrôle et il le sait. Ou alors, c'est James le fournisseur…

Je ne m'attarde pas trop et retourne seule et un peu stressée jusqu'à ma voiture. Si Matthieu l'apprenait, il serait fou, après ce qui s'est passé la dernière fois, quand James a surgi dans mon dos. Matthieu… il me manque terriblement. Et comme d'habitude, il ne m'appelle pas…

Le jour suivant, en réécoutant l'enregistrement de l'entretien avec Alexey, et forte de ce que j'ai découvert dans son placard, les commentaires de Vlad en bruit de fond m'intriguent. Je décide d'en parler à Nicole qui, grâce à son travail d'interprète, pourra sans doute m'en dire plus. Parfait, malgré le décalage horaire, elle est derrière son écran :

– Nic, j'ai un service à te demander, toi qui connais des gens qui parlent toutes les langues. J'ai réalisé un entretien en anglais avec un skieur russe ; jusque-là pas de problème, à part son accent à couper au couteau…

– Je veux bien te croire !

– Mais derrière, il y avait son pseudo-entraîneur, ou sbire, je ne sais pas vraiment, qui commentait la conversation en russe, en enquillant des vodkas… Il intervient plusieurs fois sur la bande.

– Je vois, et comme tu es une petite curieuse, tu voudrais savoir ce qu'il racontait ?

– Exactement.

– Aucun problème, envoie-moi le fichier audio et je le fais traduire par Irina, une de mes amies moscovites. Il savait que tu enregistrais ?

– Je préviens toujours, c'est la règle. Le skieur le savait, mais pas l'autre car il est arrivé après. D'ailleurs tu verras, au bout d'un moment, je pense qu'il a demandé au Vlad en question de la boucler. Et j'aimerais bien savoir pourquoi.

– La curiosité est un vilain défaut… que je partage avec toi. Je t'appelle dès que j'ai pu voir Irina.

– Merci, Nic, je savais que je pouvais compter sur toi.

La chaleur s'installe à Chamonix les jours suivants. La neige fond à vue d'œil et la nature se réveille, les bourgeons s'ouvrent, le printemps est là pour de bon. À basse altitude, les prés se couvrent de narcisses, de crocus… Ce jaillissement de verdure me galvanise, je suis heureuse de voir les jours s'allonger et le soleil disparaître moins vite derrière les montagnes. Finalement, j'en avais un peu marre de l'hiver…

Un matin, alors que je travaille à la retranscription d'un entretien avec un alpiniste qui me racontait comment il avait perdu son frère en montagne, quelqu'un sonne à la porte. Je vais ouvrir et tombe nez à nez avec Matthieu, mon Matthieu, hirsute, barbu, en fringues de montagne, qui visiblement arrive directement de son trip en Asie centrale. Je me jette à son cou.

– Matthieu ! Je pensais que tu ne serais là que demain !

– La météo s'est gâtée, alors on a écourté ; je viens de déposer les autres. De toute façon, on avait largement atteint nos objectifs. Tu es seule ?

– Oui, Vincent est en déplacement, Jane au boulot et Sandro sûrement chez Philippe.

– Bien !

Il m'embrasse longuement puis m'entraîne dans les escaliers. À peine arrivés dans ma chambre, il relève ma jupe et me bascule sur le lit.

– Matthieu, pas si vite !

– J'en ai besoin.

J'ai beau être hyperheureuse de le revoir, vraiment, je n'y suis pas. Matthieu me saisit le menton, m'embrasse, et essaye de me prendre.

– Matthieu, tu es enragé !

– C'est vrai, je suis un peu énervé... S'il te plaît, Emma, me dit-il, déjà haletant.

Nous nous reniflons, je frotte ma joue contre sa barbe piquante, et me prépare en même temps avec la main pour tenter de rattraper mon homme qui a un temps d'avance sur moi. Peu à peu, mon corps se détend. Matthieu entre plus profondément et je ne tarde pas à gémir aussi...

Ensuite il se dégage.

– Mets-toi à quatre pattes.

Je m'exécute ; Matthieu se place derrière moi. Il met son sexe raide devant le mien et me pénètre brutalement en m'agrippant par les hanches. Je me cambre, j'ai l'impression d'être une chienne en chaleur ; tant pis. Il recommence son va-et-vient et je sens qu'il monte en puissance. Quelques coups de reins et nous jouissons en même temps dans une longue plainte... Puis il se laisse retomber sur mon dos.

– Tu étais comme une bête sauvage... Que se passe-t-il, Matthieu ?

– Rien.

– Rien ? Ça m'étonnerait ! Je commence à te connaître. Même là, tu es encore tendu... Ne bouge pas, je descends faire du thé et tu vas me raconter tout ça.

Quand je remonte avec les mugs de thé, Matthieu semble plus disposé à me parler.

– Alors ?

– Rien de spécial, Emma… Le trip au Kazakhstan s'est bien passé mais je suis crevé… Ah oui, et mon père débarque en France pour une dizaine de jours. Son avion atterrit demain matin à Genève.

– Ah…

– Plus de vingt heures de voyage avec une escale au Qatar ; il va être d'une humeur massacrante.

– Et ?

– Et je dois passer la soirée avec lui demain ; dîne avec nous s'il te plaît, cela fera diversion.

– Tu veux que je rencontre ton père ? Je n'en reviens pas ! Et d'abord, ça fera diversion de quoi ?

– Je ne sais pas, cela m'évitera d'avoir à détailler mon programme de courses et de records…

– On dirait que tu cherches toujours à l'épater !

– Je ne sais pas…

– Tu as trente et un ans, une autorité incroyable, et tout à coup, face à lui, tu redeviens un petit garçon qui tente désespérément de ramener de bonnes notes à la maison pour attirer l'attention d'un père… horrible.

– Pourquoi dis-tu horrible ?

– Je ne sais pas… tu disais qu'il était dur, qu'il te poussait…

J'y vais avec des pincettes, je ne veux surtout pas le vexer comme la dernière fois. Je poursuis, un peu hésitante :

– Et puis… j'ai l'impression que c'est lui qui était impliqué dans le drame du Frêney…

– Écoute, après notre discussion à ce sujet, je n'ai pas pu m'empêcher d'y repenser… Des souvenirs nébuleux me sont revenus…

Il marque une pause, termine son thé, avançant vers le balcon. Il parle en me tournant le dos.

– Je me rappelle vaguement une dispute lors d'un repas de famille, quand j'étais petit. Nous étions en vacances chez ma tante, et je crois l'avoir entendue évoquer une tempête, en montagne, et reprocher quelque chose à mon père… Cela ne veut rien dire, c'est juste un peu troublant ; et confus dans ma tête. Je ne sais même pas si c'est la réalité, ça fait tellement longtemps… Bref, tu viendras avec moi voir mon père, oui ou non ?

– Écoute, je n'ai pas franchement envie de le rencontrer, car il ne m'apparaît pas spécialement sympathique. Mais si c'est important pour toi, alors je serai là.

– Merci, Emma, je te revaudrai ça. Bon, je vais rentrer à Montroc, défaire mes sacs et reprendre une apparence humaine.

– Je ne t'avais jamais vu aussi barbu, mais j'aime bien… Cela dit, tu pourrais déjeuner avec moi avant de partir.

– Bonne idée, surtout que chez moi je ne sais pas ce que je vais trouver à manger.

Je descends à la cuisine préparer une salade ; Matthieu vient derrière moi et m'enlace.

– Je ne vais pas cuisiner très vite à ce compte-là…

Nous entendons une clef dans la serrure, Matthieu me relâche au moment où Jane entre dans l'appartement. Jane qui donne encore des cours aux derniers vacanciers de Pâques, mais va bientôt terminer sa saison, les stations de la vallée ayant presque toutes fermé.

– Oh, Matthieu ! Mais d'où reviens-tu comme ça, on dirait un yéti ! s'amuse-t-elle.

Nous déjeunons gaiement tous les trois et Matthieu repart chez lui juste après.

– Je passerai te chercher vers dix-neuf heures trente. Tiens-toi prête.

– D'accord, à demain !

Je suis un peu frustrée qu'il ne m'ait pas proposé de le rejoindre ce soir pour passer la nuit chez lui, mais j'imagine qu'il n'a pas dû beaucoup dormir ces dix derniers jours. Et puis, autant qu'il soit en forme pour le dîner de demain soir.

J'échange quelques mots avec Jane à ce sujet.

– Tu connais le père de Matthieu ?

– Non, mais je crois que Vincent l'a déjà croisé. Il a une réputation de dur à cuire, un peu imbu de lui-même. Tu viens courir une petite heure ?

J'accepte et monte me changer.

Le lendemain, après une nuit un peu agitée, sans doute à la perspective de rencontrer le père de Matthieu, j'ai du mal à travailler. J'imagine que je suis la première fille à rencontrer monsieur Charraz en tant que petite amie officielle de Matthieu, et je ne veux pas le décevoir. À dix-sept heures, je ne tiens plus, je commence les essayages. Jane et Sandro assistent à un véritable défilé, qu'ils commentent sans ménagement en prenant l'apéro.

Après avoir essayé la moitié de ma garde-robe, on s'arrête finalement sur un pantalon chic et une veste de smoking. Ma tenue enfin trouvée, je me détends. Sandro me sert un verre de vin, nous trinquons et papotons un bon moment.

À dix-neuf heures trente, mon portable sonne. Matthieu ne me dit même pas bonjour.

– Je suis en bas.

– Bonsoir Matthieu, j'arrive tout de suite.

Lorsque je monte dans la voiture, Matthieu me regarde et semble satisfait de mon allure. Lui aussi est élégant, avec sa veste de costume.

– Au fait, où va-t-on ?

– À l'Auberge du Bois Prin, un restaurant discret et assez exceptionnel. Mon père nous rejoint là-bas ; il loge chez ma tante, pas loin d'ici.

Nous arrivons dans un lieu enchanteur, un peu en retrait sur les hauteurs de Chamonix. C'est un vaste chalet de bois foncé aux fenêtres fleuries, entouré d'un beau jardin. Matthieu s'adresse au maître d'hôtel qui vient nous accueillir.

– Bonsoir, j'ai réservé pour trois. Charraz.

– Bien sûr, monsieur, je vous ai placés sur cette table ronde, juste devant la baie vitrée.

Le cadre est superbe, l'endroit chic et chaleureux. Nous nous installons ; Matthieu ne sourit pas beaucoup… Et je perçois un tressaillement lorsque surgit une silhouette massive. Très grand et large d'épaules, les cheveux poivre et sel, son père en impose.

Monsieur Charraz me met instantanément mal à l'aise. J'assiste à un numéro de charme et de séduction doublé d'une démonstration d'autorité. Je comprends pourquoi Matthieu préfère vivre à sept mille kilomètres de lui. Après m'avoir répété avec un sourire mielleux à quel point il était content de me rencontrer, il nous parle pendant plus d'une heure des succès des expéditions organisées par son agence et de sa réussite financière. Pour un type qui vit au Népal, je ne le trouve pas très zen. Avec Matthieu, nous essayons néanmoins de profiter de nos plats : écrevisses pour lui et farçon pour moi, une spécialité locale délicieuse.

À la fin du repas, tout se gâte. Monsieur Charraz passe à l'attaque :

– C'est sympathique de te voir avec une fille, Matthieu, même si elle est américaine.

Matthieu fait un bond sur sa chaise.

– Je plaisante bien sûr ! rectifie-t-il d'un rire sonore, j'adore les Américains, ce sont de bons clients pour mon agence. En tout cas, Matthieu, j'espère que tu ne te détournes pas de l'entraînement ces temps-ci ; tu ne passes pas la journée sous la couette ?

Je suis sidérée : c'est mot pour mot le discours que me tenait Matthieu au début pour ne pas s'engager avec moi… Matthieu qui fulmine.

– Cela n'a rien à voir. On peut très bien être en couple et respecter le travail de l'autre. D'ailleurs Emma est loin d'être désœuvrée. C'est une jeune femme brillante, accaparée par sa thèse, qui fourmille de projets et d'amis. Et si je décide de ne pas aller m'entraîner, elle n'y est pour rien.

Ils se foudroient du regard, je ne sais plus où me mettre.

– C'est juste que je ne saurais plus quoi écrire sur le site Internet de mon agence, lui rétorque monsieur Charraz.

– Ah oui, j'oubliais que tu mets mes résultats en vitrine pour appâter le chaland dans ton business… Je ne te l'avais jamais dit mais je trouve cela pathétique, papa. Si encore tu le faisais par fierté pour mon parcours... Mais je te connais, tu veux uniquement faire du marketing.

– Au fait, Matthieu, en parlant de résultats, j'ai vu la vidéo de ta descente cet hiver au Canada : pas brillante, tu as très mal géré ta trajectoire. Tu aurais dû passer sur la gauche, et non pas sur la droite de la face ; tu te serais démarqué.

– Mais, papa, c'était avalancheux ! Et j'ai fini par gagner le titre à la fin de la saison, c'est ce qui compte, non ?

Monsieur Charraz soupire et ne daigne pas répondre. Matthieu semble à bout.

– Bon, nous allons y aller. Je dois me lever très tôt demain.

– Quoi, j'ai dit quelque chose qu'il ne fallait pas ? Je voulais simplement te dire que, parti comme cela, je ne sais pas comment tu as fait pour finir premier au général.

– Eh bien justement, c'est Emma qui m'a inspiré. Sur ce, bonne nuit, papa.

– De toute façon, avec ce satané décalage horaire, je suis vanné, déclare monsieur Charraz.

– Parfait, alors tout le monde est content, réplique Matthieu en me tirant littéralement par la manche.

Je bredouille :

– Bonsoir, monsieur, j'étais très heureuse de vous rencontrer.

– Moi aussi, Emma, à bientôt peut-être, quand mon fils sera calmé. Et je vous en prie, appelez-moi Nicolas.

Matthieu règle la note et nous partons.

Crispé sur son volant, il prend directement la route menant chez lui, sans même me demander mon avis. La voiture file dans la nuit.

D'un coup, il souffle et se détend, comme s'il prenait conscience de ma présence à ses côtés. Il tourne la tête vers moi et esquisse un sourire.

– Tu es magnifique ce soir, merci d'être venue. Ce n'était pas trop… pénible ?

– Instructif disons.

– Je te jure, il me rend fou, me dit-il en posant sa main sur ma cuisse.

Nous arrivons à Montroc ; je suis heureuse de revenir chez Matthieu, je m'y sens bien. Installés l'un contre l'autre sur le canapé, nous poursuivons la discussion dans la pénombre.

– Tu te rends compte, il utilise mes résultats sportifs pour se faire mousser ! Bien entendu, il énonce à qui veut l'entendre que c'est lui qui m'a formé, que je lui dois tout. Ça le valorise vis-à-vis de ses clients, en tant qu'initiateur.

– Sans compter que même lorsque tu ne gagnes pas, il sait en tirer parti…

– C'est-à-dire ?

– Cela lui permet de t'écraser, de te donner des conseils, d'asseoir sa supériorité sur toi. Ou a minima de se sentir encore utile et pas trop largué…

– Je n'avais jamais vu les choses ainsi.

– Cela ne doit pas être facile pour lui d'être dépassé par son fils. Finalement, tu mènes la vie de champion qu'il aurait aimé mener lui-même, non ?

– Peut-être bien, répond Matthieu songeur.

– Et ne me dis pas qu'il est parti trouver la paix spirituelle au Népal, car je ne te croirais pas. Ou alors c'est complètement raté. À l'entendre, on dirait plutôt qu'il est allé y chercher gloire et fortune.

Matthieu sourit.

– Ce n'est pas faux ! Bon, assez parlé de lui. Pensons à nous ; tu m'as manqué quand j'étais au Kazakhstan, et l'on ne s'est vus que rapidement hier.

Ouf, je n'étais donc pas seule à ressentir cette frustration.

– Alors pourquoi ne m'as-tu pas appelée pendant ton voyage ?

– Je ne sais pas… C'est comme si je me dédoublais. Quand je pars pour faire une course bien précise en montagne, je suis totalement focalisé sur mon objectif et plus rien ne compte.

– Tu te dédoubles ? Et le vrai Matthieu, c'est celui qui réalise l'exploit ou celui que j'ai en face de moi maintenant ?

– Hum… je dirais un peu des deux.

– Dans quelles proportions ?

Matthieu marque un temps.

– Tu m'énerves avec tes questions. Pour être honnête, je crois que le curseur a bougé. Jusqu'à présent, j'étais plus moi-même pendant les performances. Mais depuis que j'ai une femme dans la vallée… Bon, je ne t'en dirai pas plus. On va au lit, l'autre m'a fatigué, et j'ai envie de te sentir contre moi, toute nue.

– Ça tombe bien, je n'ai pas mes affaires pour dormir…

En fin d'après-midi le lendemain, Nicole me contacte pour me donner la traduction que je lui avais demandée.

– Alors, ton Russe, c'est du lourd ! On n'entend pas toutes ses interventions, mais ma collègue Irina a chopé quelques bribes au vol.

– Vas-y, je t'écoute.

– D'abord, il dit que « le jeune qui venait pour le paquet » lui a avoué qu'il te connaissait. Je ne sais pas de qui il parle.

– De James. Je l'ai croisé en arrivant chez les Russes, il en partait. Tu sais, le gars qui me poursuit…

– Ah oui, le taré ! Ensuite, il déblatère sur toi, comme quoi tu es mignonne et que son pote Alexey devrait tenter le coup.

– Sympa…

– C'est après que ça se corse. Quand tu poses la question de ses rapports avec les skieurs concurrents, l'entraîneur répond, je cite : « les concurrents, on les neutralise ». Et il ajoute : « il n'y a pas plus efficace que les grands coups dans les jambes ».

– Pas possible ! Si ça se trouve, il en est capable !

– Et c'est là que le skieur lui ordonne de la boucler, tu avais vu juste. Bon, par contre, Irina pense avoir reconnu un grand skieur de chez elle, Alexey…

– … Koulikov.

– Il est connu, c'est ça ?

– Oui, sa carrière est en pleine ascension, il concentre sur lui les espoirs du ski russe. Tu crois qu'Irina restera discrète ?

– Oh oui, je pense. Au début, je prenais des notes, et finalement j'ai déchiré ma feuille devant elle pour la rassurer ; avant d'en rassembler les morceaux dès qu'elle a quitté mon bureau… Je tape ça et je te l'envoie.

De « grands coups dans les jambes », cela m'évoque quelque chose… Cet échange me plonge dans une réflexion profonde, que vient interrompre la sonnerie de mon portable : c'est Matthieu.

– Emma, tu viens dormir chez moi ce soir ?

– Je ne préfère pas, j'ai un gros travail à finir. On se voit demain si tu veux ?

Matthieu ne répond pas, il n'est pas habitué à ce que je ne sois pas disponible.

– Je t'embrasse, Matthieu, je te rappelle bientôt…

Je reprends mon enquête sur Alexey et son environnement sportif, à la recherche d'un éventuel skieur blessé. Et je ne tarde pas à trouver : mon compatriote américain Ken Taber, avec qui j'avais sympathisé en décembre quand j'avais suivi la descente en Italie. Parti grand favori cette année, il enchaînait les bons résultats mais a eu un accident et a dû arrêter les compétitions. Et si…

Je poursuis mes investigations pour savoir précisément ce qui est arrivé à Taber. La scène s'est passée en Autriche. Je déniche un article en allemand paru dans un journal local, que je colle dans un logiciel de traduction. Il aurait été victime d'une agression en pleine rue : deux hommes l'ont passé à tabac pour lui voler son blouson et son portefeuille. Il s'en est sorti avec deux dents cassées, et surtout une fracture tibia péroné à la jambe gauche : l'horreur pour un compétiteur de son niveau. Non seulement sa saison a été foutue, mais la suite de sa carrière est compromise. L'enquête de police n'a pas permis de retrouver ni d'identifier les deux agresseurs.

Tout de même, quelle histoire : aller faire tabasser un concurrent pour l'écarter du circuit ! Il faut être timbré, et dangereux. Je repense au revolver trouvé dans le placard à leur hôtel… Je dois être prudente.

Je n'ai pas dû dormir plus de quatre heures ; je me traîne toute la journée. Le soir, j'appelle enfin Matthieu pour lui proposer de boire un verre.

– Désolé, Emma, cette fois-ci c'est moi qui ne suis pas disponible. Figure-toi que je suis filmé pour un reportage, donc on ne peut pas se voir. À moins que tu ne veuilles apparaître à l'écran ?

– Non merci, sans façon.

– Même mon père va faire une apparition ! Il semblerait que ça puisse expliquer quelque chose de moi…

– Non, sans blague ?

– Il faut bien que je me dévoile un petit peu…

– Garde la main pour pouvoir le couper au montage, on ne sait jamais ce qu'il peut dire de toi…

– C'est sûr. Mais s'il me taille un peu, ce n'est pas plus mal, ça casse l'image du champion trop lisse.

– Oh oui, après avoir vu ça, on aura juste envie de te plaindre. Alors bon tournage, à demain peut-être.

– Je t'embrasse Emma…

Le lendemain, toujours chamboulée par mes découvertes, je passe voir Samuel au Django pour glaner des informations. Nous papotons un moment, avant de rentrer dans le vif du sujet.

– Dis donc, ton ami Alexey, il est un peu spécial, non ?

– Tout dépend de ce que l'on entend par spécial. Déjà, il est russe.

– Et d'abord, pourquoi s'est-il séparé de la mère de son fils ?

– Ah, délicate question, Emma ! Je me suis laissé dire qu'il n'était pas facile à vivre…

Samuel m'apprend qu'Alexey pouvait être colérique, voire pire.

– Et tu m'as envoyé passer du temps avec un type qui malmenait sa femme ! Merci Samuel !

– Il n'a pas mauvaise réputation par ailleurs, se justifie-t-il. Et puis, c'était tout de même une superbe opportunité pour ta thèse, non ?

– Bien sûr, et je t'en remercie évidemment.

– Alors, pourquoi le trouves-tu *spécial* ?

– Oh, je ne sais pas… à vrai dire, c'est surtout son entraîneur que je trouve spécial.

Maintenant, je dois filer sans tarder car il commence à bien me cerner, et il serait capable de me faire parler ; or je ne veux pas lui dire ce que je suppose de son ami, et le mêler à cela. J'embrasse Samuel et Sandro, et pars rejoindre Matthieu dans un autre pub pour le concert d'un groupe de rock, des amis à lui.

Je l'appelle une fois dans la rue pour qu'il vienne à ma rencontre, puisqu'il ne veut toujours pas que je me balade seule.

J'ai des frissons lorsque j'aperçois mon homme accourant pour me retrouver. Il m'embrasse longuement puis passe son bras autour de mon épaule et me guide vers le concert. Je glisse ma main dans la poche arrière de son jean, et fais mine de ne pas remarquer les passants qui nous dévisagent.

– Matth, comment s'est passée ton interview hier ?

– Le journaliste était sympa mais avait des questions bateau. Moins prise de tête que celles de tes entretiens en tout cas !

Le pub est plein à craquer, comme si les rares touristes du moment s'étaient tous donné rendez-vous ici. La clientèle paraît bien plus jeune qu'au Django, bonnets vissés sur la tête et jeans tombant sur les hanches. Le groupe joue tellement fort que l'on ne s'entend pas parler. Je bois une bière, sans conviction.

– Ça te plaît ? me hurle Matthieu au creux de l'oreille.

Plutôt que de m'époumoner, je lui fais signe que j'ai envie de sortir. Il m'accompagne dehors.

– Je suis un peu fatiguée, je pense que je vais rentrer, Matth.

– Allez, je t'amène chez moi. Moi aussi j'ai eu ma dose, et j'en ai marre de dormir seul alors que nous sommes juste à côté l'un de l'autre.

– Dans ce cas, il faudrait s'arrêter chez moi pour que je prenne quelques affaires.

– Ah oui… Je me disais, tu pourrais peut-être en laisser un peu chez moi ? Ce serait plus pratique, me fait-il l'air de rien.

– Quoi ? Laisser quoi ?

– Ben des affaires ! Je ne sais pas, une nuisette, une brosse à dents, enfin tes trucs, tu vois ce que je veux dire…

– Tu veux que je laisse ma brosse à dents chez toi ? Tu te rends compte de ce que tu dis, Matthieu ?

– J'ai dit ça comme ça, mais si ma proposition ne t'intéresse pas, le sujet est clos.

– Mais si, bien sûr que si ! C'est adorable : je vais avoir ma brosse à dents chez toi !

Je me colle à lui et nous marchons jusqu'à sa voiture.

À Montroc, nous passons une bonne partie de la nuit à discuter et rigoler, avant que je ne m'endorme sur son épaule.

Dimanche matin, il me dépose chez moi de bonne heure et part pour Grenoble participer à un événement organisé par un sponsor.

J'attends le lundi pour l'appeler et l'inviter à dormir.

– Chez toi, Emma ? Hum… En quel honneur ?

– Vincent m'a dit que tu serais chez nous ce soir avec d'autres riders.

– C'est vrai, on planche sur une nouvelle vidéo… D'accord pour cette nuit chez toi, mais on va courir avant. Il fait un temps magnifique, on aurait tort de ne pas en profiter. Je passe te chercher dans l'après-midi, je dois aller en ville avant pour dire au revoir à mon père. Il part quelques jours à Paris avant de rentrer au Népal.

– Dis donc, on dirait que vous êtes réconciliés tous les deux... Je veux bien aller courir avec toi, mais pas de côtes trop raides, s'il te plaît !

– Je verrai... À tout à l'heure.

À quinze heures, quand Matthieu arrive, j'ai déjà enfilé ma jupe-short, mis un tee-shirt sans manches, et je suis prête à en découdre, enfin surtout à en baver. C'est la première fois que je vais courir avec mon homme, j'ai un peu le trac.

En approchant de la voiture, quelle n'est pas ma surprise en voyant monsieur Charraz à l'intérieur !

– Quand il a su que j'allais te rejoindre, mon père a absolument tenu à venir courir avec nous... me dit Matthieu alors que je m'installe à l'arrière.

– Bonjour, Emma ! Ne vous inquiétez pas, j'ai un problème de genou en ce moment, je n'irai pas bien loin ; mais je ne voulais pas partir au bout du monde en vous laissant une mauvaise image...

Dans le rétroviseur, je vois Matthieu qui lève les yeux au ciel.

Nous allons nous garer un peu plus haut, dans un hameau juste avant Argentière. Matthieu est en short, tee-shirt et baskets. Comme d'habitude, il cache la clef derrière la roue avant de sa voiture. Je le regarde faire, effectivement on ne la voit pas.

– J'ai une poche, mais je la réserve pour le portable, m'explique-t-il, je l'ai conçue avec le fabriquant spécialement pour ça.

Nous attaquons la montée, en douceur ; Matthieu a l'élégance de me laisser imprimer le rythme. Nicolas Charraz a une caisse incroyable pour quelqu'un de son âge, ce qui me met une pression pas possible. Deux Charraz pour le prix d'un, un guide qui a roulé sa bosse sur les plus hautes montagnes du monde et son fils champion, me voilà vernie…

Rapidement, Nicolas me tend son portable et me demande de le prendre en photo avec son fils devant le panorama.

– Et voilà, j'ai posté ça sur Facebook !

– C'est bien, papa, je vois que les réseaux sociaux n'ont plus aucun secret pour toi…

Le ton de Matthieu me semble un peu acerbe, alors je tente une petite blague pour détendre l'atmosphère :

– Les gens vont savoir où se trouve Matthieu, on va voir une horde de fans arriver !

– De toute façon, dès que l'on sera montés plus, on va quitter le chemin de rando pour prendre les chemins à bestiaux, réplique Matthieu. À part des chamois, je ne pense pas que l'on croise grand monde.

– Moi je ne vais pas tarder à vous laisser, les enfants, j'ai dit à ta tante de venir me récupérer au parking de la Flégère.

À la bifurcation suivante, Nicolas Charraz nous quitte pour descendre. Matthieu a l'air un peu ému de lui dire au revoir ; monsieur Charraz en fait des tonnes, particulièrement à mon égard.

Totalement désabusé, Matthieu regarde son père s'éloigner.

– Il n'est venu ici que pour le selfie…

Je rigole car il a bien résumé les choses, mais j'essaye aussi de le réconforter.

– Mais non Matthieu, il était content de courir avec toi… Il l'a dit je crois…

– Arrête, Emma, je le connais par cœur. Il me mentionne dans sa publication, ça lui fait sa pub à l'œil auprès des milliers de personnes qui suivent mon profil… Bon, allez, on continue.

Ça grimpe fort, j'ai du mal.

– Matthieu, tu as vu comme c'est raide ! Je t'avais demandé un itinéraire facile, et là, je suis déjà à bout de souffle.

– OK ! Dans ce cas, je vais me décrasser un peu.

Il accélère brusquement, et je le perds de vue presque instantanément. Je m'efforce de garder un rythme régulier, la musique dans les oreilles pour m'encourager.

Quelques minutes plus tard, Matthieu réapparaît. Il reste à ma hauteur, nos coudes se frôlent de temps en temps et nous papotons en courant. Il fait assez bon, je suis en nage.

Nous prenons à droite un chemin beaucoup plus petit et non balisé. Le paysage est magnifique, mais j'en bave pour suivre sa cadence, d'autant que j'ai l'impression qu'il accélère.

– Pitié, je n'en peux vraiment plus, je décroche ! Je suis asphyxiée, incapable de te suivre.

– Tu ne te débrouilles pas mal, Emma, tu as du potentiel. On va ralentir un peu si tu veux. Tiens, repasse devant et je me cale sur toi.

Quand la vue se dégage, nous nous arrêtons pour l'admirer. Les névés nous entourent et la nature reprend ses droits. Sur le versant d'en face surgit en enfilade toute la chaîne : aiguille Verte, aiguilles de Chamonix, mont Blanc… Puis nous repartons tranquillement. Il continue de parler, moi je n'ai plus de souffle.

– J'adore voir ta jupette onduler. On devine tes fesses musclées en dessous…

Je sens son regard dans mon dos. Le soleil brille, nous ne sommes pas très couverts, transpirants, essoufflés – du moins moi –, nous nous effleurons… J'en rajoute un peu, ôtant mon tee-shirt en prétextant la chaleur – réelle. Je cours maintenant en brassière, le ventre à l'air, ce qui avive ma sensation de liberté.

– Ça y est, Emma, je suis excité…

Je souris, il avance toujours derrière moi. Moi aussi je suis émoustillée ; entre nous c'est chimique. Il me dépasse en un quart de seconde, me bloque dans ses bras puis m'allonge sur l'herbe fraîche. Il s'étend ensuite sur moi, ses lèvres posées sur les miennes.

– Tu es sûr que l'on ne va pas nous voir ?

– Nous sommes loin des chemins balisés, ne t'inquiète pas.

De toute façon, trop tard, je ne peux plus résister, cela fait cinq jours que nous n'avons pas fait l'amour, je n'ai qu'une envie, le sentir entre mes jambes. Haletante, j'enlève mes baskets et mes chaussettes avec mes pieds, puis nous nous dénudons. Je m'arc-boute pour aller à sa rencontre. Même si nous sommes à la limite de l'exhibitionnisme, je dois avouer que je trouve très excitant de faire ça là… J'entrouvre mes cuisses pour qu'il s'y enfonce profondément. En symbiose avec les éléments qui m'entourent, je ne fais plus qu'une avec la terre, comme s'il y avait une connexion entre les forces telluriques et mon plaisir. On dirait bien que la nature agit sur moi comme un puissant aphrodisiaque…

Un peu plus tard, nous sommes allongés l'un contre l'autre sur le tapis d'herbe rase, à compulser de façon névrotique nos portables respectifs. Je réalise alors qu'il ne fait vraiment pas chaud : nos corps se sont refroidis, et une petite brise m'incite à me couvrir. Je me rhabille et me relève, légèrement engourdie. Matthieu fait de même et regarde sa montre.

– Ouh là ! j'ai rendez-vous dans trente minutes chez toi avec Vincent et les gars du film…

– Trente minutes ? Pour refaire tout ce que l'on a fait en sens inverse ? Vas-y sans moi, je redescends calmement sinon je vais me blesser.

– Non, je ne te lâche pas, Emma.

– Matthieu, il n'y a aucun risque, je ne me perdrai pas. Quant à James, si c'est ce qui t'inquiète, il n'est pas à Chamonix aujourd'hui. Il vient de signaler sur Facebook qu'il était en train de sauter dans les Dolomites.

– Bon… Dans ce cas, tu récupères ma voiture et je file directement rejoindre Vincent.

– Oui mais sois prudent, n'y va pas comme une bombe !

Matthieu me remet sur la bonne voie, me rappelle où sont cachées les clefs de sa voiture et m'embrasse avant de disparaître. Je prends mon temps, lance ma musique et me cale sur un petit rythme régulier pour ma descente. Le sourire aux lèvres, l'euphorie me gagne, une déferlante de joie emporte ma poitrine gonflée. Comment décrire ce que je ressens, c'est tellement fort !

Quand j'arrive enfin à la voiture, je fais une série d'étirements pour limiter les courbatures. Je tâtonne ensuite derrière la roue avant gauche pour attraper la clef, mais ne la trouve pas. Je recommence, rien. Je me mets carrément à quatre pattes : pas mieux. Je regarde alors derrière la roue droite et trouve la clef. Je suis pourtant persuadée que Matthieu l'avait mise côté conducteur… Je m'installe au volant, règle le siège et les rétroviseurs puis attache ma ceinture. Zut ! c'est une boîte manuelle et un 4x4 en plus ; je n'ai jamais conduit ce genre d'engin ! J'appelle Matthieu en mode haut-parleur pour lui demander ce que c'est que ce voyant rouge allumé sur le tableau de bord. Le temps qu'il décroche, je me lance.

Je roule et traverse le cours d'eau pour rejoindre la route principale. Je trouve les pédales très dures, il faut vraiment appuyer fort pour freiner. Malgré tout, je prends à droite pour redescendre en direction de Chamonix. La voiture s'engouffre sous le paravalanche de la Pendant. J'appuie alors sur la pédale de frein, mais ça ne répond pas ! J'ai l'impression de donner des coups de pédale dans le vide ! C'est pas possible !

Dans les gorges de l'Arve, les virages s'enchaînent. La voiture tangue de droite et de gauche. Je dois doubler une camionnette car je vais beaucoup plus vite. Pourvu que personne n'arrive en face ! La voiture prend encore de la vitesse. Elle dérape au virage suivant. Ma bouche est sèche, je n'ai jamais eu aussi peur de ma vie. Je vais croiser un véhicule... ça passe. Mon Dieu, faites qu'il n'y en ait pas d'autre à doubler !

Ça y est, la partie encaissée va se terminer, je vais arriver sur le plat. Sauf que je fonce droit sur une voiture plus lente devant moi ! Et qu'une autre arrive en face ! Oh non, je vais les emboutir ! Pas le choix, je braque à droite... et heurte le parapet en béton avec une violence inouïe ! Le 4x4 bascule... se retourne dans un bruit assourdissant et percute violemment le sol, avant de s'immobiliser.

J'ai l'impression de manquer d'oxygène, la tête me tourne, je ne sais plus où je suis... J'ai un goût de sang dans la bouche. Je vois défiler les visages de mes proches. Puis tout s'obscurcit autour de moi...

J'ouvre les yeux quelques secondes pour les refermer aussitôt. Je me sens fourbue, comme piétinée par une horde d'éléphants.

– Ah, j'ai l'impression que l'on se réveille ici !

Une jeune infirmière brune s'adresse à moi avec un grand sourire et veut savoir comment je me sens. J'ai du mal à lui répondre en français, mais ça me revient peu à peu.

– J'ai soif !

– Bien sûr, je comprends ! Mais nous allons attendre un peu avant de vous donner à boire, au cas où nous devrions vous opérer. Le médecin va passer vous voir.

– Qu'est-ce que j'ai eu à la bouche ?

– L'équipe du Samu a dû vous intuber car vous respiriez mal. Nous vous avons extubée il y a trente minutes, quand votre respiration est revenue à la normale.

Je commence à être perdue avec ces mots français que je ne comprends pas. Heureusement, Vincent vient à mon secours.

– Super, tu es complètement réveillée ! Tu nous as fait une sacrée frousse, Emma ! Je préviens Matthieu tout de suite.

Je tourne au ralenti, dans un univers ouaté. J'ai bien compris que je me trouvais dans une chambre d'hôpital, mais ne saurais dire comment j'ai atterri ici.

Et soudain, je prends la scène en pleine figure, comme un flash. Je conduis le 4x4 de Matthieu sur une route de montagne, je n'ai plus de freins. Et je quitte la route… Je frissonne. Vincent s'approche de mon lit, s'assied et me caresse le front.

– Ça y est, tu visualises ?

– J'ai eu un accident de voiture.

– Oui, c'est ça. Le pauvre Matth, il est traumatisé…

– Où est-il ?

– Parti manger un morceau dans le coin.

– Et là je suis où ?

– Tu as été transférée en réanimation à l'hôpital d'Annecy.

À ce moment-là, le médecin – une petite femme en blouse blanche – suivie de l'infirmière de tout à l'heure font irruption dans la chambre.

Le médecin commence à m'ausculter et me parle en même temps.

– Vous êtes restée une quinzaine d'heures dans le coma. À votre arrivée, nous vous avons fait passer scanner et IRM. Vous avez eu de la chance, vous n'avez rien de cassé, et surtout pas d'hémorragie interne ; mais vous avez tout de même des contusions cérébrales.

J'effectue un gros effort pour comprendre ce qu'elle me dit, et Vincent me traduit en substance les termes que je ne connais pas.

– Vous allez quitter le service de réanimation aujourd'hui même, reprend-elle, mais nous vous gardons en observation en neurologie, sans doute une petite semaine, pour des examens complémentaires. En attendant, je vous prescris des anti-inflammatoires. Je repasserai vous voir demain ; d'ici là, les infirmières pourront répondre à vos questions. À plus tard, mademoiselle Lindley.

Je bouge mes membres tout doucement pour vérifier que tout fonctionne normalement. En baissant la chemise de nuit de l'hôpital, je constate que mon torse est barré d'une trace de ceinture de sécurité, comme une brûlure.

– Matthieu te passera de la pommade, rigole Vincent. Ah tiens, quand on parle du loup… Bon, je vous laisse les enfants, on reviendra avec Jane.

– Merci, Vincent, embrasse-la pour moi.

Matthieu s'assied sur mon lit, saisit ma main et la porte à ses lèvres ; aucun de nous deux n'a le courage de rompre le silence.

Puis il se penche vers moi et inspire profondément.

– Tu m'as fait peur, Emma, si tu savais !

J'essaye de me relever vers lui, mais je ne peux réprimer une grimace ; tout mon corps est endolori, ankylosé.

– Quand le Samu t'a embarquée, nous ne savions pas du tout quelle était la gravité de ton état. Heureusement que l'habitacle a résisté…

– J'ai cassé ta voiture, Matthieu !

– Oh, si tu savais comme je m'en fous ! Et puis je suis assuré pour ça. Pour le matos d'escalade qui était dans le coffre, ça m'ennuie un peu plus, mais je m'en remettrai ! Bon, la nuit a été courte et il te faut du repos… Maintenant que je suis totalement rassuré, je vais rentrer chez moi, me laver, me changer et dormir. Je reviendrai demain.

Matthieu se redresse pour partir mais semble hésiter. Il pousse un grand soupir et se ravise.

– Je ne me résous pas à te laisser…

– Alors reste ; je ne me résous pas à te voir partir !

Il s'étend à côté de moi, déplaçant délicatement ma perfusion. Presque instantanément, nous nous endormons l'un contre l'autre, ma main toujours au creux de la sienne.

Plusieurs heures doivent s'être écoulées quand l'infirmière nous réveille pour m'administrer mon traitement ; Matthieu descend du lit aussitôt. Elle m'autorise à boire et manger légèrement, et m'annonce que je vais être transférée en neurologie.

– Je vous laisse. Sauf si tu as encore besoin de moi ?

– Non, ne t'inquiète pas, va te reposer Matthieu. Merci pour tout et encore désolée pour la voiture.

Matthieu lève les yeux au ciel et vient m'embrasser.

– Vous êtes Matthieu Charraz ? demande timidement l'infirmière.

– Oui, c'est ça…

– J'avais un doute, répond-elle rougissante avant de s'éclipser dans le couloir.

Il me regarde, perplexe, et enfile sa veste.

– Emma, je te ramènerai des affaires demain. En attendant, repose-toi bien.

– À demain, mon amour.

Il ouvre de grands yeux en rabattant la porte sur ce que je viens de lui dire, mais c'est dit.

Le lendemain matin, tout s'éclaircit, j'ai repris totalement conscience. Matthieu est déjà à mon chevet.

– Comment te sens-tu, Emma ?

– Mieux, bien mieux ! Regarde cette vue dégagée, c'est agréable, non ?

– Jane m'a demandé de te dire qu'elle viendra te voir aujourd'hui.

– Super. Dis-moi, sais-tu si je peux récupérer mon portable ?

– Emma… il a brûlé avec la voiture…

– Quoi, la voiture a brûlé ? Mais quand ?

– Juste après que je t'en ai extraite.

– Comment ça ? C'est toi qui m'as sortie de la voiture ? Mais tu ne me l'avais pas dit ! Ni Vincent !

– Tu sortais juste du coma, on ne voulait pas te choquer davantage. En fait, ton portable est resté allumé et je t'ai entendue crier avant le crash. Je suis venu en courant – mon meilleur temps sur trois mille mètres ! Là, j'ai vu la voiture sur le toit et j'ai senti une odeur d'essence, j'ai fait au plus vite pour t'en extraire. Puis elle s'est enflammée, et cela s'est propagé très vite. Voilà.

– Pourquoi a-t-elle pris feu ?

– Dans le choc, le réservoir a été endommagé, il fuyait. Une étincelle a dû enflammer tout ça, sans doute un court-circuit dans le réseau électrique.

– Alors tu m'as sauvé la vie !

– Je ne sais pas…

– Si tu n'avais pas couru pour me sortir de là, j'aurais brûlé avec…

– Écoute, la question ne se pose pas. Tu es là, je suis là, tu vas bien, et d'ici quelques semaines tu seras totalement rétablie.

Je suis abasourdie. Il me faut quelques minutes pour encaisser cette nouvelle. Matthieu me caresse doucement le bras.

– Tout ça à cause d'une simple panne.

– Une panne, Emma ? Tu le penses vraiment ? Tu ne te poses aucune question sur ce qui s'est passé ?

– Non… Enfin, je ne sais pas… je suis nulle en mécanique. C'est de ma faute, il y avait un voyant rouge allumé, je n'aurais pas dû prendre la route.

– Je ne voulais pas t'en parler avant, mais je pense que le circuit hydraulique de freinage a été volontairement saboté.

– Mais au début il me semble que ça freinait un peu…

– Ça se peut, si cela a été fait par un bon ; en pinçant juste le système ou en l'obstruant légèrement. Dans un premier temps ça marche encore – partiellement du moins – donc la personne se lance, et puis ça casse d'un coup, quand la sollicitation devient trop forte.

– Donc pour toi, ce ne serait pas un accident ?

– Non. D'ailleurs, c'est ce que j'ai tenté de faire admettre à la police. Oui Emma, j'ai été entendu par la police judiciaire. Elle passe systématiquement sur les lieux de l'accident, dès lors qu'il y a des blessés. Mais là, évidemment, vu que le véhicule a brûlé, il ne restait plus grand-chose à expertiser…

– Donc, on ne pourra jamais savoir !

– Il n'empêche qu'ils voudront sûrement t'entendre rapidement.

C'en est trop pour moi, les larmes me montent aux yeux. Je ne sais pas ce qu'il m'arrive, un coup de fatigue sans doute…

– Désolé de t'avoir brusquée avec toutes ces informations, tu dois te reposer, ma chérie. Tu sais… cet accident m'a permis de réaliser que… je suis sans doute tombé amoureux. Et ce n'est pas faute d'avoir lutté…

Je me liquéfie, les yeux embués : il parle de moi ! Voilà qu'enfin il baisse la garde… avant de se reprendre.

– Ce n'est pas tout, mais j'ai un programme à respecter. Sois sage, et n'oublie pas que Jane vient tout à l'heure.

Il part en me faisant un signe de la main, sans même m'embrasser, comme si ce qu'il venait de me dire était déjà bien trop pour lui.

Une aide-soignante m'aide à me laver, puis je profite d'un moment de calme dans mon lit, admirant la vue, en tentant de chasser de mon esprit cette histoire de sabotage. C'est alors qu'un inspecteur de police fait irruption dans ma chambre et me farcit la tête de questions pour son enquête : êtes-vous sûre d'avoir retrouvé la clef côté passager ? Pourquoi vous être lancée sur la route si vous aviez un doute ? Est-ce que cela freinait vraiment au début ? Dans quelle mesure ? Vous voulez dire qu'au départ ça marchait mal, et que d'un coup cela ne freinait plus du tout ?...

Nous passons ensuite à mon emploi du temps : quelle heure était-il exactement quand vous avez récupéré le véhicule ? Combien de temps avez-vous couru en montagne ? À quelle heure précisément Nicolas Charraz vous a-t-il quittés ? Et Matthieu Charraz ? Si vous êtes montés à trois, puis à deux, pendant une heure quarante-cinq, à partir de quinze heures trente admettons, que vous êtes descendue seule pendant une grosse heure, et arrivée vers dix-neuf heures à la voiture, qu'avez-vous fait pendant les quarante-cinq minutes manquantes ? (Alors là, c'est vraiment la honte... Dois-je avouer à l'inspecteur que Matthieu et moi nous sommes envoyés en l'air en pleine nature ? Si ça se trouve, c'est totalement interdit en France, on va m'inculper pour attentat à la pudeur ou quelque chose comme ça...)

– J'ai fait une sieste dans l'herbe avec mon petit ami.

– Une sieste...

– Oui, une sieste d'amoureux...

– Je vois, fait-il d'un air entendu. Bien, mademoiselle Lindley, nous repasserons vous voir ultérieurement pour vous faire signer le procès-verbal de votre déposition, et la compléter le cas échéant. D'ici là, je vous souhaite un prompt rétablissement.

– Merci, monsieur l'inspecteur...

– ... Lemare, inspecteur Lemare.

Il me laisse sonnée, K.-O., rincée. Tout s'embrouille dans ma tête ; j'en viens même à me demander si Nicolas Charraz a bien rejoint la Flégère quand il nous a quittés cet après-midi-là, et s'il n'a pas plutôt fait demi-tour vers la voiture de son fils pour aller la trafiquer…

Quand j'émerge un peu plus tard, Jane bouquine sur le fauteuil de ma chambre.

– Il y a longtemps que tu es là, Jane ?

– À peine une demi-heure. Mais tu dormais si bien que je n'ai pas osé te réveiller, me dit-elle d'une voix douce. Emma, il faut que je te dise que tes parents vont bientôt arriver. Vincent les récupère à l'aéroport et les amène.

– Mes parents ? Mes parents arrivent ? Il ne manquait plus que ça !

– Tu n'es pas contente de les voir ?

– Crois-moi, là je m'en serais bien passée !

– Mais Emma, tu étais dans le coma, on ne savait pas pour combien de temps… On les a prévenus et ils ont tout de suite décidé de venir, ils étaient fous d'inquiétude… Je leur ai trouvé un hôtel juste à côté.

– Merci, Jane, tu es adorable. Désolée pour ma réaction, ce n'est jamais simple dès lors qu'il s'agit de mes parents.

– Ne t'en fais pas, je comprends que tu sois chamboulée Emma ; quelle histoire de dingues tout de même !

– Matthieu t'a dit qu'il pensait à un sabotage ?

– Bien sûr, ils ne parlaient que de cela avec Vincent.

– Vous ne l'avez pas dit à mes parents, j'espère ? Sinon, j'aurai droit à un rapatriement direct.

– Nous nous sommes mis d'accord pour ne pas en parler tant que tu n'avais pas décidé de le faire. Mais ton père posait déjà beaucoup de questions, il voulait comprendre les circonstances matérielles de l'accident.

– Je vais voir… Je leur dirai peut-être que j'ai fait une sortie de route parce que j'ai confondu les pédales vu que ce n'était pas une boîte automatique.

Une heure après, Vincent dépose mes parents et rentre avec Jane à Chamonix.

Tout compte fait, je suis heureuse de les voir. Maman m'a même ramené deux paquets de Reese's, mes biscuits préférés ; j'en pleure comme un bébé… C'est dommage car ils vont encore penser que ma vie en France ne ressemble à rien et que j'y fais n'importe quoi. Les parents restent jusqu'à ce que l'infirmière ne vienne annoncer la fin des visites, puis rejoignent leur hôtel.

Quelle folle journée : entre mes douleurs, la voiture explosée, cette histoire de sabotage, l'interrogatoire de l'inspecteur, les parents qui débarquent et Matthieu qui m'avoue à demi-mot qu'il m'aime… je suis à saturation niveau émotions.

Le lendemain, mes parents se présentent dès l'ouverture des visites.

Maman me tend un brin de muguet – tradition française, nous sommes le 1er mai – puis me donne des nouvelles de mon frère, de sa famille, et de tous les gens de la paroisse. J'ai bien sûr droit au couplet sur mon ex-fiancé – Mike, parfaitement, il a annoncé son mariage, il semble tellement épanoui avec sa nouvelle fiancée… Je l'écoute d'une oreille, tout en somnolant, tandis que mon père a le nez dans sa tablette. Soudain, la porte s'ouvre. C'est Matthieu, mon Matthieu, qui entre dans la chambre et se fige lorsqu'il voit mes parents. Ils n'ont pas de blouse blanche, on se ressemble, il a compris tout de suite. Les parents le regardent, silencieux. Voilà mes deux mondes qui s'entrechoquent.

– Euh… papa, maman, je vous présente Matthieu.

– Matthieu ? demande mon père en levant un sourcil.

– Matthieu Charraz, un ami français.

Mon Dieu, je voudrais me cacher dans un trou de souris. « Un ami » ! Matthieu se décompose et prend manifestement sur lui pour saluer poliment mes parents et leur demander s'ils ont fait bon voyage. Puis il se tourne vers moi, le visage fermé.

– Emma, je passais juste voir si tu allais mieux.

Il prend congé, visiblement blessé. C'est à peine s'il m'adresse un signe de la main, j'en suis malade…

– Emma, peux-tu me dire qui est exactement ce jeune homme ? me demande mon père.

Alors là, je déballe tout. Je ne vais pas me cacher comme une fillette jusqu'à la fin de ma vie : oui, c'est l'homme que j'aime. Face à leurs inquiétudes (quelle est la nature exacte de vos relations ? pourquoi ne pas en avoir parlé plus tôt ? quel est son métier ? que font ses parents ? de quelle confession est-il ?…), je suis obligée d'enjoliver.

Il n'empêche, après ça, Matthieu reste injoignable pendant deux jours.

C'est long, deux jours, surtout quand on est hospitalisée… Tous mes messages sont restés lettre morte. Il m'a fallu ruser, en appelant avec le portable de Jane, pour qu'enfin il me parle.

– Matthieu, ce n'est pas Jane, c'est Emma. Pardonne-moi de ne pas leur avoir parlé de toi avant…

– Je ne sais pas. Tu m'as tout simplement humilié, me dit-il d'une voix d'outre-tombe.

– Ce n'était pas évident pour moi, mets-toi à ma place.

– Emma, je t'ai présentée à mon père. Et crois-moi, pour moi non plus, ce n'était pas évident. Tu vois, ce n'est pas pour moi toutes ces conneries.

– Je t'en prie, ne dis pas ça ! Viens, mes parents sont partis, ils ne repasseront pas avant demain. Viens, Matthieu, je t'aime. Si tu ne viens pas, j'arrache ma perf et je quitte l'hôpital tout de suite pour te rejoindre.

Silence interminable au bout du fil.

– OK, j'arrive.

Je suis au garde à vous, assise dans mon lit, et mon cœur bondit quand il fait son entrée une heure plus tard. Il va directement s'installer dans le fauteuil.

– Matthieu, je suis désolée, j'aurais dû leur dire plus tôt.

– Et tu l'as fait ?

– Oui, ça y est, je le leur ai dit.

– Et comment ont-ils réagi ?

– Euh, moyennement bien pour être honnête. Ils sont un peu inquiets car tu es français. La France, c'est loin… Et ils ne te connaissent pas, tu ne fais pas partie de la paroisse… Du coup, pour les rassurer, je leur ai dit que tu étais croyant et que tu voulais qu'on se fiance…

Le visage de Matthieu se décompose. J'enchaîne.

– Je leur ai également dit que tu étais un champion en sport de montagne, même s'ils n'y connaissent rien, et que tu gagnais très bien ta vie. Je sais, c'est un peu trivial, mais ça compte pour eux. Par contre, je n'ai pas dit que tu faisais de l'extrême, ils auraient trop flippé. Ah oui, et ils ont remarqué que tu parlais un anglais impeccable.

– Formidable ! Qu'est-ce qu'on fait maintenant ?

– Serais-tu d'accord pour que nous allions déjeuner tous les quatre ?

– Je ne sais pas, il faut que j'y réfléchisse. Tu sors quand déjà ?

– Après-demain…

J'embraye sur un autre sujet, plus neutre, quoique préoccupant.

– Tu sais, je me pose pas mal de questions sur cette histoire de sabotage. Tout d'abord, comment la ou les personnes qui ont fait cela s'y sont-elles prises ? par en dessous ?

Matthieu prend une grande inspiration avant de me répondre.

– Non. Il fallait ouvrir le capot par l'intérieur pour accéder au système de freinage. Et s'il avait été forcé, tu l'aurais remarqué. Ce qui signifie que quelqu'un nous a vus cacher la clef. Ou bien, c'est une personne qui sait exactement où j'ai l'habitude de la cacher… mais qui s'est trompée de côté en la remettant en place. Et j'imagine que tu te demandes qui a fait le coup.

– Exactement. Et j'ai peut-être une idée : j'ai eu un petit souci avec des Russes récemment, lors d'un entretien.

– C'est quoi cette histoire ?!

Mon Dieu, voilà qu'il s'énerve de nouveau. Je lui explique :

– Cela ne me semblait pas important sur le coup, mais quand j'ai interviewé Alexey Koulikov l'autre jour, j'ai trouvé par hasard une arme dans sa chambre d'hôtel. En plus, son entraîneur, Vlad je-ne-sais-quoi, n'arrêtait pas de boire de la vodka et de commenter les réponses d'Alexey – en russe bien sûr pour que je ne puisse pas comprendre. Or, comme presque tous mes entretiens, celui-ci était enregistré.

– Et ?

– Et j'ai transmis la bande à Nicole, qui – tu te rappelles – est interprète aux Nations unies ; elle l'a fait traduire par une collègue russe. En gros, Vlad raconte que pour faire gagner Alexey, le mieux est de blesser ses concurrents aux jambes.

– Ce ne sont que des blagues d'ivrognes…

– Sauf que Ken Taber, son principal rival, a été victime d'une agression cet hiver, et qu'il s'est retrouvé avec une double fracture à la jambe, ce qui ouvrait à Koulikov une voie royale pour finir la saison en haut du podium.

– Et alors ? même s'il est à l'origine de l'agression de Taber, je ne vois pas pourquoi il aurait tenté de supprimer des personnes qui n'ont rien à voir avec ses compètes.

– Je pensais plutôt à son entraîneur, qui a l'air le plus barjot des deux.

– Emma, je comprends que tu sois choquée, mais ne sombre pas dans la paranoïa. Tu as juste donné à traduire une bande-son. On ne tue pas les gens pour cela, même en Russie.

– Peut-être qu'ils ont simplement voulu me faire peur ?

Matthieu vient s'asseoir sur mon lit.

– Écoute, Emma, je ne sais pas si ce que je vais te dire va te rassurer, mais c'est moi qui étais visé : c'est ma voiture qui a été sabotée, et c'est moi qui aurais dû la conduire.

– Alors à qui penses-tu ?

– Pour être honnête, Emma, je pense à James... Je ne vois que lui.

– Mais tu rigoles, c'est impossible, il n'est pas capable de faire un truc pareil ! Pourquoi dis-tu cela ?

– Une intuition... Il a dû voir la photo mise en ligne par mon père alors qu'on attaquait la montée. Il pouvait nous localiser avec précision et savoir où la voiture était garée, d'autant que nous nous y étions donné rendez-vous pour un entraînement, avant de faire équipe à la PTL l'an dernier. En plus, il sait où je cache ma clef de voiture quand je pars en montagne.

– James aurait voulu te tuer ? Je n'y crois pas une seconde. Et puis tu sais bien qu'il était dans les Dolomites ce jour-là.

– En est-on sûr ? Il est tellement facile de poster n'importe quelle photo sur Facebook en prétendant être sur place !

– Bon, nous ne sommes pas plus avancés. Si ça se trouve, il s'agissait d'une simple panne, voilà tout.

– Tant de naïveté, ma chérie, c'en est presque touchant.

À ces mots, Matthieu se penche vers moi et m'embrasse, enfin !

– Et toi ? Que t'ont dit les médecins ?

– Que l'hématome cérébral tendait à se résorber, que j'aurai des examens complémentaires à passer plus tard, et que dès que je m'en sentirai capable, je pourrai reprendre le sport, mais progressivement.

– Que des bonnes nouvelles, en somme. Et comment te sens-tu ?

– Mes douleurs s'estompent peu à peu, je me déplace plus facilement dans l'hôpital, mais avec une minerve affreuse autour du cou et l'aide de mes parents.

– À propos, où sont-ils ?

– Je leur ai demandé d'espacer un peu leurs visites pour pouvoir me reposer. Et de prendre un peu de temps pour découvrir la région. Jane a eu la gentillesse de leur servir de guide dans le vieil Annecy.

– Parfait. Repose-toi bien, Emma, et sache que je suis libre le 8 mai pour déjeuner avec eux.

– Merci, Matthieu, je suis touchée. Et merci d'être venu.

Une semaine après mon accident, les médecins me laissent enfin sortir. Il fait un temps magnifique, les cerisiers sont en fleur et le soleil réchauffe la ville. Mes parents font également la migration vers Chamonix et prennent un hôtel aux Praz, près de mon appartement.

Trois jours plus tard, nous nous retrouvons tous les quatre au fameux restaurant où nous avions dîné avec le père de Matthieu. Matthieu est chic, en costard sans cravate. Le patron du restaurant vient lui serrer la main, et des clients viennent timidement lui demander une photo. Je ne peux même pas dire qu'il a payé des gens pour impressionner mes parents, car ce genre de situation arrive souvent. En tout cas, ça marche, ils regardent la scène silencieusement, je vois bien qu'ils sont bluffés. À table, ils scrutent Matthieu comme une bête curieuse : un Français, sportif de haut niveau, moitié orphelin, qui a grandi au Népal, qui est « payé pour courir », suivi par des milliers de personnes sur Internet, et qui par-dessus le marché se tape leur fille… Ça fait beaucoup de données à intégrer pour eux. Matthieu, en revanche, semble très à l'aise. Il leur demande ce qu'ils ont visité, leur parle des Alpes, de la haute montagne, de Chamonix…

Ça se complique un peu lorsqu'on nous sert les entrées. Mon père, qui ne s'en laisse pas conter, demande à Matthieu de dire le bénédicité. S'ensuit un long silence. Mon mécréant, mon démon ; mon Dieu, s'ils savaient ! Je suis tétanisée, c'est moi qui leur ai dit qu'il était croyant, protestant de surcroît…

Matthieu donne le change :

– Désolé, je ne sais le dire qu'en français.

Il baragouine alors un truc qui ne veut absolument rien dire, ponctué des mots « Dieu » et « Christ ». Je me mords les lèvres pour ne pas exploser de rire et lui murmure discrètement :

– Matthieu, maman a étudié le français au lycée.

Matthieu blêmit et met promptement fin à sa prière d'infidèle en se penchant au-dessus de son assiette d'un air recueilli, les mains jointes. À l'idée de raconter la scène à Jane, j'en frémis déjà. Ma mère ne tique apparemment pas… Mes parents semblent apprécier leur repas et tout se déroule assez bien dans l'ensemble.

Après le déjeuner, mon père doit se rendre à l'aéroport de Genève pour rentrer travailler aux États-Unis. Matthieu se propose de l'y conduire. Je lui fais les gros yeux pour l'en dissuader : il leur a fait bonne impression, il ne faudrait pas qu'il gâche tout en disant la phrase de trop. Mais c'est peine perdue, Matthieu me sourit et ne m'écoute déjà plus. Et le pire, c'est qu'il se fout de ma gueule :

– Au revoir, Emma, *my fiancée*…

Mon père récupère sa valise, me donne ses dernières recommandations et grimpe dans le nouveau 4x4 de Matthieu qui a opté pour un modèle hybride, et m'a donc gentiment expliqué que grâce à moi il conduisait désormais une voiture plus propre. Si on veut.

Maman m'accompagne ensuite chez l'ostéopathe de Jane, un praticien aux doigts de fée, dont les séances me mettent à plat mais accélèrent considérablement ma guérison et m'aident à retrouver peu à peu mon corps.

Un soir, alors que Matthieu doit venir dormir à la maison, je lui demande d'attendre que ma mère soit partie à son hôtel pour débarquer. Lorsqu'il arrive dans ma chambre, il est remonté comme une pendule :

– Je n'en reviens pas, Emma, on est obligés de se voir en cachette de ta mère, comme des ados ! Et après tu oses me dire que je me comporte comme un petit garçon devant mon père !

– Au fait, à propos de père, la dépose du mien à l'aéroport l'autre jour s'est bien passée ?

– Oui, parfaitement. Je lui ai dit que j'avais peaufiné ton éducation sexuelle qui laissait fort à désirer, et il m'a chaleureusement remercié.

– Matthieu, arrête ! ! Et en vrai ?

– À ton avis ? J'ai assuré bien entendu, qu'est-ce que tu crois !

Je me décide alors à lui annoncer une nouvelle à laquelle je ne sais comment il va réagir ; je n'en mène pas large.

– Matthieu… je vais sans doute partir une vingtaine de jours chez mes parents, le temps de ma convalescence…

– Ah bon ? Tu n'es pas bien ici ?

– Si, mais je ne peux pas faire grand-chose. Je ne me sens pas capable de retravailler tout de suite, j'ai besoin de faire un break. Et j'ai peur de m'ennuyer toute seule.

– Mais je ne suis pas loin !

– Matthieu, tu es très occupé et la saison de trail a repris. Je t'ai suffisamment perturbé.

– Ce sont tes parents qui t'ont convaincue ?

– Oui… ça leur fait tellement plaisir…

– … de remettre la main sur toi ? Je comprends.

– OK : ils me payent le billet d'avion.

– Évidemment… Rassure-moi, ils te payent le retour également ?

– Bien sûr. J'ai acheté les billets avec eux.

– Ah, donc c'est déjà fait ! Tu aurais pu m'épargner ce « je vais sans doute »… Tu es une jeune fille courageuse, mais les seules fois où je t'ai vu faire preuve de lâcheté, c'est quand tes parents sont en jeu.

Je n'ai peut-être pas volé cette critique…

– Et quand pars-tu ?

– Le 15 mai, dans cinq jours. Je dois voyager avec ma mère.

– Bon. J'y vois deux avantages malgré tout : d'abord, tu seras en sécurité là-bas ; ensuite, j'avais un ultra-trail prévu à l'étranger et j'étais bien ennuyé de devoir te laisser…

Matthieu prend une grande inspiration et ajoute :

– Emma, promets-moi que tu vas revenir.

– Mais bien sûr que je vais revenir ! Je rentre le 5 juin. Tu viendras me chercher à l'aéroport ?

Il consulte son smartphone : oui, le 5 juin, il sera rentré.

Allongée sur mon lit, je montre à Matthieu la marque de la ceinture encore visible.

– Je dois mettre cette pommade matin et soir.

– Voyons voir…

Matthieu m'enlève mon chemisier, dégrafe mon soutien-gorge, se saisit du tube et m'en étale délicatement sur la marque.

Il dégage ensuite mes hanches, mon ventre.

– Dis donc, tu n'as pas grossi à l'hôpital…

– Il faut dire que leur cuisine ne m'a pas emballée. Et ma masse musculaire fond à vue d'œil…

– Ce n'est pas mal de faire une pause. Depuis septembre, tu avais un rythme plutôt intense pour une coureuse amateur. Tu verras, quand tu reprendras, tu seras surprise. Et puis tu n'as peut-être pas tant perdu que cela. Fais voir.

Il saisit l'occasion pour me dévêtir intégralement.

– Magnifique… à part la trace bien sûr, mais elle devrait bientôt disparaître.

En temps normal Matthieu m'aurait déjà sauté dessus depuis dix minutes. Mais là, il prend son temps, faisant courir ses mains sur moi, s'attardant sur des zones auxquelles d'ordinaire il ne prête guère attention.

– Je n'avais jamais vu que tu avais ce grain de beauté…

– Déshabille-toi aussi un peu.

Il ôte son tee-shirt, et continue, torse nu, à parcourir du bout des doigts chaque parcelle de mon corps, me faisant frémir à plusieurs reprises. Il me caresse maintenant les jambes, partant des chevilles, montant lentement vers l'entrecuisse.

Il remonte encore sa main, je suis déjà complètement trempée.

– Viens Matthieu !

– Attends un peu…

Matthieu achève de se dévêtir – il bande déjà – et, prenant bien garde à ne pas faire reposer son poids sur moi, s'appuie sur ses mains de part et d'autre de mon visage, les muscles saillants. Nos langues s'emmêlent, nos sexes se cherchent déjà.

Il écarte précautionneusement mes jambes et s'y invite avec délicatesse, millimètre après millimètre. Ses yeux plongés dans les miens, il cale ses mouvements sur mon souffle, scrute mes réactions pour savoir s'il peut avancer plus ou doit attendre que je sois disposée à le recevoir.

Puis, quand mon corps s'est habitué et l'a accueilli tout entier, Matthieu se retire et me dirige comme il a l'habitude de le faire.

– Mets-toi de profil, face au mur.

Je me couche sur le flanc. Il fait pareil, dans mon dos, et s'introduit de nouveau. Je le sens différemment, sur d'autres zones, mais encore mieux, dans toute sa longueur. Il va et vient derrière moi, les mains sur mes reins qui se creusent instinctivement pour le happer. Je gémis le plus silencieusement possible. Matthieu bouge toujours doucement, mais donne de l'amplitude à ses mouvements. Surtout n'arrête pas mon amour… Je suis suspendue à ses allers-retours, comme si ma vie en dépendait. Au bout d'un moment, j'ai un besoin vital de laisser l'orgasme venir.

– Matthieu, je n'en peux plus…

– Mets-toi sur le ventre, au bord du lit.

Je me place comme il me le demande, une main entre les cuisses. Aussitôt, il m'attrape les hanches et donne de violents et rapides coups de bélier, son bassin tapant bruyamment contre mes fesses. Il nous suffit d'une minute pour jouir ensemble…

Matthieu se penche ensuite pour embrasser mon dos parcouru d'un tressaillement.

La première semaine chez mes parents, je pousse à l'extrême le concept de la convalescence. Je ne fais rien, absolument rien, et m'ennuie à mourir. Seules les visites de ma grand-mère, de mon frère et d'Abby me tirent de ma torpeur. Ayant retrouvé une totale mobilité, je décide de tenter une petite sortie running pour me tester. L'idée étant de reprendre le sport sans tarder pour ne pas perdre mes muscles.

Je démarre doucement, tout se passe bien. Tellement bien que j'y retourne tous les jours, au grand dam de mes parents. J'avais l'impression de repartir de zéro, mais cela revient vite. Finalement, à part quelques céphalées, je n'ai aucune séquelle. Je me force même à reprendre le volant, ma mère à mes côtés, pour ne pas rester sur l'image traumatisante de l'accident.

La deuxième semaine s'avère plus fructueuse : je vais à l'université voir mes amis et faire quelques recherches à la bibliothèque. J'ai également rendez-vous avec mon directeur, enchanté de me revoir. Nous commençons à évoquer la poursuite de ma thèse et la date de mon retour définitif aux États-Unis, que j'essaye de repousser au maximum.

– Si je comprends bien, vous n'avez pas envie de revenir parmi nous, mademoiselle Lindley ?

– Bien sûr que si, mais c'est juste que les enquêtes sur le terrain sont si riches et pertinentes que…

– … que vous avez pris goût à la vie française. Comme je vous comprends ! Sauf que nous comptons sur vous à la rentrée pour assurer les travaux dirigés des étudiants de deuxième année. Vous êtes inscrite sur le planning.

En voyant mon air catastrophé, il poursuit :

– Mademoiselle Lindley, vous prenez vos recherches très à cœur, ce qui est tout à votre honneur, mais nous avions passé un accord.

– Bien sûr, professeur, mais cette étude mériterait une année d'observation supplémentaire : il me semble indispensable de revoir les sportifs encore une saison dans chacune de leurs disciplines, pour aller vraiment au fond des choses. De plus, les liens que j'ai tissés restent superficiels et doivent être consolidés, les montagnards ne se livrant pas si facilement. Sans compter les nouveaux axes que je souhaite développer…

– En admettant que nous parvenions à nous organiser autrement, si vous ne réalisez pas de soutien auprès des étudiants, vous ne serez pas payée par l'université.

– Oui… je sais… Laissez-moi quelques semaines et je vous présente un solide plan de financement.

– Et notre planning ?

– Inscrivez-moi comme remplaçante, je vous réponds au plus vite.

– Vous vous dispersez, mademoiselle Lindley. Voilà maintenant que vous partez démarcher les mécènes… Je ne sais pas très bien ce que vous manigancez en France, mais je vous vois animée d'une telle détermination que je vous donne jusqu'au

30 juillet – date de mon départ en vacances – pour trouver une solution. À défaut de quoi, vous réintégrerez le bercail après le 1er septembre pour préparer la rentrée.

– Merci, professeur, merci beaucoup !

Quelle chance j'ai d'avoir un directeur aussi compréhensif ! Je pense que la sociologie est une matière qui draine des individus ayant un sens des rapports humains particulièrement développé. Je suis folle de joie et j'entends bien mettre à profit ce sursis, même si je ne sais pas trop ce que je pourrai trouver.

Je suis en pleine forme lorsque Nicole débarque de New York pour passer le week-end à Evanston. Je l'informe de mes investigations et lui révèle que je vais voir le skieur Ken Taber chez lui dans trois jours.

– Ne te mêle pas de cela, Emma, tes Russes sont des malades.

– Je me renseigne, c'est tout. Je veux savoir si ce sont les mêmes personnes qui ont blessé ce type et saboté la voiture de Matthieu.

– Et si c'est le cas, que fais-tu ? Tu le dis à Taber ? Tu lui remets l'enregistrement pour qu'il le donne à la police ? Cela peut aller très loin, méfie-toi ! À mon avis, tu vas prendre beaucoup de risques pour pas grand-chose. Qu'en pense Matthieu ?

– Il n'est pas au courant…

– Évidemment…

– Au pire, ça me fait une interview de plus.

– Oui, sauf que Taber habite dans les Rocheuses, non ?

– En effet, c'est le seul problème. J'en ai pour quatre cents dollars de billets d'avion… Et encore, c'est Abby qui m'a dégoté un aller-retour à ce prix.

– Tu fais n'importe quoi, Emma ! Mais bon, quand tu as une idée en tête…

Le mardi, je m'envole pour Denver rencontrer Ken Taber afin de m'entretenir avec lui de la prise de risques en montagne, comme je le lui ai annoncé.

Je loue une voiture à l'aéroport et, après plus de deux heures de route, j'arrive devant un immense portail automatique, derrière lequel se cache une imposante villa moderne.

Ken, vêtu d'un jogging satiné, m'accueille en boitant légèrement. Il semble flatté que je sois venue de Chicago pour le voir et entreprend aussitôt de me faire visiter les lieux. La salle de sport, la piscine intérieure, le home cinéma, les tableaux dont il me donne le prix… tout y passe. Je ne suis pas vraiment venue pour ça, mais cette débauche de luxe un peu beauf est finalement assez distrayante. Pas un pan de mur sans une médaille, une photo de lui brandissant une coupe ou posant avec un *people*. Nous terminons par la visite du vaste garage en sous-sol où sont garés une Ferrari jaune et un Hummer. Mais comment peut-il se payer tout cela ? Me reviennent alors en mémoire des publicités dans lesquelles il apparaît : une pour du jambon industriel, une autre pour du fil dentaire…

Quand il a fini son cirque, je lui propose de commencer l'entretien. Nous nous installons dans le salon et, plus nous parlons, plus il m'apparaît pétri de vantardise, et d'une suffisance que je n'avais pas détectée quand je l'avais rencontré en Italie. Taber me dit ne pas pratiquer le freeride, uniquement le ski sur piste, et de toute façon le reste ne l'intéresse pas. Les dameuses, les piquets, les télésièges, il ne connaît que cela. Question d'assurance, sûrement, mais tout de même… Au bout d'un moment, j'oriente la conversation vers son accident. Il n'a pas l'air gêné d'en parler, comme de tout ce qui le concerne de près ou de loin. Il me décrit la détermination avec laquelle ses assaillants l'ont agressé en pleine rue et ont frappé ses jambes avec leurs chaussures coquées… Rapidement, ses propos semblent corroborer mes présomptions sur les Russes. Pour en avoir le cœur net, je le questionne sur le mobile.

– Je pense qu'ils savaient à qui ils avaient affaire, car ils m'ont abordé en anglais, alors que j'étais en Autriche… Bref, ils se doutaient que le portefeuille d'une star du ski serait bien garni.

– De qui s'agissait-il ?

– Deux grands types, la peau claire, des bonnets sur la tête, habillés en sombre. L'un d'eux avait une veste en cuir. C'est tout ce dont je me souviens. Ils avaient un accent allemand. Ou slave.

– Quelle conclusion en tirez-vous, monsieur Taber ?

– Que personne ne me mettra à terre ! Je vais revenir dans le circuit, comme un boxeur sur le ring ! J'ai été soigné par les meilleurs orthopédistes, je retrouverai mon niveau, ça va le faire. Je redeviendrai le meilleur skieur de ma génération, prétend-il sans une once d'ironie.

À quoi bon lui dire que ses deux agresseurs pourraient avoir été mandatés par Alexey Koulikov et Vladimir ? Cet homme prétentieux et grossier ne mérite pas que je risque ma peau pour lui, alors je me tais, et le laisse croire qu'ils n'en avaient qu'après son argent.

Très vite, il me fait comprendre qu'il est lassé de cet entretien. Il commence à triturer son portable en poussant de petits jappements, je parle dans le vide. Puis il s'approche de l'immense chaîne hi-fi pour lancer une musique d'ambiance style *easy listening*, l'angoisse. Il saisit une bouteille de champagne et deux flûtes et vient s'asseoir à côté de moi. Je comprends immédiatement qu'il vaut mieux lever le camp avant qu'il ne devienne libidineux. Je le remercie chaleureusement, lui souhaitant un prompt rétablissement, et saisis mon sac, espérant retrouver facilement la sortie dans ce labyrinthe.

Tout ça pour ça ! Je suis verte d'avoir fait ce long voyage, et d'y avoir englouti une bonne partie de mes économies.

Juste après, en route pour l'aéroport de Denver, je reçois un appel de Matthieu, qui pourtant devrait dormir vu l'heure en France. Je me gare sur le bas-côté pour lui répondre.

– Emma, il ne faudra pas t'étonner si tu as des ennuis…

– Que veux-tu dire ?

– Je sais que tu es passée chez Ken Taber. Il a publié ceci sur son compte, je cite : « Aujourd'hui, entretien avec Emma Lindley, une sociologue venue m'interviewer. Si elles sont toutes comme ça, je vais penser m'inscrire à la fac… » Avec bien sûr un lien vers ton profil.

– Quel abruti ! Ils sont vraiment tous obligés de raconter leur vie sur Internet, et celle des autres par la même occasion ? C'est l'abolition de la vie privée !

Il ne fallait évidemment pas que cela se sache, j'en ai mal au ventre.

– À quelle heure l'a-t-il publié ?

– Il y a une bonne heure, pourquoi ?

– J'étais en face de lui, je le revois bidouiller son portable, il aurait pu me demander l'autorisation !

– Mais pourquoi es-tu allée le voir ?

– Je l'ai contacté pour ma thèse, évidemment !

– Cesse de me prendre pour un con, tu veux ? En plus ce mec est un tocard, tout le monde le dit dans le milieu. Emma, il est temps que tu rentres à la maison, tu fais n'importe quoi, tu as traversé les États-Unis pour aller voir ce type !

– Je sais Matthieu, je n'aurais pas dû… Au fait, j'ai vu que tu avais gagné haut la main ton ultra-trail en Espagne…

– N'essaye pas de faire diversion, Emma. J'espère pour toi que les Russes ne suivent pas Taber sur les réseaux sociaux, sinon ils vont être ravis d'apprendre qu'il a discuté avec toi.

Je n'en mène pas large…

– Je suis désolée, Matthieu, je n'aurais pas dû… Tu me récupères toujours à l'aéroport le 5 ?

– Bien sûr. Je t'attends, Emma.

Pour pouvoir supporter le temps qui me sépare de mon retour à Chamonix, je fais des footings de plusieurs heures, tenant tête à mes parents qui, inquiets, tentent de m'en dissuader. Aussi, je commence à démarcher des financeurs afin de rester une année de plus en France, et à me renseigner pour le renouvellement de mon visa de long séjour.

Enfin, il est temps pour mes parents de me déposer à l'aéroport. Maintenant qu'ils savent où je vais et qui je vais retrouver, il leur est plus facile de me laisser partir. Ils se doutent bien que c'est ça ou le clash entre nous. Cela dit, nous avons un petit pincement au cœur en nous disant au revoir car il est évident que je ne reviendrai pas pour les vacances d'été. Et peut-être pressentent-ils que je vais tout faire pour prolonger mon séjour en France.

À Genève, une fois la douane passée, je cherche Matthieu. Je balaye du regard la foule avant de remarquer, en retrait, un jeune homme à la classe folle qui m'observe, adossé à un poteau, mains dans les poches. Mon cœur bat à cent à l'heure, je presse le pas vers lui. Je me rapproche, et quand j'arrive sur lui, il m'enlace pour un baiser magistral. Son odeur, ses bras, son visage, sa barbe naissante qui pique ma joue, tout m'a manqué… Matthieu me relâche enfin, prend mes bagages et me conduit par la main jusqu'au parking aérien.

Sitôt dans la voiture, Matthieu se rue sur moi… Il ouvre à moitié mon chemisier et empoigne mes seins. Je crains que l'on puisse nous voir, mais heureusement le parking est à moitié vide à cet étage : le dernier ; je soupçonne sérieusement Matthieu d'avoir calculé son coup… Il défait son jean, m'agrippe par les hanches, relève ma jupe, fait glisser ma culotte et me place sur lui. Vite, vite, le sentir, le sentir en moi… Je me retiens au dossier pour ne pas m'empaler trop vite. Je descends progressivement, presque en retenant mon souffle.

Matthieu s'impatiente et tente de s'agiter comme un fou.

– Emma, je n'en peux plus… Passe à l'arrière, ordonne-t-il.

Je me faufile entre les deux sièges, il se glisse à ma suite et sans attendre vient s'encastrer derrière moi. Il me culbute à chaque poussée, à tel point que je suis obligée de m'agripper aux fauteuils. Matthieu donne encore deux ou trois coups, puis s'immobilise en gémissant. Ensuite il m'assied sur ses genoux et me fait rapidement jouir avec ses doigts. Et nous nous rhabillons et démarrons aussitôt, direction la vallée de Chamonix.

En roulant, Matthieu m'informe qu'il y a du nouveau dans l'enquête préliminaire concernant mon accident : James a été entendu par la police.

– James ? Comment sont-ils remontés jusqu'à lui ?

– Je les ai aidés, pardi ! Et j'ai bien fait, car son emploi du temps du jour de l'accident ne tient pas.

– C'est-à-dire ?

– Rien ne prouve qu'il soit allé dans les Dolomites comme il l'avait annoncé initialement. Rien. Pas un ticket de péage, une facture, une photo…

– Et ce qu'il avait posté sur les réseaux sociaux ?

– D'anciennes photos.

– Tu avais raison ! Et alors ?

– Pour l'instant, la police l'a juste interrogé, mais il doit se tenir à la disposition des enquêteurs qui veulent l'entendre de nouveau sous peu. Maintenant que les flics l'ont dans le collimateur, j'imagine qu'il va se tenir à carreau. Mais si tu n'es pas rassurée, on peut passer quelques jours chez mon ami Sven ; son chalet est disponible, il n'arrive que le mois prochain.

Nous allons dîner à l'Atmosphère, un restaurant chamoniard, où nous attendent Sandro, Philippe, Jane, Vincent, Samuel et Nathalie.

– On a dû supplier Matthieu, me précise Jane, il voulait te garder pour lui tout seul ce soir.

La soirée est parfaite, sauf qu'après les digestifs, je suis légèrement grisée et la fatigue du voyage se fait ressentir. Suivant son idée, Matthieu me conduit dans le grand chalet de Sven.

Quand Matthieu me dépose aux Praz le lendemain ; je suis ravie de retrouver l'appartement, ma chambre, mes affaires et mes livres.

Je prends un café avec Vincent qui me tend un DVD avec une photo de Matthieu en snowboard sur la jaquette.

– Regarde, j'ai fini de monter le dernier film de Matth en ton absence.

– La photo est magnifique, Vincent. Je peux le regarder maintenant ?

– Bien sûr, c'est ton exemplaire. Je compte sur toi pour te le faire dédicacer.

Dès le départ, je suis cueillie par la musique et les images somptueuses. Vincent a un indéniable talent de vidéaste, il met en valeur comme personne les sportifs qu'il filme, la splendeur des paysages de montagne et l'intensité des exploits.

La première séquence montre une descente inédite dans le massif du Mont-Blanc par Matthieu en snowboard et l'un de ses amis à skis. Les pentes sont raides, au-delà de l'entendement. Sous le sommet, une microscopique langue de neige plâtrée leur permet de se faufiler entre les blocs de granit saillants. Épisodiquement, ils se couchent sur le rocher ou la glace pour franchir certains passages dépourvus de neige, sans pour autant déchausser ou poser de rappels. Ils pratiquent une sorte de désescalade surf ou skis aux pieds, grattant la neige, cherchant des prises entre les rochers, utilisant un piolet pour s'ancrer à la montagne. Ils disposent néanmoins, dans leurs sacs à dos, de crampons, de broches à glace et d'une corde, au cas où, m'indique Vincent.

On entend Matthieu, équipé d'une petite caméra, qui donne des conseils à son coéquipier. Il fait preuve d'une incroyable décontraction, qui contraste avec le stress du skieur qui l'accompagne, le souffle court, la voix hésitante…

– Ça va être tendu quand on va arriver dans l'étroiture, non ?

– Tu mets du frottement. En posant la spatule sur la glace, là, tu te laisses décrocher, lui conseille Matthieu.

Sauve qui peut ! À leur place, le quidam serait pétrifié, mais eux poursuivent leur descente puis arrivent dans une goulotte. Ils se lancent dans le couloir, que dis-je, le goulet raidissime entre deux parois rocheuses absolument impraticables, et commencent vraiment à rider. La neige semble dure comme du béton, mêlée à des plaques de glace vive ; je déteste le crissement que l'on entend, leurs carres ont intérêt à être sacrément bien affûtées… Matthieu, filmé d'hélicoptère, entame des virages sautés pour pouvoir tourner avec un minimum d'espace. Il faut en avoir, du courage, pour se risquer à de telles choses, dans ce lieu où l'adjectif inhospitalier prend tout son sens ! Matthieu accélère et ride le passage à une vitesse inouïe.

Une fois sorti du couloir, il apparaît en gros plan, et je découvre un visage que je ne lui connaissais pas : euphorique, exalté, avec un sourire qui lui mange la moitié de la figure, et cette petite flamme si particulière dans les yeux.

– C'est dément, c'était trop bon ! jubile-t-il.

Enfin, dans la dernière partie de cette descente – un champ de neige, plus freeride et moins extrême –, on le voit rider à fond avec style, soulevant des gerbes avant de disparaître dans un nuage de poudreuse, sur des images d'une beauté à couper le souffle. Je me détends enfin…

La séquence suivante, Matthieu, seul avec son snowboard accroché dans le dos, court sur un dévers, sur la crête d'une montagne. De nouveau, je me contracte, j'ai le vertige jusqu'à la nausée. Sur un plan élargi, il est là, au milieu de l'immensité, petit point sombre perdu en haute montagne, avec deux mille mètres d'à-pic sous lui. On comprend qu'il est sur une arête étroitissime, avec d'un côté les barres rocheuses, et de l'autre les séracs. Un faux pas et c'est fini… C'en est trop pour moi, mon estomac se soulève et j'ai tout juste le temps de courir jusqu'aux toilettes.

De retour dans le salon, Vincent ne me rate pas :

– Non ! Je n'en reviens pas : tu es allée vomir, Emma ! Pourtant, tu sais bien à quel point c'est engagé ! Dois-je te rappeler que c'est le sujet de ta thèse ?

– Oui, mais là, il s'agit de mon homme, et nous étions déjà ensemble quand il a descendu ça. Je ne réalisais pas qu'il s'exposait autant.

– Tu sais bien que Matthieu est le spécialiste du surf extrême, alors arrête ! Et j'irais même plus loin : c'est ce qui t'a plu en lui.

– Faux, archifaux ! Je suis consciente que cela fait partie de lui, mais on ne peut pas vivre avec quelqu'un dont on se demande tous les soirs s'il va rentrer à la maison !

– Alors tu es contre l'extrême…

– Je ne suis pas contre. Je suis pour le risque maîtrisé, pas pour le risque à l'aveugle, l'imprévision ou les conduites suicidaires ; la montagne n'est pas le bon endroit pour exprimer un mal-être, il y a les cabinets de psy pour cela. Voilà mon point de vue si tu veux tout savoir.

Vincent me regarde, sidéré, tandis que je poursuis ma tirade :

– Et tout ça pour quoi ? Pour se faire remarquer, pour être célèbre et médiatisé dans le milieu de la montagne. Je n'ai pas encore saisi si le but était d'exister vis-à-vis de soi-même ou des autres !

– Tu plaisantes j'espère, Emma ! Tu sais bien que la façon d'aborder la montagne de Matthieu est tout sauf m'as-tu-vu, il ne le fait pas pour le regard des autres. Il n'est pas ce que tu décris et tu le sais bien.

– Je sais… Je suis désolée Vincent. J'arrive des États-Unis, et avant j'étais à l'hôpital… Je m'étais un peu déconnectée de cet environnement, le choc est brutal.

– Tu vas vite te réhabituer.

– Je l'espère…

J'apprécie le retour à la vie chamoniarde : le temps est splendide, il ne fait ni trop chaud, ni trop froid, l'idéal pour aller courir. Je ne me suis jamais sentie autant en forme, cœur musclé, jambes légères et puissantes. Je profite au maximum de ce plaisir universel et instinctif : courir dans la nature, sur les sentiers de montagne, comme un retour à un comportement primitif, presque une démarche métaphysique. J'y vais soit avec mes colocataires, soit avec Matthieu, mais jamais seule.

Voilà maintenant neuf mois que je cours intensément – exception faite des quelques semaines d'interruption pour ma cheville foulée et mon accident. Jane estime que je suis prête pour prendre le départ de trails. Cela se passe bien à chaque fois : douze kilomètres, puis vingt-cinq, avec des dénivelées toujours plus importantes.

Depuis mon retour, les soirs où nous sommes tous les deux, Matthieu et moi dormons systématiquement chez Sven. Finalement, profiter de ce luxe n'est pas si désagréable.

– Matthieu, as-tu dit à ton ami que nous vivions à moitié chez lui ?

– Bien entendu ! Il souhaite que nous fassions comme chez nous.

Pour faire comme chez nous, ça, pas de doute : nous investissons la maison à un point… Nous faisons l'amour partout dans le chalet, toutes les pièces y passent. Nous avons une vraie complicité sexuelle, et je me révèle bien plus libérée dans mon corps et dans ma tête que je ne l'aurais imaginé il y a encore six mois. Nous sommes juste deux adultes consentants et bien dans leur corps, qui faisons l'amour avec frénésie. Tantôt debout dans la cuisine, mes poings appuyés sur la table, tantôt dans l'escalier monumental (mon pire souvenir pour le dos), et bien sûr dans l'eau du spa. Avec l'été et nos vêtements légers, tout est prétexte à s'envoyer en l'air, un regard et c'est l'étincelle.

Un soir, alors qu'il m'avait déjà prise une fois et que nous regardions tranquillement un film sur le canapé, Matthieu me fait comprendre qu'il a de nouveau envie. Il glisse ses mains sous ma robe d'été, alors que je n'ai même pas pris le temps de remettre une culotte. Nous sommes toujours face à l'écran, devant ce film qui pourtant n'a rien d'érotique, et il laisse aller ses doigts entre mes cuisses. Ça y est, je suis de nouveau totalement excitée. J'ouvre son pantalon et le suce avec application ; plus personne ne regarde le film.

Matthieu finit par ôter ma robe et me faire basculer sur le sofa, il enlève ses vêtements et écarte mes jambes. Par-dessus son épaule, je devine ses fesses parfaites monter et descendre quand il me lime. Puis il se retire doucement, s'assied sur le canapé et m'assied sur lui, face à face. Je vais et je viens, il m'accompagne en soutenant mes hanches.

– Ooh… Matthieu…

Suffocante, sentant l'orgasme monter, je redresse ma tête. Mais d'un coup, je pousse un hurlement strident et me colle à Matthieu :

– Là, Matthieu ! ! Oh non ! !

Je me dégage et attrape ma robe pour me cacher.

– Quoi ?

– Il est là, j'ai vu son visage !

– James ?

– Oui, là, par cette fenêtre, je l'ai vu dans la nuit !

– Le con, il nous a retrouvés !

On entend un bruit sourd.

– Matthieu, c'était quoi ?

– Il vient de sauter du balcon. Il avait escaladé la façade pour nous mater, ce connard.

Matthieu se rue à la fenêtre opposée.

– Je le vois, il se taille ! Trop tard, je n'ai plus aucune chance de le retrouver, fulmine Matthieu. Bon, il doit bien y avoir des stores dans ce truc.

Il bidouille une série d'interrupteurs. On entend un grand bourdonnement, et des volets roulants s'abaissent sur toutes les baies vitrées à la fois.

– Je n'aurais jamais imaginé qu'il nous retrouve ici ; franchement, je ne sais pas comment il a fait. Pas une fois je ne lui ai parlé de Sven, ni de cet endroit.

– On aurait dû être plus discrets et ne pas faire ça devant les fenêtres.

– Emma, il n'y a aucun vis-à-vis. Personne n'a de raison valable d'escalader ce chalet, excepté James le psychopathe. Tu vas voir qu'avec sa manie des gadgets, il nous aura filmés et va balancer notre sextape sur Internet !

– J'ai froid Matthieu, je ne me sens pas bien.

Mes jambes ne me portent plus, je suis congelée. Je flanche et Matthieu m'aide à m'asseoir sur le canapé.

– Calme-toi, Emma, tout va bien, il est parti et le chalet est fermé, ça va aller… Demain je rappellerai l'inspecteur Lemare.

Matthieu me porte jusqu'à la chambre. Sonnée, je m'endors presque instantanément.

Trois jours après l'apparition nocturne de James chez Sven, et alors que sa seconde audition est prévue le lendemain, Vincent rentre à la maison en pleine journée pour me parler.

– Emma ! Emma, descends s'il te plaît ! hurle-t-il.

Je dévale les escaliers : Vincent n'a pas pour habitude de crier, et il n'était pas prévu qu'il rentre si tôt. À voir sa mine grave, mes jambes se mettent à trembler.

– Emma, j'ai une mauvaise nouvelle à t'annoncer.

Mon sang se fige instantanément dans mes veines, je m'accroche à la table.

– C'est au sujet de James Betford.

C'est horrible, mais je suis soulagée… Il n'a pas prononcé le nom de Matthieu…

– James a eu un grave accident ce matin en base-jump. Il a été évacué par le PGHM, il est hospitalisé à Lyon. Le pronostic vital n'est pas en jeu, mais il semble qu'il aura du mal à s'en relever, au sens propre…

– Il va être handicapé ?

– On ne sait pas encore, mais il est polytraumatisé, et sa colonne vertébrale pourrait avoir été touchée.

– Que s'est-il passé exactement ?

– Il a fait une sortie dans un spot qu'il connaît sur le bout des doigts. Ils étaient quatre à vouloir sauter, mais les conditions se sont dégradées. Le vent soufflait en rafales. Tous ont renoncé à sauter… sauf James. Les autres n'ont rien pu faire pour l'en empêcher. Le vol s'est passé à peu près normalement, mais la réception a posé problème. Il a eu du mal à maîtriser sa voile à cause du vent et a atterri très brutalement. Ensuite il est resté inerte au sol. C'est Lorena qui m'a raconté la scène, elle faisait partie du groupe. Pour un gars de son niveau, c'est extrêmement troublant d'avoir fait ça…

– Que veux-tu dire, Vincent ?

– Qu'un type expérimenté comme lui n'a pas agi au hasard. Tout le monde refusait d'y aller, ils en ont parlé ensemble, et lui s'est lancé malgré tout, en toute connaissance de cause. Je n'aime pas trop les explications psychologisantes, mais là, pour moi, faire ça la veille d'une convocation de la police, c'est presque un aveu de culpabilité ! Je ne suis sûr de rien, mais il vient de nous donner un bel exemple de conduite suicidaire.

Je suis abasourdie. Pourra-t-il recourir un jour ? Imaginer qu'un jeune homme talentueux comme James Betford, fou de montagne et d'extrême, voie ses rêves se fracasser de la sorte… Quoi qu'il ait pu faire, personne ne mérite cela.

Le soir, c'est la soupe à la grimace à la maison. Nous dînons tous les quatre, Matthieu, Jane, Vincent et moi. Matthieu ne desserre pas la mâchoire. Je me demande si, à ses yeux, perdre l'usage de ses jambes ne constitue pas un châtiment pire que la mort…

Il rentre ensuite chez lui, me laissant de nouveau dormir seule puisque l'ennemi numéro un est neutralisé – même si personne n'aurait souhaité que les choses se passent de façon si cruelle.

Mon premier ultra-trail a lieu une semaine plus tard, le 5 juillet ; une belle course en pleine montagne, dans la vallée de Saint-Gervais. Matthieu est sur le même événement, car un de ses sponsors l'organise, mais nous ne nous croiserons pas : il est parti deux heures plus tôt, et bien que son parcours soit plus long, il sera arrivé avant moi.

J'en bave comme jamais : ça n'arrête pas de monter et de descendre, c'est terriblement pentu, pire que tout ce que j'avais pu imaginer. Je prends sur moi pour ne pas abandonner.

À un moment, alors que je commençais à flancher, je trouve à un ravitaillement Jane et Vincent qui ont fait le déplacement pour m'encourager. Jane me donne des conseils pour gérer mon alimentation et mon mental, et m'aide à établir une stratégie pour revenir dans la course sans me faire bloquer aux barrières horaires.

Je mets des heures et des heures…

Je me fais bientôt prendre par l'obscurité, or je n'ai presque jamais couru de nuit. Je paye les lacunes de mon entraînement et m'en fais largement le reproche, avançant désormais seule, avec pour unique éclairage le faisceau de ma frontale. J'ai compté large en piles, du coup je règle l'éclairage au maximum pour me mettre en confiance : j'ai tellement peur de manquer une balise et de me perdre...

J'attaque une partie en sous-bois. Je ne suis franchement pas rassurée, je sursaute au moindre bruit. Si seulement Matthieu était là ! Il a dû passer exactement au même endroit, mais il y a des heures déjà. Ma motivation commence à faiblir, mes jambes sont lourdes, douloureuses, raides. Voilà seize heures que je cours, seize heures ! Pourquoi me suis-je infligé cela ? Tout ça pour gagner un tee-shirt moche en polyester !

Soudain, j'entends comme une foulée derrière moi. Je me retourne et vois une lueur remonter vers moi. Ô joie, un compagnon de route !

Il arrive à mon niveau.

– Bonsoir, mademoiselle.

– Bonsoir. ça me fait plaisir de vous voir... je me sentais... si seule !

Mes mots ont du mal à sortir tellement je suis éreintée. Je poursuis tout de même :

– Je n'ai croisé personne... depuis vingt minutes au moins... Je me demandais même si... si j'étais toujours sur le bon chemin, lui dis-je, trop contente de trouver enfin quelqu'un à qui parler.

Mon compagnon de route est bien moins loquace que moi. Malgré tout, il continue de courir à mes côtés et ne cherche pas à me dépasser. Je jette un œil vers lui : grand, blond, sec, les joues creuses, la mâchoire serrée, le regard dur, l'air antipathique. Je le classe instantanément dans la catégorie des montagnards psychorigides. Le genre de type adepte d'un entraînement de style paramilitaire, voire monomaniaque, dont la notion de plaisir est souvent absente ; seuls comptent le shoot aux endorphines et la performance. J'aurais préféré tomber sur une autre catégorie de traileurs : les bons vivants, rigolards, sympas et conviviaux… mais on ne gagne pas à tous les coups. Je regarde son équipement : tout de noir vêtu, partiellement éclairé par le halo de sa lampe frontale, il est difficile de faire plus inquiétant personnage…

Je ne l'avais jamais vu auparavant. Comment ce grand escogriffe peut-il être classé derrière moi ? Ou alors, c'est un égaré de la course la plus longue, celle de Matthieu ? Je cherche des yeux son dossard pour voir s'il a celui du 60 kilomètres comme moi, ou celui du 107, comme Matthieu. C'est à ce moment-là que je constate avec effroi qu'il ne porte aucun dossard ! Il n'est donc officiellement pas inscrit à la course… Dans ce cas, que fait-il ici ?

Je repense à son accent et lui pose la question :

– D'où venez-vous ?

– De Russie, mademoiselle, me répond-il, tournant la tête vers moi avec un sourire énigmatique, tout en continuant de courir.

Je manque m'étaler. Mes récepteurs de survie se mettent aussitôt en marche. Vite, trouver un autre coureur, ne pas rester seule avec cet homme ! Lutter ? Impossible, je ne fais pas le poids. Me revient à l'esprit un titre du neuroscientifique français Henri Laborit : *Éloge de la fuite*. Fuir, j'aimerais tant ! Fuir le plus vite possible, trouver un prétexte pour le lâcher. Lequel ? Pour aller où ? Et il est évident que ce type court trois fois plus vite que moi… Je suis vraiment seule avec lui au milieu de ces sous-bois dramatiquement sombres. Aucun témoin.

Je tente de maintenir le rythme sur lequel l'inconnu s'est calé, mais j'ai du mal à avancer tant la peur m'oppresse. Pour qui le voulait, il n'était pas compliqué de savoir que je courrais ce trail : les inscriptions sont publiques, en ligne bien avant la course.

Soudain, je sursaute : il prend la parole.

– Vous savez, mademoiselle, nous, les Russes, n'aimons pas trop que les gens se mêlent de nos affaires.

OK, le message est clair. J'essaye de sauver ma peau :

– Je ne me mêle pas, monsieur… surtout quand les personnes concernées n'en valent pas la peine.

J'insiste pour lui faire comprendre que, quoi que je sache sur l'accident de Taber, je ne parlerai jamais. Je renchéris :

– Je sais garder pour moi certaines choses.

– Très bien. Continuez ainsi. Et tenez votre ami en dehors de tout cela.

Compte sur moi, me dis-je. Néanmoins, je ne peux réprimer ma curiosité :

– Est-ce vous qui avez provoqué mon accident de voiture ?

– Nous ne sommes pas des amateurs. Si nous avions vraiment voulu vous viser, soyez sûre que nous ne vous aurions pas ratée… Avez-vous compris ce que j'essaye de vous dire ?

Il parle lentement, détachant chaque mot, avec le même accent que celui d'Alexey Koulikov. Nous courons toujours tous les deux, comme deux collègues faisant leur footing, tout en échangeant ces propos absolument surréalistes.

– Oui, bien sûr, j'ai compris.

Il marque un temps.

– Enfin, sachez que si un jour vous veniez à changer d'avis, vous trouverez toujours un Russe sur votre chemin pour vous rappeler à la raison.

J'en suis désormais convaincue. À ces mots, le grand type me dit poliment bonsoir puis accélère et finit par disparaître dans la nuit. Très rapidement, je ne distingue même plus la lumière de sa lampe. Je continue à courir mécaniquement, totalement hébétée.

Puis, d'un coup, les larmes jaillissent. Je hoquette, mes jambes flagellent. Toute la pression retombe. Je pleure tellement que je suis obligée de m'arrêter, je ne tiens plus debout, il faut que je m'assoie. Je reste dix bonnes minutes comme cela, à vider mon angoisse.

Lorsque je parviens enfin à calmer mes sanglots, j'aperçois deux lumières arrivant derrière moi. Je ne sais plus quoi faire, elles sont déjà presque là !

Fort heureusement, il s'agit d'un couple de traileurs, avec des dossards cette fois-ci… J'avais couru un peu avec la femme ce matin, nous avons sensiblement la même allure. Je reprends la course avec eux, retrouvant peu à peu mon souffle.

– Comment t'appelles-tu ? me demande gentiment la femme en français.

– Emma.

– Ça va, Emma ? Tu as l'air toute chamboulée ?

– Un peu… J'ai croisé un gros animal et j'ai eu peur. Avec la fatigue, j'ai tendance à dramatiser.

– Je te comprends. Je n'aime pas non plus courir la nuit toute seule. Par chance, Henri a bien voulu m'accompagner. Le pauvre, il est en dessous de son rythme, mais ça m'aide tellement qu'il soit là…

– Ne t'en fais pas, Sarah, ça me fait un bon entraînement pour l'UTMB, se justifie le Henri en question. Et puis, si vous courez toutes les deux, je vous quitterai pour faire une pointe avant l'arrivée.

– Bien sûr, je pense que l'on peut faire un bout de chemin ensemble avec Emma, non ?

J'approuve, rassurée. Je me cale donc sur eux, en pilote automatique, et essaye de finir vaille que vaille.

À la sortie du sous-bois, Henri nous laisse courir, Sarah et moi. Nous papotons toutes les deux :

– Emma, tu savais que le gagnant de la course longue est arrivé vers vingt et une heures ? Il a explosé le record !

– Comment le sais-tu ?

– Le staff me l'a dit au dernier ravitaillement que j'ai passé. Il a mis seulement seize heures pour faire les cent sept kilomètres et les huit mille huit cents mètres de dénivelée de son parcours, tu imagines ? C'est Matthieu Charraz le gagnant.

Je reste impassible. Sarah poursuit et entreprend de me parler de Matthieu qu'elle suit sur Twitter. Dois-je lui dire que nous sommes ensemble ? Elle ne va pas me croire de toute façon : une Américaine totalement inconnue, même pas capable de bien se classer sur un trail, qui a peur de courir la nuit…

– Tu comprends, il est vraiment extraordinaire, il gagne tout ! me dit-elle, béate d'admiration. Il ne doit plus toucher terre !

– Tu sais, je connais Matthieu, il n'a pas la grosse tête.

– Tu connais Matthieu Charraz ? Vraiment ?

J'ai aussitôt droit à toute une batterie de questions, y compris celle de savoir s'il a réellement une copine… Encore une fois, que dire ? Cela ne la regarde pas, et je le lui signifie vertement, au risque de plomber un peu l'ambiance.

Nous poursuivons la course en silence ; je reprends peu à peu du tonus. J'ai envie de la lâcher, elle m'a énervée, mais je ne veux pas déroger à l'esprit de solidarité : cette fille a laissé filer son compagnon pour rester avec moi, je ne peux pas la laisser à mon tour… Par chance, comme si elle avait lu dans mes pensées, elle me dit :

– Si tu veux t'échapper, vas-y, Emma, je te sens bien partie.

– Tu es sûre ?

– Oui, ne t'inquiète pas, on y voit bien mieux, et on ne doit plus être très loin maintenant.

Finalement, cette Sarah n'est pas si désagréable, je suis peut-être un peu trop susceptible sur le cas de Matthieu. Je la remercie et repars, relancée à bloc et bien décidée à en finir avec cette course cauchemardesque. Je puise dans mes dernières forces pour atteindre enfin l'arrivée dans le village de Saint-Nicolas-de-Véroce.

En franchissant la ligne, mon soulagement est sans limite, j'ai l'impression de revenir de l'enfer. Voilà enfin du monde, des lumières et même des applaudissements. Je dois être dans les cinq derniers de ma course, mais je suis allée au bout, ce qui en soi est un exploit vu le nombre d'abandons sur ce genre de trail.

Je cherche Matthieu du regard et le trouve, en retrait, reposé, douché, changé, me fixant d'un air entendu, au grand dam de ses interlocuteurs qui tentent désespérément de capter son attention. Si je m'écoutais, je courrais me jeter dans ses bras, mais j'ai peur de craquer aussitôt. J'esquisse un sourire et reste en retrait à mon tour.

Henri me repère et vient me demander où est Sarah. J'ai beau lui dire qu'elle est juste derrière, il semble contrarié de la savoir seule. Je le laisse et m'avance vers un stand pour essayer de boire et manger avant d'aller étirer mes muscles endoloris.

Matthieu, que je n'avais pas vu arriver, me chuchote à l'oreille :

– Félicitations, ma jolie…

Il attrape mon menton et dépose un long baiser sur mes lèvres. Je remarque qu'Henri n'en perd pas une miette ; cela lui fera un scoop à raconter à Sarah…

– Ça va, Emma ? me demande Matthieu, prévenant. Tu devrais boire une soupe chaude.

– Ramène-moi chez toi si tu veux bien, je veux rester avec toi cette nuit.

– D'accord ma chérie, je ne te quitte pas.

Un quart d'heure plus tard, je suis dans la voiture de Matthieu, à bout de force mais infiniment soulagée. Je commence à me décontracter et à prendre conscience de ma crasse, entre la terre collée à mes mollets, mes chaussures humides, la sueur refroidie sur mon corps et mes vêtements poisseux… J'ai froid, mal au ventre, j'aimerais m'assoupir mais l'acide lactique dans mes muscles et l'énervement lié à l'effort sont encore trop présents. Je tremble comme une feuille.

– Tu peux mettre du chauffage s'il te plaît, Matthieu ?

– Bien sûr ma chérie. Dire qu'il y a dix semaines tu étais sur un lit d'hôpital, et là tu boucles un trail costaud… Je suis vraiment impressionné par ce que tu as fait !

– Je ne pensais pas impressionner Matthieu Charraz en trail un jour… Et toi, ta course ?

– C'était sympa. J'ai fait tout le début avec deux copains, on a bien rigolé. Après, l'un d'eux a ressenti une douleur à la cheville et nous a lâchés, et le deuxième m'a laissé quand il a eu un coup de mou.

Matthieu s'interrompt et jette un œil vers moi.

– Dis donc, Emma, tu es dans un état déplorable. Tu es sûre de ne pas t'être lancée un peu vite dans ce genre de course ?

J'ai promis à Matthieu d'arrêter de lui cacher des choses, alors je me lance :

– Matthieu, un Russe est venu me parler sur le trail. Spécialement à moi.

– J'ai peur de mal comprendre.

– Vers vingt-trois heures trente, j'étais seule dans un sous-bois, un type a surgi, un type qui n'avait pas de dossard.

– Quoi ?

Matthieu pile et se gare sur le côté de la route.

– Qu'est-ce que c'est que cette histoire ? Qu'est-ce qu'il t'a dit ?

– De me mêler de mes affaires. Et de te laisser en dehors de tout cela.

– Eh bien voilà la réponse à ta visite à Ken Taber, fait-il en donnant un coup rageur sur le tableau de bord. Ils ont dû tomber sur sa publication te mentionnant. Putain, ils sont lents à la détente les Russes, c'était quand cet entretien dans les Rocheuses ?

– Il y a un bon mois, mais calme-toi, Matthieu, je t'en prie.

– Ou bien c'est ta traductrice de l'ONU qui a fini par baver par esprit patriotique… Décidément, on pensait être débarrassés de James Betford, et voilà les Russes qui ressurgissent ; ça me tue !

– Je pense qu'ils ne reviendront pas : j'ai bien fait comprendre au type que pour moi l'histoire était close et que je m'en tiendrai là.

– J'espère, j'espère, fait-il songeur.

Matthieu reprend la route, me ramène chez lui où il m'aide à me laver doucement, ménageant mon corps irrité à certains endroits par les frottements, et mes pieds couverts d'ampoules, puis il me couche comme un bébé. Je dors d'une traite pendant douze heures.

Le soleil est au zénith lorsque je me réveille, complètement déphasée. J'ai du mal à marcher. Matthieu, lui, est déjà habillé et travaille sur son PC en écoutant la musique d'Ibrahim Maalouf. Je viens m'asseoir sur ses genoux, il pose son visage dans mes cheveux et me respire.

Dans l'après-midi, nous retournons à Saint-Nicolas-de-Véroce où Matthieu est attendu pour la remise des prix, modestes sur ce trail. Lorsque nous arrivons, certains coureurs viennent juste de finir le grand trail. Ils auront mis presque un jour de plus que Matthieu ! D'autres courent toujours et seront recalés. Après trente-six heures de course, c'est cruel…

Matthieu monte sur le podium et tout le monde le photographie. J'avoue être d'autant plus admirative de sa performance que je me suis alignée sur le même début de parcours. Nous restons un moment à boire un verre au soleil et à discuter avec les organisateurs.

En remontant vers Chamonix, Matthieu me demande ce que l'on fait ce soir.

– Je veux bien que tu me déposes chez moi. J'ai besoin de repos et… de faire le point.

– Faire le point sur quoi ?

– Mon année de recherche ici s'achève bientôt… Je vais très certainement devoir rentrer définitivement aux États-Unis fin août.

Matthieu reste concentré sur la route, laissant s'installer un long silence, que je romps au bout d'un moment, n'y tenant plus.

– Tu ne dis rien, Matthieu ?

– Je ne sais pas quoi dire. J'avoue que j'avais un peu occulté cet aspect… Tu ne peux pas trouver un moyen pour rester ?

– Ma bourse arrive à son terme, et si je n'assure pas de travaux dirigés auprès des étudiants, je n'aurai plus de ressources. Mais j'en ai parlé avec mon directeur de thèse le mois dernier, et il m'a donné jusqu'au 30 juillet pour trouver une solution de financement. Sauf que, pour l'instant, toutes mes demandes sont restées lettre morte…

– À qui as-tu demandé ?

– À des fondations pour la recherche, à du mécénat d'entreprise, à des universités françaises avec lesquelles je pourrais collaborer…

– Attends, tu vas trouver. Cela ne peut pas se passer comme ça, juste pour une histoire de sous.

– C'est de mon salaire qu'il s'agit, Matthieu.

– Je sais, je sais… Il te reste du temps, je suis sûr qu'une solution va se présenter d'ici là. Tu n'as qu'à essayer les fabricants d'articles de sport, ton sujet de thèse peut les intéresser. Si tu veux, j'en parle à mes sponsors.

– Non, non, Matthieu, je vais me débrouiller par moi-même.

– D'accord, alors débrouille-toi…

Nous ne parlons plus jusqu'à ce qu'il ne me dépose.

Je monte péniblement les escaliers et mange quelque chose avant d'aller me reposer dans ma chambre. Malgré ma réussite au trail, je suis d'humeur maussade. Sûrement la fatigue, le contrecoup de ma rencontre terrifiante avec le Russe, et cette discussion avec Matthieu qui rend tangible la perspective de mon départ.

Et lorsque j'aperçois une nouvelle lettre déposée sur mon balcon, je craque. Ça fait trois.

Je ne l'ouvre même pas, pas le courage, je la fais disparaître dans ma bibliothèque et me pelotonne dans mon lit, encore habillée…

Trois jours plus tard, Matthieu et moi assistons à une conférence sur les effets du réchauffement climatique en montagne. On nous présente également les problèmes qui touchent directement Chamonix, comme le phénomène de l'inversion des températures qui piège les polluants dans la vallée. D'où l'intérêt d'éviter d'y faire passer les camions du transport international routier et de favoriser le ferroutage.

– Plus le temps passe, plus les prévisions pessimistes se confirment, me dit Matthieu en sortant de la salle. Je suis conscient que je n'ai de leçons à donner à personne, mais je ne peux que me sentir concerné. D'abord, parce que j'évolue dans un milieu fragile que j'aimerais protéger. Ensuite, parce qu'avec ce dérèglement, la montagne change et devient de plus en plus imprévisible…

– Oh, ne me dis pas ça, je vais encore stresser quand tu vas repartir !

– Justement, Emma, je voulais t'en parler…

– Je me doutais bien que ta présence ici n'allait pas durer…

Nous allons boire un verre au Django pour continuer notre conversation.

– Tu pars faire un autre ultra-trail ?

– Non, c'est de l'alpi-running. Un record personnel à établir, juste pour le plaisir. Un truc assez engagé, j'avoue… fait-il en rigolant.

– Si tu dis ça, c'est qu'il s'agit d'un projet carrément suicidaire. Tu ne peux pas imaginer comme ça m'énerve que tu me l'annonces en riant !

– Mais qu'est-ce qui te prend, Emma ? Pourquoi tu t'énerves ?

– Vincent m'a montré ton dernier film, et j'ai eu peur pour toi.

– Ah oui, il m'a raconté : tu as vomi ! se moque-t-il. Il m'a même demandé si tu n'étais pas enceinte !

– Enceinte ? N'importe quoi ! D'autant que je ne veux surtout pas faire de futurs orphelins !

Matthieu me fixe quelques secondes, et me rétorque sèchement :

– Ça tombe bien, car la question ne se pose absolument pas.

Bon, j'encaisse.

– Très bien. Revenons-en à ton record Matthieu. Tes défis personnels, comme celui que tu t'apprêtes à tenter, sont-ils si personnels que cela ? N'es-tu pas pris dans un cercle vicieux qui t'obligerait à prendre toujours plus de risques pour gagner ta vie ? N'es-tu pas prisonnier de ce système ?

– Pas du tout. Je suis un homme réellement, parfaitement libre. Personne ne m'impose rien, et demain je me reconvertis si je veux. C'est juste que j'aime bien faire ça.

– Ah oui, tu *aimes bien* risquer ta peau ?

Je me calme, bois quelques gorgées de vin et, peu après, lui demande doucement :

– As-tu déjà pensé au mal que tu ferais à tous ceux qui t'aiment, moi la première, s'il t'arrivait quelque chose, Matthieu ?

– Et toi, Emma, as-tu pensé au mal que tu me ferais si tu me faisais renoncer à ma passion ? Ou même si tu insinuais le doute dans mon esprit ? Il faut être confiant en montagne pour que les choses se passent bien.

– Évidemment que je ne veux pas te faire douter ! Mais je constate qu'il y a deux tendances qui combattent en toi : une pulsion de vie très forte ; et une pulsion de mort, l'acceptation qu'à chaque sortie en montagne un peu chaude, tu as intégré que cela puisse être la dernière. Pour moi, j'avoue que c'est insupportable ; vois ta réaction après mon accident !

– Certes… Mais j'y vais, et c'est comme ça.

– Je le sais bien. Vas-y et reviens-moi, c'est tout ce que je te demande mon amour, fais-je, la voix éraillée et les yeux humides.

Je me glisse sur sa banquette, dos à la salle, et nous nous collons l'un à l'autre pour nous embrasser éperdument. Tout est dit : j'ai peur qu'il y aille, mais il ira quand même, et je dois l'accepter. Ce n'est pas facile, on verra combien de temps je tiendrai comme cela…

Une fois Matthieu parti, je me sens comme une femme de marin qui passe des jours à guetter le retour de son homme. Au moins, ces séparations m'évitent de me faire vampiriser par notre relation et m'incitent à conserver une grande autonomie. Mais j'ai tout de même l'impression d'attendre un courant d'air : pas d'appel, pas de message, comme d'habitude.

Le jour où doit avoir lieu le record de l'ascension que s'apprête à établir Matthieu, c'est la peur au ventre que je compulse Internet toutes les demi-heures pour suivre l'évolution de sa tentative : une montée ultrarapide d'un 7000 avec un équipement réduit au minimum. Pour tromper l'angoisse, j'appelle

Abby ; mais, contre toute attente, au lieu de me plaindre, elle me sermonne vivement.

– Matthieu a raison, tu dois le soutenir plutôt que le stresser. Des centaines de milliers de personnes l'encouragent sur le web ; et toi, sa copine, tu joues le rôle de la grincheuse même pas foutue d'être épatée par ce qu'il accomplit !

– C'est juste que je l'aime tellement que j'ai la trouille de le perdre.

– Ne laisse pas la peur gouverner tes rapports avec lui. Au contraire, accepte-le comme il est et soutiens-le ; c'est comme ça que tu lui enverras les bonnes ondes dont il a fondamentalement besoin pour réussir. Puis surtout, au lieu de critiquer, prends-toi en mains : toi aussi fais ton sommet ! Cela va faire un an que tu vis au pied du mont Blanc et tu ne l'as pas encore gravi ; alors, qu'attends-tu ?

– Je… je ne sais pas…

Cette conversation me fait l'effet d'un électrochoc. Hébétée, je consulte machinalement le profil de Matthieu, et constate que ça y est, il a posté la photo de son exploit : il a accompli son ascension en un temps record puis est redescendu au camp de base retrouver le staff qui l'accompagnait ce jour-là. Je m'apprête à le féliciter, mais lorsque je constate qu'il y a déjà plus de deux cents commentaires et près de cinq mille *like* alors que son post n'a que sept minutes, je préfère le féliciter par SMS – j'ai au moins le privilège d'avoir son numéro personnel…

Dès le lendemain, je passe au bureau des guides de Chamonix. Bien évidemment, en plein mois de juillet, les carnets de courses sont complets, de même que les réservations dans les refuges, indispensables sésames pour réaliser l'ascension du mont Blanc en deux jours, comme j'espère pouvoir le faire. Par chance, on m'apprend qu'une personne s'est désistée le matin même ; la tentative aurait lieu après-demain. Je signe tout de suite et rentre surexcitée à l'appartement pour annoncer la nouvelle à Jane et Vincent. Ils en profitent pour me donner tous les conseils nécessaires afin que l'ascension se passe dans les meilleures conditions.

Le samedi, veille de la tentative, je me repose du mieux que je peux. Et, comme s'il avait un sixième sens, Matthieu me téléphone et me demande ce que je fais le lendemain.

– L'ascension du mont Blanc.

– Pourquoi ne m'attends-tu pas pour le faire ?

– Tu n'es pas souvent là en ce moment, et il y a une superbe fenêtre météo.

– Et tu y vas avec qui ?

– J'ai pris un guide, je n'allais pas me lancer seule pardi !

Il se racle la gorge au bout du fil.

– Un guide… Comment s'appelle-t-il ?

– Je ne sais plus, mais j'ai choisi sur photo, et j'ai pris le plus canon, tant qu'à faire.

Silence de mort au bout du fil, j'ai peut-être poussé la blague un peu loin.

– Je plaisante Matthieu ! On m'en a attribué un d'office ; un aspirant guide, en plus c'est moins cher.

– Oui, mais c'est moins expérimenté qu'un guide diplômé.

– Écoute, tout va bien se passer, je te raconterai. En attendant, je vais dormir car je me lève à l'aube. On va au refuge du Goûter demain, on passe la nuit là-bas avant la montée finale. Je t'embrasse Matthieu.

Comme prévu, le dimanche, je fais la première partie de l'ascension. La journée se déroule sans encombre, le temps est magnifique et les six heures de marche ne m'ont pas posé de problème particulier. Nous sommes nombreux, dans le refuge plein à craquer, à nourrir le même rêve pour le lendemain. Tout le monde va se coucher de très bonne heure, mais avec l'altitude, l'énervement et les ronflements dans le dortoir, je dors une heure au maximum…

Jean-Éric, mon guide, me tire du lit en pleine nuit pour l'assaut final. Je m'équipe dans le flou et mange un morceau pour prendre des forces, mais je n'ai absolument pas faim. Nous partons lampe vissée sur le front, et commençons à monter sous les étoiles, sur la neige qui prend des reflets bleu marine. Dans ce froid polaire, je souffle de la fumée à chaque expiration.

Puis le jour se lève peu à peu sur les montagnes alentour, offrant un spectacle grandiose, et je me dis que j'aurais aimé partager ce moment unique avec Matthieu. Au fur et à mesure de la montée, l'oxygène se raréfie et j'avance à petits pas.

Vers neuf heures, le sommet est en vue et nous croisons des cordées qui redescendent déjà. J'entends un alpiniste qui signale à ses compagnons :

– Regardez, un type monte en courant !

Jean-Éric et moi nous retournons : un ovni fonce droit sur nous. Un malade qui fait son jogging au mont Blanc, quand tout le monde est en mode alpi, ça ne peut être que lui… Mon cœur se serre. Matthieu nous rejoint rapidement, tout sourire.

– Ton premier mont Blanc, Emma, je ne pouvais pas rater ça !

Il m'embrasse, serre la main de Jean-Éric, et m'embrasse de nouveau comme pour affirmer son statut. Il a dû remarquer que mon guide est un charmant jeune homme, ébahi de se rendre compte qu'il encadrait la copine de Matthieu Charraz.

Passé la surprise, nous reprenons l'ascension tous les trois, il reste deux cents mètres. Lorsque j'atteins enfin le sommet, un grand dôme de neige, je suis submergée par l'émotion, j'ai la gorge nouée. Ça y est, je suis sur le toit de l'Europe, ce mont Blanc qui me faisait de l'œil depuis que je me suis installée ici ! Il offre une époustouflante vue sur les Alpes que je contemple avec euphorie. Une fois n'est pas coutume, je demande au guide de faire une photo de Matthieu et moi que je poste sur mon profil. Matthieu fait de même, mais je me décale pour ne pas apparaître.

Nous ne nous attardons pas au sommet car je commence à me refroidir. Matthieu ne peut s'empêcher de me donner des conseils.

– Reste concentrée, Emma. Beaucoup d'accidents surviennent à la descente, quand on se relâche, pensant avoir fait le plus dur.

Je sens qu'il aimerait congédier mon guide et reprendre les choses en main, mais cela ne se fait pas et Matthieu respecte l'éthique montagnarde…

Après une heure de marche, j'ai un moment de faiblesse. Entre Jean-Éric et Matthieu, c'est à celui qui aura le meilleur remède pour me requinquer… Pathétique. Je rappelle gentiment à Matthieu que Jean-Éric est mon guide et qu'ici, c'est à lui d'assurer ma sécurité. Que n'ai-je dit ! Ma phrase à peine terminée, Matthieu nous souhaite une bonne descente et repart aussi vite qu'il était monté. En cinq minutes, il nous a déjà mis des centaines de mètres dans la vue. Nous le regardons s'éloigner, puis disparaître, impressionnés par son agilité, sa technique et sa rapidité. Mais quel caractère tout de même ! Après avoir mangé des barres énergétiques, je retrouve des forces et me sens prête pour achever la descente avec mon guide, au demeurant fort sympathique.

Je rentre tard chez moi, harassée mais fière. J'appelle ma famille et mes amis aux États-Unis pour leur raconter mon exploit. Mais après l'euphorie, je reviens à la dure réalité en consultant mes mails : je n'ai toujours rien décroché pour rester à Chamonix un an de plus alors que l'échéance est dans neuf jours. J'ai une boule au ventre à l'idée de devoir quitter Matthieu pour rentrer le 31 août… Matthieu qui justement m'appelle pour savoir si la descente s'est bien passée. J'en profite pour m'excuser pour ce matin, mais il fallait faire quelque chose pour régler cette situation.

– Tu as eu raison Emma, c'était lui ton guide, je n'avais pas à m'immiscer. À part ça, nous avons un dîner demain soir, avec des amis que j'aimerais te présenter.

– Matthieu, j'ai énormément de travail, j'ai déjà perdu trois jours avec cette histoire de mont Blanc, j'ai des échéances qui se rapprochent et…

– Justement, ça va t'intéresser. Je passe te chercher à dix-neuf heures en tenue de princesse. À demain.

J'ai encore la bouche ouverte lorsqu'il raccroche. Sacré Matthieu…

Une tenue de princesse… Le lendemain, j'évite de vider mon dressing et sors directement ma tenue la plus chic, une robe bustier rouge. Une fois installée dans la voiture de Matthieu, je me permets de lui demander qui l'on va voir, mais il élude. Il s'arrête sur le parking de l'Albert 1er, le restaurant où nous avions dîné tous les deux pour la première fois. Nous n'avons pas besoin de nous présenter, le maître d'hôtel nous conduit directement à une table où quatre hommes ont déjà pris place. Matthieu leur serre la main et embrasse l'un d'entre eux que j'identifie, pour l'avoir vu en photo, comme étant Sven, l'entrepreneur hollandais.

– Emma, je te présente Sven Geldrop, dont tu connais déjà le chalet. Sven, voici Emma Lindley.

Mes joues se teintent d'un rouge assorti à ma robe rien que d'imaginer toutes les cochonneries que j'ai pu faire chez ce type…

– Bonjour, j'ai beaucoup entendu parler de vous, dis-je timidement.

– Moi aussi, Emma ! Je suis ravi de vous rencontrer. Et voici mes partenaires.

Il me présente ses trois associés ou clients, je ne sais pas trop, des hommes d'affaires aux noms imprononçables ; heureusement qu'ils parlent tous très bien anglais.

Sven ressemble sensiblement à ce que j'avais imaginé : un homme ventru et truculent, très chaleureux, qui rit de ses propres blagues ; conforme au style de cette néobourgeoisie mondialisée que l'on croise dans les aéroports et les hôtels intercontinentaux.

– J'ai invité mes amis dans mon chalet pour leur faire découvrir la vallée et tenter le mont Blanc, m'expose Sven. J'ai cru comprendre que vous l'aviez réussi hier.

– C'est vrai… et d'ailleurs, si vous le souhaitez, je peux vous donner le numéro de l'excellent aspirant guide qui m'y a emmenée, leur dis-je en faisant un clin d'œil à Matthieu qui manque recracher son champagne.

S'ensuit une conversation horrible et interminable, portant exclusivement sur le matériel de montagne, avec une multitude de détails techniques sur lesquels ils posent des centaines de questions à Matthieu. Pas de doute, je suis bien la seule femme à table avec cinq hommes. D'ailleurs, je me demande bien pourquoi Matthieu m'a fait venir, je fais office de potiche.

Au moment du dessert, Matthieu oriente la conversation sur mon sujet de thèse. Un peu grisée par les grands millésimes que nous avons bus, je synthétise au maximum.

– Je travaille sur le risque en montagne, j'observe et interroge les sportifs les plus engagés. Je cherche le lien mystérieux qui les unit tous sur ce terrain miné…

– Et qu'avez-vous trouvé ? me demande l'un des associés.

– J'ai trouvé, qu'en plus des prédispositions liées à l'environnement dans lequel ils sont nés, tous ont une blessure mal cicatrisée dans l'enfance, un genre de fêlure ; sinon ils n'auraient pas besoin de cela. Il y a beaucoup d'autres manières d'aimer la montagne. La leur est particulière et…

Matthieu me coupe la parole.

– Emma est en train de démarcher des financeurs afin de poursuivre ses recherches une année de plus à Chamonix. Il lui reste huit jours pour trouver un mécène.

– Matthieu, stop !

J'en étais sûre… Je ne suis pas venue pour faire l'aumône, il aurait dû m'en parler !

– Faites-moi passer votre dossier dès demain, me dit Sven en me tendant sa carte de visite. Notre fondation d'entreprise est justement en quête de projets.

Ses acolytes approuvent d'un hochement de tête.

– Merci, lui fais-je, la voix étranglée, en jetant un regard noir vers Matthieu qui semble satisfait de son coup.

– Allez, champagne ! À la thèse d'Emma et à notre mont Blanc, fait gentiment Sven en levant son verre.

En rentrant à Montroc, nous repassons sur le lieu de mon accident ; je frissonne à chaque fois que je reprends cette route. Matthieu doit avoir la même vision en tête puisqu'il saisit ma main et la porte à ses lèvres, avant de la reposer doucement.

Je le sermonne à propos du financement de ma thèse.

– Pourquoi as-tu mis cela sur le tapis, c'était horriblement gênant !

– Tu veux savoir ? Alors je vais être clair, Emma : je suis bien avec toi, bien comme je ne l'ai jamais été. Je ne souhaite pas que tu partes, donc je me devais de faire tout ce qui est en mon pouvoir pour t'aider à trouver une solution. J'ai envie que tu vives encore en France l'an prochain, à mes côtés, voilà pourquoi.

Je pose ma main sur sa cuisse et le remercie tout doucement.

– Alors, tu vas envoyer ton dossier à Sven ?

– Bien sûr ! Je n'ai plus que huit jours, même sept à cette heure-ci, pour faire une proposition à mon directeur. Mais tout de même, je trouve l'idée tordue : une Américaine, qui fait une thèse en France, financée par une entreprise hollandaise, spécialisée dans l'importation de terres rares chinoises, est-ce bien raisonnable ? Quelle illustration des incongruités de la globalisation !

– Si tu veux, je te finance avec des capitaux français, dépensés en France. Cela te semblerait plus cohérent ?

– Hors de question Matthieu, je ne vais pas t'envoyer risquer ta peau en montagne pour financer mon doctorat !

– Arrête avec ça Emma !

– Tu dis que tu veux tout faire pour me faire rester, eh bien moi c'est pareil !

– Emma, je comprends tes angoisses, et je te promets que je respecte toutes les règles de sécurité élémentaires. J'anticipe au maximum les difficultés que je pourrais rencontrer, je choisis mon matériel avec un soin maniaque, et si j'ai pu avoir des comportements de tête brûlée dans ma jeunesse, je ne compte plus le refaire désormais. Je n'ai plus l'agitation et la fougue de mes vingt ans ! Aussi, j'ai sans doute moins de choses à prouver, et à me prouver. D'ailleurs, je me demande parfois si je n'ai pas envie d'autre chose… Sauf que je ne sais pas si j'en suis capable.

– Oui, je comprends ; quand on a pris des shoots d'adrénaline pure presque quotidiennement, peut-on s'en passer…

Une fois au chalet de Matthieu, nous profitons de cette douce nuit d'été sur sa terrasse. Ramassés l'un contre l'autre dans un grand fauteuil, nous sirotons une tisane dans la pénombre en scrutant les étoiles filantes.

Vincent nous rejoint à Montroc le lendemain. Nous nous installons tous les trois au soleil pour le petit déjeuner.

– Les enfants, j'ai des nouvelles fraîches de James Betford. Il vient d'être placé en centre de rééducation, ce qui est plutôt une bonne nouvelle. Et il paraîtrait qu'il peut bouger ses jambes, ou tout du moins ses orteils. Il a une chance inouïe, car en général, en base-jump, c'est tout ou rien : soit c'est bénin, comme un talon fracturé, soit gravissime, pour ne pas dire mortel.

– Donc, il ne va pas rester paralysé ?

– Non, Emma, il s'en sort mieux que ce que l'on craignait. Et il a enfin pu être réentendu par la police.

– Comment l'as-tu su ?

– Par Lorena, qui reste en contact avec lui. Et j'ai eu des échos de son audition par d'autres voies…

– C'est incroyable Vincent, je ne sais pas comment tu te débrouilles, tu es toujours au courant de tout dans la vallée !

– Alors ? s'impatiente Matthieu.

– Alors il a avoué avoir fait un faux post sur les réseaux sociaux : il n'était pas dans les Dolomites le jour de ton accident, et était bien présent en vallée de Chamonix. Il s'est justifié en prétendant qu'il lui arrivait parfois de faire de fausses publications, contraint qu'il était d'avoir toujours à afficher une actualité « pour exister », et faire rêver ses *followers*...

– *Pour exister*? Lamentable! s'exclame Matthieu. Et a-t-il avoué pour le sabotage des freins?

– Non, ça, il nie en bloc. Il a même dit qu'il était nul en mécanique, et qu'il n'aurait pas su comment s'y prendre.

– Et les lettres sur le balcon d'Emma? poursuit Matthieu.

– Ça ne peut pas être lui, lui dis-je. Quand j'ai eu la dernière, il était déjà à l'hôpital...

Nous restons tous les trois silencieux un moment, à boire notre thé en contemplant la chaîne de montagnes ensoleillée, chacun dans ses pensées. Je romps le silence:

– Si ce ne sont ni les Russes ni James, je ne vois vraiment pas qui a pu saboter les freins.

– Quels Russes? demande Vincent en attrapant un croissant.

– Emma s'est fait des amis russes pas très fréquentables, qui se baladent armés, maltraitent leurs concurrents et la suivent dans les sous-bois la nuit quand elle s'intéresse de trop près à leurs agissements, lui résume Matthieu.

Vincent me regarde, stupéfait.

– Cela a un rapport avec Alexey Koulikov, quand tu l'as vu pour ta thèse?

– Lui-même. Emma t'expliquera tout. Par contre, pour en revenir à James, ce n'est pas parce qu'il n'a pas avoué qu'il n'a pas fait le coup.

– Quoi qu'il en soit, si c'est James, il finira bien par se trahir, ou se faire trahir, prédit Vincent. Bon, les enfants, je dois filer à un rendez-vous.

– Tu peux me déposer à l'appart en passant ? Moi aussi j'ai un rendez-vous.

– Quoi, tu me laisses ?

– Oui Matthieu, et puis entre les ultra-trails, les courses de skyrunning et autre kilomètre vertical des semaines à venir, j'imagine que tu dois aller t'entraîner…

– Je suis d'accord avec Emma, si tu ne gagnes pas, tu vas contrarier papa Charraz, se moque Vincent.

– Bon, ça suffit vous deux, filez ! Emma, n'oublie pas de mailer ta demande de financement à Sven.

C'est bien la première chose que je fais en arrivant à mon bureau, en priant pour que mon dossier soit accepté.

Les jours suivants sont marqués par l'attente angoissée de réponses favorables. Du coup, je trompe l'ennui en passant mes journées à observer des sportifs hypercréatifs : le groupe des highliners, Vianney, Lorena et leurs amis. C'est l'été, il fait beau, du matin au soir je suis dans un cadre sublime avec des gens sympas qui font des trucs déments. Des garçons et des filles sidérants, toujours en mouvement, agiles, gracieux, de vrais touche-à-tout : tantôt grimpeurs, base-jumpers, alpinistes et funambules… Mais le moment le plus impressionnant est celui où Vianney réalise un solo sous mes yeux.

Ce jour-là, la highline est installée au-dessus de cent mètres de vide, entre deux éperons rocheux. Alors que tous l'ont parcourue avec une longe reliée à la ligne qui pouvait les retenir en cas de chute, Vianney se lance sans cette assurance. Il s'apprête donc à marcher sur une mince et instable sangle, au-dessus du vide, sans rien pour le retenir… Lorsqu'ils ont essayé de m'initier à trente centimètres du sol, et malgré des dizaines d'essais, j'ai à peine réussi à avancer sur une longueur de deux mètres, me faisant régulièrement éjecter ; c'est dire si je me fais du souci pour Vianney…

Il démarre, torse nu, son pantalon lui tombant sur les hanches et légèrement retroussé au-dessus des chevilles, les pieds nus. Nous retenons tous notre souffle en le voyant évoluer dans l'air, utilisant ses mains au-dessus de ses épaules pour faire balancier et ainsi s'équilibrer. Le temps semble suspendu, j'en ai la chair de poule, n'osant à peine regarder…

Quand il parvient enfin de l'autre côté, je pousse un énorme soupir de soulagement. Sauf qu'il lui faut faire le trajet inverse… Nous l'observons revenir vers nous au ralenti, toujours ce moment hors du temps. J'ai un creux dans l'estomac, mon front perle de sueur. Vianney redouble de concentration, mais malgré cela, d'un coup, nous le voyons tanguer… Je mets ma main devant ma bouche pour ne pas crier et le déconcentrer. N'étant pas assuré, il ne peut pas faire de grands mouvements pour retrouver son équilibre en balançant son corps du côté opposé : trop risqué. Il se fait alors volontairement chuter, en saisissant la ligne avec sa main et sa jambe. Il tombe à cheval sur la sangle et s'offre un moment de répit – et à moi aussi par la même occasion.

Il trouve la force de remonter sur la ligne, de se remettre debout, et de finir son parcours jusqu'à nous. Ouf ! Une fois que nous l'avons récupéré entier sur le rocher, tout le monde se détend enfin.

– Si tu étais un vrai puriste, tu le ferais tout nu, Vianney, lui fait remarquer l'un de ses acolytes, comme pour humaniser l'exploit.

– À poil ? J'aime bien l'idée mais ça a déjà été fait ! lui répond Vianney, euphorique.

Ce moment restera un souvenir fort pour moi. Mais nous sommes le 30 juillet, le dernier jour de l'ultimatum que m'a donné mon directeur, alors je lâche tôt les highliners pour retourner dans la vallée faire le point.

Je redescends en télécabine, les larmes aux yeux. Pour moi, Chamonix, c'est fini dans un mois : je n'ai eu aucune réponse favorable, quand on a seulement daigné me répondre. Sans doute m'y suis-je pris trop tard... J'ai même fait deux relances sur le mail de Sven, en vain.

Je marche jusqu'à mon appartement en traînant des pieds, le cœur en berne, les larmes coulant maintenant jusque dans mon cou. Je pense à Matthieu bien sûr, à tout ce que nous avons vécu ces derniers mois. Ce n'est pas possible, cela ne peut pas s'arrêter là ! Comment vais-je faire loin de lui ? Il va m'oublier, me remplacer, reprendre la course aux conquêtes, ou pire, trouver une vraie amoureuse, une Française qui restera vivre auprès de lui... Voilà, je l'ai préparé pour une autre ! Et moi ? Que vais-je devenir dans tout ça ? Retourner à Chicago et faire le rat de bibliothèque, passer des heures à préparer des TD pour des étudiants qui trouveront toujours à redire ? Je suis désespérée... Je lève la tête, regarde les montagnes qui m'entourent, ce mont Blanc majestueux qui me contemple de ses 4 810 mètres, quel souvenir ! Il ne me reste qu'un mois pour en profiter, et tout sera fini. Une année merveilleuse, mais une année seulement...

J'arrive enfin à la maison ; je fais un signe à Sandro qui lit un magazine de grimpe sur la terrasse, et monte directement me cloîtrer dans ma chambre. Je consulte mes différentes boîtes mails pour être vraiment sûre, mais rien de neuf. D'ici quelques heures, avec le décalage horaire, je devrai passer le coup de fil fatidique à mon directeur.

Je me blottis dans mon lit en position fœtale, vidée. Éreintée par cette folle semaine à alterner relance des financeurs et crapahutage dans les montagnes, je finis par m'assoupir.

Matthieu apparaît dans mon rêve. C'est maintenant lui qui évolue sur la corde tendue au-dessus du vide, sans assurance, comme le faisait Vianney tout à l'heure. Matthieu marche sereinement vers moi, me souriant. Mais tout à coup, au sol, des centaines de mètres plus bas, quelqu'un crie son nom. Il regarde, vacille… tente de se rattraper… n'y parvient pas et… nooonnn !!!

Je me réveille en sursaut, dans un hurlement.

– Tu as fait un sacré cauchemar, Emma !

– Matthieu !

– C'est Sandro qui m'a ouvert. Ça va ?

– Oui, oui… Quelle heure est-il ?

– Pas loin de vingt heures.

– J'ai dormi plus de deux heures ! Il faut que j'appelle mon directeur, à Chicago…

– Pour lui dire quoi ?

– Que… je n'ai pas réussi à trouver de financement… Que je serai là-bas le 1er septembre, comme convenu.

– Ah bon ? me fait Matthieu, visiblement bien moins angoissé que moi.

– Oui. Je n'ai récolté que des réponses négatives, ou des silences, même de la boîte de Sven.

– Tu devrais regarder à nouveau tes mails. Tu permets ?

Matthieu se met devant mon ordinateur, rafraîchit la page et me montre un email non lu, arrivé une heure plus tôt. Il m'est envoyé par une femme que je ne connais pas. Je le parcours, et aussitôt les larmes me montent aux yeux. Je relis, cette fois-ci je ne rêve pas : Geldrop Corporation a le plaisir de m'allouer une bourse d'étude d'un montant de 18 000 euros pour le financement de mes recherches sur la prise de risques en montagne.

Je pose ma tête sur la poitrine de Matthieu.

– Félicitations, ma chérie.

– Comment le savais-tu, Matth ?

– Sven m'a appelé tout à l'heure. Ça a pris un peu de temps car il t'a rattachée à une filiale en cours de création.

– Une filiale qui fait quoi ?

– Sven s'apprête à racheter une entreprise de fabrication de matériel de montagne. Il m'en a parlé l'autre jour quand nous sommes allés courir, il gambergeait là-dessus depuis un moment et attendait de signer. Donc, si ça se trouve, tu ne seras pas financée par la filiale importation de minerai mais par la filiale sport, et la boucle est bouclée.

– Je ne sais pas quoi dire, Matthieu…

– Bon, Emma, il faut que tu manges. Téléphone à ta fac pour annoncer la bonne nouvelle et leur dire qu'ils ne te reverront pas de sitôt. Pendant ce temps, je vais chercher des pizzas. Et après, on fête ça…

Comme je me sens légère tout à coup ! Comme tout me semble plus simple ! Je convertis la somme en dollars, puis commence à calculer. Certes, la moitié partira chaque mois dans mon loyer, et j'aurai du mal à me payer un aller-retour pour les États-Unis ; mais je pourrai revendre ma voiture, pour ce que je l'utilise ici, en plus j'économiserai l'assurance. Tout de même, voilà de quoi envisager l'avenir proche plus sereinement.

Je suis sur un nuage en ce début du mois d'août ; mon directeur de recherches a donné son accord et m'a rayée de la liste des assistants pour la rentrée prochaine, tout va bien.

Je profite d'un pique-nique sur un rocher au soleil avec Samuel pour lui annoncer que je reste.

– Je suis sûr qu'au bout du compte, tu ne repartiras jamais d'ici Emma. Tu vas t'installer à Cham définitivement, et faire des petits Charraz qui enchaîneront les faces nord dès leur plus jeune âge. J'ai croisé des couples dans les clubs de jazz, mais comme Matthieu et toi, rarement. Tiens, en parlant de jazz, Alexey est passé m'entendre hier ; tu aurais dû venir, c'était très sympa !

Mon sang se glace dans mes veines. J'évite de repenser à Alexey Koulikov depuis qu'il a envoyé un sbire me courser dans la nuit. Je change vite de sujet et nous finissons tranquillement notre pique-nique, avant que je ne monte plus haut dans la montagne retrouver mes highliners, et que Samuel ne retourne à son piano.

Je poursuis mes observations avec notamment Vianney, dont je suis devenue proche. Trop proche, d'ailleurs, au goût de Matthieu, qui en est jaloux depuis qu'il est tombé sur une photo où Vianney m'enlace. Tant pis, je continue mon travail, de toute façon Matthieu est très pris par ses entraînements.

Ce soir, 13 août, c'est « soirée trail » à notre appartement. Nous allons suivre la course de Matthieu et d'autres amis à Davos. Chaque coureur étant équipé d'une puce électronique, il est identifié lorsqu'il passe les points de contrôle et son temps est affiché sur le site web de la course. Nous pouvons donc voir en direct leur progression sur le parcours de deux cents kilomètres et plus de dix mille mètres de dénivelée positive...

Vincent a bien organisé la soirée, invitant chez nous plein de copains qui apportent à boire ou à manger ; même mes highliners sont là ; même Lorena, fraîchement séparée de son Franck. Il ne manque que Vianney ; je crois qu'il me boude un peu car Matthieu l'a vertement recadré après l'histoire de la photo. Vincent a créé une déco *ad hoc* sur le thème du trail, avec des banderoles récupérées sur différentes courses, dont une « départ » au-dessus de la porte d'entrée, et une « ravitaillement » au-dessus de notre bar. Il a rajouté des spots et une boule à facettes. Nous devons être quarante-cinq dans l'appart, tous déguisés en traileur : running, shorts moulants en polyester, buff, frontales et porte-bidons avec, en guise de boissons, des cocktails bien alcoolisés. On trouve plus à boire au buffet, mais on peut tout de même y manger des barres énergétiques. Avec toutes ces doses de glucides, nous sommes comme des piles électriques. Tout le monde rigole, papote, trinquant à la santé de Matthieu qui mène la course, au coude à coude avec Javier, un de ses copains espagnols. Matthieu doit avoir envie de se ménager et de ne pas faire la route tout seul, ce qui en général ne l'empêche pas de mettre à terre ses adversaires en plaçant des accélérations foudroyantes dans les derniers kilomètres de la course : redoutable, imparable, c'est sa spécialité.

Chaque fois que l'on voit apparaître sur l'écran le nom d'un ami qui pointe à un ravitaillement, un cul sec général est lancé. Le problème étant que plus l'heure avance, plus on rigole, et plus nous semblons avoir d'amis engagés sur cette course... Aux platines, Sandro pousse la musique à fond, on bouge la table, on baisse la lumière et tout le monde se met à danser.

Pour suivre l'avancement de Matthieu, il suffit d'actualiser régulièrement la page Internet du trail, ce que je fais depuis ce matin. Ça y est, il a lâché son pote Javier et progresse maintenant en solitaire. Je suis chez moi à rire et danser, il est une heure du matin, et je pense à mon homme courant seul dans la nuit, le vent et le froid – à ces altitudes, les nuits sont glaciales, même en août.

À l'appart, l'ambiance monte encore d'un cran, tout le monde a décidé de se lâcher. Les copains grimpeurs de Sandro font des concours de celui qui reste suspendu par un doigt à nos escaliers le plus longtemps possible, tandis que d'autres se chronomètrent en escaladant notre mezzanine. Du grand n'importe quoi !

Vers trois heures, nous regardons si Matthieu est arrivé à Val d'Err, un passage intermédiaire.

– C'est marrant, il devrait déjà y être depuis un quart d'heure au moins. Il a ralenti, remarque Vincent.

– Quel flemmard ce Matthieu ! dit un grand type en se resservant un énième punch.

– Il doit commencer à fatiguer un peu, le pauvre ! Il est parti à midi, cela fait quinze heures qu'il court...

On commente, on attend un peu, on retourne danser, et on rafraîchit de nouveau la page, mais toujours pas de Matthieu au pointage… Il avait un rythme régulier depuis ce matin, il se présentait à un ravitaillement toutes les deux heures en moyenne, mais là…

Tout le monde se disperse, je reste seule à proximité de l'ordinateur, à consulter régulièrement le *live* de la course. Jane s'approche de moi, un verre à la main.

– Alors, il en est où ton Matthieu ?

– Je ne comprends pas, il n'est toujours pas signalé au ravitaillement. Il perd son avance.

– Le site Internet doit ramer.

– Tiens, c'est bizarre, Javier pointe au ravito ! Merde, il est passé devant Matthieu !

– Papa Charraz ne va pas être content ! beugle Vincent, complètement ivre.

En short, avec de grandes chaussettes booster, un tee-shirt fluo trop court (sûrement emprunté à Jane), un cuissard moulant, une casquette trop plate, une frontale qui clignote et le regard éthylique un peu vide : il est grotesque, j'adore ça !

N'empêche, l'heure tourne et nous sommes de plus en plus nombreux à guetter l'arrivée de Matthieu au ravitaillement de Val d'Err… D'autres coureurs y parviennent, les temps de passage s'affichent, les noms s'empilent sur l'écran, mais celui de Matthieu n'apparaît toujours pas dans la liste, alors qu'il aurait dû en être le premier. Déjà cinq coureurs recensés : incroyable, il ne peut pas être après tous ces gars !

– Quoi ? Il serait derrière Jonathan Peuge ? Mais ce mec est une quiche ! Y a un gros problème, fait Vincent, catégorique.

– Cela ne lui ressemble pas, mais Matthieu a dû abandonner.

On va essayer de le joindre, j'espère qu'il a pris son portable et que ça passe, dit Jane en s'emparant d'un téléphone.

Mais elle tombe instantanément sur la messagerie. Sandro a baissé la musique, tout le monde est agglutiné autour de l'ordinateur et chacun y va de son hypothèse : il a pu se blesser, il a dû égarer son transpondeur et doit être presque arrivé, il a peut-être eu un coup de pompe, il va repartir ; ou encore il s'est perdu et doit se remettre sur le bon chemin : c'est vrai, tout seul, en tête, cela peut arriver…

On patiente encore, je scrute mon téléphone régulièrement, nous essayons de rappeler Matthieu, sans succès. L'équipe technique de son sponsor n'est pas plus renseignée que nous. Même son ami et kiné Baptiste, qui est sur place, ne sait rien.

Le temps passe, Vincent essaye désespérément de joindre les organisateurs de la course. Quand il y parvient enfin, ces derniers lui disent qu'ils n'ont pas plus d'informations, qu'à leur connaissance, Matthieu n'a pas déclaré forfait, mais qu'il n'a pas non plus été vu à Val d'Err. Pourtant, en général, quand il arrive à un ravito, ce n'est pas le genre de personne qui passe inaperçue… Quand Vincent raccroche, je commence à m'énerver et, j'ai beau ne tourner qu'à l'eau depuis une heure, l'alcool ingurgité avant me monte à la tête.

– Coupe la musique, Sandro, s'il te plaît ! Bon, là vous êtes en train de me dire qu'il est dans un no man's land entre le point précédent, où il a été contrôlé à une heure du matin, et ce point, où il n'est jamais arrivé. Dix gars l'ont doublé dans le classement, mais aucun sur le sentier ?

– Ben… non…

– C'est quoi ce bordel ? Il n'a pas disparu sur le parcours tout de même !

– Je ne sais pas quoi te dire, Emma, répond Vincent, navré.

– C'est à combien d'heures de route exactement ?

– Davos ? C'est à plus de quatre cents kilomètres ! Ça ne sert à rien d'y aller, le temps qu'on arrive, Matthieu se sera déjà signalé aux organisateurs. À mon avis, il a dû rater une balise et s'égarer.

– Arrête, Vincent, tu sais bien qu'il étudie minutieusement son itinéraire à chaque fois. S'il se perd, il s'en rend compte rapidement ; s'il ne voit plus de balise, il rebrousse chemin aussitôt.

Le stress me submerge et me glace. Je ne peux chasser de mon esprit ce Russe qui m'avait rattrapée lors de ma course. Et si l'on en voulait à la famille Charraz ? C'est facile de viser Matthieu… Et James, est-il si blessé que cela ? Après tout, personne n'a vu son dossier médical ; est-il réellement toujours immobilisé ? Et ce Baptiste, dans l'ombre de Matthieu en permanence ? Je me perds en hasardeuses conjectures ; mais j'aime encore mieux ça plutôt que d'imaginer qu'il ait pu trébucher en courant le long d'un ravin…

Interminable attente… Je broie du noir, l'angoisse chevillée au corps. Ça commence à réagir sur le web, notamment dans les fuseaux horaires où les gens sont déjà réveillés, ou pas encore couchés. Des coureurs à l'autre bout du monde et ses potes népalais se demandent où est passé Matthieu Charraz. Les lumières rallumées, les invités aident Sandro et Jane à ranger ; vingt minutes plus tard, tous les stigmates de la fête ont disparu, y compris la déco. Jane ayant fait poliment comprendre aux moins proches que nous avions besoin de calme, ils nous disent gentiment au revoir, seule la garde rapprochée reste. Nous sommes une poignée désormais, silencieux devant l'ordi…

Je monte dans ma chambre pour me changer, enfiler un jean et un gros pull. Il est cinq heures du matin passées et je suis sans nouvelles de mon homme depuis plus de quatre heures, je suis gelée et en plus j'ai mes règles, quelle descente ! Quand je retrouve les copains, je n'ai même pas besoin de poser la question, à voir leurs têtes d'enterrement, je comprends qu'il n'y a rien de nouveau. Nous regardons mécaniquement les pointages : là où Matthieu aurait dû passer il y a trois heures déjà, quinze coureurs ont maintenant été dénombrés, et toujours aucune trace de Matthieu sur les écrans.

Vincent rappelle les organisateurs vers six heures. Javier a été questionné et a confirmé qu'ils s'étaient séparés à minuit et demi, Matthieu se sentant très en forme et voulant accélérer un peu. Ensuite, Javier ne l'a pas revu et n'a rien remarqué d'anormal sur le parcours, ni sur la qualité du balisage. Le staff a prévenu la REGA, les secours suisses, et va organiser une reconnaissance à l'endroit où l'on perd la trace de Matthieu, mais l'accès n'est pas évident. Vincent me dit tous ces mots mais je n'entends qu'à peine, le cerveau vrillé.

Il règne un silence de mort dans l'appartement ; sauf en cuisine où Jane prépare une tisane et une plâtrée de carbonara pour réchauffer tout le monde.

À sept heures, nous sursautons tous avant de comprendre : le portable de Vincent sonne, c'est le gars du staff à qui il avait laissé son numéro. Nous sommes suspendus aux lèvres de Vincent, qui s'adresse alternativement à son interlocuteur et à nous.

– Oui ? Je vous entends mal ! Ça y est ? Vous l'avez récupéré ? Ils l'ont récupéré !

Cris de joie dans l'assemblée, mais aucun son ne sort de ma bouche, je suis pétrifiée. Il poursuit sa conversation :

– Alors, que s'est-il passé ? Où était-il ? Ah, c'est lui qui s'est présenté de lui-même au point ? D'accord. Accompagné par deux coureurs, en boitant. À la tête ? Matthieu aurait une blessure à la tête. Il a perdu du sang, mais il va bien. À l'hôpital pour un contrôle, d'accord, je comprends. Et il ne retrouve pas son portable, bon. Un scanner vous pensez ? Bien, tenez-nous au courant, j'ai sa femme à côté de moi, merci.

Vincent raccroche, je me lève et me dirige vers lui :

– On y va.

– Emma, nous avons tous bu et passé une nuit blanche : personne ne prend le volant. Il va bien, deux coureurs l'ont vu et escorté jusqu'au stand de Val d'Err. Il était légèrement amoché mais a tout de même pu rallier le ravitaillement en marchant. Ils vont lui faire des examens, le gars nous tient au courant, ou Baptiste qui l'a rejoint.

– Moi je peux conduire, je n'ai presque rien bu, intervient Jane.

Tout le monde la regarde avec suspicion, c'est bien la seule de la soirée à pouvoir en dire autant.

– Ben oui, se justifie-t-elle, je cours l'UTMB dans deux semaines, je prépare ça depuis des mois, je n'allais pas me prendre une cuite juste avant !

– Jane, ce n'est pas une bonne idée. Baptiste s'occupe de Matthieu, il conduira son van au retour comme c'était prévu initialement. On ferait mieux d'aller se reposer car Matth aura besoin de nous ensuite, et je parle surtout pour toi, Emma, me précise Vincent de manière suffisamment autoritaire pour que je consente à aller m'allonger un peu.

Dans ma chambre, je m'étends sur mon lit en espérant m'endormir, mais je commence à gamberger… Et soudain s'impose à moi l'image de l'enveloppe posée sur le balcon. Je n'avais même pas décacheté la dernière, je l'avais coincée entre deux livres de ma bibliothèque. J'aurais peut-être dû parler de ces lettres à la police… Je ne sais plus pourquoi je ne l'ai pas fait… Ah oui, Sandro, il disait que cela ne servirait à rien… Mais là, après ce qui vient de se passer, j'ai une sorte d'intuition très forte : il est grand temps de l'ouvrir.

Mon rythme cardiaque s'accélère, je récupère l'enveloppe et m'assois sur mon lit. Même enveloppe, même papier, même mise en scène, donc même expéditeur je présume. Cette fois il s'agit d'une longue lettre – rien à voir avec les autres qui ne faisaient qu'une phrase chacune –, tapée à l'ordinateur, en français :

« *C'est l'histoire d'un guide d'ici qui s'appelait N.*

N. avait de l'ambition, du bagout et déjà une solide réputation à la Compagnie. Un jour, il sollicita un autre guide prénommé P., qui venait tout juste d'avoir son diplôme, pour emmener un client étranger et une jeune Chamoniarde belle comme le jour faire une grande voie mythique.

Rapidement, la météo se dégrada et ils se retrouvèrent en difficulté.

Ils tinrent trois jours dans un bivouac de fortune, serrés contre un rocher, ne pouvant être secourus en raison des conditions dantesques. La jeune fille faiblissait, et il fut décidé qu'elle et P. resteraient sur place, tandis qu'N. et l'autre client descendraient.

Malheureusement, le client, après quelques rappels dans la tempête, dû s'arrêter en bas de la paroi. Il y fut retrouvé vivant par les secours ; vivant, mais atteint de telles gelures qu'il en resta lourdement diminué.

La jeune fille et P., eux, se lancèrent dans une ultime descente en rappel, sûrement dans un réflexe de survie. C'est ainsi qu'ils furent découverts par les secours, morts tous les deux, figés dans leurs postures.

Quant à N., il poursuivit sa descente et en revint indemne.

Ce qui troubla le plus les secours, ce fut de ne trouver dans les équipements des trois autres ni réchaud, ni traces de vivres : N. avait tout pris avec lui. Il ne s'en serait pas rendu compte…

Et ce qui étonna aussi grandement la femme de P., c'est qu'en dépit de conditions incertaines, N. ait maintenu la sortie au pilier central du Frêney.

N. a bien fait de partir vivre au bout du monde à la suite de cette tragédie. »

Quand je replie le papier, j'entends mon sang pulser dans mes tempes.

Ce N., c'est sans l'ombre d'un doute Nicolas Charraz, le père de Matthieu, comme je le redoutais depuis le début. Il aurait donc entraîné trois personnes dans l'une des difficultés majeures des Alpes, en dépit du bon sens, et les aurait plantées là, en emportant le matériel nécessaire à leur survie… Cela me semble tellement énorme ! Et à la fois, tellement cohérent avec les bribes d'informations que j'ai pu collecter jusque-là. Et aussi avec son départ de la vallée qui semble correspondre, puisque l'accident date de 1985, l'époque où la famille Charraz s'est installée au Népal.

Voilà ce que j'aurais découvert par moi-même si j'avais pu poursuivre mon enquête. Mais Nicolas Charraz était protégé par une chape de plomb locale. J'en veux pour preuve le soudain mutisme du major qui avait stoppé net son récit quand mes questions s'étaient faites plus précises, et surtout la réaction à la limite de l'incorrection du vieux guide qui m'avait presque foutue à la porte de chez lui… Sans parler des silences polis des autres personnes que j'ai pu interroger, et de mon mail aux archives du *Dauphiné libéré* qui est resté vain. Dire que j'avais toutes les réponses à mes questions à portée de main depuis plusieurs semaines…

En revanche, ce que je ne comprends pas, c'est pourquoi mon corbeau, qui dans ses deux premières lettres m'enjoignait au silence, me livre tout à coup le fin mot de l'histoire ? Pourquoi ce revirement ? J'essaye de me rappeler quand j'ai reçu cette ultime lettre. C'était le 6 juillet, le jour où je suis rentrée chez moi après le fameux trail où j'ai été abordée par le grand Russe. Cela a-t-il à voir avec eux ? Ou avec James ? Le corbeau parle d'un client étranger, cela pourrait être son père. Il faudrait retrouver l'identité des deux clients et du guide novice.

Je scanne immédiatement la lettre et l'envoie à l'inspecteur Lemare, qui m'avait laissé sa carte à l'hôpital. Lui pourra facilement identifier les autres personnes impliquées et mener son enquête, après tout c'est son job.

Quelques heures plus tard, Baptiste nous rappelle pour nous annoncer que les examens n'ont rien révélé d'anormal, et que Matthieu a juste eu droit à quelques points de suture. Ils vont bientôt se mettre en route et espèrent être chez Matthieu avant la nuit.

Vers dix-neuf heures, je pars faire quelques courses et monte les attendre à Montroc. Vincent insiste pour m'accompagner dans l'idée de participer au débriefing. J'attends, fébrile, d'autant que je n'ai pas encore pu parler à Matthieu.

Lorsqu'enfin nous entendons le moteur de son van, je bondis hors du chalet. Matthieu a un gros pansement sur la tempe droite. Je salue Baptiste et m'approche doucement de Matthieu pour l'embrasser. Il a les traits tirés, les cheveux sales – sûrement du sang séché –, et l'air vraiment fatigué.

Après avoir déchargé le coffre, nous rentrons tous les quatre dans le chalet. Je mets de l'eau à chauffer pour des pâtes et nous nous asseyons tous autour de Matthieu.

– Franchement, je n'aurais jamais imaginé qu'il puisse m'arriver un jour un truc pareil sur une course… J'ai passé le ravito d'Alp Flix vers une heure du matin…

– Tu l'as passé à une heure, quatre minutes, sept secondes. J'ai eu le temps de le voir à l'écran… indiqué-je.

– Quand je suis reparti, j'étais bien ; devant Javier qui m'avait laissé filer un peu plus tôt.

– Vous vous êtes séparés à minuit trente d'après lui, précise Vincent.

– Ce doit être ça. Là, je suivais les balises, sans souci. À un moment, le chemin s'est séparé en deux mais, alors que je pensais que ça allait à gauche d'après mon repérage cartographique, le marquage indiquait à droite. Donc je suis parti à droite… Et, quelques dizaines de mètres plus loin, je me suis cassé la gueule comme jamais ; j'ai fait un roulé-boulé et ma tête a fini par heurter un rocher.

– Tu as buté contre une pierre qui dépassait ?

– Une pierre ? Non, pas vraiment, Emma. Sincèrement, je pense que c'était une corde. Une corde ou une sangle, que quelqu'un a tendue en travers du chemin, à peut-être trente centimètres du sol. Honnêtement, je suis déjà tombé en montagne, mais là, ça n'avait rien à voir. L'impact a été très violent et j'ai dû rester inconscient une paire d'heures au moins. Quand j'ai commencé à émerger, je n'avais plus rien : plus de portable, plus de frontale. J'étais gelé, avec du sang séché devant les yeux, je n'y voyais que dalle.

– On aurait dit un mort vivant quand on l'a récupéré à Val d'Err, dit Baptiste.

– En me relevant, j'ai senti que mon genou avait pris un choc. Je suis remonté tant bien que mal à l'intersection des deux chemins et là, je me suis rendu compte, en voyant la rubalise, que la course continuait bien à gauche, comme je le pensais initialement.

– Je ne comprends rien, tu viens de dire que tu avais suivi les indications et qu'elles allaient à droite, dis-je.

– Oui, j'en suis convaincu. Ce qui veut dire que, juste avant mon passage, quelqu'un a débalisé le chemin de gauche sur quelques mètres, puis a réalisé un balisage bidon sur la droite pour m'induire en erreur, m'amenant sur une mauvaise voie. Et j'ai foncé dans le panneau…

– C'est dingue ! Je n'ai jamais vu cela en trente ans de montagne, s'indigne Vincent.

– Après mon passage, il n'y avait plus qu'à remettre le bon balisage pour les suivants, et le tour était joué. J'étais tout seul en train d'agoniser dans la nuit et personne pour s'en rendre compte… Et encore, j'ai eu de la chance : moins d'un mètre après l'endroit où j'ai atterri, il y avait un virage et une rupture de pente ! Et donc je n'aurais pas dû être là pour en témoigner ; un accident de trail et voilà tout…

– Euh, je crois que ça bout, je vais mettre les pâtes ? demande timidement Baptiste.

Il me sort de ma sidération. La vapeur a effectivement envahi le chalet et embué les vitres.

– Ah oui, c'est vrai, les pâtes, j'avais dit que je m'en occupais.

Je me lève et me dirige vers la cuisine ; Matthieu me suit péniblement. Une fois à l'abri des regards, je me glisse discrètement dans ses bras. Il passe ses mains autour de ma taille, je touche délicatement son pansement.

– Combien de points ?

– Une dizaine, la plaie était assez profonde et étendue. Je dois éviter de l'exposer au soleil pendant un an et tartiner régulièrement de la crème pour que ça cicatrise. Et figure-toi que je suis contraint au repos pendant dix jours. Moi, au repos, un comble !

En dînant, nous reprenons la discussion sur la chute de Matthieu.

– Et cette fois-ci, à qui penses-tu ? demande Vincent.

– Il fallait bien s'y connaître pour savoir comment me piéger, où me piéger sur le parcours, et à quelle heure je serais en tête sans les autres. Le genre d'analyse dont seul un ultra-traileur est capable. Un ultra-traileur comme James... S'il n'avait pas été en rééducation à Lausanne, je l'aurais tout de suite désigné ; mais là...

– Effectivement, le coup était bien préparé... Et il suffisait qu'une personne vérifie sur Internet, comme nous l'avons fait, que tu étais seul devant et il n'y avait plus qu'à installer le faux fléchage pour t'induire en erreur, et à tendre la sangle au bon moment.

Quand Vincent parle de sangle, je pense tout de suite aux highliners et en particulier à Vianney, qui n'avait pas souhaité venir à notre soirée. Mais je chasse aussitôt cette folle idée de ma tête.

– Et en Suisse, vous avez porté plainte ? demande Vincent.

– Oui, on y est allés avec les organisateurs de la course. C'était long ! soupire Baptiste...

– Je vais le faire ici aussi, pour que la police française puisse mener de front l'enquête sur le sabotage de la voiture et celle sur mon accident de trail. L'inspecteur Lemare est déjà au courant, je l'ai appelé sur la route cet après-midi.

Après le départ des garçons, je reste auprès de Matthieu. Je l'aide à laver ses cheveux pour enlever le sang en préservant le pansement. Puis nous ne reparlons plus de tout cela, nous ne parlons presque plus, je me colle juste à lui dans le lit tant que je le peux.

Vers dix heures du matin, nous dormons encore l'un contre l'autre quand le téléphone fixe sonne – ce qui n'arrive jamais vu que Matthieu ne donne ce numéro à personne. Il va au salon pour décrocher alors que je me réveille doucement. Je saisis quelques mots au vol, il me semble que ça parle de l'enquête.

Enroulée dans le drap, je rejoins Matthieu qui met le haut-parleur. Je reconnais aussitôt la voix de l'inspecteur Lemare.

– … concernant l'accident de voiture de mademoiselle Lindley et votre agression sur le trail en Suisse. Nous venons d'interpeller un suspect, je souhaitais vous en informer.

– Je suis avec Emma justement ; nous vous écoutons.

– Voilà… Il s'agit d'un jeune homme de la vallée, qui a sensiblement votre âge. Il se nomme Hove, Franck Hove… Cela vous dit quelque chose ?

– Franck Hove ? Je ne vois pas du tout qui c'est !

Matthieu, sidéré, me regarde d'un air interrogateur en ouvrant de grands yeux ; je lui murmure que je le connais, Franck.

– Nous avons un faisceau d'indices très probants. Son domicile a été perquisitionné ce matin à six heures. Nous y avons retrouvé un téléphone portable qui pourrait être le vôtre, ainsi qu'un topo annoté du trail que vous avez couru avant-hier. Je dois également vous préciser qu'il est titulaire d'un CAP de mécanique automobile, si vous voyez ce que je veux dire.

– Je vois très bien, répond Matthieu tout en me couvant du regard.

– Nous allons donc le garder un moment avec nous, pour faire plus ample connaissance et écouter ce qu'il a à nous dire, poursuit l'inspecteur.

– Puis-je récupérer mon portable ?

– Malheureusement non, c'est un élément de preuve que nous devons conserver. Il a été mis sous scellés avec d'autres objets appartenant à Hove. D'autre part, une information judiciaire a été ouverte et un juge d'instruction saisi de l'affaire. Je pense qu'il voudra vous entendre rapidement. Tenez-vous à disposition, ainsi que mademoiselle Lindley. Voilà, c'est tout pour le moment.

Nous nous regardons, silencieux, puis je fais le point. Je revois ce type, ce Franck, un peu insignifiant je dois dire. Je me remémore nos entrevues successives.

D'abord à Magland, la première fois que j'ai assisté à un saut de base-jump, sur invitation de James Betford : en « formation », il faisait le convoyage mais ne sautait pas. Ensuite, au Factory, toujours avec James, mais nous n'avions pas vraiment échangé. Il faut avouer qu'il était assez mutique… Après, quand j'y réfléchis bien, je l'ai aperçu à un moment délicat : encore au Factory, où j'avais trouvé refuge quand James me suivait dans Chamonix. C'est donc ce type totalement transparent, dont les seuls faits d'armes sont d'être sorti avec Lorena et de s'essayer au base-jump, qui aurait bousillé les freins de la voiture de Matthieu, et l'aurait fait chuter sur la course ?

Pensifs, nous déjeunons en tentant de reconstituer le fil des événements avec le peu d'éléments dont nous disposons.

Puis Matthieu se lève :

– Bon, j'irais bien courir moi, ça me démange.

– Tu n'en as pas le droit, Matthieu, tu le sais bien.

– Oui, mais il m'en coûte vraiment. Surtout que face à une situation comme celle-ci, courir m'aide à réfléchir.

– Je vois. Je vais donc passer la journée ici pour faire en sorte que tu te reposes, en commençant par te refaire ton pansement.

– Cool, j'ai une infirmière sexy à ma disposition toute la journée. Je me demande bien ce que l'on va pouvoir faire…

– Repos, Matthieu, tu comprends ? Et je te conseille de te connecter pour rassurer tous les gens qui se sont inquiétés.

– Là tu n'as pas tort, j'y vais tout de suite.

Tout compte fait, je passe presque la totalité de la semaine suivante chez Matthieu, avec mes livres, mes dossiers et mon ordinateur portable. Je prends soin de lui et l'accompagne à Annecy pour passer des examens de contrôle, là même où j'avais été hospitalisée. Fort heureusement, et malgré la perte de connaissance juste après le choc, tout va bien pour lui. Il lui est tout de même conseillé de rester au repos encore quelque temps, ce à quoi il consent sans trop protester car son genou est encore douloureux. À regret, Matthieu annule donc ses engagements pour le mois à venir ; fin septembre, un bilan sera réalisé et il saura alors s'il peut participer à la Diagonale des Fous à La Réunion.

En revanche, il m'accompagne courir et ne se prive pas de me faire remarquer que, pour lui, ce n'est pas du sport mais une simple promenade. Merci Matthieu, me voilà bien partie pour le trail de Belledonne dans dix jours, si j'ai le courage d'y aller dans le contexte actuel…

Un soir, alors que nous dînons tous les deux sur sa terrasse, Matthieu me prend au dépourvu :

– Emma, je pensais… tu n'as qu'à t'installer ici, tu t'occupes si bien de moi depuis le début de ma convalescence…

– Qui va durer encore combien de temps ?

– Longtemps, très longtemps… Et tu seras là quand je redescendrai des montagnes…

– Je ne comprends pas ce que tu me dis, fais-je en fronçant mécaniquement les sourcils.

– J'ai envie que l'on habite ensemble, que tu sois là quand je rentre le soir.

– Je ne comprends toujours pas...

– Tu vois très bien de quoi je parle : je te propose de vivre avec moi !

Ça alors, je n'en reviens pas ! Dans la plus grande confusion, j'ai du mal à savoir ce que je ressens. De l'inquiétude semble-t-il...

– Mais je vais me retrouver seule chaque fois que tu partiras en voyage ! À l'appartement, au moins j'ai mes colocataires.

– Je ne sais pas si cette situation va pouvoir perdurer.

– Pourquoi dis-tu cela, Matth ?

– Pour rien... tu verras.

– Et puis, comment va-t-on résister à la routine après avoir vécu des choses si intenses ?

– Il n'y a pas de routine en montagne. En plus, cela te fera faire des économies.

– Ah oui, l'argument financier, c'est imparable !

– C'est un argument comme un autre. Mais sérieusement, réfléchis-y...

– D'accord Matthieu, j'y penserai.

Je termine le repas un peu déstabilisée. J'ai presque envie de rentrer chez moi digérer cette étonnante proposition, mais je me contente de changer de sujet.

Le lendemain, je rentre à l'appartement et tombe sur Jane, affalée dans un transat sur la terrasse, en train de lire un énorme pavé. Je m'installe à ses côtés, dans l'un des fauteuils en teck, et lui annonce :

– Il faut que je te dise… Matthieu m'a proposé d'emménager à Montroc.

– Ah bon ? Matth t'a demandé de vivre avec lui ? C'est fabuleux !

– Bien sûr, je suis très heureuse… mais c'est tout de même rapide, et puis il est souvent à l'étranger. Et je crois que je n'ai pas envie de vous quitter…

– Tu vas sans doute changer d'avis très vite !

– Mais pourquoi me dis-tu cela ? Matthieu m'a fait la même insinuation ! Et puis qu'est-ce que tu fais, Jane, à te prélasser sur la terrasse depuis deux jours ? Tu ne te prépares pas pour l'UTMB ? Tu t'entraînes depuis des mois, tu figures parmi les favorites !

– Comment te le dire ? Je ne peux finalement pas prendre le départ…

Elle s'interrompt, visiblement émue :

– Je suis enceinte, Emma…

– Enceinte ? Ça alors, je n'en reviens pas ! Et je ne m'étais rendu compte de rien ! Ah, voilà pourquoi tu n'as pas bu à la soirée trail !

Jane confirme. Je la félicite, émue à mon tour, et lui pose toutes les questions rituelles auxquelles elle répond de bonne grâce.

– Cela fait sept semaines environ. J'ai mis du temps à m'en rendre compte, je pensais que mon cycle était perturbé par l'entraînement intensif.

– Et comment a réagi Vincent ?

– Il retombe en enfance, ou en adolescence. Il a des idées saugrenues comme cette fête sur le trail l'autre jour… mais il est fou de joie.

– Il faut vraiment que j'aille vivre ailleurs alors ?

– Nous ne vous chassons pas, Sandro et toi, c'est plutôt vous qui aurez envie de partir… Et je n'en suis pas encore là dans ma tête. Tout ce que je sais, c'est que j'abandonne tout entraînement. Je reprendrai après, ça m'aidera à ne pas rester bloquée dans le rôle de mère… Quoi qu'il en soit, j'ai bien vu cette année que mon niveau était trop limité pour espérer vivre du trail. En tout cas, si tu pars vivre avec Matthieu – ce que je te souhaite –, sache que tu pourras toujours revenir à la maison autant que tu le veux.

Je la remercie et m'approche d'elle pour l'enlacer encore un instant.

– Sur ce, je vais donc aller courir en solo, et me coucher tôt pour me remettre de mes émotions.

– Tu dors ici ce soir ?

– Oui, j'avais envie d'être un peu seule. J'ai des démarches à préparer, et demain nous allons à Annecy avec Matthieu. Nous sommes convoqués par le juge d'instruction.

– Ne t'inquiète pas, Emma, tout va bien se passer. C'est bien qu'il vous reçoive, vous allez pouvoir exposer votre version des faits, et peut-être savoir pourquoi le type a fait cela.

Lundi matin, en route pour Annecy, j'expose à Matthieu un nouveau problème qui me taraude :

– J'espère que le fait d'être impliquée dans une affaire judiciaire ne va pas nuire à ma demande de renouvellement de visa…

– Il ne manquerait plus que cela ! Je te rappelle que tu es la victime dans cette histoire, Emma.

– Oui, mais tout de même, je ne voudrais pas que cela joue en ma défaveur, surtout que mon dossier est un peu complexe. Mon université partenaire en France, qui me délivre le visa de chercheur, tarde à m'envoyer ma convention d'accueil. Si je ne l'ai pas reçue d'ici le 31 août, je risque de me retrouver en situation irrégulière. Moi, clandestine ! Tu te rends compte ? Et imagine que le juge me pose la question !

– Reste zen, Emma, ce ne sont que des formalités administratives, tu vas l'avoir ton visa. Et ce n'est pas parce que le premier est périmé de quelques jours qu'ils vont te reconduire à la frontière…

Arrivés au tribunal, il s'avère que le juge d'instruction est une jeune femme courtoise, qui nous reçoit dans son bureau jonché de dossiers. Elle nous expose les dernières données de l'enquête, issues de la perquisition et des auditions, en parlant lentement pour que je comprenne un maximum de choses.

En premier lieu, elle nous déclare avoir fait analyser la lettre que l'inspecteur Lemare est passé récupérer chez moi.

– Je ne peux malheureusement pas vous dire qui vous l'a envoyée, mademoiselle Lindley; mais au vu des premiers éléments, il ne s'agirait pas de Franck Hove. En revanche, je peux vous parler de l'histoire que cette lettre raconte.

Heureusement, j'en avais fait passer une copie à Matthieu après avoir remis l'original à la police. Je l'avais ensuite laissé digérer cette lecture, sans plus lui en reparler, ni qu'il ne m'en parle. Le choc a dû être fort… Là encore, je le sens hypertendu sur sa chaise.

– Il s'agit bien d'un drame qui s'est produit en 1985 au pilier du Frêney, dans le massif du Mont-Blanc, et auquel a pris part votre père, monsieur Charraz; le N. de la lettre étant bien celui de Nicolas Charraz. Vous en aviez sans doute entendu parler auparavant?

– Non, pas vraiment. Pas avant qu'Emma me transmette la lettre.

– Bien. Les autres protagonistes sont les suivants: la jeune fille qui a perdu la vie s'appelait Emmanuelle Forchex, le « client étranger », victime de graves gelures, se prénommait William Betford…

– Le père de James?

– Lui-même. Et enfin, le guide ayant perdu la vie, le fameux « P. » dans la lettre, n'est autre que Pierre Hove, le père de Franck Hove.

Ça y est, les pièces du puzzle se mettent en place. Le père de Matthieu, le père de James et le père de Franck. Sacrée équipe… Plus la jeune fille, inconnue au bataillon.

– Donc James Betford est bien impliqué dans nos accidents ?

– Pas exactement, monsieur Charraz, car contrairement au cas de monsieur Hove, nous n'avons aucune charge contre monsieur Betford. J'ai bien noté qu'à plusieurs reprises il avait rôdé aux abords immédiats de votre domicile ou de celui d'un de vos amis ; qu'il s'était battu avec vous et avec monsieur Sandro Cambia, mais je n'ai reçu aucune plainte concernant ces faits. Je n'ai rien contre monsieur Betford, absolument rien…

– J'étais pourtant certain…

– C'est le propre d'une enquête, monsieur Charraz, dépasser les certitudes initiales. Les choses sont bien différentes s'agissant de Franck Hove. Vous verrez que son audition est sans équivoque, et que c'est votre père qui était visé par le sabotage de la voiture.

C'est donc Nicolas Charraz qui était la cible de l'accident et non pas moi, ni même Matthieu…

– J'ai repensé à la présence de mon père le jour de l'accident… C'est vrai qu'il avait posté cette photo où l'on nous voit tous les deux.

– Monsieur Hove était effectivement abonné à vos deux comptes Facebook, nous avons vérifié.

– Et ma clef, comment a-t-il fait pour la trouver ? Pour moi, c'est James qui savait où je courais le jour de l'accident, où la voiture était garée, et où j'ai l'habitude de cacher ma clef.

– Au demeurant, une très mauvaise habitude, monsieur Charraz.

– Je vous l'accorde…

– Vous verrez, il aborde le sujet dans son audition.

– Peut-on en avoir une copie ?

– En principe c'est à votre avocat de vous la remettre, mais j'ai un double qu'exceptionnellement je peux vous donner ; vous la lirez à tête reposée.

– Et quel a été l'élément déclencheur de la mise en examen de Hove ?

– L'histoire racontée dans la lettre transmise par mademoiselle Lindley nous a mis sur la voie ; son profil de mécanicien également ; ainsi qu'un témoignage, juste après votre trail – j'y reviendrai. Suite à la perquisition, nous avons trouvé sur son ordinateur personnel le manuel d'entretien de votre 4x4, téléchargé sur Internet. Cela nous a permis de le confondre. Il a alors avoué avoir trafiqué le système de freinage de votre véhicule le 28 avril.

Matthieu se tourne vers moi pour s'assurer que j'ai bien tout compris. Oui, j'ai bien compris que James n'y est pour rien, et que le sabotage n'est que le fait de Franck. Je demande à la juge pourquoi.

– Pour lui, le sabotage ne devait être qu'une simple intimidation à destination de Nicolas Charraz. Il ignorait votre présence, mademoiselle Lindley, et à plus forte raison que vous ramèneriez seule le véhicule. Pour ce motif, il dit regretter son geste.

– S'il regrette, reprend Matthieu, pourquoi a-t-il persisté à Davos ? Mon père n'y était pas à Davos !

– Malheureusement, sa logique de vengeance contre la famille Charraz était enclenchée. Faute de pouvoir atteindre directement votre père après son départ de la vallée, c'est à vous qu'il s'en est pris. Et, si j'en crois ce que l'on m'a rapporté, les conséquences auraient pu être pires puisque vous avez chuté juste avant un à-pic.

– Ainsi, Franck souhaitait carrément m'éliminer…

– Hove n'a pas précisé ses intentions réelles. Je ne peux pas vous dire s'il envisageait pire et s'est « dégonflé », mais le fait est qu'il s'est contenté de vous laisser inconscient sur le bord du chemin.

La juge nous laisse encaisser tout cela.

– Comment a-t-il organisé son coup ?

– Lors d'une visite à James Betford, au centre de rééducation, en Suisse, Franck lui a posé plusieurs questions sur le déroulement du trail et sur votre probable performance. C'est James Betford lui-même qui l'a confirmé lorsque la police est allée l'entendre.

– C'est donc James le commanditaire !

– Vous vous trompez, monsieur Charraz ! Certes, il semblerait que monsieur Betford ait cristallisé une certaine rancœur à votre encontre, pour différentes raisons sportives et humaines, et que cela ait pu avoir une influence notoire sur Franck. Mais, en l'occurrence, c'est James qui nous a contactés de son propre fait, juste après avoir appris votre accident sur le trail. Rétrospectivement, il était inquiet de la requête de Hove ; c'est le témoignage que je vous mentionnais juste avant.

– Tu vois, Matthieu, je te l'avais dit, James n'est pas si malfaisant ! Et Franck, était-il déjà connu des services de police ?

– Pas du tout, mademoiselle, il n'a pas de casier judiciaire, mais il était connu des services sociaux. Franck Hove a grandi seul avec sa mère, à Passy, dans le bas de la vallée. Il a obtenu un diplôme de mécanique automobile puis il a intégré l'armée de terre en tant que mécanicien moteur, dans le corps des chasseurs alpins ; c'est là qu'il a vraiment découvert la pratique de la montagne. Ensuite il s'est fait radier de l'armée et, effectuant quelques remplacements dans un garage, il a commencé à végéter en vallée de Chamonix. Il y a rencontré monsieur Betford, qu'il aurait contacté pour l'apprentissage de certains sports extrêmes ; mais sur ce point, vous devez en savoir plus que moi.

Nous devisons encore un moment sur le parcours de Franck, ses motivations et ses relations avec James, avant que le magistrat ne conclue.

– Voilà les éléments dont nous disposons actuellement. Monsieur Hove reste en détention provisoire jusqu'à nouvel ordre. Nous vous tiendrons au courant des suites, dit-elle en se levant pour nous raccompagner.

À Montroc, Matthieu vaque à ses occupations et je me cale sur le canapé pour lire l'audition de Franck.

– Tu me feras un résumé, Emma, moi ça me gave.

– D'accord, je te surligne des extraits. Je reconnais le style brut de décoffrage de Franck.

– Il n'est pas fini ce type.

– Il n'a pas eu une enfance facile… Et se faire quitter par Lorena le mois dernier n'a pas dû l'aider.

Je me concentre sur ma lecture et commence à relever les passages intéressants :

« *Déjà, la veille, j'étais tombé sur les Charraz à la télé. Leur baratin m'avait carrément gonflé. Et ce jour-là, je les ai croisés en voiture tous les deux. Juste après, je les ai vus en photo sur mon téléphone, à poser…*

- Poursuivez, je vous prie.

- Direct quand j'ai vu ça, j'ai reconnu l'endroit et je me suis dit qu'ils s'étaient garés côté Flégère, vers Les Tines ou La Joux. J'ai cherché la voiture, je l'ai trouvée. Et là, je sais pas ce qui m'a pris… J'ai fait ce que je sais faire : de la mécanique. J'avais pas prévu au départ, je voulais juste leur péter les vitres ou leur crever les pneus. Mais quand j'ai vu que je pouvais ouvrir la voiture…

- Comment l'avez-vous ouverte ?

- James planquait toujours ses clefs derrière le pneu avant,

alors je me suis dit que Charraz devait faire pareil, que c'était un truc de traileurs. J'ai ouvert la voiture, ouvert le capot... Ça tombait bien, j'avais ma caisse à outils dans mon coffre... J'ai pris mes outils et j'ai fait ce que j'avais à faire... mais j'ai pas sectionné...

- Pire, vous avez pincé les durites pour laisser à penser au conducteur que les freins marchaient !

- Je voulais juste leur faire peur. Que le père se pète le nez sur le tableau de bord. D'ailleurs j'avais débranché son Airbag...

- Pourquoi lui en vouliez-vous ?

- Je sais pas... J'ai toujours pensé que la montagne m'avait pris mon père, que c'était comme ça et qu'on n'y pouvait rien... Mais ma mère me répétait sans arrêt que Charraz aurait jamais dû les emmener là-bas, à cette putain de voie. Et quand James est arrivé en France, il m'a raconté la version de son père à lui : qu'en plus, le père Charraz s'était cassé avec le matos, qu'il les a laissé mourir là-bas, mon père et la jeune fille... Même son frère à elle savait pas tout. »

Je marque une pause.

– Matthieu, tu connais un type qui s'appelle Forchex dans la vallée ?

– De la famille de la fille ? Non, ça ne me dit rien...

– Il s'agirait de son frère. C'est marrant que la personne qui conduisait l'interrogatoire n'ait pas rebondi là-dessus...

Je reprends ma lecture :

« *Maintenant que je sais tout ce qui s'est passé, je me suis dit que ma mère avait raison, que c'était l'autre abruti qui était responsable de tout ça. Il a bousillé la vie de ma mère en lui prenant son mari... elle en a jamais retrouvé... et elle a tout le temps manqué de fric. Elle s'est retrouvée avec moi dans le bide et plus personne pour l'aider. Il a foutu notre vie en l'air... Mais je vous jure que je visais pas la fille, l'Américaine, je savais même pas qu'elle était là ! Je pouvais pas deviner qu'elle ramènerait la voiture.*

- Que ce soit elle ou un autre, il s'agit d'une tentative de meurtre, monsieur Hove.

- Je vous l'ai dit, je voulais juste leur faire peur, c'est tout !

- Mais vous avez persisté, à Davos, en visant directement Matthieu Charraz.

- Oui. Lui aussi il m'avait rendu fou dans la vidéo, quand il dit qu'il est fier de tout ce qu'a fait son père en montagne. »

– Matthieu, il paraît que dans le reportage tu dis que tu es fier de tout ce que ton père a accompli en montagne...

– J'ai dit ça moi ? Ah oui, c'est vrai ! Mais qu'est-ce que tu voulais que je dise Emma ; je ne savais rien de cette histoire !

– Bien tu n'aurais pas dû le dire, ça l'a rudement énervé contre toi !

« *- C'est pour ça que vous l'avez piégé ?*

- Le coup du trail en Suisse, ça, je l'ai fait pour James.

- C'est monsieur Betford qui vous l'a demandé ?

- Non. James m'a rien demandé. Mais en Suisse, dans son centre, et même avant, il parlait que de ça ; je savais qu'il détestait le fils Charraz. Et comme je détestais le père...

- Comment saviez-vous où atteindre Matthieu Charraz ?

- C'est pas compliqué : il finit toujours tout seul devant. Et j'ai déjà vu des trails. L'an dernier j'ai même accompagné James à la Petite Trotte. Et je lui ai posé des questions. »

Je repose le papier et m'avance vers Matthieu.

– C'est une mine d'infos ce truc. Bon, *a priori*, c'était bien Franck le chauffeur de James à la PTL ! Et pour le sabotage, c'est presque un concours de circonstances : il vous avait vus, ton père et toi, la veille à la télé, il vous a croisés l'après-midi dans Cham, sûrement quand vous alliez me chercher, il a repéré le lieu avec la photo, ta clef était cachée derrière le pneu comme le fait James…

– Ah bon, James cache sa clef ? Il se fout de moi, et après il fait pareil !

– Et il avait sa caisse à outils dans sa voiture ce jour-là. Bref, c'était une sorte de pulsion. Autant pour le trail… Il pensait faire plaisir à James, car il savait que James te détestait.

– Je ne suis pas vraiment surpris que James me haïsse. Et d'une certaine manière, je me demande comment je réagirais si j'étais quasi paralysé. Comme dit la juge, James a dû cristalliser sur moi toute sa rancœur : j'ai les victoires auxquelles il ne peut plus prétendre, la femme qu'il n'a pas pu avoir…

Un appel de Vincent nous interrompt. Il nous donne rendez-vous au Django le soir même pour avoir le fin mot de l'histoire. Ça tombe bien, Matthieu et moi avons besoin du soutien de nos amis.

Une fois installés au pub, nous rapportons à mes colocataires la teneur de l'entrevue avec la juge et de l'audition de Franck Hove.

– C'est quoi le problème de ce Franck avec toi, Matthieu ? Tu lui as refusé un selfie et il s'est vexé ? demande Sandro.

– C'est plus Nicolas, mon père, qui était visé. Si j'ai bien compris, dans la vallée, au mieux il est considéré comme un mauvais guide à l'ego démesuré, et provoque un silence gêné, au pire il est vu comme un traître, ce qui semble être le cas chez Hove, qui le tient pour responsable de la mort de son propre père.

– Et des souffrances de sa mère, ajouté-je. Donc on pourrait dire qu'il a saboté la voiture pour « venger » sa mère… Une sorte de « loyauté à la mère ».

– Attention, c'est la psychosociologue qui vous parle, susurre Sandro qui se moque de moi.

– En plus de cela, Franck vivait mal de voir James invalide depuis son accident en base. Quoi qu'on en dise, ils étaient très liés ; Franck est l'une des premières personnes que James ait fréquentées en arrivant en France, et le seul qu'il ait accepté d'initier au base-jump. Franck vénérait James.

– Lorena me disait qu'après son accident, James n'était pas franchement devenu un modèle de résilience… ajoute Vincent. Sa jalousie envers Matthieu s'est progressivement muée en une haine féroce. À tel point qu'elle a fini par espacer ses visites… D'ailleurs, c'est à peu près à ce moment-là qu'elle a largué Franck : elle trouvait que lui aussi avait changé.

– Il n'empêche que James a contacté la police après le trail, quand il a commencé à avoir de sérieux doutes sur l'attitude de Franck et sur sa santé mentale. On ne peut pas lui enlever ça, la juge a bien insisté là-dessus. Et puis il faut se mettre à sa place : lui, c'est les gelures de son père qu'il aurait aimé venger, en lui « offrant » ses victoires et ses titres, mais il se heurtait toujours à Matthieu.

– De même pour sortir avec toi, Emma, rajoute Vincent. Matthieu, tu as entravé et sa carrière et son épanouissement personnel ! Au moins, quand il allait sauter dans le vide, James ne te trouvait pas au travers de son chemin…

– Ça va être ma faute, soupire Matthieu.

Cinq jours plus tard, le samedi 30 août, je dois prendre le départ d'un ultra-trail près de Grenoble. Malgré toutes les épreuves que nous avons traversées, j'ai décidé que je ne laisserai pas la peur dicter ma conduite : personne ne m'empêchera de courir.

Pour me motiver, je me suis inscrite en relais au 145 kilomètres, en équipe avec Naïa, une amie traileuse de Jane. D'un niveau assez impressionnant, elle participe pour préparer un trail plus ardu, c'est dire si j'ai envie d'être à la hauteur. Elle court les soixante premiers kilomètres, et moi les quatre-vingt-cinq suivants, c'est-à-dire deux marathons de suite en montagne… Partant avant l'aube, je devrai courir toute la journée et continuer de nuit pour arriver, je l'espère, dimanche avant midi.

Me voilà donc, à quatre heures du matin, au ravitaillement où je dois faire la jonction avec Naïa. Frontale sur la tête, entre excitation et appréhension, je guette l'arrivée de ma relayeuse.

Alors que je fignole les derniers réglages de mon équipement, mon portable sonne. C'est Matthieu.

– C'est gentil de t'être réveillé si tôt pour m'encourager !

– Oui, et pour te recommander la plus grande prudence. Je ne plaisante pas Emma, c'est vraiment une course de montagne, avec certains passages sur la ligne de crête ou sans sentier. Et je doute de la météo. Les orages de la fin août peuvent être redoutables en altitude.

– De là où je suis, je t'assure que ça a l'air correct. Il n'y a pas de vent, il fait bon… Et puis, comme tu le dis toi-même : « Qui trop écoute la météo, finit trop souvent au bistrot ».

– Si cela se dégrade, tu prends les solutions de repli.

– Ne t'inquiète pas Matthieu, je suis confiante, je me sens bien. Naïa devrait arriver d'ici quinze minutes ; apparemment elle aurait parfaitement couru la première partie, je veux assurer sur la suite du parcours.

– La sécurité est plus importante que le résultat de l'équipe, je te rappelle.

– Et c'est toi qui me dis cela ? Je t'embrasse Matthieu, recouche-toi et laisse-moi faire ma course tranquille !

Naïa apparaît juste après, éprouvée par son périple qu'elle me relate succinctement. On se prend en photo puis je pars, essayant de trouver le bon rythme pour tenir sur la longueur.

Assez rapidement, j'assiste à un lever de soleil sensationnel sur les Alpes, une émotion si forte que les larmes me montent aux yeux. Je vis une expérience optimale ; c'est pour ces moments exceptionnels que je cours.

Durant les premières heures, je me sens bien, gérant correctement mon alimentation, évitant tout ce qui est trop gras pour ne pas perdre d'énergie à digérer. J'admire les paysages et les zones naturelles que nous traversons, et sympathise avec quelques coureurs. Il n'y a pas beaucoup de femmes sur cette distance ; du coup, je suis particulièrement encouragée dès que nous passons les points où le public se masse. Moi je préfère aller plus lentement mais courir plus longtemps ; c'est la longueur plus que la vitesse qui confère aux courses le caractère de défi que j'en attends.

Progressivement, nous nous espaçons les uns des autres. Je profite du calme pour penser à cette fin d'été mouvementée, à l'enquête à rebondissements, à l'histoire du Frêney, et aux lettres anonymes. C'est alors que j'ai une fulgurance. Comme un flash, une évidence. Je m'empare de mon portable et envoie juste quelques mots : « Les lettres, c'était toi ? » Je ne sais pas si j'aurai une réponse, mais la question est posée…

En fin d'après-midi, je subis mon premier vrai coup de pompe. Avec la fatigue, le relief m'apparaît moins nettement, alors je m'octroie une bonne pause au ravitaillement suivant. À la reprise, cela va un peu mieux mais je ne suis plus aussi vaillante. J'arrête de courir quand ça grimpe et avance à grandes enjambées, mains posées sur les cuisses pour prendre un appui supplémentaire. Comment font les meilleurs, comme Matthieu, pour foncer même en montée ? Et dans les descentes, comment éviter de chuter ? Il y a des cailloux et des obstacles partout, c'est hallucinant ! Je tente de compter depuis combien d'heures je cours mais même ça, je n'y parviens plus !

La nuit tombe peu à peu. Autant, lors du départ nocturne, j'avais la motivation d'aller vers un lever de soleil ; autant là, après un jour à courir, j'ai la sensation oppressante d'entrer dans une masse inquiétante et ténébreuse…

Vers une heure du matin, je marque une pause conséquente pour me requinquer à l'avant-dernier ravitaillement, surtout qu'ils sont très éloignés les uns des autres. Le staff m'encourage et vérifie que je vais bien ; je fais bonne figure pour ne pas être envoyée de force à l'infirmerie. Je regarde bien évidemment si j'ai eu une réponse à mon SMS de ce matin, mais ce n'est pas le cas. Et si je m'étais plantée ?

Mon portable sonne, je sursaute. De nouveau Matthieu.

– Emma, ça fait deux heures que j'essaye de te joindre.

– Le portable ne passe pas très bien, et il était dans le fond de mon sac.

– Comment vas-tu ? Tu viens d'arriver au ravitaillement, c'est ça ?

– Oui, à Val Pelouse, mais je vais repartir tout de suite car je suis à seulement trente minutes de la barrière horaire.

– Ne t'aligne pas, la météo est désastreuse, elle se dégrade d'heure en heure.

– Les organisateurs nous ont dit d'être vigilants, mais n'ont pour l'instant pas utilisé le parcours de secours.

– C'est toujours une décision dure à prendre pour les organisateurs, mais ils ne vont sûrement pas tarder à le faire. On devrait passer en alerte orange sur Météo France, il ne s'agit pas de quelques petits nuages ou d'une simple pluie. Ça arrive droit sur vous.

Je finis ma soupe et me relance sans tarder. Une fois seule dans l'obscurité, je repense aux propos de Matthieu mais j'essaye de me rassurer. Après tout, les organisateurs savent ce qu'ils font, et s'ils ont autorisé le départ, c'est bien que le danger n'est pas si grand… Et puis, je verrai bien.

Au bout d'un moment, il me semble entendre une sorte de grondement, et tout à coup, un éclair illumine le ciel, juste au-dessus de moi, à me faire bondir de surprise. Voilà, Matthieu avait raison, Matthieu a toujours raison. Tant pis, je finirai cette course coûte que coûte : Naïa et moi en avons presque fait les trois quarts, il n'y a pas de raison de s'arrêter ! Sauf que…

Sauf que les éclairs s'intensifient, et que le tonnerre retentit de plus en plus rapidement après. Le ciel se charge peu à peu de nuages opaques et le souffle avant l'orage s'installe, un vent à décorner les bœufs qui s'est levé d'un coup, d'un seul. Les rafales me glacent, je suis parcourue de frissons et accélère un peu pour ne pas me refroidir.

Ça y est, ça tombe, c'est blanc : de la grêle ! Des grêlons qui me fouettent le visage et les jambes, comme autant de petites piqûres. Je tente de me protéger avec ma couverture de survie, mais la grêle et le vent entament de la déchirer. Je la refourre immédiatement dans mon sac à dos pour éviter le massacre. Il faudrait que je m'abrite… Il me semble que le chemin passe près d'une cabane, je pourrais m'y arrêter le temps que les conditions s'améliorent ; j'espère juste ne pas l'avoir ratée dans l'obscurité.

Et voilà maintenant que la pluie prend le relais ; un vrai déluge ! Les grêlons qui commençaient à s'accumuler sur le sol et le rendaient glissant fondent en un instant. Je suis vite trempée, de la tête aux pieds. Les éléments sont déchaînés, les éclairs illuminent la vallée, par moments on y voit comme en plein jour. Je crains de prendre la foudre ; heureusement que le sentier s'est éloigné des crêtes. Le tonnerre résonne à la manière de coups de canon contre les montagnes, dans un fracas épouvantable. Je ne me rappelle pas avoir connu aussi violent orage, en tout cas pas en France. Je m'évertue à avancer, pas le choix. À moins de faire demi-tour ? Non, je suis trop loin du précédent ravitaillement, il doit bien y avoir un poste plus proche devant.

Décidément, j'ai la poisse à chaque course…

La pluie glaçante me lamine le visage sans relâche, à m'en brûler la peau. Avec cette sensation d'humidité qui gagne jusqu'à mes os… Voilà, exactement, j'ai froid aux os. Mes genoux s'entrechoquent tellement je tremble. L'orage est juste au-dessus, le tonnerre semble ricocher contre les parois ! Il faut trouver une solution de repli maintenant ; mais qu'est-ce que j'ai bien pu faire de mon road book ? Il contenait toutes les infos de sécurité et les plans de la course ! Je l'ai consulté au dernier ravito, ou à celui d'avant… Ce n'est pas vrai, j'ai dû le laisser là-bas, quelle imbécile !

D'une main tremblotante, j'extrais mon téléphone de mon sac à dos et essaye d'appeler le numéro de secours. C'est bien ce que je craignais, il n'y a pas de réseau… Et le portable a pris l'eau, son écran s'assombrit aussitôt. J'en trépigne de rage.

Je n'y vois rien, assommée par les trombes d'eau qui me laminent la tête depuis deux heures… Surtout, bien repérer les balises, il faut à tout prix que je reste sur le bon chemin. Soudain, un miracle : des coureurs apparaissent devant moi, on devine leurs frontales dans la nuit, enfin des compagnons de galère ! Je m'approche, je m'approche… et lorsque je suis dessus, la lueur rétrécit, rétrécit encore… Je comprends alors qu'elle n'était que le fruit de mon imagination. Ça y est, j'ai des hallucinations !

J'essaye d'avancer tant bien que mal, mais mes jambes sont raides et mes genoux ne fléchissent plus. Avec mes chaussures trempées, pesant une tonne chacune, mes pieds sont gelés et, malgré l'effort, j'ai l'onglée. Je claque des dents à m'en mordre la langue. Et voilà que mon pied cogne violemment contre une pierre ! Une vive douleur me paralyse instantanément : je n'en peux plus… Je boite maintenant, il ne manquait plus que cela…

Désespérée, à bout de forces, je me traîne piteusement sous la flotte. Mon corps ne répond plus, je suis incapable de mettre un pied devant l'autre. Je pense à Matthieu, qui doit être en train de dormir dans son chalet… Ça y est, je pleure doucement…

Je m'écroule sur le sol, en hypothermie. Morte de froid et d'épuisement. Morte le 31 août, le jour anniversaire de mon arrivée en France, le jour où j'ai vu Matthieu pour la première fois… Le bonheur à l'état brut aura duré un an, et voilà que je dois payer l'addition. Alors je ferme les yeux, je lâche prise…

Après un temps indéfini, un frisson magistral me sort de ma torpeur. Depuis quand suis-je à terre sous ce déluge ? Ai-je dormi ? Impossible de le savoir, le temps passe d'une drôle de façon.

Soudain une silhouette surgit dans la lueur d'un ultime éclair. Un Russe ? La silhouette s'approche inéluctablement de moi.

Et si tout s'arrêtait là ?

Épilogue

– Emma ! Emma ! EMMA ! !

Je sens qu'on me secoue. Je ne suis pas morte, pas encore…

– Emma, ouvre les yeux, regarde-moi !

– Matthieu ? Matthieu…

– Allez, Emma, je vais t'aider à t'asseoir.

Suis-je en plein délire ? Est-ce la réalité ? Je ne sens plus mon corps, je ne sens plus rien.

– Tiens, mets ça, couvre-toi !

Il me retire ma polaire et mon bonnet trempés, m'aide à enfiler des vêtements secs et me couvre d'une espèce de grande cape de pluie. Ensuite, il me fait boire au bidon.

– Accroche-toi à moi maintenant. Tu vas te lever tout doucement. C'est bien.

– Matthieu…

– Allez viens, ma chérie, tu vas y arriver, tu ne dois pas rester là. On n'est pas loin d'une route, j'y ai garé mon van ; tu vas voir, tu vas être au chaud…

– …

– Lève les pieds, Emma. Fais un pas, puis un autre… Voilà, c'est ça, remets-toi en mouvement, doucement. Tiens fermement ma main et suis-moi.

Telle une vieille locomotive à vapeur, je me mets en branle peu à peu. J'avance très lentement, avec mon pied endolori, suivant Matthieu aveuglément, sans me poser de questions, un temps qui me paraît être une éternité.

Nous croisons bientôt le poste de pointage de l'organisation – celui que je désespérais d'atteindre. Matthieu se présente et parlemente avec les bénévoles, frigorifiés et un peu dépassés par la tournure que prennent les événements avec cette météo déchaînée. Il leur signale qu'il me prend en charge, et leur rend mon dossard avec ma puce électronique. On me demande si j'ai vu d'autres coureurs en difficulté, je leur réponds que j'étais isolée, qu'ils m'avaient tous doublée avant que l'orage n'éclate.

Nous nous remettons en chemin. Matthieu m'encourage calmement.

Enfin nous parvenons à son van, garé sur un large carré d'herbe, sur le côté d'une route minuscule. Enfin je suis à l'abri, au sec !

Matthieu me déshabille entièrement – même ma culotte est trempée. Il me passe délicatement une serviette sur tout le corps puis m'aide à enfiler un tee-shirt. Il déplie la couchette et me prépare un lit douillet sur lequel je m'allonge avec délectation. Il me recouvre alors d'une couette avant d'aller me préparer un chocolat chaud. Je voudrais me servir de la tasse pour réchauffer mes mains, mais je tremble tellement que je n'arrive pas à la tenir.

Peu à peu, mon corps recouvre une température satisfaisante, je sens mes forces revenir et mon esprit s'éclaircir.

– Comment m'as-tu retrouvée ?

– Je suis parti de chez moi juste après notre coup de fil. Je n'étais pas tranquille. Ce n'était pas une course facile, mine de rien tu n'as pas encore beaucoup d'expérience en trail ; cela fait à peine un an que tu cours en montagne ! Pendant une heure au moins, je t'ai cherchée en suivant le tracé du trail ; heureusement que tu ne t'es pas éloignée du chemin…

– Une fois de plus, tu m'as sauvé la vie !

– C'est devenu mon occupation favorite, Emma…

Que serait-il advenu de moi sans l'intervention de Matthieu ? Est-ce qu'un sursaut de conscience ou l'énergie du désespoir m'auraient permis de m'en sortir ? Aurais-je pu compter sur l'aide d'un autre coureur ou des serre-files de l'organisation ? Est-ce qu'au contraire je serais restée seule dans la tempête, succombant à l'hypothermie ?

Je bidouille mon téléphone, mais il refuse de s'allumer.

– Matthieu, je t'emprunte ton portable pour mettre ma carte SIM, je dois avertir Naïa que j'ai abandonné…

– Elle doit s'en douter vu les conditions !

J'envoie un bref SMS à ma partenaire de relais, puis consulte mes messages. J'ai un appel en absence de Samuel. Je le rappelle aussitôt, le cœur battant.

Il est très tôt mais il décroche.

– Salut, Emma… Je suis désolé, pardonne-moi…

– C'était donc bien toi les trois lettres ?

Matthieu se retourne, ahuri. Je lis sur ses lèvres : *c'est qui ?*

– Mais pourquoi, Samuel ?

Matthieu écarquille les yeux et reste la bouche grande ouverte.

– Parce que tu as exhumé quelque chose dont on ne parle jamais dans la famille. C'est trop douloureux.

– Emmanuelle, la jeune fille qui a perdu la vie au Frêney, était de ta famille… ?

– C'est ma sœur.

– Vous n'avez pas le même nom…

– Nous n'avons pas le même père…

Samuel marque une pause, sa voix s'enroue.

– Toute petite déjà, le père d'Emmanuelle l'emmenait en montagne. Son niveau était incroyable. Et puis un jour on m'a dit qu'elle était partie en voyage. Je voyais ma mère disparaître dans sa chambre et revenir les yeux rougis…

– Ils ne t'ont pas expliqué ?

– Pas vraiment. J'ai juste entendu les rumeurs à l'école, mais pas question d'en parler avec ma mère. Et je me suis construit sur ce silence ; jusqu'à ce qu'un oncle craque et m'avoue la vérité. Plus tard, j'ai voulu en savoir plus. Une amie qui travaille au *Dauphiné* m'a donné un article sur le drame qui mentionnait le nom de William Betford. Alors, quand James s'est installé à Chamonix et a commencé à se faire connaître, je l'ai contacté pour qu'on en parle…

– Je t'écoute.

– Ce jour-là, James est venu avec le jeune Hove. Il m'a donné la version de son père. Une version qui avait du mal à circuler dans la vallée. Et j'ai rongé mon frein. Après tout, Nicolas Charraz est parti vivre loin. Mais quand tu as commencé à enquêter là-dessus, ça m'a été insupportable…

– Et tu as déposé les lettres pour me dissuader de continuer.

– Je suis effectivement allé faire le crétin, exhumant mon matériel d'escalade, pour te faire passer le message. Mais quand tu as eu l'accident de voiture et que tu m'as dit qu'il s'agissait sûrement d'un sabotage, j'ai été réellement choqué… et j'ai finalement décidé de te donner la solution. Mais là encore, je n'imaginais pas que le fils Hove ait pu péter un plomb.

– Tu étais en contact avec lui ?

– Pas du tout, c'est James qui l'a amené quand on s'est vus. Moi je n'ai jamais souhaité en parler avec qui que ce soit de la vallée. Et les gens m'ont laissé tranquille. Et je te jure que jamais je ne lui ai demandé, ni même suggéré de faire une chose pareille, crois-moi, Emma.

– Je ne sais pas… je ne sais plus si je peux te faire confiance. Et ça fait deux jours que je me traîne en montagne, j'ai failli y passer… On en reparlera plus tard.

Je raconte rapidement à Matthieu la teneur de ma conversation avec Samuel.

– Comment as-tu deviné que c'était lui ?

– Une ou deux fois, il y a longtemps, il m'avait appelée Emmanuelle, avant de se reprendre. Je m'en suis souvenue sur la course. Et puis sa fascination pour mon sujet de thèse, alors que son domaine est la musique… Mais ce n'étaient que des suppositions, on est d'accord.

– Je suis complètement passé à côté de tout ça, j'étais tellement polarisé sur James, sa tricherie, notre rivalité, le fait qu'il t'ait voulue… Franck, Samuel : je n'ai rien vu venir. Quand je pense à ce pauvre James coincé dans son centre de rééducation… je serais presque prêt à lui rendre visite. Et quand on a fait la PTL ensemble, on reformait une sorte de cordée Betford-Charraz vingt-huit ans plus tard, et il ne m'a rien dit…

– Contrairement à Franck, il ne te tenait pas rigueur des agissements de ton père, il voulait juste te battre sur les trails.

Matthieu ferme les stores, se déshabille et me rejoint sous la couette. Il pleut toujours à verse dehors, on entend les gouttes sur le toit du van, mais le tonnerre commence à s'éloigner. Bien au chaud, lovée contre lui, plus rien ne peut m'atteindre.

Matthieu m'enlace et me réconforte. Je me colle littéralement à lui, j'ai besoin de sentir sa peau, son odeur, son corps contre le mien. Il se hisse sur moi pour m'embrasser ; dire que j'ai pensé ne plus jamais connaître cela…

– On est le 31 août, Matthieu. Il y a un an jour pour jour, je te voyais pour la première fois. Tu as changé ma vie, et je n'ai pas envie que cela s'arrête ; c'est ce que je me suis dit sous l'orage.

– Tu n'as qu'à te marier avec moi…

– Encore une hallucination ; j'en ai eu une sur le trail tout à l'heure !

– Je suis sérieux. Tu pourrais ainsi vivre en France aussi longtemps que tu le désires, sans ennuis administratifs. Et puis ça tranquilliserait tes parents.

– Tu dis ça froidement, comme si on devait souscrire un contrat d'assurance !

– Tu aurais préféré que je m'agenouille en smoking, une rose à la main ? Allons Emma, tu me connais… Mais j'attends ta réponse, là !

– Ah oui, c'est vrai, il faut répondre !

Nous rions. Tant que nous rirons comme ça, tout ira bien…

Je tiens à remercier ma famille et mes amis pour leur précieux soutien dans cette aventure.

Je remercie les ultra-traileurs, professionnels de la montagne et des secours en montagne, professionnels de santé, avocats et sociologues qui m'ont relue ou conseillée. Toutes les erreurs et écarts avec la réalité sont de mon propre fait. Certains lieux, certaines courses sont le fruit de mon imagination ; les personnages ne sont que pure invention.

Je remercie également tous les sportifs qui m'ont magnifiquement inspirée et qui nous transmettent leur énergie.

Je remercie vivement les éditions Glénat d'avoir eu l'audace de publier ce roman ; et enfin les lecteurs qui, je l'espère, auront su apprécier ce mélange des genres.

Achevé d'imprimer en Espagne en janvier 2017 par Liberduplex.